Max von der Grün

Irrlicht und Feuer

rororo

Rowohlt

Umschlagentwurf Werner Rebhuhn
unter Verwendung zweier Fotos (Ullstein Bilderdienst, Berlin)

1.–110. Tausend	1967–1978
111.–118. Tausend	Februar 1979
119.–130. Tausend	Januar 1980
131.–140. Tausend	April 1981
141.–150. Tausend	Februar 1982

Veröffentlicht im Rowohlt Taschenbuch Verlag GmbH,
Reinbek bei Hamburg, Februar 1967

Gesetzt aus der Linotype-Aldus-Buchschrift
und der Palatino (D. Stempel AG)
Gesamtherstellung Clausen & Bosse, Leck
Printed in Germany
480-ISBN 3 499 10916 6

Die Nacht war klar und kalt. Meine Schicht begann seit Monaten um 24 Uhr. Wie ich sie haßte, diese Zeit und die Schicht. Täglich, ob Sommer oder Winter, mußte ich vier Kilometer an den Betriebsgeleisen entlang. Wie ich sie haßte, diese Zeit! Um Mitternacht drängt das Verborgene an die Oberfläche. Wer mitternachts zur Arbeit fährt, sieht die andere Seite des Lebens.

Ich hatte es eilig. Zwanzig Minuten vor 24 Uhr, ein Drittel des Weges noch vor mir.

Da trat plötzlich eine Gestalt aus dem Schatten des Bahndammes, stellte sich vor mein Rad. Instinktiv fühlte ich meine rechte Hosentasche ab, wo ich seit jener Nacht, kurz nach dem Kriege, ein Messer trage. Als ich abgestiegen war und die Wolken die volle Scheibe des Mondes freigaben, sah ich, daß es eine Frau war.

Was machen Sie hier? fragte ich schreckheiser.

Sie faßte meine Lenkstange und sagte: Mein Mann hat mich rausgeschmissen.

Streit gehabt?

Ach, wie man's nimmt. Immer wenn er betrunken ist, will er mir den Hals umdrehen. Manchmal schlägt er mich, meistens laufe ich fort.

Ich muß weiter, sonst versäume ich meine Schicht, dachte ich.

Wird nicht so schlimm sein, antwortete ich, denn dergleichen Dinge waren mir aus meiner Nachbarschaft bekannt. In einer Siedlung hört man die Flöhe husten. Und dann dachte ich: Pack schlägt sich, Pack verträgt sich.

Er wird sich beruhigt haben, sagte ich. Gehen Sie doch nach Hause, Sie holen sich hier den Tod.

Ich bemerkte ihre Pumps, die für alles andere, nur nicht für dieses Wetter geeignet waren.

Ich habe Angst, sagte sie leise, Angst vor den Schlägen.

Ich muß weiter, sonst versäume ich meine Schicht, dachte ich.

Wollen Sie nicht mit mir gehen? fragte sie.

Aber ich kenne Sie doch gar nicht, sagte ich.

Ihre Hand strich über das kalte Chrom der Lenkstange: Ist das jetzt so wichtig?

Was soll ich bei Ihnen, ich kann doch nicht helfen. Und dann, Ihr

Mann denkt wer weiß was, wenn er uns kommen sieht. Alles wird nur noch schlimmer.

Sie sollen auch nicht mit zu mir.

Ich muß weiter, sonst versäume ich meine Schicht, dachte ich.

Das geht nicht! rief ich. Meine Ungeduld war gewachsen.

Ich schob ihre Hand von der Lenkstange.

Nur diese Nacht, bettelte sie, nicht morgen, da muß ich zu Hause sein, die Kinder müssen um acht in die Schule. Nur diese Nacht, bitte.

Ich muß weiter, sonst versäume ich meine Schicht, dachte ich.

Wir gehen den Weg zurück, den Sie gekommen sind, sagte sie wieder, am Stadtrand kehren wir um, laufen bis hierher, dann ist der Morgen da.

Woher wissen Sie das so genau?

Ich laufe hier oft, fast jede Freitagnacht, wenn mein Mann Geld bekommen hat und mich in seinem Suff schlägt oder hinauswirft, oder wenn ich von selbst weglaufe, fast jede Freitagnacht.

Ich muß weiter, sonst versäume ich meine Schicht, dachte ich.

Im Sommer ist das nicht so schlimm, aber im Winter... im Winter.

Ich habe Sie nie bemerkt, sagte ich, und ich fahre doch seit bald einem Jahr diesen Weg zur Zeche.

Das stimmt. Wenn ich Sie kommen sah, versteckte ich mich im Graben oder hinter den Sträuchern auf der Böschung.

Die Kirchuhr schlug zwölf. Zwölf dumpfe Schläge. Nun hatte ich doch meine Schicht versäumt, aber ich ärgerte mich nicht. Flüchtig dachte ich an die Schwierigkeiten, die ich morgen im Betrieb haben würde, auch an die 30 Mark Lohn, die mir heute verlorengingen.

Kommen Sie, sagte ich, dann gehen wir eben bis zum Stadtrand und wieder zurück.

Mein Fahrrad legte ich in den Graben. Gemeinsam gingen wir den Weg zurück, den ich jede Nacht zur Arbeit fahre. Wir schwiegen, wir fühlten die Kälte, der Schnee knirschte, der Mond war genauso weiß wie der Schnee.

Ich habe nasse Füße, sagte die Frau, als wir am Stadtrand angekommen waren, Schnee ist mir in die Schuhe gefallen. Aber das macht nichts, ich nehme ein heißes Bad, wenn die Kinder in der Schule sind. Ich habe eine Pferdenatur.

Langsam schlurften wir zurück. Unterwegs nahm ich aus der Tasche meine Schichtbrote und die Flasche, in der der Kaffee schon kalt war. Unter der Autobahnbrücke aßen wir, den Kaffee goß ich in den Schnee.

Dann fragte ich sie: Warum nehmen Sie nicht einfach die Kinder und gehen fort?

Sie holte mir das Fahrrad aus dem Graben und setzte es in den harschen Schnee. Fort? Wohin soll ich gehen? Sie zog den rechten Schuh vom Fuß, lehnte sich an mich und wärmte mit beiden Händen ihre starren Zehen.

Ich weiß nicht, wie ich das sagen soll ... er braucht mich vielleicht ... ich ihn auch ... er hat mich geholt ... damals, als es mir schlecht ging ... ich wußte ja nicht ... daß es so ... daß es so kommen würde.

Die Wut rüttelte mich, meine Zigarettenschachtel war leer. Im Osten dämmerte es.

Sie ging. Nach ein paar Schritten kehrte sie um, faßte meinen Arm und sagte: War es nicht schön? Ja? Mir hat es gefallen. Eigentlich müßte ich mich jetzt bedanken, aber das klingt wahrscheinlich komisch ...

Bedanken, dachte ich, was soll das, sie müßte mir dreißig Mark Verdienstausfall geben. Dreißig Mark, das ist für mich ein Batzen Geld.

Auf Wiedersehen ... dann also bis Freitag, sagte sie. Noch lange hörte ich ihr hastiges Stolpern und Laufen. Während ich zur Stadt zurückfuhr, versuchte ich, mich an ihr Gesicht zu erinnern. Nur ihre dunkle Stimme klang nach. Irgendwo hatte ich sie schon einmal gehört.

Als ich in die Siedlung einbog, mein Haus sah, in der langen Reihe der Siedlungseigenheime, anonym wie die Menschen, die in diesen Häusern wohnen, wußte ich, wo ich diese Stimme schon einmal gehört hatte: Im Film, Zarah Leander ... oder Louis Armstrong.

In der Wohnung empfing mich eine argwöhnische Frau, die mich – weiß der Herrgott, von wem sie es so früh am Morgen erfahren hatte – forsch fragte, wo ich die ganze Nacht über gewesen sei. In der Grube nicht, das wisse sie genau.

Nein, sagte ich beim Frühstück, das mir ohne die gewohnte Sorgfalt auf den Tisch gestellt wurde, ich hatte die ganze Nacht in der Schlosserei zu tun.

Meine Frau hat keine konkreten Vorstellungen von meiner Arbeit, sie weiß nicht, daß ein Untertagearbeiter nie über Tage beschäftigt werden kann, es sei denn, vom Arzt würde es für eine begrenzte Zeit empfohlen. Sie blieb aber mißtrauisch, ich merkte es an ihrer mürrischen Einsilbigkeit.

Warum, dachte ich, wie kommt meine Frau auf so abwegige Gedanken? Nie in acht Ehejahren gab ich ihr einen Grund dazu. Warum auch? Ich liebe sie, ja, nach acht Jahren noch immer. Ich liebe ihre einfache Art, wie sie sich bewegt, wie sie lacht; warm fühle ich ihre Nähe, und ihr Vorzug ist, daß ich allein sein kann mit meinen Gedanken und Grübeleien, auch wenn sie im Zimmer neben mir sitzt. Ich schätze ihre Kunst, mit wenig Geld hauszuhalten.

Am Montag darauf hatte ich den Salat: Schon das Freibekommen meiner gesperrten Kontrollmarke war kompliziert. Ein Zuständiger schickte mich zu einem anderen Zuständigen. Weil nachts weniger Zuständige in ihren Büros sitzen, nahmen es die verbliebenen Zuständigen mit ihrer Zuständigkeit ganz genau. Endlich, zehn Minuten nach vierundzwanzig Uhr konnte ich anfahren, aber unter Tage ging es weiter: die Anzüglichkeiten des Steigers, das Getratsche der Kameraden, und zu allem Unglück lief mir die Arbeit nicht so von der Hand wie sonst. Wie kommt das nur, dachte ich, ich habe nie gefehlt in den letzten Jahren, weder durch Unfall noch durch Krankheit, schon gar nicht wegen Bummelei. Auf mich war Verlaß. Der Montag war also mies, der Dienstag versprach nur deshalb etwas Besserung, weil der Steiger mir einen Tag Urlaub für die Fehlschicht schrieb. Verzweifelt hatte ich seine Unterschrift auf dem Urlaubsschein erbettelt.

Meine Frau zeigte sich weiterhin so verschnupft, daß sie mir nicht einmal das Frühstück auf den Tisch stellte, als ich Dienstagmorgen müde und zerschlagen in meiner Wohnung ankam. Ihre Stimme bellte aus dem Schlafzimmer: Mir ist nicht gut, mach dir selbst was zurecht.

Ich war böse: ich dachte, daß es vielleicht besser wäre, wenn wir ein Kind hätten.

Meinem erschütterten Gleichgewicht entsprach das wechselhafte Wetter. Intervallartig pochte ein dumpfer Schmerz um meine Narbe an der linken Stirnseite, ein Überbleibsel vom Großdeutschen Reich. Ist das Wetter unbeständig, überfällt mich dieser undefinierbare Schmerz an der linken Stirnseite mit grausamer Regelmäßigkeit, ich werde dann launisch wie das Wetter, ziehe mich von den Menschen zurück und überlasse mich stumm und stur meinem Unwohlsein und der Überreizung der Nerven.

Bei dem trüben Tageslauf dachte ich immerfort an Freitag. Nicht an den vergangenen, an den kommenden dachte ich. Es schien mir allerdings unwahrscheinlich, daß die Frau wieder an derselben Stelle stehen könnte.

Trotzdem nahm ich mir vor, am Freitag einen anderen Weg zur Arbeit zu fahren, den längeren über die Bundesstraße.

Der Freitag kroch auf mich zu. Kein Mond am Himmel wie letzten Freitag, es war stockfinster. Hinter dem kleinen Wäldchen die Lichter der Schachtanlage. Mein Gott, was die täglich an Stromkosten aufbringen müssen!

Zum Glück waren die Straßen frei. Es war noch kälter geworden. Mir war es gleich, unter Tage spüren wir nichts von dieser Kälte, und auch in der Wohnung sind die Zimmer warm, mit Kohlen brauchen wir gottlob nicht zu sparen.

Ingeborg war um 20 Uhr zur Nachbarin gegangen, zum Fernsehen. Sie war noch nicht zurück, als ich zur Arbeit fuhr.

An der Gabelung, wo der Aschenweg von der Bundesstraße abzweigt und an den Betriebsgeleisen entlangführt, stieg ich unwillkürlich ab.

Als ich weiterfahren wollte, unwillig über mein dummes Stehen und Starren, überfiel mich eine Lähmung, als kröche Angst zwischen den Schulterblättern hoch. Ich wußte: die Frau steht hinter mir. Da hörte ich schon ihre Stimme: Hier bin ich wieder, guten Abend. Bin Ihnen etwas entgegengelaufen, sonst versäumen Sie wieder Ihre Schicht, wie damals.

Wie damals, hatte sie gesagt. Damals, das klang so nach gemeinsamer Vergangenheit.

Plötzlich lachte ich. Ich bog mich vor Lachen, ich warf mein Rad nieder und hielt mir die Seiten vor Lachen. Die Frau lachte mit, obwohl sie nicht wußte, warum.

Ich wußte es selbst nicht.

Gehen wir, sagte ich endlich, nachdem ich mich einigermaßen beruhigt hatte.

Mein Fahrrad, das ich schob, quietschte zwischen uns, und unter der Autobahnbrücke überfiel mich der Hunger, wie damals; ich blieb stehen und reichte der Frau die Hälfte meiner Brote, wie damals. Wir aßen stumm, wie damals.

Spürbar schlich die Kälte über das Land. Das sage ich auch der Frau, nur um etwas zu sagen, denn zwischen uns lag nicht wie damals die Plötzlichkeit der Begegnung, die Überraschung. Zwischen uns war eine beschämende Hemmung, die wahrscheinlich daher rührte, daß wir seit sieben Tagen um diese Begegnung wußten, ihr vielleicht aus dem Wege gehen wollten und doch nicht vor ihr flohen, weil wir sie mit allen Sinnen herbeigeführt hatten.

War bei Ihnen heute Ruhe? fragte ich, wieder nur um etwas zu sagen. Ich wußte nicht, was ich erzählen sollte, und das Schweigen war beklemmender als alle albernen Worte zusammengenommen.

Ich ließ es nicht zu Streit und Schlägen kommen, ich rannte sofort weg, als er kam. War wieder stockvoll, wie immer, sagte sie.

Verträgt er das eigentlich?

Das Trinken an sich schon, nur nicht das maßlose Saufen, und er besäuft sich oft sinnlos. Er weiß selbst, daß es mit seinen Kräften abwärts geht, aber ihm ist nicht zu helfen, er glaubt an nichts. Wenn er nüchtern ist oder wenn er wieder nüchtern wird, dann heult er manchmal wie ein kleines Kind, bereut sein Saufen und alles, was damit zusammenhängt. Aber nach seiner Reue kommt immer wieder der Freitag.

Kann er sich das eigentlich mit der Pinkepinke leisten?

Er verdient gut als Polier und dann, man lernt ja schließlich sparen. Die Kinder und ich begnügen uns. Wenn ein Mann schwer arbeitet, dann steht ihm auch was zu.

Schwere Arbeit haben wir alle, sagte ich unwillig.

Wir liefen nebeneinander her, ich wußte nicht, was ich sagen sollte, und ihr ging es wahrscheinlich ebenso. Ich hatte ihr Gesicht noch nicht gesehen, ich sah nur ein blasses Oval mit dunklen Punkten, auch ihre Figur kannte ich noch nicht. Wie Schatten zu Schemen waren wir zueinander. Da ich ihre Stimme kannte, wollte ich nun auch ihr Gesicht sehen. Ich blieb stehen, faßte ihren Arm und zog sie zu mir heran. Ihr Widerstreben befremdete mich ein wenig, aber dann stand sie doch mir gegenüber, und ich atmete ihren Atem, der stoßartig über mein Gesicht strich. Zwischen uns stieg eine Spannung auf, die jeden Moment...

Sie sprang sofort, als hätte sie mich erraten, in den Graben.

Nicht, flüsterte die Frau, nicht ...

Aber ich wollte doch nicht, sagte ich.

Die Wolkenwand war gewichen, der Wind stärker geworden, die Sterne ungewöhnlich hell und groß. So leuchtet der Tropenhimmel, sagte ich, nur um etwas zu sagen.

Immer mehr Sterne, je länger man hinaufsieht, sagte die Frau, die einige Schritte vor mir herging. Meine Mutter hat früher immer zu uns Kindern gesagt, daß jeder Stern ein Verstorbener ist und daß er für einen Lebenden leuchtet. Komisch, was den Kindern so alles erzählt wird.

Ja, wie sich die Zeiten ändern. Jetzt fragen die Kinder, wie lange eine Rakete zu dem oder dem Stern braucht. Wir können jetzt die Märchen unserer Mütter besuchen, sagte ich. Ich war wütend und mürrisch, ich fror erbärmlich, und ich ärgerte mich über meine blöden Worte.

Es wird wieder sehr kalt heute nacht, sagte die Frau. Ich bin der Kälte gar nicht gut, noch zehn bis zwanzig Eimer Kohlen habe ich im Keller, die sind bei der Kälte schnell verheizt. Und die Kohlen sind schon wieder teurer geworden.

Ich kann Ihnen welche bringen lassen. Ich brauche nur meinem Fuhrmann Bescheid zu sagen.

Ja? Können Sie das?

Ihre Adresse muß ich allerdings haben, sagte ich.

Aber natürlich.

Wieder liefen wir ein paar Schritte, und die drei dumpfen Schläge von der Kirche hinter dem Wäldchen beunruhigten mich nicht. Viertel vor zwölf also, ich habe noch etwas Zeit, wir waren auf hundert Meter an das rückwärtige Tor der Zeche herangekommen. Zur Not konnte ich auch durch dieses Tor gehen. Ich war etwas phlegmatisch geworden.

Kinder müßte man haben, dachte ich plötzlich, Ingeborg und ich. Ohne Kinder gibt es Reibereien in der Ehe, jeder läßt sich doch nur von seinen eigenen Interessen treiben.

Ihre Adresse müßte ich allerdings haben, sagte ich wieder.

Natürlich. Werden Sie keine Schwierigkeiten haben? Ich meine, wenn jemand ...

Nein. Von meinem Jahresdeputat habe ich erst eine Tonne abgeholt, ich hätte schon drei Tonnen abrufen können.

Ja? Dann ist es gut.

Ihre Adresse muß ich haben. Da wurde mir klar, daß ich sie schon dreimal gefragt hatte.

Ja, sagte sie nur wieder.

Ich entschuldigte mich bei ihr, trat abseits und urinierte. Bevor ich von zu Hause weggefahren war, hatte ich eine Flasche Bier getrunken.

Ich sah zum Himmel. Als Junge war ich oft der Versuchung erlegen, mit dem Mut der Verzweiflung die Sterne zu zählen. Ein Fabrikschlot, ein spitzes Hausdach oder ein Berg als Schatten in den Himmel stoßend, waren der Ausgangspunkt meiner Zählung. Ich weiß noch, wie aufgeregt ich einmal zu meinem Vater gelaufen kam und ihm sagte, am Himmel hängen 420 Sterne; so weit war ich mit dem Zählen gekommen. Aber ich erntete nur Ohrfeigen, weil ich zu lange auf der Straße war.

Da war es mir, als hörte ich Schritte hinter meinem Rücken; knisternde Asche, brechende Zweige, stoßenden Atem. Unsinn, dachte ich, daß ist der Ventilator vom Zechenplatz, der jetzt jaulend seinen Ton sang. Als ich in die Richtung hineinsprach, wo ich die Frau vermutete, hallte der erste der zwölf Schläge vom Kirchturm. Ich hätte nun das rückwärtige Tor immer noch passieren können, aber ich stand wieder wie gelähmt da, mir wurde heiß, obwohl ich erbärmlich fror. Wieder eine Schicht versäumt, wieder eine Woche voller Tücken. Könnte man mir nicht mit Kündigung drohen oder sie sogar aussprechen? Seit Wochen wurden an Bummelanten Kündigungen frei Haus geschickt. Aber nein, mir kann nicht gekündigt werden, ich habe ein Eigenheim, und Eigenheimbesitzer werden nicht gekündigt, sagt der Betriebsrat. Auch habe ich während der fünfzehn Jahre, die ich unter Tage bin, keinen Tag unentschuldigt gefehlt.

Nun habe ich tatsächlich meine Schicht versäumt, wie damals, sagte ich mit erzwungener Heiterkeit. Dann lachte ich und sagte:

Aber Sie müssen meinetwegen keine Sorgen haben, ich wäre heute bestimmt früher ausgefahren, wenn nicht sogleich nach der Anfahrt. Meine Kopfschmerzen sind seit Tagen unerträglich. Ich schlucke Tabletten noch und noch, aber die helfen auch nicht.

Und als ich weiter ohne Antwort blieb, sagte ich noch: Eine Kriegsverletzung. Wie andere im Bein, spüre ich im Kopf den kommenden Wetterumschlag.

Welch dummes Gerede, dachte ich. Und dann, ich war ein paar Schritte gelaufen und glaubte sie vor mir, flüsterte ich: Mit den Kohlen geht es in Ordnung. Ihre Adresse müssen Sie mir noch sagen.

Ich war allein.

Die Nacht hatte die Frau aufgesogen; sie war fortgelaufen, als ich sie wieder nach der Adresse fragte.

Verdammt, wieder eine Schicht versäumt.

Meine Frau war weg, als ich nach einer ziellos durchstreiften Nacht am frühen Vormittag nach Hause kam, die Finger klamm, statt Füße Eisklumpen in den Schuhen. Ich suchte und suchte. Das Bett bewies, daß Ingeborg zumindest die Nacht hier verbracht hatte. Auf der Spiegelfläche im Schlafzimmer klebte ein mit Tesafilm befestigter Zettel. Da stand in grüner Schrift: Bin zu meiner Mutter nach Dortmund. Komm bloß nicht hin, die schmeißt dich hochkantig raus. Du Lügner! Du Lump! Du Fremdgänger!

Ohne Anrede, ohne Unterschrift!

In der Küche war es kalt, genauso wie in allen anderen Räumen, aber mich störte die Kälte nicht, denn in mir rumorte nur ein Gedanke: was wird am Montag im Betrieb los sein? Bis dahin sind es noch zwei Tage. Wenn ich an Montag denke, könnte ich die freien Samstage verfluchen. Ich hatte Angst, denn ich stand zum erstenmal im Betrieb vor solch einer Situation. Zum erstenmal bangte ich um meinen Arbeitsplatz, um das Geld. Schließlich riefen jeden Monat die Raten nach Bezahlung, dann die Miete für das Eigenheim, Licht- und Wassergeld, Summen, die bezahlt werden müssen, die sich, klein zu klein, am Monatsletzten zu einem Schuldturm kegeln. An meine Frau dachte ich weniger, ab und zu flüchtig, denn es war lächerlich, was sie getan hatte. Ich suchte nach einer glaubwürdigen Entschuldigung für den Montag. Der Kaffee, den ich in Mantel und Handschuhen am Küchentisch trank, war so stark, daß ich ihn mit heißem Wasser verdünnen mußte. Wie kann ich meinen Vorgesetzten den Freitag erklären? Wenn ich die Wahrheit sage, brüllen sie vor Lachen und halten mich für einen Lügner. Und wenn sie es doch glauben, werden sie es nicht verstehen. Wie soll ich sagen, warum ich vergangenen Freitag wieder nicht zur Arbeit kam? Und wie soll ich glaubhaft machen, daß sich das nicht mehr wiederholt? Soll ich mir einen Krankenschein holen? Das ist nicht allzu schwer, Bergleute haben immer irgendwo ein Wehwehchen, Ärzte wissen das, und sie wissen auch, daß man mal für ein paar Tage einfach ausspannen will. Andere nennen das Simulieren, aber die verstehen uns nicht. Das wäre eine Möglichkeit und ein glaubwürdiger Weg. Doch dagegen sprachen härtere Gründe, ich brauche Geld, ich muß zahlen, die Raten schreien. Wir hatten uns eine Couch und zwei Sessel gekauft, achthundert Mark kostete der Spaß, wir müssen verrückt gewesen sein, als wir den Kaufvertrag unterschrieben. Ich verfluchte den Vertreter, der uns den Kauf aufgeschwatzt hatte. Vielleicht schreibt mir der Steiger wieder einen Tag Urlaub, gewiß, er mag mich. Aber vor dem Gerede der Kumpel habe ich Angst. Mein Fell ist noch nicht so dick geworden, daß ich brockige Worte abgleiten lassen könnte.

Als ich gegen vier Uhr nachmittags aus unruhigem Schlaf aufwachte, rekelte ich mich im Bett und überlegte hin und her, was ich nur sagen sollte, um Ingeborg aus Dortmund wegzuholen, sie zur Vernunft zu bringen. Ich wollte ihr alles erzählen, rückhaltlos, so wie es war, kein Wort mehr, keins zu wenig. Aber schon in der Halle des Dortmunder Hauptbahnhofes wurde mir klar, daß ich ihr die Wahrheit nicht sagen konnte, denn die Wahrheit war so simpel und nichtssagend, daß kein Mann, geschweige eine Frau, geschweige meine Frau, sie glauben würde.

Ich schlenderte behäbig durch die abendliche Stadt. Hatte Zeit. Die Hansastraße hinauf, sah mir lange die Auslagen bei Althoff an, am Hansapavillon die Auslagen eines Schreibwarengeschäftes, weiter oben die Fenster eines Blumenladens, aus dem rote Nelken flammten. Am Bretterzaun, hinter dem das neue Stadttheater gebaut wurde, blieb ich lange stehen und starrte auf den Verkehr. Mein Gott, was wird in Dortmund nicht alles gebaut, sogar ein Stadttheater, und was wurde nicht schon alles gebaut, neue Industrien, Tausende von Wohnungen, breite und sichere Straßen – ja, Dortmund ist eine rührige Stadt. An die Schäden des Krieges erinnert fast nichts mehr, das kann man wirklich ein Wunder nennen. Dortmund wurde seit der Gartenschau sogar eine blumenreiche und grüne Stadt.

Die Nacht war da, als ich in das kleine Gäßchen einbog, in dem die Wohnung meiner Schwiegermutter lag. Ich drückte zaghaft auf den weißen Klingelknopf.

Da ist er, hörte ich meine Schwiegermutter hinter der Haustür flüstern. Mach schon auf.

Dann stand meine Frau im Türrahmen und sagte: Komm rein. Du kommst aber spät. Schnell, es zieht! Hast du nicht aus dem Bett gefunden?

Meine Schwiegermutter nickte mir nur zu und verließ die Küche, als ich eintrat. Meine Frau deckte den Tisch, nur für mich allein. Wir haben schon gegessen, sagte sie, hättest früher kommen müssen.

Das Radio meldete die Tagesneuigkeiten zwischen Rhein und Weser, der Wellensittich im Bauer auf dem Schrank lärmte so sehr, daß ich die Berichte aus dem Radio nicht recht verstehen konnte.

Willst du eine Flasche Bier haben? fragte Ingeborg. Ich schüttelte den Kopf, doch sie stellte mir Flasche und Glas auf den Tisch, und ich trank auch hastig. Ich wartete auf eine bestimmte Frage, die unweigerlich kommen mußte, und ich grübelte über den Zusammenhang zwischen den bösen Worten am Spiegel des Schlafzimmers und ihrer augenblicklichen Freundlichkeit nach. War das dem Einfluß meiner Schwiegermutter zu verdanken?

Hast du noch Geld? fragte meine Frau. Ich sah sie an. Die Rate muß am Montag bezahlt werden. 56 Mark. Als ob ich das nicht selbst wüßte, dachte ich, da denke ich mehr dran als mir lieb ist. Ja, soviel Geld habe ich noch, sagte ich, und im stillen überrechnete ich, was an Ausgaben bis zum nächsten Lohntag noch anstand. Mutter meint, sagte sie, wir sollen über Nacht hierbleiben und erst morgen abend nach Hause fahren, wir versäumen nichts.

Nein, wir versäumen nichts, dachte ich, ein Kind müßten wir haben.

Natürlich bleibt ihr hier, sagte meine Schwiegermutter, die lächelnd in die Küche kam und mir eine Schachtel Zigaretten mitbrachte. Es ist sowieso selten genug, daß ihr beide zusammen hier seid.

Wir saßen alle drei still um den Tisch und hörten Radio, ein Bild familiärer Eintracht. Aber da war wieder meine Angst um den Arbeitsplatz. Warum bin ich Idiot nach Dortmund gefahren? Ingeborg wäre am Montag von allein wieder zurückgekommen. Oder?

Da flammte er plötzlich wieder auf, der Streit.

Ich weiß nicht, welches Wort ihn auslöste. Er war ganz einfach da.

Meine Schwiegermutter trat mehrmals zwischen uns, flehend, händeringend, weinend, zeternd, und ich weiß auch noch, daß ich brutal geworden wäre, beide Frauen geschlagen hätte, wenn ich nicht einfach weggelaufen wäre. Mehr weiß ich nicht mehr davon.

Durch die Stadt stürmte ich, stadteinwärts, nordwärts. Am Hiltropwall stand ich mitten auf der Kreuzung; Menschen schrien, Autos hupten, Bremsen quietschten, Fahrer fluchten und nannten mich einen ausgewachsenen Idioten. Dann lief ich weiter, durch das Gäßchen zwischen Thierbrauerei und Hövelpforte, und schließlich fand ich mich auf dem Bahnhof im Wartesaal. Ich bestellte Bier, trank, ich trank schnell, trank viel. Nach einer guten Stunde schwankten meine Gedanken, und als ich aufstand, schwankten auch meine Beine. Umnebelt gaukelten die Gegenstände vor meinem Gesicht, die ein- und austretenden Menschen schwankten ebenfalls, ich fand das ulkig. An der Post dachte ich flüchtig an die am Montag fällige Rate, an das Geld, das schöne und sauer verdiente Geld, das diese Rate schluckt. Mir war alles egal, nur weg, nur fort, irgendwohin. Mir war alles gleich geworden, die Passanten hätte ich ankotzen mögen, so verdammt kotzig glotzten sie mich an. Nur fort, fliehen, irgendwohin, in eine Nachtbar. Nein, dafür hatte ich zuwenig Geld. Irgendwohin also. Aber wohin? Ich war betrunken, ich war stinkbesoffen, und weil ich besoffen war, mußte ich laufen, irgendwo wird ein Ende sein, man kommt schließlich immer an ein Ende. Die Straße konnte ich nicht überqueren, der Verkehr raste zu stark, deshalb blieb ich auf dem Bürgersteig und lief weiter nach Norden, und unter der Bahnüberführung übergab ich mich, mitten auf den schmalen Gehsteig.

Einer sagte: Da, der Arbeiter!

Ich hätte dem Kerl ins Gesicht schlagen mögen, wie konnte der wissen, daß ich Arbeiter und nicht Angestellter oder Beamter bin? Ich stolperte auf den Steinplatz, in eine schmale Gasse, in ein schmales Haus.

So ist das also. Eineinhalb Jahrzehnt tat ich meine Arbeit recht und schlecht, war pünktlich und zuverlässig. Aber dann wird man plötzlich zur schiefen Nummer in der dreitausendköpfigen Belegschaft, nur weil man zweimal unentschuldigt gefehlt hat. Man wird von der Seite angesehen, abschätzend, abwägend, mißtrauisch. Menschliche Schwächen haben in einem modernen Industriebetrieb nichts zu suchen, da wird mit Psychologen Kalkulation gemacht, mit Stoppuhren die Produktion errechnet.

Während der fünfzehn Jahre, die ich unter Tage schuftete, habe ich meine Arbeit nicht gehaßt, ich habe sie als ein notwendiges Übel hingenommen und mich damit getröstet, daß es Hunderttausenden auch so geht; jeden Tag aber fühlte ich mich am falschen Platz, vor allem dann, wenn ich mir in der stickigen Kaue die stinkenden Arbeitskleider anzog. Jahrelang trug ich innerlich einen Schutzpanzer und sagte zu mir selbst: Mein Lieber, du hast es so gewollt, du sahst nur den höheren Verdienst dieser Arbeit. Nun sieh zu, daß du mit deinem Alltag zurechtkommst.

Das Leben wurde mir zwar leichter durch eine rege Phantasie. Trotzdem züchtete ich im Verlauf der Jahre zwei Adame in mir. Ein Adam verrichtete gedankenlos und stupide die Arbeit, der andere Adam begann zu leben, wenn das Zechentor hinter ihm zuschlug und er auf dem Weg nach Hause war.

Die Maßgeblichen wissen nicht, daß wir Arbeiter zwei Adame in der Brust tragen.

Am Montag fuhr ich beklommen zur Zeche und wollte kurz vor 24 Uhr meine Marke holen. Die Marke war gesperrt. Ich mußte wieder umkehren mit dem Bescheid, daß ich am Dienstag um acht Uhr morgens beim Betriebsführer zu erscheinen hätte.

Ich stand am Fahrradschuppen und wußte nicht weiter. Schiet, jetzt muß ich mir eben ein dickes Fell anziehen. Am Dienstagmorgen aber wußte ich klar, daß ich meine Arbeit haßte, immer gehaßt habe, weil ich den langen, bebrillten und feisten Kerl hinter dem Schreibtisch haßte, diesen fleischgewordenen Paragraphen. Er beäugte mich wie ein Angler die Wasserkreise um seine ausgeworfenen Köder, während ich stotternd meine lasche Entschuldigung vortrug.

Dann stand ich stumm, denn nun mußte er reden. Ich verschränkte meine Arme hinter dem Rücken. Sie an die Hosennaht zu legen, schien mir gefährlich, es könnte Schule machen. Meine Arme waren überflüssig geworden, es sei denn, man hätte mir erlaubt, diesen Kerl mit bloßen Händen zu erwürgen oder ihm eine Tracht Prügel aufzubrennen. Ich sah angestrengt aus dem Fenster, auf die vier rasenden Räder am Schachtturm, und ich hörte auf das Sirren des Ventilators, der vor dem Bürofenster aus der Erde stieß. Er saugt die schlechte Luft aus den labyrinthischen Gängen unter Tage auf und führt frische Luft ein.

Der Bebrillte fragte mich, was ich an den beiden Freitagen gemacht hätte und was ich jetzt tun wolle.

Am ersten Freitag hatte ich Urlaub ...

Aber der ist doch nachträglich vom Steiger geschrieben worden, ohne mein Einverständnis. Ich habe es nur genehmigt.

Den Kerl könnte ich erwürgen, dachte ich in einem fort, so weit ist es nun schon gekommen, daß sich die Betriebsführung um jeden Dreck kümmert, um einen schmalen Tag Urlaub. So wird den Steigern nach und nach ihre Verantwortung aus der Hand genommen, sie werden zu Erfüllungsgehilfen, und sie werden in einigen Jahren bei ihrer Arbeit so denken wie die Kumpels seit Jahren: nach uns die Sintflut.

Das Rädersirren vom Turm übertrug sich auf die Fensterscheiben, Regenbögen davor, tiefe Wolken lasteten auf roten, eingegrauten Gebäuden.

Spräche nicht Ihr Arbeitsspiegel für Sie, ich würde Sie auf der Stelle entlassen!

Ach ja, Arbeitsspiegel, den gibt es ja auch noch. Eine Verbrecherkartei ist das, Fahndungskarte, Erkennungsdienst. In dieser Kladde steht, was zur Person des Arbeiters im Betrieb und außerhalb notiert wurde. Außer den Personalien ist im Arbeitsspiegel jede Stunde verzeichnet, die man früher ausfuhr, jedes Zuspätkommen, jede Fehlschicht; wann Urlaub angetreten, wann beendet, Urlaub zusammenhängend oder auf Stottern, dann Urteile verschiedener Vorgesetzter über die Güte verrichteter Arbeiten, ob man aufsässig war, ob man willig ist, ob man gerne Überstunden verfährt, ob man schon einmal beim Schlafen in der Grube erwischt worden ist, auch Pfändungen. Alles, was einem Arbeiter anhängt oder angehängt wird, steht in dieser gelben Kladde fein säuberlich, auch Klatsch, Vermutungen und Verleumdungen.

Es gibt wenige Karten, auf denen kein Vermerk steht, in grüner, blauer oder roter Schrift. Rot negativ, grün positiv, blau Nichtbeweisbares.

In einem Betrieb gibt es keine unbeschriebenen Blätter, keine unbeschriebenen Existenzen!

Wer zum Betriebsführer gerufen wird oder bei ihm in irgendeiner Sache vorsprechen will, der hat erst dann Zutritt, wenn der Kerl die gelbe Karte studiert hat. Ein Angestellter wird eigens dafür bezahlt, die Kartei in Ordnung zu halten und sie zu ergänzen.

Also, sagte der Bebrillte, er stand auf und stemmte beide Fäuste auf die Schreibtischplatte, Sie können heute wieder 24 Uhr anfahren, aber nochmaliges Fehlen, ich mache Sie darauf aufmerksam, zieht unweigerlich fristlose Entlassung nach sich. Wir können uns bei der angespannten Absatzlage Bummelanten nicht leisten, sie kosten dem Betrieb Geld. Sie werden als vernünftiger Mensch geschildert, nun zeigen Sie auch hier Vernunft. Glück auf also.

Den Kerl könnte ich lächelnd erwürgen, dachte ich. Aber ich sagte: Danke für das Entgegenkommen. Glück auf.

Dann ging ich. Es ist immer dasselbe: große Fresse, wenn uns keiner hört, und wenn es darauf ankommt, kneifen wir die unteren Backen zusammen. Wir Arbeiter sind feige geworden.

Seien wir ehrlich: Wir haben weniger Angst um unser Leben als davor, über Nacht zu verlieren, was wir in all den Jahren angeschafft haben.

Wohin gehst du, Arbeiter?

Ich mußte diese Worte wohl laut vor mich hingesprochen haben, als ich das Bürogebäude verließ, denn zwei Männer, die auf dem Treppenabsatz standen, lachten plötzlich und tippten sich an die Stirn.

Ich wußte nicht, wohin. Nach Hause! Da ist es leer und kalt, denn meine Frau wird nun erst einmal für ein paar Wochen bei ihrer Mutter bleiben. Ist mir auch recht, mir ist alles recht, auch das Entgegenkommen des Alten. Was soll ich in einem leeren, feuchtkalten Haus? Ich werde Rosi bitten, daß sie Feuer macht. Rosi wird das gerne tun, sie hat für ihren Onkel Jürgen schon was übrig.

Ingeborg und ich müßten ein Kind haben, dachte ich. Ein Kind schafft Verantwortung. Aber so? Jeder läuft seine eigenen Wege, wenn man auch glaubt, man laufe miteinander. Ingeborg sagt, wir hätten noch soviel anzuschaffen. Ein Kind aber sei die teuerste Anschaffung. Vielleicht hat sie recht. Aber ein Kind ist doch kein Gegenstand!

Wie in Trance war ich die Stufen zu einer Wirtschaft hinaufgestiegen, die Wirtschaft, in der dicke Bären brummten bis zum nächsten Geldtag. Daß die Wirte immer noch pumpten!

Eine tückische Regenböe pflückte mir die Mütze vom Kopf, und ich ließ das speckig gewordene Stück vom Winde treiben. Wenn doch alles Unangenehme auf der Welt auf so billige Weise fortflöge. Der einzige Gast in einem leeren Wirtshaus ist Bruder Langeweile, ein lästiger, verfluchter Geselle. Ich vertrieb ihn damit, daß ich die Musikbox reichlich mit Groschen fütterte und mir ein Bier nach dem anderen hinter die Binde goß. Zehnmal hörte ich «Heißer Sand» und Sacha Distels Gitarre. Ich staunte, wie unersättlich der kleine Schlitz in solch einem Kasten sein kann.

Verflucht, dachte ich, während eine Schmalzstimme blökte, verflucht, daß so ein widerlich bebrillter Kerl einen anderen Menschen wie lästiges Ungeziefer abfertigen darf, nur weil dieser andere Mensch an zwei aufeinanderfolgenden Freitagen nicht an seinem Arbeitsplatz war.

Wahrscheinlich stellt dieser Aufpasser auch Lichter zu Weihnachten in die Fenster, auf daß wir Berlin nicht vergessen.

Wieviel Striche? Schon sechs? Habe ich schon soviel getrunken? Der Kerl wird mich doch nicht übers Ohr hauen? Vielleicht stimmt es, ich will keinen Krach mit dem Hünen hinter der Theke, gegenwärtig messe ich die Flüssigkeit sowieso nicht mehr.

Jetzt scheint auch noch die Sonne, diese Hure, die soll wegbleiben, regnen muß es, stürmen. Kamine müssen einknicken, Schachtgerüste einstürzen, ach, wenn doch diese gottverdammte Welt auseinanderbräche und ich allein übrigbliebe ... ich allein. Zwei herrliche Bäume stehen vor dem Fenster. Hier ist es im Frühling wundervoll, die lachsfarbenen Kerzen der Kastanien, zwanzig Meter weiter der rundgewachsene Ahorn und darunter an heißen Tagen kühles Bier ... ein wunderbarer Ort ... Da, das kann doch nicht wahr sein ... aber doch ... jaaaa ... das ist sie ...

Das ist die Frau!

Hastig sprang ich hoch, rief den Wirt und warf drei Mark in die Bierlache, ich hatte beim Aufspringen mein halbes Glas umgeworfen.

Kein Zweifel mehr, sie ist es.

Ich lief hinter der Frau her, und als ich sie erreicht hatte, konnte ich kaum sprechen. Legte meine Hand auf ihre Schulter und es war mir, als schossen Angstblitze aus ihren Augen.

Ich sah Sie vom Fenster der Wirtschaft aus. Guten Morgen. Das ist aber eine Überraschung. Nein, so was, hier trifft man sich wieder.

Was wollen Sie? rief sie.

Kein Zweifel, die Zarah-Leander-Stimme.

Ja, aber kennen Sie mich nicht mehr? Kennen Sie Ihre Mitternachtsbegegnung nicht mehr? Natürlich, wir haben uns nur bei Nacht gesehen, aber immerhin. Ich erkannte Sie sofort, als ich durch das Fenster sah. Am Gang habe ich Sie erkannt ... und jetzt die Stimme. Eine wunderbare Stimme haben Sie.

Merkwürdig, daß ich trotz der Nacht ihren Gang im Gedächtnis behielt, ihr Gesicht aber nicht. Sie nahm meine Hand von ihrer Schulter und sagte:

Sie haben zuviel getrunken, Sie verwechseln mich mit einer anderen.

Ihre Augen hüpften, sie jagten straßauf und straßab, sie zitterte.

Ich begleite Sie ein Stück, sagte ich. Wie ist es zu Hause? Alles in Ordnung? Ist in der Bude Ruhe? Ach ja, bis Freitag natürlich, ich vergaß. Für ihn und für Sie wäre es besser, wenn er nur einmal im Monat Geld bekäme. Wie ist es mit den Kohlen? Sie können welche haben, ich muß aber Ihre Adresse wissen, sonst geht das nicht. Was ich noch sagen wollte ... Ihr Mann braucht ja nichts davon zu wissen, sagen Sie einfach, Sie hätten die Kohlen gekauft, das Geld können Sie sich in die Tasche stecken. Ihre Adresse aber muß ich haben ...

Sind Sie verrückt? Lassen Sie mich los, ich habe es eilig. Ich habe Ihnen doch gesagt, ich bin nicht die, für die Sie mich halten.

Da war ich böse, denn aus den strengen, schönen Zügen ihres Gesichtes stieg das bebrillte Antlitz des Mannes, der vor zwei Stunden über meine Zukunft sprach wie über einen lästigen alten Rock.

Sie wollen sich an die beiden Freitage nicht erinnern? Sie ... Sie ... Sie sind gemein, ach ... so gemein ..., keuchte ich.

Ich bin nicht Ihre Mitternachtsbegegnung oder was weiß ich, ich bin Frau Po ...

Wer sind Sie? Wer? Hart faßte ich sie am Arm und drehte sie zu mir. Sie sah an mir vorbei, die Straße auf, die Straße ab. Sie war gemeißeltes Erschrecken.

Ich habe es eilig. Lassen Sie mich! Ich rufe um Hilfe!

Gottlob, eine neue Böe wuchtete durch die Häuserzeilen, ihr Mantel flatterte, ihr Kopftuch flatterte, ihr Blick flatterte. Dann riß sie sich los und lief schnell weg.

Sollte ich mich wirklich getäuscht haben? Nein, tausendmal nein! Warum aber nur verleugnet sie mich? Warum nur? Ich stand dumm und sah ihr nach, feiner Regen bestrich mein Gesicht, die Haare klebten in Strähnen in meiner Stirn. Erwürgen könnte ich sie, dachte ich in einem fort, erwürgen, sie und den bebrillten Zweimetermann, der über mein Leben sprach wie über Leben oder Nichtleben eines schlachtreifen Tieres. Natürlich ist sie es. Der Gang und die Zarah-Leander-Stimme, vor allem der Wechsel von Angst und Gehetztsein in ihren Augen sagten es mir.

Ich lief ihr nach. Sie hörte meine Schritte, denn sie lief schneller. An der Straßenecke holte ich sie ein.

Die Adresse müssen Sie mir geben, ich lasse Ihnen die Kohlen morgen hinfahren! keuchte ich.

Lassen Sie mich, Sie sind ja betrunken. Ich kenne Sie nicht, ich habe Sie nie gesehen, und ich bin nicht die, für die Sie mich halten.

Sie sind Frau Po... Was kommt nach den Buchstaben? Was? Zum Donnerwetter, spielen Sie doch nicht den unschuldigen Hasen!

Gehen Sie weg! Ich rufe die Polizei! schrie sie mir ins Gesicht. Sie stampfte mit den Füßen in die Pfütze zwischen uns. Wieder lief sie fort. Ich ließ sie laufen. Eine schwarze Wolkenwand erkletterte hinter den Fördertürmen den Zenit, der Wind heulte, und schräg einfallender Regen drang an die Häuserwände.

Soll ich nach Hause gehen? Soll ich die Frau suchen?

Bald schoß der Regen in Güssen zur Erde. An den Häuserwänden Rinnsale, an den Bürgersteigkanten gurgelten Bäche den Siphons zu.

Immer noch stand ich im Regen wie eine Litfaßsäule, und die Frau bog an der Apotheke um die Ecke. Schließlich lief ich doch noch mal der Frau nach. Zwischen einer schmutzigroten Häuserzeile hastete sie hundert Meter vor mir her, ab und zu drehte sie sich um, plötzlich war sie wie vom Erdboden verschluckt. Verdammt.

Der Regen war mir recht. Wo ist die Frau hin? Die beiden ersten Buchstaben ihres Namens weiß ich, den Rest werde ich noch erfahren, ganz bestimmt. Ein Hund, der aus der tristen Häuserfront auf die Straße gesprungen kam, kläffte mich wild an und schnappte nach meinen Hosenbeinen; je öfter ich den Köter durch Fußtritte zu verjagen suchte, desto greller wurde sein Gebell. Das Vieh ging mir auf die Nerven, und das im Regen. Ich blieb stehen, lockte ihn zu mir, da zog er den Schwanz ein und rannte weg.

Soll ich auf das Einwohnermeldeamt gehen und mir alle Namen mit den Anfangsbuchstaben PO heraussuchen? Viele werden es nicht sein. Ich könnte mich als Vertreter ausgeben und alle Türen aufsuchen, wo der Name mit den Anfangsbuchstaben PO steht. Blödsinn.

Nun hatten sich die Schleusen des Himmels geöffnet, ein Guß schoß auf die Straße, so kanonenartig, daß die Tropfen zuerst hochsprangen, bevor sie zu Bächen wurden. Ich war unter einen Haustürvorsprung geflüchtet, konnte aber nicht verhindern, daß der fast waagerechte Regen mich durchnäßte. Da war der Hund wieder, er lief jaulend auf der Straße hin und her, wollte zu mir, schien aber dem Frieden nicht zu trauen. Die Haustür öffnete sich, ich fiel rücklings in den Flur, konnte mich gerade noch an der Frau festhalten. Ich sah in das Gesicht und in schreckgeweitete Augen.

Sie war es.

Sie?

Ja, ich, sagte ich, dumm vor Überraschung.

Hier können Sie nicht bleiben. Verschwinden Sie! stieß sie leise hervor.

Aber Sie können mich doch nicht wegjagen, bei dem Wolkenbruch!

Das ist mir egal, verschwinden Sie ... schnell ... los!

Ich stand wie betäubt und las an der Tür: Victor Polenz.

Einwohnermeldeamt nicht mehr nötig. Zum erstenmal nach Tagen fühlte ich so etwas wie Glück.

Die Frau stieß mich mit beiden Fäusten in den Rücken, ich stolperte die zwei Stufen hinunter und fiel vor einen Gully, vor dem sich Wassermassen stauten. Kaum hatte ich mich wieder hochgerappelt, umwinselte mich der Hund. Ich faßte nach dem Tier, es ließ sich streicheln. Die Haustür war geschlossen worden.

Die Wassergarben hämmerten an die Fensterscheiben, an die Häuserwände, auf die Straße. Schließlich stand ich wieder unter der Haustür, wo sollte ich bei dem Regen hingehen, ich drückte das Wasser aus Jacke und Hose, der Hund winselte zwischen meinen Beinen. Das Glücksgefühl war verflogen, ich kam mir erbärmlich vor. Hunger hatte ich, zu allem Unglück spürte ich nun die Wirkung des auf nüchternen und verärgerten Magen getrunkenen Biers. Vielleicht war ich betrunken und wußte es nicht. Ich fror. Ach, nimmt der Regen kein Ende? Wie lange soll ich noch hier stehen? Wo habe ich nur mein Fahrrad gelassen? An der Zeche? Am Wirtshaus?

Da fiel ich wieder rücklings in den Flur und wollte schon die Frau verfluchen. Ich sah hoch, es war ein Mann. Ein Riese, breit, massig.

Hoppla, sagte er und lachte. Auf dem breiten Körper saß ein viel zu kleiner Kopf. Der Mann hatte keinen Hals. Eine ulkige Erscheinung.

Na, Sie sind ja pudelnaß. Kommen Sie rein.

Ich wollte nicht, wehrte ab, er zog mich in den Flur, der Hund lief mit und sprang an dem Manne winselnd hoch. Er roch nach Bier, schien aber nüchtern zu sein. Bei dem Wetter können Sie nicht draußen bleiben, warten Sie den Guß ab, es muß ja mal wieder aufhören. Und das arme Hündchen, es zittert ja vor Kälte.

Kam so plötzlich, das Wetter, sagte ich.

Was kommt heutzutage nicht plötzlich? Kommen Sie rein, meine Frau wird die Sachen trocknen.

Nein, um Gottes willen, zu viel Umstände. Ich warte den Guß ab, dann bin ich gleich zu Hause.

Trotzdem, rein in die warme Stube.

Er schob mich vor sich her, ich konnte mich nicht wehren, er war ein Riese, und er ließ keinen Widerspruch zu.

In der Küche stand ich der Frau gegenüber. Sie erschrak heftig, musterte mich dann von oben bis unten, lachte schließlich schallend.

Ich weiß nicht, was es da zu lachen gibt, knurrte der Kinderköpfige. Sofort verstummte die Frau. Mach ihm eine Tasse Kaffee. Mir auch eine, sagte er laut.

Ich mußte mir die Jacke ausziehen, die Frau hängte sie auf einen Bügel und den Bügel auf einen Trockenstern über dem Ofen, auf dem schon Kinderkleidung hing. Der Hund lag ausgestreckt vor der Tür, die

Frau mahlte Kaffee, der Mann ohne Hals blätterte in der Morgenzeitung, ich selbst hatte meine Beine vor dem Ofen ausgestreckt, damit die Hosen besser trockneten. Der Mann sah hinter seiner Zeitung auf.

Was für eine Rasse ist das? fragte er.

Weiß nicht.

Wieso? Man muß doch wissen, was für einen Hund man hat.

Mein Hund? sagte ich. Dachte, es wäre Ihrer.

Gehört also nicht Ihnen?

Der Kinderköpfige stand auf, packte den Hund am Nacken und warf ihn durch das Fenster auf die Straße.

Aber! schrie die Frau am Herd.

Sei du ruhig, knurrte er. Kümmere dich um deinen Kaffee. Fremde Köter in der Wohnung, wo gibt's denn so was.

Ich malte mir sekundenlang aus, wie es gewesen wäre, wenn der kleine Pinscher nun ein Schäferhund ... Quatsch.

Es war elf Uhr geworden. Wir schlürften unseren Kaffee, er tat mir gut, er wärmte auf und verdrängte den Bierdunst aus Hirn und Blut. Meine Umwelt konnte ich besser beobachten und schärfer beurteilen. Draußen verlor der Regen allmählich seine Heftigkeit, im Zimmer wurde es langsam heller, irgendwo am zementenen Himmel kroch die Sonne heraus.

Ist Essig auf'm Bau jetzt, sagte der Mann. Er blätterte gelassen in der Zeitung.

Sie arbeiten draußen? fragte ich. Maurer? Es war mir, als hätte die Frau mir das erzählt. Ach nein, sie hatte nur gesagt, ihr Mann bekomme jeden Freitag Geld, er kann also nicht auf der Zeche arbeiten, denn da bekommen wir alle zehn Tage Geld.

Bin Polier. Haben die Bude zugemacht, bei dem Sauwetter soll man mit dem Arsch am warmen Ofen bleiben. Kaum die Speis angemacht, fängt es schon zu saulieren an, Schnee oder Regen. Zuviel Ausfall jetzt. Ist auch mal schön, ein paar Wochen faulenzen, das Geld geht ja weiter.

Jaja, sagte ich. Auf der Zeche ist es egal, was für Wetter ist, immer die gleiche Temperatur unter Tage, ohne Regen, ohne Schnee, ohne Sonne.

Wollen Sie noch eine Tasse Kaffee? fragte die Frau. Sie trat lächelnd an den Tisch. Sie sah mich an.

Verdammt! Heftig schlug der Mann auf den Tisch.

Immer deine blödsinnigen Fragen! Natürlich will er noch eine Tasse Kaffee.

Er las weiter in seiner Zeitung. Verschreckt schenkte die Frau mir neu ein. Ihre Hände zitterten, sie war nicht mehr freundlich, sie sah mich böse an, wahrscheinlich, weil der Mann meinetwegen seine Heftigkeit an ihr ausließ. Sie kam mir nun mutlos vor, nicht mehr so wie in den beiden Nächten, wo ich sie ein wenig bewundert hatte.

Ach Gott, jetzt habe ich keine Milch mehr, rief sie.

Wieder schlug der Mann auf den Tisch.

Was hast du eigentlich? Nie hast du etwas im Haus, jeden Dreck mußt du einzeln über die Straße holen.

Ich war heute noch nicht einkaufen, sagte sie mit weinerlicher Stimme.

Und wo warst du vor einer Stunde? Bei deiner lieben Schwester? Dann wird es aber Zeit, daß du endlich gehst. Was machst du nur den ganzen Tag? Tratschen!

Lassen Sie nur, sagte ich begütigend, ich trinke meinen Kaffee gern schwarz.

Quatsch! Soll Milch holen.

Aber, du trinkst ihn doch auch schwarz, rief sie.

Jetzt aber ab! Er wies der Frau die Tür. Die Frau lief. Der Mann blätterte ruhig seine Zeitung um und murmelte vor sich hin. Dann lachte er breit – und gähnte.

Ich sah mir den Mann genau an. Gekämmt schien er sich heute noch nicht zu haben, die Haare büschelten sich wirr auf dem zu kleinen Kopf. Ich wußte, warum er trotz des kleinen Kopfes kein Kindergesicht hatte: die Nase störte und die Augen. Die Nase war zu groß und zu gebogen, und die Augen glitzerten farblos und kalt. Die Stirn zeigte links und rechts fünfmarkstückgroße Wölbungen, die sich beim Sprechen verengten und erweiterten. In breiten Schultern lag der Kopf eingekugelt, wie ein Kaktus, ohne Hals, das Hemd hing offen von der behaarten Brust. Man konnte Angst vor ihm haben.

Die Küche war eingerichtet wie abertausend Küchen in abertausend Arbeiterhäusern, nicht besonders geschmackvoll, aber nicht unübel, eben ein Aufenthaltsraum, wie ihn Arbeiter lieben. Trotz der morgendlichen Stunde sauber, daran änderte auch nichts die verstreut herumliegende Kinderkleidung und die ausbesserungsbedürftige Arbeitskleidung des Mannes. Schulhefte und ein paar Wildwestromane lagen auf der Anrichte.

Haben Sie Mittagsschicht? fragte die Frau, die atemlos zurückgekehrt war. Sofort stieß sie zwei Löcher in die Dose und stellte sie auf den Tisch. Als ich mich bedient hatte und dem Mann die Dose zuschob, knurrte er: Brauche sie nicht, trinke meinen Kaffee schwarz.

Nein, ich habe Vierundzwanziguhrschicht, sagte ich, schon das ganze Jahr.

Das ist ja eine Verbrecherschicht, knurrte der Mann.

Ja, das kann man wohl sagen, besonders wenn sie länger als ein paar Wochen dauert.

Kamen Sie eben von der Schicht? fragte die Frau und sah mich gespannt an. Ich sagte ja. Der Mann blätterte schnell die Zeitung von hinten nach vorn durch.

Hast du mir Zigaretten mitgebracht? fragte er scharf.

Zigaretten? Ich dachte ... Sie zitterte wieder.

Dachte. Wenn du schon zu denken anfängst. Sofort holst du welche, aber sofort. Verdammt noch mal, jeden Dreck muß sie einzeln über die Straße holen.

Ich hielt ihm meine Packung hin.

Ist nicht meine Sorte! sagte er.

Die Frau hatte schon das Zimmer verlassen, als er ihr nachrief: Ist der Hund noch da? Liegt er vor der Tür?

Ich habe nichts gesehen!

Du hast ja auch Tomaten auf den Augen! Wuchtig ließ er sich auf den Stuhl zurückfallen und blätterte wieder in der Zeitung.

So, sagte ich, meine Jacke ist soweit trocken. Ich muß fort, ich fange an, müde zu werden. Meine Hose ist auch etwas abgetrocknet. Ich habe nur eine Viertelstunde mit dem Fahrrad.

Ich zog mich an. Meine zum Abschied vorgestreckte Rechte übersah er.

Lassen Sie sich die Zeit nicht lang werden im Bett, sagte er nur. Wahrscheinlich wußte er gar nicht, daß er etwas gesagt hatte. Durch den gebrochenen Zementhimmel schossen die ersten Sonnenbündel in die Gassen und auf die Menschen. Zwei Mädchen kamen von der Schule und verschwanden in der Haustür. Also ihre Kinder. Langsam lief ich die mit tristroten Häusern eingefriedete Straße entlang. An der Ecke stand ich unvermittelt der Frau gegenüber.

Sie hätten doch noch ein paar Minuten warten können.

Ich wäre nicht so naß geworden, wenn Sie mich nicht auf die Straße gestoßen hätten.

Mein Gott, verstehen Sie doch. Er bringt mich um, wenn er etwas erfährt.

Was gibt es denn zu erfahren?

Den vergangenen Freitag, die Nacht meine ich.

Ich habe Ihnen nur Gesellschaft geleistet, sonst nichts. Aber er weiß doch nicht, daß ich an den Geleisen entlanglaufe, wenn er mich fortjagt, und daß ich dann bis zur Stadt laufe. Er denkt, ich bin bei meiner Schwester. Sie wohnt am anderen Ende.

Hat er die Schwester denn nie gefragt?

Die weiß Bescheid, die verrät nichts, die nicht.

Werden Sie Freitag wieder am Bahndamm sein?

Vielleicht ... genau weiß ich es nicht ... es ist wohl besser ... Ja ... wenn ich nicht mehr komme. Jetzt geht er stempeln und bekommt sein Geld am Montag. Am Montag sind die meisten Kneipen zu, und wenn er einmal zu Hause ist, geht er nicht mehr fort.

Ja, das ist also nun Ihr Mann, sagte ich und sah an ihr vorbei.

Nein ... ja ... nein ... ich meine ...

Wie? Was ist?

Er ist nicht mein Mann, wir leben nur so zusammen, wissen Sie, er sorgt für mich und die Kinder. Sie war hilflos und feuerrot geworden.

Witwe?

So könnte man es auch sagen. Mein Mann ist weit weg... sehr weit... da kommt man nicht hin... Bautzen... das ist am Ende der Welt... ganz weit...

Ist das nicht riskant? Wegen der Nachbarn, meine ich.

Warum? Sie sah mich gerade an. Irgendwie muß man doch leben. Ich habe schon ganz anders gelebt. Offiziell lebe ich bei ihm als Untermieter.

Da fielen mir Frauen ein, die, als sie davon erfuhren, daß ihr Mann auf dem Felde der Ehre gefallen war für Adolf, Volk und Vaterland und für den Vierjahresplan, sich wie wild vor Schmerz gebärdeten, nach vier Wochen aber schon einen neuen Freund hatten.

Die Kohlen können Sie trotzdem kommen lassen, wenn es noch geht, jetzt wissen Sie ja die Adresse.

Ja, ich werde noch heute meinem Fuhrmann Bescheid sagen.

Dann bin ich beruhigt, sagte die Frau.

Warum sind Sie am letzten Freitag einfach weggelaufen, so ohne Gruß?

Ach, mir fiel was ein, ich hatte was vergessen... Übrigens, an der Wirtschaft steht Ihr Fahrrad. Nicht einmal abgeschlossen.

Wir bohren den Stein an.

Das Schmidtsche Gerät saugt den Staub in Eisenkübel. Wie gut, daß es noch Menschen gibt, die bei ihren Erfindungen nicht allein an den Fortschritt denken. Hätten wir dieses Gerät nicht, wir wären mit 45 Jahren Invaliden, die Lunge wäre vom Steinstaub eingemauert oder zerfressen.

Drei Mann bohren.

Ein Singsangton stößt monoton an unsere Ohren, es blubbert und knirscht, rattert und stampft, braust und zischt, für Stunden werden wir taub. Unsere Verständigung besteht nur aus Gesten.

Neun Löcher sind zu bohren.

Jeder Mann bohrt drei Löcher zwei Meter tief in den Stein. Ich hinke etwas nach, die Arbeit will mir nicht so recht von der Hand, meine Gedanken schwirren ab von dem Gegenstand, den ich in der Hand halte, und das ist nicht gut. Ich komme aus der Richtung, und erst ein kräftiger Rippenstoß von Karl macht mir klar, daß ich in Gedanken bohre und nicht im Stein. Die letzten Tage hatten mich aus dem Gleichgewicht gebracht. Auch körperlich fühlte ich mich nicht wohl, Kopfschmerzen und Stechen im Rücken machten mir zu schaffen.

Verflucht! Was ist los?

Zischen!

Einer schreit!

Warum schreit Karl so blödsinnig laut?

Ein Saugschlauch war aus dem Ventil gerissen, jetzt zischte die Preßluft auf die Steinwände, wirbelte Staub auf, der Schlauch schlug schlangenförmig durch das Ort.

Weglaufen!

Ein Schlag von diesem Schlauch kann Glieder zerbrechen, der Schlag an Kinn oder Schläfen kann den Tod bedeuten. Wir laufen ziellos durcheinander, finden im Staubnebel den Kübel nicht. Ich laufe in die Strekke hinein, 200 Meter zurück, und drehe den Sperrschieber in das Preßluftrohr.

Langsam erstirbt vor Ort das Gebläse, flaumweich fällt der Staub zur Sohle. Als ich wieder das Ort erreichte, arbeiteten Karl und Wilhelm schon am Ventil und versuchten, den zersprengten Schlauch zu laschen. Ununterbrochen fluchten sie drauflos. Das war verständlich, denn wir hatten Zeit verloren. Jede Minute wird genau auskalkuliert. Der Schießhauer darf nicht warten, wenn er zum Abschießen bei uns eintrifft. Auch er hat einen Stundenplan, einen Minutenplan.

Wie es sich die Herren am grünen Tisch ausrechnen, so soll es ausgeführt werden, und sie vergessen dabei oft, daß die Kalkulation von Maschinen leichter einzuhalten ist als von Menschen. Das hat uns gerade noch gefehlt, habe für vier Uhr den Schießmeister bestellt. Verflucht, verdammte Sauerei, schimpfte Karl, hoffentlich werden wir rechtzeitig fertig. Ich kann heute unmöglich Überstunden machen, kriege wieder Krach mit dem Steiger. Karl steigerte sich immer mehr in Wut. Kein Wunder, daß seine Reparatur am Schlauch sich hinauszögerte. Erst das Bohren wird ihn wieder beruhigen.

Halb drei war es geworden.

Noch anderthalb Stunden hatten wir also Zeit, wir können es noch schaffen, wenn kein neuer Zwischenfall eintritt. Karl und Wilhelm waren fertig geworden mit Schlauch und Kübel, ich lief zurück und drehte den Schieber wieder aus dem Rohr. Die Luft zischte ein, und die beiden bohren schon, noch ehe ich das Ort erreicht hatte.

Wir bohren den Bauch der Erde entzwei.

Von aufgetürmten Steinwänden behütet und bedroht, fressen wir uns täglich zwei Meter weiter in den Stein, in die Kohle, und wir wissen nicht, wo das Hineinfressen enden wird. Jeden Tag zwei Meter, jeden Tag dieselbe Arbeit, der Erdenbauch ist unermeßlich. Obwohl mir hundeelend war, setzte ich mein drittes Bohrloch an. Ich verschob zuerst das zwei Meter hohe Gestänge, auf dem der Bohrer ruht, und begann die linke obere Ecke anzubohren. Die Arme schmerzten. Trotzdem ging es flott, der Bohrer fraß sich in den Stein, daß es eine Freude war, die schlanke Stange zentimeterweise im Stein verschwinden zu sehen.

Bohren, abschießen, ausbauen.

Das ist ein Rhythmus zu drei Dritteln in vierundzwanzig Stunden. Haben wir gebohrt und abgeschossen, und es bleibt noch Zeit bis Schichtende, dann pfänden wir noch eine Sicherungsschiene vor, das gibt Geld – dreißig Mark pro Schicht, manchmal ein paar Pfennig mehr, manchmal weniger. Auf mehr als dreißig Mark pro Schicht kommen wir selten – und das ist nun der Spitzenverdienst des Kumpels.

Plötzlich bohrte ich auf der Stelle. Verdammt, schiebt sich jetzt zu allem Unglück eine Sandsteinader durch den Schiefer? Auch das noch, wir haben ohnehin Zeit verloren. Zeit ist Geld, weicher Stein ist viel Geld, harter Stein ist wenig Geld. Verdammt, gerade heute. Na, vielleicht ist es nur eine Konglomeratader. Wir müssen dreißig Mark verdienen, unbedingt, wenn wir das nicht verdienen bei der schweren Arbeit, dann können wir auch nach Dortmund oder Unna als Straßenkehrer gehen.

Karl und Wilhelm waren mit ihren Bohrungen fertig geworden. Sie halfen mir nun, meinen Rückstand aufzuholen. Es war auch höchste Zeit, der Schießhauer stand schon Minuten hinter uns und führte gemeine Reden. Wir verstanden zwar nicht viel von dem, was er sagte, aber wir hätten ihn gern unangespitzt in den Boden gerammt. Alle haben es auf der Zeche eilig, die Vorgesetzten und die Kumpels, wie eine Seuche ist das.

Kein Wunder, daß dann Unfälle passieren.

Der Schweiß sammelte sich am Hosenbund zu einem feuchten Streifen und fraß an der Haut; der Staub klebte in den Poren und wurde wieder vom Schweiß ausgespült. Wie oft in einer Schicht? Niemand weiß es, niemand weiß, wieviel Pfund wir in einer Schicht verlieren, wir wissen nur, daß wir Durst haben und vor Überanstrengung oft nicht essen können. Ist der Körper schweißnaß, wird er trockengerieben, wenn man überhaupt Zeit dazu hat. Das Gedinge treibt, der Rhythmus treibt, der Druck von oben treibt, die Kalkulation vom grünen Tisch treibt, die Maschine treibt, der Mensch treibt den Menschen, und der Mensch treibt sich selbst, weil er verdienen muß.

Wir räumten die Bohrgeräte ab, den Ladewagen fuhr ich bis zum Wechsel zurück. Ein gefährliches Unternehmen; wenn er umkippt, haben wir eine Schicht zu tun, ihn aufzurichten. Eine Schicht umsonst gearbeitet.

Der Schießhauer begann, das Ort zu besetzen.

Patronen.

Rote Drähte baumelten wenig später aus den Löchern, wie eine Kabelverteilung sah das aus, und mit Hilfe von drei Meter langen Stangen, etwas schwächer im Durchmesser als die gebohrten Löcher, stießen wir vorsichtig den Besatz hinein, zu Würsten gedrehten Lehm auf die Patronen. Vorsichtig, wie ein Bäcker seine Brote in den Backofen schiebt.

Der Schießhauer führte die neun baumelnden Drähte nun zusammen. Obwohl ich schon oft zugesehen hatte, war es mir heute noch ein Rätsel, wie er diesen Wirrwarr ordnen konnte, damit kein Unglück geschah. Ich schraubte die Luftlampe von der Firste, auch das herumliegende Gezähe sammelte ich und brachte es in Sicherheit.

Endlich hatte auch der Schießhauer seine Arbeit beendet, alle Drähte zum Batteriekasten gezogen und dort angeklemmt.

Fünfzig Meter vom Ort entfernt nahm er seinen Abschußstandort. Wir drei liefen weiter zurück, bis zum Sperrventil, 200 Meter vom Ort entfernt drückten wir uns in die Stöße. Vorsicht ist immer besser; der Teufel will es manchmal, daß Steine um die Ecken fliegen. Wir standen stumm in Sicherheit.

Da schrie er auch schon sein Alarmsignal.

Es brennt! Es brennt!

Bange Sekunden.

Dann bebte der Berg, über und neben uns zitterten die Ausbaue, Holz und Eisen – wir zitterten einen Augenblick selbst. Wieder einmal gutgegangen. Gott sei Dank.

Wir blieben nach der Detonation sitzen, aßen unsere Brote und tranken den kalten Kaffee. Dazu war jetzt Zeit, denn es dauert zwanzig Minuten, ehe die Schwefeldämpfe vor Ort abgezogen sind. Karl drehte die künstliche Bewetterung auf Volltouren, die Ventilatoren rasten. Undurchdringlicher Nebel, mit Schwefeldämpfen vermischt, hüllte das Ort ein. Wir saßen weit zurück, trotzdem kitzelte süßlicher Qualm unsere Nase.

Verflucht! schrie Wilhelm. Die Mäuse haben meine Brote angefressen.

Warum hängst du deine Brote nicht an einem Draht auf? sagte ich.

Habe ich doch. Weiß der Teufel, wie die Biester da rangekommen sind. Verdammte Sauerei!

Karl wollte Wilhelm eine Schnitte abgeben, aber der lehnte ab, schimpfte fortgesetzt auf die Mäuse, fluchte auf die Zeche, auf die Arbeit und schließlich auf sich selbst.

Der Schießhauer ging vorbei.

Habe das Ort abgeleuchtet, es ist rein, ihr könnt weitermachen, knurrte er. Die beiden Blechkästen über seinen Schultern, in denen er den Sprengstoff herbeitrug, klapperten noch lange.

Kinder, habt ihr auch solche Lust zum Arbeiten wie ich? fragte Karl. Seit einigen Tagen habe ich es unter der Haut, ich bin erkältet, ist auch kein Wunder bei dem Wetter. Meine Alte meint, ich soll zum Arzt gehen. Was soll ich da? Nach drei Tagen bekomme ich eine Karte zum Vertrauensarzt, und in Hamm bist du sowieso kv, wenn sie nichts sehen können. In Hamm sitzt du drei Stunden und wartest auf die zwei Minuten, die dich der Arzt ansieht, profitiert hast du überhaupt nichts, auskurieren kann man sich doch gar nicht bei dieser Krankenscheinprozedur.

Unsere Revierärzte haben bald nichts mehr zu sagen, murrte Wilhelm, die haben bald nur noch ein Büro zum Krankenscheinunterschreiben und zum Ausfüllen von Rezepten. Ob dir was fehlt, das wird auf der Untersuchungsstelle in Hamm bestimmt, die können das auch besser als dein Revierarzt, der Hunderte in der Woche zur Untersuchung hat.

Wir gingen an unsere Arbeit.

Das Ort gähnte uns an, bis zum Ladewagen waren die Steine geflogen, aber wir hatten trotzdem gut gebohrt, und es war auch gut geschossen worden, denn kein Stempel der neuen Ausbaue war weggeschossen, kein Verzug beschädigt. Schüsse dieser Güte liebten wir, der Arbeitsrhythmus zerbrach nicht. Das gibt Geld, dreißig Mark pro Schicht.

Wir pfändeten die beiden Fangschienen vor, legten die Kappschiene auf, das war jetzt leicht, denn wir brauchten kein Gerüst, der Steinhaufen bot uns besseren Stand als das beste Gerüst. Alles mußte praktisch und zeitsparend ausgeklügelt werden, jeder besaß seine eigenen Kniffe. Im nächsten Arbeitsdrittel wird der Steinberg weggeladen, zwanzig Tonnen, die darauffolgende Mittagsschicht wird die Stempel setzen, die Stöße und die Firste absichern und versiehen. Und dann kommt die Nachtschicht, mit ihr Karl, Wilhelm und ich, wir bohren wieder neun Löcher in den Stein und lassen den Stein zerschießen. Wie ein Zahnrad greift eines ins andere, wenn einer einmal ausfällt, wird der gesamte Ablauf gestört, der Verdienst, die Stimmung, die Kameradschaft.

Heute war es noch einmal gutgegangen, das mit dem Schlauch kann einmal passieren, das schmälert unsere dreißig Mark nicht, aber es ist nicht damit getan, daß wir drei miteinander auskommen, die beiden anderen Drittel, die morgens und mittags kommen, müssen genauso gut arbeiten, sonst hat alles keinen Zweck.

Um halb sieben gingen wir zu unseren Kisten, reinigten uns von Schweiß und Dreck und entstaubten unsere Kleider. Langsam trotteten wir zum Querschlag und von dort in die Richtstrecke.

Der Gerichtsvollzieher war gestern bei mir, sagte Karl unterwegs. Hat seinen Kuckuck an meinen neuen Küchenschrank geklebt.

Warum das denn? fragte ich.

Ach, hab mir doch im vorigen Sommer einen Fernsehapparat gekauft. Na und, ich konnte die Raten nicht einhalten, dachte, als ich ihn kaufte, es wird schon werden. Und was war? Drei Monate mußte ich feiern nach meinem Unfall. Erst haben sie Mahnungen geschickt, dann einen Zahlungsbefehl, und gestern kam der Herr Kuckuck.

Da laß dir keine grauen Haare wachsen, sagte Wilhelm, der war voriges Jahr auch bei mir.

Karl bellte ihn an: Darum geht es ja auch nicht. Meine Frau ist auf der Palme, das Auto vom Gerichtsvollzieher kennt doch jeder in unserer Straße, und wenn das einfährt, gucken alle hinter den Gardinen, wohin er geht. Und ausgerechnet meine Frau hat sich immer bei den anderen Weibern damit gebrüstet, daß sie alles bar bezahlt. Verflucht, ist das ärgerlich, man sollte einfach nichts auf Raten kaufen.

Wahr ist es schon, sagte Wilhelm, aber man fällt immer wieder darauf rein. Wie willst du sonst kaufen? Vorher zusammensparen? Das haut nie hin, ich habe es versucht. Wenn man ein paar hundert Mark zusammen hat, kommt etwas dazwischen, und man nimmt weg von dem Geld.

Recht hast du, sagte Karl. Wir verdienen nun mal zu wenig, das ist es. Unser Lohn stimmt nicht mehr.

Nein, wandte ich ein, wir verdienen genug, aber, seien wir mal ehrlich, wir wollen zuviel auf einmal haben.

Jetzt halte aber die Luft an. Kauft man sich denn was Unnützes? Karl ereiferte sich. Waschmaschine? Muß man haben. Fernsehgerät? Muß man haben. Und ein Moped? Mensch, wie lange sollen wir noch zur Arbeit trampeln? Willst du dein ganzes Leben mit dem Fahrrad zur Zeche fahren? Bist schon halb k.o., wenn du an die Arbeit kommst. Nein, Jürgen, das ist es nicht, zu teuer ist alles, die Zwischenverdienste sind zu hoch. Paß mal auf. Mein Nachbar hat sich eine vollautomatische Waschmaschine gekauft, kostet zweitausend, er bekam sie unter der Hand durch einen guten Bekannten vom Großhändler für vierzehnhundert. Für die gesparten sechshundert konnte er sich schon einen Kühlschrank kaufen. Mit welchem Recht verdienen die Leute soviel daran?

Der Staat müßte eben eingreifen, sagte ich.

Der Staat? Mensch, der verdient doch am meisten daran, je mehr Zwischenhändler, desto mehr Steuern, schrie Karl gegen den Wetterzug.

Sei es, wie es will, sei froh, daß wir nicht in der Ostzone leben, sagte Wilhelm zu mir.

Was? begehrte ich auf, glaubst du auch an die Märchen? Das meiste ist Propaganda, und viele kommen nur rüber, weil sie glauben, wir haben den goldenen Westen. Was die Flüchtlinge für Zuschüsse kriegen! Eine Straße weiter von mir wohnt einer, der kam vor drei Monaten aus Berlin, was glaubst du, was der alles in seiner Wohnung hat. Ich arbeite jetzt fünfzehn Jahre und konnte mir das noch nicht anschaffen. Freiheit? Mensch, wo ist unsere? Arbeiten, Schnauze halten, sonst bekommst du die Papiere, das ist unsere Freiheit.

Recht hast du, sagte Karl und haute Wilhelm auf die Schulter. Kinder, was habe ich gelacht, als der Gerichtsvollzieher draußen war. Er hat doch den Kuckuck auf den Küchenschrank geklebt, und der Küchenschrank ist auch noch nicht bezahlt.

Da lachten wir alle drei.

Jetzt braucht nur noch ein Zahlungsbefehl für den Küchenschrank zu kommen, sagte Karl und lachte weiter.

Aus den Strecken, die in den Querschlag münden, schaukelten Lichter auf uns zu. Aus dem Labyrinth unterirdischer Strecken stolperten die Kumpels in die Richtstrecke zum Personenzug. Eisiger Wetterzug durchpfiff unsere Kleider. Er stürmte mit solcher Wucht gegen uns an, daß wir gezwungen waren, die Gesichter seitlich zu wenden, damit keine Atemnot eintrat. Am Wetterzug achthundert Meter unter Tage konnten wir schon ablesen, wie die Temperatur über Tage war. Heute lag bestimmt eine grimmige Kälte über dem Land, wir spürten es auf dem Wege zum Schacht.

Unsere Erschöpfung merkten wir erst, als wir im Zug saßen, im überdeckten und wettergeschützten Wagen. Wir ließen die Flügel hängen und schliefen die dreitausend Meter bis zum Schacht so tief, daß wir geweckt werden mußten. Auch das Gepolter und das Rütteln des fahrenden Zuges scheuchte uns nicht aus unserer Müdigkeit.

Am Schacht war kein Gedränge. Um 8 Uhr morgens fahren nur fünfzig Mann aus. Schwarze Gestalten, übermüdet und schlaftrunken, ausgemergelt, durstig und hungrig und mit einer Sehnsucht nach Tageslicht, als ob das Leben davon abhinge. Wir stiegen auf die Sätze des Korbes, der Wetterzug war noch eisiger als am Schacht, und unsere Körper besaßen keinen Widerstand mehr. Wir zitterten vor Kälte.

Im überdachten Laufsteg, der Hängebank und Waschkaue verbindet, stand ich einige Minuten und sah auf die Rangiergleise und hinauf zum Haarstrang. Viel Schnee war über Nacht gefallen. Ich hatte Zeit. Warum beeilen? Meine Wohnung ist kalt und unpersönlich und fremd, seit meine Frau nach Dortmund abgehauen ist. Ich muß Rosi bitten, daß sie in Küche und Wohnzimmer Feuer macht, bevor sie zur Schule fährt. Sie wird es wohl tun, meine Wohnung liegt auf ihrem Weg. Den Kaffee werde ich mir wieder selbst brauen müssen, und was man sich selbst in Eile bereitet, schmeckt nicht. Polenz, der Polier, hat es da besser, der kann für Wochen seine Füße unter den Ofen stecken und Zeitung lesen und seiner Nicht-Frau unflätige Worte sagen.

Langsam ließ ich in der Kaue meinen Haken herunter und entkleidete mich, nahm Seife, Reinol und den Schwamm und schlurfte in Holzlatschen in den Waschraum! Dampfsprühend schoß das Wasser aus den Brausen auf die gerillten Fliesen und nackten Körper. Der Atem stockt für einen Moment. Aber welch eine Wohltat für die durchrüttelten Körper!

Unter dem heißen Wasser wird der Kumpel wieder Mensch.

Schwarze Bäche rinnen von nackten Leibern. Der Grubenadam wird abgewaschen, der Erdenadam kommt wieder zum Vorschein. Jeder hat seine eigene Art, sich zu waschen, der eine beginnt beim Kopf, der andere bei den Zehen nach oben, wieder andere beginnen am Hals, und das ist dann das ulkigste Bild, wenn ein weißer Körper mit einem schwarzen Kopf dasteht. Heute rief mir keiner zu wie sonst: Jürgen! zieh deinen Pullover aus! Ich bin am ganzen Körper stark behaart, besonders auf der Brust, und bevor ich die Duschräume betrete, schabe ich mit den Fingernägeln den eingelagerten und eingeschwitzten Staub aus den Brusthaaren.

Hier bewegen sich tausend nackte Männer ohne Scham, nackte Väter neben ihren nackten Söhnen, nackter Bruder neben nacktem Bruder, nackter Neffe neben nacktem Onkel. Ein junger Mann, der vor Jahren aus Hessen auf unsere Schachtanlage kam, betrat nach seiner ersten Schicht die Duschräume in Badehose.

Er schämte sich.

Dem armen Kerl erging es schlecht. Erst lachten ein paar Männer, dann fragte ihn einer, wie er sich denn zwischen den Beinen waschen wolle, dann begann das Feixen. Es war kaum zu glauben – ein Kumpel in Badehose im Duschraum. Rohe Hände rissen ihm schließlich die Hose vom Leib, er schrie und rief andere zu Hilfe, aber alle lachten, und das Gelächter steigerte sich, als der arme Kerl nackt da stand, denn unter der Hose war nur die Andeutung einer Männlichkeit zum Vorschein gekommen.

Einen Kamm! Einen Kamm! rief einer. Da muß man mit dem Kamm durch die Haare fahren, um was zu finden!

Der arme Kerl tat mir wirklich leid. So etwas spricht sich schnell herum, in vierundzwanzig Stunden wußte es die gesamte Belegschaft bis hinauf zum Betriebsführer. Der zeigte menschliche Regung und lachte. Von diesem Tage ab hieß der Badehosenkumpel Schämling. Bald nach diesem Vorfall verließ der Schämling unsere Zeche, er wurde seines Lebens nicht mehr froh, er fing auf einer anderen Zeche an. Dort aber, so kam mir zu Ohren, ging er gleich am ersten Tag in den Duschraum ohne Badehose. Er hatte gelernt, er sah ein, daß unser Beruf sich zimperliche Schamgefühle nicht leisten kann.

Vor der Haustür lag knöcheltiefer Schnee, die Wohnung war kalt. Das ungespülte Geschirr in der Küche verbreitete einen säuerlichen Geruch. Ich kochte mir Kaffee und sah mit Schrecken, daß die Eßvorräte zusammengeschrumpft waren. Heute nachmittag muß ich einkaufen gehen. Feuer werde ich nicht machen, ich werde gleich zu Bett gehen.

Nur gut, daß ich mit Kohlen nicht zu sparen brauche. Ich werde Rosi bitten, daß sie in meiner Wohnung die Öfen versorgt. Bevor ich einschlief, las ich noch in der Zeitung. Ausgerechnet fiel mir zuerst der Artikel in die Augen, der die Milchverteuerung um sechs Pfennig pro Liter begründete.

Das Wirtschaftswunder bringt uns alles, Wohlstand und Raten, Eigenheim und Schulden, Arbeitsplatz und Kündigungsdrohung, fremde Weiber und halslose Poliere.

Rosi öffnete mir die Tür. Ich mag das Mädchen gern. Seit Jahren ist sie mein Liebling, weil ich selbst keine Kinder habe und mit ihrer Mutter seit vielen Jahren befreundet bin. Jetzt ist Rosi siebzehn, klug, mit schneller Auffassungsgabe und gespielter Koketterie. Sie ist das, was man einen Teenager nennt, liest regelmäßig Twen und weiß, was sie dieser Zeitschrift schuldig ist. Sie trägt keine Nietenhosen und hat auch keine Bardotfrisur. Sie ist nüchtern, kennt den Wert des Geldes und hat keine großen Illusionen, sondern alltägliche Wünsche und Sehnsüchte. Sie träumt davon, einmal ein Abenteuer mit einem Mann zu erleben, mit einem richtigen Mann. Sie spricht zu mir oft darüber, daß sie eine Orgie erleben möchte. Das Wort hat sie in den Illustrierten gelesen, aber sie weiß nicht, was das ist. Manchmal wippen ihre Röcke aufreizend über ihren Knien, dann trägt sie drei bis vier Petticoats übereinander, doch Mutti dürfe das nicht wissen, sagte sie, die sei so altmodisch. Papa aber habe nichts dagegen, er sage nur: Wind, wie schön, so viel Wind! Jetzt trägt sie enge Röcke, sie eignen sich besser zum Twisten. Rosi fährt zur Handelsschule nach Dortmund, jeden Morgen mit dem Zug, und am frühen Nachmittag kommt sie zurück, um sich dann gleich über ihre Bücher zu setzen. Sie ist fleißig und ganz normal, wäre da nicht das Wort Orgie, von dem sie nicht loskommt, das sie in Tag- und Nachtträumen verfolgt. Die Jungen aus der Umgebung stellen ihr nach, mit und ohne Moped. Sie hat das gern, man wisse doch dann, wer man sei, sagt sie mit Überzeugung. Sie denkt nicht an feste Bindungen, nicht weil sie etwas gegen Bindungen hat, die Schule beherrscht neben der Orgie ihre Zeit und ihr Denken.

Sieh da, Onkel Jürgen. Daß du auch mal wieder kommst!

Im Flur drehte sie sich ein paarmal um sich selbst und fragte mich, wie ihr der neue Pullover stehe.

Gut, sehr gut. Aber er scheint mir um eine Nummer zu klein.

Na und? Muß doch so sein. Glaubst du vielleicht, meine Brust kommt mit einem weiten Pullover so zur Wirkung?

Wieso? Muß die zur Wirkung kommen?

Ach nein! Bist du jetzt bei der Heilsarmee?

Noch nicht, sagte ich und lachte sie an, aber ich bin vernünftiger geworden.

Was? In vierzehn Tagen? Geht das so schnell?

Ihre Mutter Veronika saß in der Küche und strickte, sie schob die Brille auf die Nasenspitze und nickte mir zu.

Karl ist im Wohnzimmer, sagte sie.

Wie geht es ihm? Hat er Schmerzen?

So lala. Das Wetter, du weißt ja. Aber er ist ruhig. Er malt wieder, schon seit acht Tagen.

Was malt er denn jetzt? Ich war wirklich neugierig.

Er teilt die Welt auf, sagte sie und lachte leise.

Macht er das schon lange? Hat er das früher schon einmal gemacht? Er malte doch sonst immer Zäune.

Seit drei Tagen. Aber sieh es dir selbst an. Rosi, mach Onkel Jürgen eine Tasse Kaffee.

Aber Mutti, er trinkt bestimmt lieber eine Flasche Bier.

Los, mach schon! Was er trinkt, bestimme ich hier.

Rosi zuckte mit den Schultern und machte sich schließlich am Herd zu schaffen. Ich ging in das Wohnzimmer zu Karl. Er saß am runden Tisch, die Tischdecke hatte er zurückgeschoben. Er malte auf einem großen Blatt Papier mit Wasserfarben.

Der Besuch, rief er, ich habe heute nacht davon geträumt, konnte mir aber nicht erklären, wer mich besuchen sollte. Der Obersturmbannführer ist doch schon lange tot. Der hat mich regelmäßig besucht. Auf Zimmer vierzehn war das ... oder fünfzehn?

Ich weiß, Karl. Der Sturmbannführer ist tot. Ihn hat eine Fliegerbombe getroffen.

Natürlich, natürlich. Wie deine Eltern ... futsch.

Ja, wie meine Eltern. Dabei war mein Vater kein Obersturmbannführer, nur Lastwagenfahrer.

Der Obersturmbannführer saß auch in einem Lastwagen.

Wie geht es dir, Karl? Hast du Schmerzen?

Chott o Chott, Jürgen, ich komme nicht so richtig klar, weißt du, das ist eine Heidenarbeit, Chott o Chott, du mußt mir helfen.

Natürlich helfe ich dir. Was malst du denn?

Aber ich male doch nicht, ich teile die Welt auf.

Und wie machst du das?

Ist doch ganz einfach, daß du das nicht weißt, habe ich dir doch schon vor Jahren erzählt. Guck her: hier ist Europa, das ist rot, bekommt alles der Russe. Blau ist Amerika, bekommt alles der Ami, gelb ist Asien, bekommt alles der Chinese, schwarz ist Afrika, bekommt alles der Ägypter.

Aber die Ägypter sind doch gar nicht schwarz.

Nicht? Da habe ich mich getäuscht. Egal, ist ja noch nicht zu spät, bekommen dann eben die Hottentotten.

Australien hast du vergessen, Karl.

Hältst du mich für blöd? Das habe ich mir aufgespart, wird was ganz Besonderes. Guck her: schwarz-weiß gestreift, das ist Australien. Das wird wieder Verbrecherkolonie. Die Menschen da werden in andere Erdteile evakuiert, und alle Verbrecher kommen nach Australien.

Schwerverbrecher? Oder alle?

Schwerstverbrecher. Ich meine die Politiker, Atombombenhersteller und die Unternehmer und ... nein ... das ist genug.

Das wäre eine gute Lösung, Karl, aber ich glaube nicht, daß alle damit einverstanden sind.

Aber doch, doch. Ich habe schon Vorbesprechungen geführt. Morgen kommen die Präsidenten bei mir zusammen, ich habe Veronika schon gesagt, daß sie den Teppich vor das Haus legt. Man ist ja schließlich kein Unmensch, und das macht Eindruck, so ein Teppich vor dem Haus ... ja, wir werden dann alle Einzelheiten klären.

Kommen die mit dem Flugzeug?

Ja glaubst du, die fahren mit der Eisenbahn? Das ist doch klar, die kommen mit einem Stuka ... uuuuuiiiiiiuuuuuiii ... macht es dann. Das gibt einen Spaß, da werden die Nachbarn gucken, die halten mich nämlich für übergeschnappt.

Nein, das glauben die Nachbarn nicht, Karl, das bildest du dir nur ein. Wo sollen denn die Flugzeuge landen?

Wo, na Mensch, auf der Wiese hinter dem Zechenwald. Die Kühe müssen dann eben verschwinden ... in den Stall oder ins Schlachthaus. Was ist schon an den Kühen dran, wenn wir die Welt aufteilen.

Welchen Posten bekommst du eigentlich, Karl?

Das habe ich mit den Herren schon ausgehandelt, ich werde nämlich Kanzler von Australien. Ich weiß auch schon, was ich dann tu. Ich lasse im ganzen Land Zechen anlegen, und die ganze Bande dort muß nach unter Tage. Chott o Chott, das gibt ein Fest.

Was willst du da fördern lassen?

Steine, nichts als Steine. Die gibt es ja genug. Sag mal, Jürgen, ist Australien eigentlich groß? Größer als Dortmund?

Sehr viel größer, sagte ich und hatte Mühe, meine Tränen zu ersticken.

Das ist gut. Dann kann ich viele Zechen anlegen.

Was willst du mit den Steinen machen, die du fördern läßt?

Auch schon geplant. Da wird von Australien zum Südpol ein Damm durch das Meer gebaut, sagte er und sah mich gespannt an. Oder geht das etwa nicht?

Wird wohl Schwierigkeiten geben, Karl, das wird ein langer Damm werden.

Macht nichts, gibt ja auch genug Verbrecher.

Was willst du auf dem Südpol?

Da wird ein Weltfriedhof errichtet. Die Friedhöfe in allen anderen Ländern werden aufgelöst und umgepflügt und Weizen darauf gesät.

Aber auf dem Südpol verfaulen doch die Toten nicht, sagte ich und wurde langsam ungeduldig.

Das ist es ja. Wegen der Auferstehung. Wie kann man auferstehen, wenn man verfault ist. Früher, ja, da wußten es die Menschen nicht anders, aber jetzt haben wir doch den Südpol. Habe da was gelesen, warte mal ... ach nein.

Das ist wirklich eine gute Idee. Wo du nur immer diese guten Ideen her hast, mir fiele so etwas nie ein.

Ja du, du warst ja auch nicht da, wo ich war. Aber du verstehst mich, Jürgen, du bist der einzige, der mich versteht. Vielleicht fällt für dich ein Posten mit ab, mal sehen. Ach ja, du könntest vielleicht Weltgewerkschaftspräsident werden, Anfangskapital gehört natürlich dazu, ich gebe dir was ... aber nur als Vorschuß. Er wies auf das Schränkchen unter dem Fenster und sagte: Da habe ich genug Kapital drin.

Ich wußte, daß dort seine KZ-Sträflingskleidung eingemottet lag.

Du wirst dich wundern, ich mache überall Kazetts auf, überall, und jeder, der reinkommt, den lasse ich kastrieren, und wir brennen ihm einen Spruch in die Haut.

Welchen Spruch, Karl, welchen?

Du weißt doch. Er sah sich scheu im Zimmer um, einen Moment zitterte er, dann flüsterte er, mir ins Ohr: Jedem das Seine.

Richtig, rief ich und schlug mir an die Stirn, du hast es mir vor Tagen einmal erzählt.

Vor Tagen? Wirklich? Aber nicht so laut, die stehen vor der Tür und horchen, die belauschen uns. Auch nachts, wenn alles schläft. Vielleicht spricht einer im Schlaf. Aber ich gehe nicht aus der Baracke.

Die stehen jetzt nicht mehr vor der Tür, jetzt nicht mehr, sagte ich beschwichtigend.

Pst! Vor der Tür stehen immer welche und lauschen, jetzt sind es eben andere, haben keine schwarze Uniform mehr an, haben andere Kleider an. Haben nur die Kleider getauscht. Der Obersturmbannführer ist auch dabei, ach nein, der ist ja tot, Fliegerbombe, wie deine Eltern. Der Spruch stand doch über dem Tor?

Ja, über dem Tor, ein großes Tor, ein riesiges Tor. Da konnte man nur hineingehen, aber nicht heraus. Da hättest du sein sollen. Jedem das Seine stand über dem Tor. Ich mußte es jeden Tag lesen, ich habe nämlich im Steinbruch gearbeitet, und wenn wir abends zurückmarschierten, dann sangen wir ein Lied. Was sangen wir doch? Ach ja, einen Choral, den hat der Obersturmbannführer gedichtet, der war ein fixer Junge, konnte was. Hat gedichtet und komponiert. Wir sangen vom Steinbruch nach Hause immer einen Choral, der begann so: Der von Gott gesandte Adolf Hitler, Halleluja, seine Minister sind die zwölf Apostel. Dann mußten wir zwölfmal Halleluja singen. Das war ja ein ganz schönes Lied, Jürgen, aber man konnte schlecht drauf marschieren. Und dann kamen wir zum Tor. Vor dem Tor mußten wir die Köpfe heben, meterhohe Buchstaben. Wer den Kopf nicht hob, der kam an den Fleischerhaken. Über dem Tor ...

Ja, Karl, unterbrach ich ihn ... Mein Gott, wenn er doch aufhören wollte, ich kannte das alles aus tausend Erzählungen.

Jürgen, auf Kommando «Kopf hoch!» mußten wir die Köpfe heben, und auf Kommando «Drei – vier!» mußten wir sagen: Jedem das Seine. Aber laut.

Endlich brachte mir Rosi den Kaffee. Sie nickte mir zu und sagte:

Vater geht es heute wieder gut, das macht dein Besuch, da ist er immer aufgeräumt. Du mußt öfter kommen. Heute morgen hat er in der Zeitung gelesen, du weißt ja, wie sich das dann abspielt. Er liest erst die Morde und von Kriegen irgendwo, dann sagt er Australien. Wenn er von Amerika liest, dann sagt er bye, bye, wenn er von Rußland liest, sagt er njet, und wenn er von Frankreich liest, dann sagt er meinen Namen.

Um Gottes willen, Rosi, deinen Namen?

Warum, das ist doch ganz normal.

Was habt ihr hinter meinem Rücken zu flüstern, immer diese Heimlichkeiten, rief Karl. Chott o Chott, dieses junge Volk. Aber mit euch beiden gibt es nichts, verstanden? Rosi wird den neuen Präsidenten von Europa heiraten.

Aber Papa, ich dachte, Onkel Jürgen wird Präsident von Europa?

Nein, der nicht, der ist nicht rot genug.

Nicht? Papa, dann muß er eben noch mehr rot werden, das kann nicht so schlimm sein und auch nicht so schwer sein.

Karl Borowski hörte nicht mehr, was seine Tochter sagte, er malte wieder einen schwarzen Klecks auf das Papier, dann nahm er Deckweiß und zog weiße Streifen über den schwarzen Klecks.

Langsam trank ich meinen Kaffee und war froh, daß Karl schwieg. Sehr froh.

Manchmal tropfte Karls Nase, die Tropfen fielen auf das Papier, auf die Farbe, und er vermalte die Tropfen aus der Nase gleich mit. Veronika kam und schaltete den Fernsehapparat ein. Zuschneidekurs für Heimschneidern, erläuterte sie.

Du brauchst nichts mehr zu lernen, du kannst doch alles, sagte ich und bewunderte wieder die Frau.

Glaubst du? Das kommt dir nur so vor, weil mein Mann ein vollkommener Trottel geworden ist. Gestern hatte er wieder einmal einen bösen Tag, er hat stundenlang gewimmert. Wir haben nach dir geschickt, aber dein Haus war verschlossen. Ist Ingeborg in Dortmund?

Da erzählte ich ihr, was mir die letzten Tage gebracht hatten, von der mitternächtlichen Begegnung bis heute. Die Straße in Dortmund ließ ich aber aus, sie hätte mich nicht verstanden. Aber sonst verschwieg ich nichts.

Sie sah an mir vorbei zu Karl, der über seinen Blättern eingeschlafen war. Rosi lachte. Das ist ja zum Schreien, Onkel Jürgen auf Abwegen. Na so was. Man bekommt ja gehörig Respekt vor ihm. Ist sie hübsch, die Frau? Wie heißt sie doch, Polenz? Ach nein, der komische Polier heißt so. Schade, nun weißt du wieder nicht, wie die Frau heißt.

Du Gör hältst den Mund, rief Veronika.

Was ist? Sind die Präsidenten schon da? Karl war aus dem Schlaf geschreckt und sah verstört um sich. Speichel lief aus den Mundwinkeln, Veronika reinigte behutsam seinen Mund. Sind noch nicht da? Können wahrscheinlich nicht landen bei dem Sauwetter. Chott o Chott.

Und was wirst du jetzt tun? fragte mich Veronika. Sie war noch immer schön, sie gehört zu den Frauen, die mit fortschreitendem Alter ihren Charme nicht verlieren, obwohl sie Schweres mitgemacht hatte.

Während des Krieges hatte Karl an die Förderwagen unter Tage mit Kreide geschrieben: Heil Moskau, Hitler ist eine Drecksau! Karl war nie Kommunist, aber er mochte Hitler nicht, er konnte keine braune Farbe sehen.

So weit trieb er sein Spiel, daß er es noch fortsetzte, nachdem er schon von verschiedenen Seiten, die wußten, wer der Schreiber war, gewarnt wurde. Er lachte sie aus und meinte, man müsse doch etwas gegen die braune Farbe tun.

Vierzehn Tage nach seinem ersten Sprüchlein wurde er aus der Kaue heraus von zwei Männern in Zivil verhaftet. Waschen durfte er sich noch, schließlich hätte er die Polster des BMW schmutzig gemacht, mit dem er abtransportiert wurde. Auch seine Butterbrote durfte er auf einer Bank in der Kaue noch essen, den abgestandenen Kaffee trinken. Die Flasche mußte er aber zurücklassen, die brauche er nicht mehr, sagte einer der beiden Männer. Lange hörte man nichts von ihm, Veronikas Nachforschungen blieben erfolglos, sie sah nur bedauerndes Schulterzucken, wo sie vorsprach. Zu dieser Zeit saß Karl schon im Zuchthaus in Amberg. Später kam er dann in ein KZ, wo über dem Tor die meterhohen Buchstaben angebracht waren. Einen Richter hat Karl nie gesehen.

Kurz vor Kriegsende kam er wieder. Sein Körper, früher schon durch die vielen Jahre Arbeit unter Tage von fallendem Gestein zerstochen und mit schwarz-grünen Narben übersät, sah nach seiner Entlassung aus, als habe ein Bauer darauf geeggt. Wunderlich war er geworden, jede Woche entwarf er einen neuen Plan zur Eroberung der Erde und einen genauen Marschplan für den Sieg des Proletariats. Als ich ihm voriges Jahr einmal sagte, daß es kein Proletariat mehr gibt, daß der Arbeiter sich beleidigt fühlt, wenn er so genannt wird, denn jeder Arbeiter habe heute eine gute Wohnung und fahre bald ein Auto, sah er mich verwirrt an. Gibt es denn keine Armen mehr? fragte er mich. Ja, sagte ich, die gibt es auch noch, aber das darf man nicht so laut sagen, denn Gewerkschaft und Unternehmer hören das nicht gern.

Und Rechtlose gibt es auch nicht mehr? fragte er mich später. Darauf konnte ich ihm keine Antwort geben.

Manchmal fragt und antwortet er wie ein normaler Mensch, und mir kommen Zweifel an seinem geistigen Defekt. Dann aber kommen wieder Tage, da tobt und schreit er und wälzt sich auf dem Fußboden, und sein Körper zuckt, als schlage jemand auf ihn ein. Es folgen Wochen, in denen er kaum etwas trinkt oder ißt, oft weint er stundenlang trokken in sich hinein. Und es folgen Tage, da betet er. Diese Tage aber sind die grausigsten, denn seine Gebete sind Flüche und Verwünschungen, und wir fürchten uns vor seinen Worten. Er kniet dann stundenlang auf Holzscheiten in einer Zimmerecke und spricht monoton vor sich hin: Lieber Chott, schicke deinen Christus, damit die hohen Herren etwas zu martern haben und uns in Ruhe lassen. Die hohen Herren wollen ein ganzes Volk zu Christussen machen, und wir wollen doch Menschen bleiben und arbeiten. Aber nicht unser Wille geschehe, sondern deiner. Aber bedenke auch mal unseren Willen, so schlecht sind wir doch gar nicht. Wenn du, lieber Chott, schon einen Hitler schickst, dann brauchst du doch keine Henker zu schicken. Und erlöse den Pfaffen, der mit mir in einer Baracke lag und uns alle zu Märtyrern machen wollte. Aber wir wollten doch nicht, wir wollten leben und arbeiten und heimkehren. Lieber Chott, nimm es uns nicht krumm, daß wir gejubelt haben, als er am Fleischerhaken aufgehängt wurde, der hätte uns nämlich alle verrückt gemacht. Wir hatten dann Ruhe in der Baracke. Schicke wieder deinen Christus auf die Erde, denn die Erde ist braun und rot, sie muß erlöst werden von diesen grellen Farben, die Pfarrer können das nicht mehr, sie stehen mit Lackschuhen auf der Kanzel und reden, und sie streiten sich um ein Komma, ob es in die Bibel gehört oder nicht. Chott o Chott, mache mich zum Generalpräsidenten über alle Zechen und alle Kazetts und über alle Tore, auf denen «Jedem das Seine» steht.

Solche Tage aber sind selten, in jüngster Zeit blieben sie aus, er fluchbetet nicht mehr. Für Veronika und Rosi ist das ein wahrer Segen, denn sie leiden darunter sehr, weil sie Karl in solchen Stunden nicht helfen können.

Karl sträubt sich wahnsinnig dagegen, in ein Krankenhaus oder in eine Anstalt eingeliefert zu werden. Die kastrieren mich, schreit er dann und versteckt sich auf dem Trockenboden oder unter der Couch. Veronika will es auch nicht, aber von amtlicher Seite war schon oft der Versuch gemacht worden. Kein Wunder, daß Veronika mit ihren fünfundvierzig Jahren weiße Haare hat. Einmal sagte ich ihr, sie solle sich das gut überlegen, sie müsse damit rechnen, mit Karl noch dreißig Jahre zusammenzuleben, denn er habe trotz der Mißhandlungen eine kräftige Gesundheit und ein kerngesundes Herz.

Ich weiß, das brauchst du mir nicht zu sagen, aber man muß eben im Leben für alles bezahlen, früher oder später.

Draußen schneite es wieder dicht.

Willst du Ingeborg nicht zurückholen? fragte sie mich plötzlich.

Ich weiß nicht, was ich soll. Kannst du mir raten?

Raten? Dir bestimmt nicht! Aber den Versuch mußt du machen, ihr habt euch doch sonst verstanden, und Ingeborg ist eine ruhige und praktisch denkende Frau. Ich verstehe nicht, wie sie den Kopf verlieren konnte und eifersüchtig wurde. Sie hätte dich doch erst mal fragen müssen.

Dann fahre ich nächsten Samstag nach Dortmund und hole sie zurück, oder ich schreibe ihr, daß mir alles leid tut.

Dann komme ich mit! rief Rosi. Ihr schien alles eine Komödie zu sein. Veronika gab ihrer Tochter eine Ohrfeige, das Mädchen verschwand in die Küche.

Das mußt du nicht tun, sagte ich, dafür ist sie zu alt.

Überlasse das gefälligst mir, ihr vorlautes Mundwerk regt mich schon lange auf, sie wird immer schnippischer. Du mußt sie nicht immer in Schutz nehmen.

Sie wächst ohne Vater auf, da muß man vieles verstehen.

So? Sie muß streng gehalten werden. Und dann will ich dir eines sagen: sorgt, daß ihr Kinder bekommt, dann wird alles anders. Ohne Kinder ist das Leben Schiet.

Kinder sind nicht mehr modern, sagt Ingeborg.

Na und? Dann werdet ihr eben altmodisch, das ist heute auch wieder modern.

Karl malte schon den sechsten Bogen voll. An manchen Tagen verbraucht er für zwei Mark Papier, sagte Veronika.

Andere brauchen täglich für zwei Mark Bier und das Zigarettengeld noch extra.

Die bringen auch Pinkepinke nach Hause.

Du kannst dich mit deinen fünfhundert Mark Rente nicht beklagen, damit kann man leben, noch dazu in solch einer billigen Wohnung. Ich zahle monatlich achtzig, du nur fünfunddreißig.

Dafür haben wir auch ein altes Haus.

Aber mit mehr Wohnraum.

Du hast auch keine Kinder, was glaubst du, was Rosi kostet mit ihren Ansprüchen und in ihrer Ausbildung.

Es gibt Familien, erwiderte ich, die haben sechs Kinder, und die Kinder stehen auch in der Ausbildung.

Sie lachte: Es ist nur gut, daß es dich gibt, du treibst mir manchmal meine Flausen und meine Unzufriedenheit aus. Ach, beinahe hätte ich es vergessen, Baumann war hier, du kennst ihn doch, er war früher auf der CDU-Geschäftsstelle, jetzt ist er Versicherungsinspektor bei der Kriegsgräberfürsorge oder beim Reichsbund, ich weiß es auch nicht richtig.

Baumann? Was wollte der denn? Ja, er war früher bei der CDU-Geschäftsstelle, aber ganz früher war er bei der Kreisleitung. Die Kerle rutschen doch immer wieder auf allen vieren wo hinein.

Laß mich ausreden. Ich habe doch vor Monaten Erhöhung der Rente beantragt, weil Rosis Berufsausbildung jetzt so viel verschlingt und Karl ein besonderes Essen haben muß. Nachdem er eine Zeitlang herumgedruckst hatte, sprach Baumann plötzlich von Gnade. Ich verstand ihn nicht, Rosi sah mich immerfort an. Er meinte dann, die fünfhundert Mark, die wir bekämen, seien eine Gnade, denn genaugenommen stehe uns kein Pfennig zu, Karl hätte aus reinem Übermut und nicht aus politischer Überzeugung gehandelt. Wenn er das heute machen würde mit einem von der Regierung, würde er auch verhaftet. Man müsse das berücksichtigen und nicht maßlose Forderungen stellen. Karl sei nach den damaligen Gesetzen und auch nach der heutigen Rechtsprechung zu Recht eingelocht worden.

Na so was! Ich war aufgesprungen. Und du hast dem Kerl nicht gehörig die Leviten gelesen?

Ich habe nur gesagt, daß wir die Rente nicht dafür bekämen, daß Karl im Loch saß, sondern dafür, daß sie Karl zum Krüppel geschlagen haben und er jetzt arbeitsunfähig ist. Rosi allerdings hat die Tür geöffnet und hat zu ihm gesagt: Hier hat der Zimmermann das Loch gelassen. Hinaus! Sie hat ihn gefragt, welche Partei ihn geschickt habe, die braune oder die schwarze oder sein Gewissen. Und sie hat ihm gesagt, daß sie gegen ihn Anzeige erstatten werde. Er druckste und wand sich und sagte, wir sollten um Gottes willen kein Geschrei machen, es sei nur sein Gewissen, er habe es sich zur Aufgabe gemacht, all die Leute aufzusuchen, die Rente bekämen nach solchen Fällen. Nur sein Gewissen schikke ihn, denn mehr oder minder müßten alle an der vergangenen Zeit leiden, die einen am Geiste, die anderen am Leib.

Sein Gewissen? rief ich. Hat sein Gewissen ihm damals auch gesagt, daß er das große Holzkreuz umschlagen und verbrennen mußte? Wann war das? Vierunddreißig... Was hat Karl zu diesem Besuch gesagt?

Karl? Warte mal... ach ja, er fragte mich Stunden später, wer das war. Ein reizender Mensch sei das, er müsse sich seinen Namen aufschreiben, er suche noch einen Kirchenminister für China. Mir war zum Schreien vor Wut, aber ich lachte.

Sie bat mich, zum Abendessen zu bleiben, und mir war es lieb, ich hatte nur Brot und Margarine im Hause. Wir gingen in die Küche, Karl ließen wir allein, er war wieder eingeschlafen.

Wenn wir gegessen haben, soll Rosi mitgehen und dein Haus etwas in Ordnung bringen.

Das mache ich schon selbst.

Das weiß ich. Aber du sollst mit ihr sprechen.

Sie stand mir gegenüber und sagte sehr ernst: Du sollst mit ihr sprechen!

Was soll ich mit ihr sprechen?

Du sollst ihr sagen, wer ihr Vater wirklich ist.

Aber Veronika, warum auf einmal so schnell, wir haben doch ausgemacht, wenn sie achtzehn ist.

Sie ist schon wie fünfundzwanzig. Sie soll es jetzt erfahren, bevor liebe Mitmenschen es ihr erzählen.

Ja... wenn du meinst... ich halte es für verfrüht. Aber du mußt es wissen. Wohl ist mir dabei nicht.

Besser, du sagst es ihr, als ich. Auf dich hört sie.

Dann trug sie das Essen auf.

Es war sieben Uhr geworden, draußen finster. Karl aß nicht mit uns, er war aufgewacht und malte zum siebentenmal Australien. Es war besser, ihn beim Malen nicht zu stören, es konnte sonst vorkommen, daß er sich auf dem Teppich wälzt und schreit. Jetzt saß er friedlich und malte und vermalte die Tropfen aus seiner Nase gleich mit. Veronika servierte mir gebackenen Fisch, der vom Mittagessen übriggeblieben war. Sie sagte zu ihrer Tochter, die vom Bierholen zurückgekommen war, sie müsse mit mir gehen und meine Wohnung in Ordnung bringen. Rosi lachte schnippisch:

Huch, so ein junges Mädchen und so ein junger Mann allein in der Wohnung, wenn das nur gut geht.

Sei nicht albern. Nun geht.

Es schneite wieder in dicken Flocken, die Kälte war gewichen. Ein von Neonlicht bestrahlter Winterabend. Rosi hakte sich wie immer bei mir ein und legte ihren Kopf an meine Schulter. Ich merke dann, daß sie einen Kopf kleiner ist als ich. Wir sprachen nicht, liefen, ohne es ausgemacht zu haben, einen Umweg durch die Stadt. Gegenüber vom Rathaus ratterten Mopeds, zehn, fünfzehn, ein Heidenlärm, junge Burschen pöbelten Mädchen an. Aus einem Kofferradio plärrte Chris Howland. Sie fuhren zusammen los, vor der Sparkasse hundert Meter weiter stoppten sie schnell, so daß alle Hinterräder abrutschten. Das machte ihnen Spaß. Ein Mopedfahrer rief Hallo, und ich fragte, wer das sei.

Einer aus meiner Klasse, er will Auslandskorrespondent werden.

Dann sollte er aber jetzt schon damit anfangen.

Man kann nicht immer lernen, überhaupt nicht, wenn es schneit, sagte sie und drückte sich enger an mich.

Ich dachte, ihr seid nicht romantisch veranlagt?

Aber Onkel Jürgen, was hat Schnee mit Romantik zu tun?

Schweigend setzten wir unseren Weg fort, ich hätte gern ihre Gedanken erfahren, vielleicht dachte sie auch nicht, sondern träumte, angeregt durch die vielen Schaufenster.

Sie konnte arbeiten, das bewies sie mir in meiner Wohnung. Die Arbeit lief ihr fix von der Hand. Erst spülte sie das schmutzige Geschirr, dann wischte sie die Küche, richtete das Schlafzimmer, legte die Betten auf und wischte überall Staub. Währenddem überlegte ich, wie ich anfangen mußte.

In Küche und Wohnzimmer knisterte das Feuer, es war herrlich heimelig, aber sie hatte, damit es schneller brannte, eine Tube Bohnerwachs verbraucht. Einsachtzig die Tube. Aber was soll das, Hauptsache die Wohnung wurde warm. Sie wusch sich anschließend im Badezimmer, kam wieder und machte sich im Sessel breit, griff eines der herumliegenden Bücher und blätterte darin.

Ich muß mit dir reden, sagte ich.

Sie sah nicht einmal von dem Buch auf: Dann schieß los, ich wußte doch, daß ich nicht wegen der Putzerei mitgehen sollte. Geht es um mich?

Auch.

Drück dich nicht so geschwollen aus, rede schon.

Es geht um deinen Vater.

Papa?

Nein, deinen Vater.

Ach, du weißt, daß Papa nicht mein Vater ist? fragte sie mich. Ich stand hinter ihr und legte vor Überraschung meine Hände auf ihre Schultern, bemerkte erst später, daß sie ihr Gesicht an meine Hände schmiegte.

Woher oder durch wen weißt du das? fragte ich.

Ich weiß es schon lange.

Haben es dir Nachbarn erzählt?

Auch, aber erst als ich es schon wußte, ich habe die Papiere studiert und ein wenig gerechnet. Eine Nacht lang habe ich überlegt, wer mein richtiger Vater sein könnte, dann habe ich mich nicht mehr damit beschäftigt.

Da fällt mir ja ein Stein vom Herzen.

Onkel Jürgen, zuviel Umstände. Sie kniete sich in den Sessel und schlang ihre Arme um die Rückenpolsterung: Wissen möchte ich schon, wer mein richtiger Vater ist. Du weißt es, Mutti hat vor dir keine Geheimnisse.

Ich kannte ihn nicht persönlich, er wohnt auch nicht hier.

Wer ist es denn? Sie setzte sich wieder in den Sessel.

Er war französischer Kriegsgefangener auf dem Hof, der heute landwirtschaftliche Versuchsanstalt ist, oben am Haarstrang. Deine Mutter hat dort gearbeitet, während dein Vater, ich meine Karl, im Kazett war. Sie bekam keine Unterstützung und mußte deshalb arbeiten. Alle Frauen mußten arbeiten, die keine Kinder hatten. Der Hunger war groß, du weißt ja nicht, wie schlecht die Zeiten waren.

War er hübsch?

Ich sah sie von der Seite an, hatte geglaubt, sie gut zu kennen, und war doch überrascht über die Art, wie sie es aufnahm.

Er soll ein sehr schöner Mann gewesen sein. Ich sagte doch schon, ich kenne ihn nicht, ich war damals in Italien.

Mutter weiß nicht, wo er wohnt? Und Pierre oder Louis, wie er nun heißt, weiß er, daß er eine Tochter hat?

Er hieß Gaston und wohnt in Angoulême.

Und wo ist das?

In der Nähe von Bordeaux.

Sie blätterte wieder in dem Buch, und manchmal sah sie in die Küche, wo ich damit beschäftigt war, meine Schichtbrote für die kommende Nacht fertigzumachen. Brot und Margarine hatte ich, auch ein wenig Streichwurst fand sich noch. Sie kam zu mir und fragte: Wie hat es Papa, als er damals aus dem Lager kam, aufgenommen? Ich war doch schon zwei Jahre alt.

Karl hat es nicht bemerkt, er lebte zwei Jahre wie ein Schatten, er merkte wahrscheinlich nicht einmal, daß er nicht mehr im Lager war.

Und warum sagt er meinen Namen, wenn er aus der Zeitung etwas über Frankreich liest?

Ja, warum. Das ist schwer zu sagen, kann Zufall sein, bei ihm ist vieles Zufall.

Ich glaube nicht an Zufälle, ihr unterschätzt Papa. Ich beobachte ihn oft, er weiß mehr, als ihr glauben könnt. Er weiß viel und ist auch viel bei Verstand. Manchmal denke ich, er verstellt sich nur.

Meinst du wirklich?

Und jetzt eine Frage, Onkel Jürgen: Wie hast du Mama kennengelernt, ich meine, wie seid ihr euch nahegekommen?

Warum fragst du nicht deine Mutter?

Das tat ich schon oft, sie sagt nichts.

Wie man sich eben so kennenlernt, ein Wort wird gewechselt, dann noch eines, man wird sich sympathisch, und so weiter.

Sie stand vor mir wie ein Vernehmungsbeamter, der alles zuerst einmal auf seine Echtheit hin prüft.

Soso, du willst es mir also nicht sagen, wahrscheinlich weißt du es nicht mehr genau.

So ist es, ich weiß es nicht mehr genau.

Alle Einzelheiten jener Nacht waren mir unvergeßlich, die Erinnerung überfiel mich oft bei der Arbeit, ich wachte nachts auf und dachte daran. All die Jahre hindurch lebte ich mit dieser Nacht.

Ich muß Kohlen nachlegen, sagte ich.

Sie riß mich zurück, faßte mich an beiden Armen und sah zu mir empor. Plötzlich strich sie mit dem Zeigefinger über meine Narbe an der Stirn und sagte: Die Narbe, stammt die aus dem Krieg? Mutti sagte einmal, du wärst heil aus dem Krieg wiedergekommen.

Sie meint, ich hätte keinen Schaden gelitten.

Ich ging in das Wohnzimmer zurück, ich sagte ihr, sie möge für mich Kaffee brauen und in die Flasche füllen.

Das hat noch Zeit. Erst will ich Antwort. Du bist schon dabei, mir alles zu sagen.

Sie setzte sich wieder, nahm das Buch und blätterte darin herum. Nun fang schon an, sagte sie.

Dann erzählte ich, wie ich ihre Mutter kennengelernt hatte:

Du warst damals drei Jahre alt, es war ein Jahr nach dem Krieg, überall Hunger und Niedergeschlagenheit. Ich war nicht mehr in die Firma zurückgekehrt, bei der ich die Bürolehre gemacht hatte und in meinen Jugendträumen zum Prokuristen avancieren wollte. Ich fing auf der Zeche unter Tage an, wo ich auch heute noch bin. Vater und Mutter waren bei einer Rettungsaktion in Dortmund umgekommen, die Mauern stürzten auf sie. Bergleute waren das wirtschaftliche Rückgrat der Nation, und wenn wir heute auch nur noch das verlängerte Rückgrat sind, ändert es nichts an der Tatsache, daß wir einmal Rückgrat waren. Man umhätschelte uns damals, wir bekamen Schwerstarbeitermarken, Milchzulagen, später Carepakete, Rauchwaren, Schnaps, und unsere hundert Zentner Deputatkohlen waren mehr wert als hundert Zentner Fünfzigmarkscheine. Es ging uns Bergleuten, der Zeit entsprechend, sehr gut, wir wurden von jedermann beneidet. Sicher, über unsere Arbeit sprach keiner, nur über das, was wir bekamen. Bergleute waren von allen Arbeitern Deutschlands am besten gestellt. Was hätte ich schon im Büro gehabt, ich habe nicht einmal gefragt, ob ich wieder genommen würde. Ich habe das Büro damals freiwillig verlassen, weil ich es nicht erwarten konnte, den Rock der Ehre zu tragen für Führer, Volk und Vaterland. Daß dieser Rock mit Blut und Schande bekleckert wurde, erfuhr ich erst, als ich schon ein paar Monate hinter Stacheldraht war.

Damals hatte ich auch Nachtschicht, es war der Winter von 46 auf 47, ich glaube, Februar 47, aber ich kann mich täuschen, das ist so lange her. Überall Hunger, überall Schieber; Schmuck wurde für Brot getauscht. Dann die vielen Fremdarbeiter aus Polen, die an Auschwitz vorbeigekommen sind, sie waren im früheren Ostarbeiterlager untergebracht. Sie arbeiteten nichts, aber sie hatten alles, sie hatten so viel, daß sie von der deutschen Bevölkerung Ringe und Ketten und Uhren erhandelten, sie zahlten mit Butter und Brot.

Ich hatte viel Nachtschicht. Wenn ich es mir heute überlege, dann fallen drei Viertel meiner Zeit auf der Zeche in die Nachtschicht.

Auch damals fuhr ich mit dem Fahrrad an den Betriebsgeleisen entlang, wie heute, mit Licht. Vom Nachbarn bekam ich eine alte Karbidlampe, und den Karbid besorgte ich mir auf der Zeche. Man besorgte sich damals alles auf der Zeche, vom Nagel bis zum Brett, vom Öl bis zum Kupferabfall. Alles wurde unter der Jacke oder unter dem Mantel aus dem Gelände geschmuggelt, man hatte in solchen Sachen Erfahrung, schließlich waren Militär und Gefangenschaft gute Lehrmeister gewesen. Man mußte leben, ganz egal wie. Wer schob zu der Zeit denn nicht, die Großen fuhren ihre Sachen mit dem Auto aus dem Gelände, sie schoben im großen, wir trugen unsere Sachen unter dem Mantel und mit viel Angst nach Hause.

Ich war in jener Nacht an die Stelle gekommen, wo mir vor vierzehn Tagen die Frau am Bahndamm begegnete. Damals war hinter der Böschung noch ein kleines Wäldchen, bis zur Kohlenkrise war das Wäldchen noch da, dann wurde es abgeholzt und in das Betriebsgelände einbezogen. Jetzt liegen dort die Staubkohlenhalden. Eine unruhige Zeit war das, Überfälle von Ostarbeitern, die nicht mehr zurückkehren wollten, und Überfälle auch von Deutschen waren nachts üblich. Wir Kumpels fuhren nur in Trüppchen zu fünf oder zehn den weiten Weg zur Arbeit, jeder mit einem Messer bewaffnet. In dieser Nacht fuhr ich ganz allein. Da kam ich an die Stelle, mir war, als husche ein Schatten über den Weg auf die Böschung in den Wald. Auch war mir, als ob Schreie von weit herkämen, aus dem Wald oder von noch weiter weg. Es war eine Frauenstimme, das hörte ich genau, nur eine Frau kann so hell schreien und auch nur, wenn sie Angst hat.

Ich stieg vom Rad, Nieselregen auf dem gefrorenen Boden machte die Wege glatt, und ich weiß auch nicht, warum ich abstieg. Vielleicht hatte ich Angst, ich weiß es nicht mehr. Aber als ich so ein paar Sekunden mit angehaltenem Atem starr stand, hörte ich deutlich die Schreie. Eine Frauenstimme. Hilfe! rief sie, Hilfe!

Ich hatte mein Kappmesser aus dem Krieg über die lange Reihe der Durchfilzungen in den verschiedensten Lagern nach Hause gerettet, das zog ich aus der Tasche, ließ es aufschnappen und rannte, rannte wie ein Wilder die Böschung hinauf. Zwischen den Bahngeleisen stand ich einen Moment still, um mich zu orientieren. Da waren die Schreie wieder, lauter, heller, angstvoller.

Ich stürzte in den Wald, ich stolperte mehr als ich lief. Ich hatte Angst, auch das Messer in meiner Hand verjagte meine Angst nicht, und wenn ich es genau bedenke, bin ich damals vielleicht nur gelaufen, weil ich Angst hatte. Mit voller Wucht lief ich gegen einen Baumstamm, blieb benebelt liegen, stand wieder auf und lief den Hilferufen nach.

Als ich Worte einer fremden Sprache neben mir hörte, wurde ich sofort hellwach. Dazwischen hörte ich das Stöhnen der Frau.

Die Männer mußten mich früher gesehen haben als ich sie; ich wahrscheinlich brüllte aus Leibeskräften, damit die Frau mich hörte. Zwei Männer sprangen mich an, ich drehte mich. Einer lief ins Leere, den anderen mußte ich mit meinem Messer getroffen haben, er lief wie ein jaulender Hund aus dem Wald auf die Straße. Man sah nur Schatten, die Bäume waren Schatten, die Sträucher, die Männer. Der ins Leere gelaufen war, kam zurück. Diesmal war ich vorbereitet, ich trat ihn mit voller Wucht zwischen die Beine. Ich hatte Militärstiefel an, und ich habe selten einen Mann so schreien gehört vor Schmerz. Dann sah ich zwei Schatten, ein Mann lag auf einer Frau und versuchte, ihr Gewalt anzutun. Ich weiß es nicht, ich vermutete es, warum sonst riß er ihr an den Kleidern herum. Da hatte ich einen Stein in der Hand – wo kam der Stein her, nachts im Wald, bei gefrorenem Boden –, ich hatte den Stein in der Hand und haute mit aller Kraft diesen Stein dem Mann, der die Frau belästigte, auf den Hinterkopf. Es war ein Laut, als zerbrächen Fensterscheiben. Furchtbar.

Der, dem ich zwischen die Beine getreten hatte, sprang wieder auf mich zu, da warnte mich die Frau, die immer noch auf der Erde lag. Vorsicht! Ich wollte wieder zuschlagen, da lief er fort, Sekunden später sahen und hörten wir nichts mehr von ihm. Die Nacht hatte ihn verschluckt. Der andere lag auf dem Boden und rührte sich nicht.

Die Frau stand mühsam auf, ich konnte ihr nicht helfen, ich war selbst total fertig. Danke, sagte sie, es war die höchste Zeit. Diese Schweine, o diese Schweine. Sind das noch Menschen?

Es war deine Mutter.

Ich hatte keine Zeit, ich mußte zur Arbeit, und sie mußte schleunigst weg, man wußte ja nicht, ob nicht noch mehr Männer im Wald waren oder ob nicht der erste, der türmen ging, Verstärkung brachte.

So war das also.

Drei Wochen nach dieser Nacht traf ich deine Mutter in einem Metzgerladen beim Einkauf, das heißt, ich wußte nicht, daß sie es war. Sie sah auf, als ich meine Ware verlangte, sah mich eine Sekunde aufmerksam an und ging. Draußen wartete sie auf mich und sagte zu mir: Ich habe Sie an der Stimme erkannt. Ich ging mit. Karl und dich sah ich da zum erstenmal in meinem Leben. Und nun weißt du alles, und nun weißt du, wie ich deine Mutter kennenlernte und warum wir befreundet sind.

Rosi schwieg lange Zeit, sie hatte sich, als ich erzählte, kein einziges Mal gerührt. Nun fragte sie leise: Wie kam meine Mutter zu dieser Zeit in den Wald?

Das kann ich dir auch sagen, sie hat es mir später erzählt. Sie war bei deinen Großeltern, ich meine Karls Eltern, und hat dort ein wenig gehamstert, und sie wollte sich nach Arbeit umsehen, denn wer Arbeit hatte, bekam zusätzliche Lebensmittelmarken. Du warst bei einer Nachbarin. Karl konnte wohl allein bleiben, aber ihm konnte man dich nicht anvertrauen. Es wurde spät, deine Mutter fuhr trotz Warnung doch allein, sie wollte den Weg abkürzen und fuhr den Aschenweg an den Bahngeleisen. Da kamen ihr drei Männer entgegen, sie pfiffen ein Lied, deine Mutter hörte an der Melodie sofort, daß es welche aus dem Ostarbeiterlager waren. Sie gingen pfeifend an deiner Mutter vorbei, kaum aber waren sie ein paar Schritte entfernt, kehrten sie um und stürzten sich auf sie und zerrten sie in den Wald. Sie konnte schreien, soviel sie wollte, die nächsten Häuser standen zweitausend Meter entfernt, und wer lief schon in der Nacht und dann bei dieser Zeit draußen herum. Dann kam ich mit dem Fahrrad vorbei.

So war das also, sagte Rosi im Zimmer auf- und abwandernd.

Ja, das ist es, was deine Mutter und mich verbindet. Aber nun mach meinen Kaffee fertig; wenn du schon mal hier bist, dann kannst du mir die Arbeit abnehmen.

Da sprang sie auf mich zu und hämmerte mit beiden Fäusten auf meine Brust und rief: Und der Mann? Der Mann, der liegenblieb? War er tot? War er tot?

Der Mann?

Ja, der Mann! Was ist mit ihm, war er tot?

Ich weiß es nicht, Rosi, aber ich hoffe es.

Was? Was bist du für ein Mensch? schrie sie mich an. Und als sie meinen Blick sah – Und was war er für ein Mensch? – sagte sie leise:

An den anderen hast du also nicht gedacht?

Zu der Zeit dachte jeder an sich selbst. Immerhin habe ich an deine Mutter gedacht.

Und wenn der Mann tot gewesen wäre, hättest du dich der Polizei gestellt? Sie sah mich aufmerksam an.

Und wenn du jetzt in Ohnmacht fallen solltest: Nein! Nein und nochmals nein. Wir haben draußen andere Dinge gesehen, da wurden Menschen umgelegt für nichts und wieder nichts, so sieht die Wirklichkeit aus ... Ich war wütend über das Mädchen, wenn sie meine Tochter gewesen wäre, ich hätte ihr den Hintern versohlt.

Da weinte Rosi, sie weinte haltlos und warf sich an mich und verschlang ihre Arme hinter meinem Hals und weinte und weinte.

Ich ließ sie weinen.

Plötzlich küßte sie mich. Ich erschrak. Dann holte ich mein Fahrrad aus dem Keller und fuhr zur Arbeit.

Schon bei meinem Eintritt in den Saal spürte ich die knisternde Spannung über den Köpfen der siebenhundert Männer, weißblauer Rauch von Zigaretten und Zigarren lastete auf der Versammlung wie Gewitterwolken. Eine seltsame Stille für eine Belegschaftsversammlung, in der sonst vor den Rechenschaftsberichten und den Sachreferaten ein Raunen und Summen herrschte wie in einem Turbinenraum.

Aber heute: Kein Wort aus den Mündern der siebenhundert Kumpels, nur gebändigtes Husten, zaghaftes Scharren mit den Füßen, ab und zu glomm ein Streichholz auf, weißbejackte Kellner bedienten leise, im Thekenraum neben dem Saal plärrte keine Musikbox, die gern von denen bedient wird, die solche Versammlungen verachten, weil, wie sie sagen, nichts Vernünftiges dabei herauskomme.

Ich fand noch einen Platz an einer langen Tafel in der Saalmitte, und ich fragte auch gleich meinen Nebenmann, warum es heute so beängstigend ruhig sei. Er legte nur den Finger auf den Mund.

Die Kumpels waren sonntäglich gekleidet, viele erkannte man oft nur an der Stimme, weil wir uns sonst nur im Arbeitsanzug sehen oder in der nie so sorgfältigen Straßenkleidung. Viele, die im Alltag Pfeife oder Zigaretten rauchten, zogen nun an Dreißiger- oder Vierziger-Zigarren, die meisten trugen Eheringe, und es gab sogar welche, die statt Bier ein Glas Wein tranken. Sonntags gilt der Grundsatz: Nobel geht die Welt zugrunde.

Was war eigentlich los? Diese Stille war aufregend, und die ungewohnt hohe Beteiligung deutete darauf hin, daß etwas in der Luft lag. Am Besuch läßt sich das Klima eines Betriebes messen: Guter Besuch – wirtschaftliche Krise; schlechter Besuch – gesunder Betrieb. Als die Kohlenkrise akut wurde und schon die ersten Kündigungen verschickt wurden, reichte der Versammlungssaal nie aus; als es sich dann wieder beruhigte, erschienen von der dreitausendköpfigen Belegschaft nur hundert oder hundertfünfzig Mann. Und auch dann meistens nur solche, die einen Grund suchten, ohne Murren ihrer Frauen zu einem Frühschoppen wegzuschleichen.

Ich hatte schon drei Glas Bier getrunken, ehe die Versammlung eröffnet wurde. Dann erhob sich der Betriebsratsvorsitzende und bat uns, ebenfalls aufzustehen, denn zuerst kommen die obligatorischen Gedenksekunden für die Arbeitskollegen, die während des letzten Vierteljahres verstorben sind, tödlich verunglückten oder ihren Verletzungen erlagen. Warum wird nie auf dieses Theater verzichtet, in diesen drei Sekunden denkt doch keiner an die Toten, auch nicht an den eigenen Tod. Warum auch? In der Grube gibt es keine Letzte Ölung, da unten ist die Überraschung die einzige Gnade.

Erst als der Betriebsratsvorsitzende seinen Rechenschaftsbericht verlas, wunderte ich mich: wir schrieben den 7. April, das erste Quartal war erst sieben Tage vorüber. Ungewöhnlich, denn weder die Angestellten der Verwaltung noch die Betriebsräte waren so perfekte Rechner und Statistiker, daß sie sieben Tage nach Quartalsschluß mit konkreten Zahlen dienen konnten. Doch die verlesenen Zahlen schienen zu stimmen.

Schweigen auch weiterhin im Saal. Wer hustete, hielt sich ein Taschentuch vor den Mund, einige stierten zum Tisch der Betriebsräte, andere glotzten durch den Dunst an die Decke, wieder andere beobachteten mit großem Interesse das Einschrumpfen des Schaumes in ihren Biergläsern.

Die Unfallzahlen waren im Vergleich zum Ruhrdurchschnitt leicht angestiegen, die Förderung hatte sich pro Mann und Schicht um 80 kg erhöht, und auch im kommenden Jahr wurden wieder Urlaubsverschikkungen nach Oberbayern und in den Teutoburger Wald vorgenommen. Und dann wird erneut und strengstens davor gewarnt, Deputatkohlen an Betriebsfremde zu veräußern. Wer seine Deputatkohlen infolge Anschaffung von elektrischen Geräten und Öfen nicht verbraucht, der könne seine Kohlen an die Zeche für 40 Mark pro Tonne verkaufen. In der letzten Zeit sei festgestellt worden, daß Belegschaftsmitglieder ihre ihnen zustehenden Kohlen verkauft hätten. Es werde nochmals darauf hingewiesen und dringend gewarnt, und die Direktion gibt bekannt, daß ab sofort Stichproben gemacht werden und daß jede Zuwiderhandlung mit fristloser Entlassung geahndet wird.

Erstes Murren der siebenhundert Männer.

Dann sprach der Vertreter der Firma, von der unsere Firma hundert Abbauhämmer gekauft hat; vier Streben wurden bereits mit diesen neuen Hämmern ausgerüstet. Er gab kluge Erläuterungen zur sachgemäßen Behandlung und verwies zum Schluß auf die ungeheure Bedeutung, die diesen Hämmern zukomme. Der beim Brechen von Kohle aufwirbelnde Staub werde mit diesen Hämmern zu siebzig Prozent gebunden durch die eingebaute Wassernebeldüse. Die Gefahr der Silikoseerkrankung sei daher nicht mehr so groß wie früher. Der Hammer dürfe mit dem Schmidtschen Gerät verglichen werden, das schon seit Jahren in den Ortsbetrieben die besten Ergebnisse gebracht habe. Ja, der Hammer wirke mehr in die Breite der Belegschaft, weil naturgemäß in den Streben mehr Leute beschäftigt sind als in den Ortsbetrieben.

Und die Silikose bleibt trotzdem! rief einer.

Der Referent beachtete den Zwischenruf nicht, er beendete ohne weitere Unterbrechung seinen Vortrag, der mit vielen Fachausdrücken gepfeffert war.

Dann dankte der Betriebsratsvorsitzende für die aufschlußreichen Erläuterungen des Referenten – die meisten hatten nichts oder nicht viel verstanden. Was tat das schon; der Referent bekam sein Honorar und wir unseren obligaten Fachvortrag.

Nun komme der Punkt Verschiedenes, sagte einer der Betriebsräte, es sollten sich aber nur die melden, die ein wirkliches, dem Betrieb und der Belegschaft nützendes Anliegen vorzubringen hätten. Ein wirklich echtes Anliegen. Was er darunter verstand, sagte er allerdings nicht. Also war jedes Anliegen ein echtes. Wieder Murren der Menge. Fast alle tranken noch ihr Glas leer und bestellten schnell ein neues Glas. Da der Kellner bei jedem Glas kassierte, keine Striche auf die Bierdeckel strichelte, wußte ich nicht, wieviel Bier ich getrunken hatte. Nicht wenig, das spürte ich, denn Kopf und Zunge waren schwer.

Ewald Tüller stand auf. Ewald war Zackenbär in Flöz Röttgersbank, in diesem Staub arbeiteten achtundzwanzig Hauer, achtundzwanzig Naßabbauhämmer waren dort eingesetzt.

Wie wird es mit unseren Löhnen aussehen, niemand weiß, was wir im März verdient haben. Heute ist schon der siebente April, und der Steiger gab bis heute keine Auskunft, er sagt, die Löhne müssen erst vom Betriebsführer genehmigt werden. Ich und meine Kameraden wollen wissen, was wir im vergangenen Monat verdient haben, das ist unser gutes Recht, und ich sehe nicht ein, warum die Löhne erst genehmigt werden müssen...

Löhne müssen immer erst genehmigt werden! rief der Betriebsführer.

Oho, oho, schrien einige aus der Masse.

Das stelle ich ja gar nicht in Abrede, fuhr Ewald Tüller ruhig fort, wir wollen ja nur wissen, was wir im letzten Monat verdient haben, und zwar bald, das ist unser gutes Recht. Es dreht sich hier nämlich um Naßabbauhämmer, von denen wir jetzt soviel gehört haben, und uns wurde eben hier eingeredet, es wären Wunderhämmer.

Kommen Sie zur Sache! rief der Betriebsführer. Er stand ebenfalls auf. Er war plötzlich höflich, aber vielleicht wollte er nur den Sprecher sehen, das wußte man bei dem Bebrillten nie so genau.

Ja, Ewald, sag endlich Bescheid... Bescheid... rief es von überall her.

Ruhe! rief einer vom Vorstandstisch.

Wir haben, fuhr Ewald mit fester Stimme fort, im vergangenen Monat achtundzwanzig Stunden kein Wasser gehabt, das sind dreieinhalb Schichten. Verdienstausfall. Wer bezahlt das?

Na und? rief der Betriebsführer.

Was heißt: na und! rief Emil, und er lief rot an, das konnte man sogar durch die Rauchschwaden sehen. Sie wissen so genau wie wir, daß der Hammer nur mit Wasser und Luft zusammen läuft. Er läuft eben nicht, wenn kein Wasser da ist. Das bedeutet, daß wir da nicht arbeiten können. Der Steiger hat uns mehrmals gesagt, daß er von sich aus keine Förderstörung anerkennen kann.

Reges Getuschel am Vorstandstisch.

Da sagte der Betriebsführer: Ihre Rechnung von achtundzwanzig Stunden oder dreieinhalb Schichten stimmt nicht ganz, sie hat einen Pferdefuß. Sie sagten selbst, daß diese Stunden im Verlauf eines Monats zusammenkamen, demnach kommen auf eine Schicht ein bis zwei Stunden.

In dieser Zeit kann man andere Arbeiten im Streb verrichten, soviel verstehe ich auch von der Arbeit, das müssen Sie mir schon zutrauen. Man kann zum Beispiel Zacken verbauen und noch andere Arbeiten verrichten, die unabhängig vom Hammer sind.

Er setzte sich wieder, er hatte den Frager gesehen, und damit war seine Höflichkeit beendet.

Nein! rief Ewald, das konnten wir eben nicht, das Wasser war nämlich immer zu Beginn der Schicht nicht da, wo wir anfangen mußten abzukohlen, oder gegen Ende der Schicht, nach dem Verbauen, wo wir noch die Firste rüberholen wollten.

Lebhafte Zustimmung im Saal. Vereinzelt Trampeln und Schreien.

Das sind Kindereien und Haarspaltereien, sie entbehren jeglicher sachlichen Grundlage, schrie der Betriebsführer. Seine rechte Hand nestelte an der Brille, die linke fuchtelte in der Luft. Die über eine Stunde schwelende Drohung bekam nun Stimme, ein fürchterliches Schreien brach los, die Betriebsräte waren aufgesprungen und versuchten, mit lauter Stimme Ruhe in den Tumult zu bringen.

Ja, helft dem Alten nur, schrien etliche, ihr sauft ja auch mit ihm in der Kaue oder im Büro hinter unserem Rücken.

Ruhe! Ruhe! Niemand hörte. Mein Nebenmann schrie: Sauberer Betriebsrat, der den Kumpels nicht recht gibt. Und so etwas haben wir gewählt.

Schreien. Trampeln. Pfiffe. Johlen – und Rufe nach neuem Bier.

Endlich konnte sich Ewald Gehör verschaffen. Kameraden, was hier besprochen wird und besprochen werden soll, das muß ruhig und sachlich behandelt werden ...

Ist vielleicht der Betriebsführer sachlich? Sind unsere sauberen Herren Betriebsräte sachlich? Die saufen mit dem Alten, und dann können sie nichts mehr gegen ihn sagen. Der wickelt sie bei einer Flasche Bier alle ein! Ich weiß nicht, wer es rief, aber er fand lärmende Zustimmung. Mein Nebenmann rief mir zu: Die Betriebsräte sind Laffen! Laffen ... Scheißlaffen ...

Ewald sagte wieder: Der Betriebsführer hat uns Faulheit vorgeworfen ...

Haut ihn! Haut ihm die Fratze zu Matsche! Von irgendeiner Ecke kam der Schrei.

Ich bin der Ansicht, Herr Betriebsführer – Ewald war ruhig, und auch im Saal war es ruhig geworden –, wenn eine Neuerung eingeführt wird, dann soll sie erst einmal richtig erprobt werden, es müssen vernünftige Voraussetzungen geschaffen werden. Die Hämmer dürfen keine Kinderkrankheiten mehr haben, denn diese Kinderkrankheiten kosten unser Geld. Das kann schließlich keiner von uns verlangen, daß auf unsere Kosten und mit unserem Kräfteverschleiß Neuerungen ausprobiert werden. Ein Auto wird auch erst dem Verkehr übergeben, wenn es einwandfrei arbeitet. Was für die Straße gilt, das soll doch, verdammt noch mal, erst recht bei der Arbeit unter Tage gelten. Wir sind doch keine Versuchskaninchen.

Arschlöcher sind wir alle, rief mein Nebenmann, jawohl, Arschlöcher sind wir alle, weil wir uns alles gefallen lassen.

Für jede Verbesserung unter Tage sind wir dankbar, fuhr Ewald fort, für jede Maschine, die uns die Arbeit leichter macht und unsere Gesundheit schont. Aber nicht mit solchen Mitteln. So geht das einfach nicht, daß wir mit unserem Lohn diese Neuerungen bezahlen sollen, bis sie einwandfrei funktionieren.

Warum wurde mir das nicht gemeldet? fragte der Betriebsführer scharf. Er blieb sitzen, denn seine Höflichkeit war mit seiner Neugierde gekoppelt.

Nicht gemeldet? rief Ewald aufgebracht. Jeden Tag haben wir dem Steiger, dem Fahrsteiger und einige Male auch dem Obersteiger über diese Schweinerei mit den Hämmern Bescheid gesagt. Aber wenn es stimmt, wie überall erzählt wird, daß unsere Gesellschaft die Hämmer nicht zu bezahlen braucht, weil sie erst erprobt werden müssen, dann ist doch alles klar, dann ist doch klar, daß wir dieses Ausprobieren bezahlen sollen, dann ist es einfach kein Betriebswunder, daß Ihnen, Herr Betriebsführer, nichts gemeldet wurde, weil Sie doch die Anweisung gegeben haben...

Wer sagt das? Wer? Nehmen Sie Ihre Worte in acht.

Wer? Das erzählt man sich überall, in allen Läden, auf den Straßen. Man kann so etwas doch nicht erzählen, wenn nichts Wahres dran ist.

Ich werde die Angelegenheit untersuchen, sagte er laut. Damit schien für ihn das Thema abgeschlossen zu sein, er griff nach seinem Mantel am Haken hinter dem Vorstandstisch.

Meinetwegen! brüllte plötzlich der sonst so ruhige Ewald. Aber wir wollen unser Geld, unsere Löhne wissen, darauf haben wir ein Recht. Uns interessieren die Löhne und nicht Ihre Untersuchungen, denn was dabei herauskommt, das wissen wir längst: Der Kumpel ist schuld.

Ich lasse mich nicht erpressen! rief der Betriebsführer laut und hieb mit der Faust auf den Tisch.

Hier wird nicht erpreßt, und das will keiner, wir wollen nur unser Recht, sonst nichts. Wir schenken der Zeche keinen Pfennig, die Zeche schenkt uns nicht einmal einen Hundertstelpfennig, und wir wollen nicht für eine Firma Versuchskaninchen sein. Die Hämmer, das streitet keiner ab, sind gut, wenn sie funktionieren. Aber sie funktionieren eben nicht, nicht so, daß wir unser Geld damit verdienen könnten. Dauernd sind die Düsen verstopft, die Wasserschläuche taugen nichts, wenn ein Stück Kohle darauf fällt, dann sind sie rissig und undicht, auch die Ventile reißen leicht aus. Wir haben schließlich eine harte Arbeit, das ist kein Ringelpiez mit Dranpacken.

Ihr müßt eben achtsamer mit den Sachen umgehen, sagte der Betriebsführer wieder.

Achtsamer umgehen. Vom Schreibtisch sieht alles anders aus, das ist einfach dummes Gerede ...

Ich verbitte mir Ihre Beleidigungen ...

Das sind keine Beleidigungen, das sind nackte Wahrheiten.

Allgemeines Gelächter im Saal, dann überschrie jeder jeden, auf die Tische wurde geschlagen, mit den Füßen gestampft. Streiken! riefen einige, andere riefen: Ihr Idioten! Nieder mit den Kerlen, gellte es aus irgendeinem Winkel, und im Thekenraum lief nun doch eine Schallplatte ab. Entweder war es Zufall, oder es hatte sich einer einen bösen Scherz erlaubt, jedenfalls grölte der Schallplattensänger: du bist verrückt mein Kind ... Immer wieder versuchten einige Betriebsräte, sich Gehör zu verschaffen, aber das Toben nahm kein Ende. Am wildesten gebärdeten sich die, deren Arbeit überhaupt nichts mit den Naßabbauhämmern zu tun hatte, die also auch finanziell nicht betroffen waren. Die Hauer aber, für die Ewald gesprochen hatte und die im Flöz Röttgersbank mit den Tücken des Hammers fertig werden mußten, saßen still auf ihren Stühlen und tranken Bier.

Nach einigen Minuten flaute das Toben ab.

Da stand Christoph auf. Christoph war ein alter Kumpel, vierzig Jahre schon auf derselben Schachtanlage, ein bedächtiger und von allen geachteter Mann.

Er sprach leise, darum war auch sofort Ruhe im Saal. Hermann Beil wurde zu Tode gedrückt, vor Weihnachten. Und warum? Weil die Wagen nicht in die Strecke gezogen werden, sondern gedrückt, und wenn sie gedrückt werden, geht kein Mann voraus, wie es die Vorschrift verlangt. Das ist unser ewiger Schlendrian. Gezogen werden die Wagen nur dann, wenn die Bergbehörde kommt, und die meldet sich früh genug an. Und unsere Herren wissen auch, wohin die Herren von der Behörde zu gehen wünschen. Ist die Bergbehörde weg, ist der Schlendrian wieder da. Nun frage ich, Kameraden: ist bei uns auf der Zeche ein Menschenleben so wenig wert, daß die Vorschriften einfach übergangen werden können, damit die Buchführung stimmt und die Förderung, so wie es am grünen Tisch vorher ausgerechnet wird? Von Sicherheit wird immer nur gesprochen, nicht aber danach gehandelt ... auch nicht immer von uns.

Halt! rief da ein Betriebsrat. Die Lokführer haben strikte Anweisung, die Züge in die Strecke zu ziehen. Warum halten sich die Lokführer nicht an ihre Anweisungen? Warum drücken sie die Wagen? Weil es leichter ist, weil dann nicht soviel rangiert werden muß, weil man sich quälen muß, wenn nach Vorschrift gearbeitet wird.

Nein! schrie ich plötzlich und war über mein Schreien und Aufspringen selbst erschrocken. Durch den blauen Dunst stierten mich Augen an, neugierige und auch erstaunte. Nein, schrie ich außer mir, weil jeder Angst hat um sein Pöstchen auf der Zeche, weil jeder glaubt, wenn er nicht den Steigern und Fahrsteigern alles nach Wunsch erledigt, dann wird ein Grund gefunden, ihm die Papiere zu geben, ihn von der Zeche zu jagen, oder er bekommt eine Arbeit, die schwerer ist und bei der er dazu noch weniger verdient. So ist das doch, deshalb werden die Vorschriften umgangen. Ich wollte mich setzen, mir war hundeelend, und ein Kotzgefühl kroch in meiner Kehle hoch, die Magensäure schmeckte ich schon. Das Bier fing an, seine Wirkung zu tun.

Weiterreden! Sag es ihnen. Gib ihnen Bescheid. Gib ihnen Saures! so grölte es im Saal durcheinander.

So sprach ich weiter, obwohl ich angetrunken war. Wir, Kameraden, haben nur noch zu wählen zwischen Verdienst und Aufbegehren. Wir möchten gerne aufbegehren, weil gegen die herrschenden Zustände aufbegehrt werden muß. Aber wir halten die Schnauze, wir müssen nämlich Geld verdienen, wir müssen leben, wir wollen gut leben. In uns ist ein kleiner Rebell, aber die Rebellen sind in unserem Land müde geworden, man findet sie nur noch am Biertisch oder in den Zeitungen. Wir haben keine eigenen Entschlüsse mehr, wir haben nur noch Steuertabellen. Eine Wohnung wollen wir, wer will die nicht? Möglichst ein Eigenheim, wer will das nicht? Mit einem Garten, jeder will einen Garten, oder einen Balkon, weil der nicht so groß ist wie ein Garten. Den Garten aber mit Rasen, mit Generaldirektorenrasen, wir wollen Teppiche in unsere Zimmer, warum auch nicht, Stragula ist zu kalt. Ein Fernsehgerät wollen wir, wer will das nicht, schließlich wollen wir doch Fußball sehen, eine Waschmaschine auch, die ist nötig, weil unsere Frauen doch mitarbeiten, um die Dinge kaufen zu können, die ich eben aufgezählt habe. Sollen sie sich am Samstag oder Sonntag in die Waschküche stellen? Keiner will das. Als Krönung dann ein Auto. Wer fährt heute noch mit dem Fahrrad zur Arbeit, der müßte ja ein Idiot sein oder ein Prolet, und Proleten gibt es nicht mehr, die wurden im Dritten Reich ausgerottet...

Ich trank mein Glas Bier auf einen Zug leer. Das war die längste Rede, die ich je gehalten habe. Beschwipst war ich, sonst hätte ich niemals diese Worte gesagt, noch dazu vor soviel Menschen. Aber mir war wohler, die jahrelang aufgestaute Wut ventilierte in meinen Worten, meine Unzufriedenheit hatte ich mir von der Seele geredet. Ich war besoffen, jawohl, sonst hätte ich das niemals gesagt. Wann, wenn nicht im Suff, spricht man solche Worte?

Aber die Kameraden spendeten mir keinen Beifall, wie ich vielleicht erwartet hatte, nur Murren und verstecktes Lachen gab Antwort auf meine unwilligen und versoffenen Worte; vereinzelt rief es auch, man möge mir den Hals stopfen. Aber ich war in Fahrt, die Schleusen in mir, die all die Jahre meine Unzufriedenheit gestaut und meine Wut gebändigt hatten, waren plötzlich durch ein paar Glas Bier hochgezogen worden. Reden mußte ich, es drängte mich wie zu einer bösen Handlung, ich mußte reden, und wenn man mich zusammenschlug. Diesem Gesindel, feig und wohlstandsverängstigt, ob am Vorstandstisch oder an den anderen langen Tafeln, mußte ich meine Wut ins Gesicht schleudern. Tränen schossen mir in die Augen, nicht weil ich von meinen eigenen Kameraden verlacht wurde, nur weil ich besoffen war.

Und darum, Kameraden, stecken wir alles ein. Wir meutern nicht mehr, wie es unsere Pflicht wäre als Mensch und Arbeiter. Wir meutern und begehren auf und beziehen Front, nur wenn es unsere Gewerkschaft wünscht, auch wenn wir dann selbst keinen Grund zum Aufbegehren sehen. Aber die Gewerkschaft sieht den Grund, und sie sieht für uns, und die Gewerkschaft bestimmt, wann wir unzufrieden zu sein haben, wann nach ihren Begriffen das Maß des Erträglichen überläuft. Aber wehe, ein, zwei, fünf oder zehn Mann setzen sich zur Wehr, weil ihnen Unrecht geschehen ist, weil es irgendwo im Betrieb stinkt, dann fällt uns die Gewerkschaft in den Rücken und sagt, das sei ein nichtlegitimer Streik, und nichtlegitime Streiks sind ein Unrecht an der Gesellschaft, das ist dann ein wilder Streik...

Jetzt auf einmal fand ich Zustimmung, alle schrien durcheinander ihre Freude hinaus, daß ich recht gesprochen hätte und daß man es einmal den Kerlen geben müsse. Saures! Die Betriebsräte, sechs an der Zahl, sprangen auf, schrien und fuchtelten mit zwölf Armen in den blauen Wolken über ihren Häuptern. Der Vorsitzende rief mir zu: Verräter! Und die Kumpels um mich parierten mit den Worten: Betriebsführungsarschauslecker! Wo die so schnell das lange Wort herhatten? Man müsse mich aus der Gewerkschaft ausschließen, rief ein anderer Betriebsrat, für Kerle wie mich sei in solch einem verantwortungsbewußten Verband kein Platz. Ich sei ein Zersetzer, ein Aufwiegler, ich verdanke meinen Urlaub und meinen Lohn der Gewerkschaft, und nun falle ich ihr in den Rücken. Der Vorsitzende läutete wild mit seiner Bundestagskuhglocke, wie ein Präsident, dem die nationale Ordnung aus den Händen geglitten ist.

Auf einmal war Ruhe.

Alle saßen, nur ich stand und der Betriebsratsvorsitzende, und der sagte leise: Was ich hier vorgebracht hätte, das gehöre nicht mehr in eine Belegschaftsversammlung, das sei Meuterei in übelster Art und Weise. Ich sei ein Querulant, und obendrein sei ich, wie es den Anschein habe, besoffen. Ich hätte nur ein Ziel, den mühsam errungenen Arbeitsfrieden in unserem Betrieb zu stören, die Ruhe im Betrieb auseinanderzubrechen.

Die anderen fünf Betriebsräte und der Betriebsführer klatschten Beifall, die siebenhundert Männer aber tranken Bier und zogen an ihren Sonntagszigarren.

Der wird bestimmt von der Ostzone bezahlt! rief eine piepsende Stimme. Alle lachten. Dann aber riefen mehrere: Jürgen! Weiterreden! Sag ihnen Bescheid... Bescheid...

Weil ich besoffen war, den Bebrillten haßte, die Betriebsräte verachtete und meine Arbeit verfluchte, besonders aber die Betriebsräte verachtete, weil sie mit den hohen Angestellten soffen und alles hintertrugen, was die Kumpels ihnen blind vertrauend sagten, sprach ich wieder. Zum Alkoholrausch gesellte sich nun der Rausch der Worte, mein Mut wuchs mit der Anzahl der geleerten Biergläser und mit den Worten, die ich in den rauchdunstigen Saal schrie.

Und deshalb, Kameraden, weil wir materielle Sicherheit wollen, stekken wir alles ein. Wir würden uns sogar verprügeln lassen, wenn uns am Monatsletzten eine bestimmte Summe garantiert würde, die uns dann ein Leben in Wohlstand sichert. Wir halten unsere Schnauze, auch wenn Vorgesetzte uns Arschlöcher und Idioten titulieren, das sei eben der Sprachgebrauch in der Grube. Ich frage mich, warum in der Grube anders geredet werden soll. Wir schreien uns an, zum Gaudium anderer, die mit unserer Arbeitskraft und Gesundheit Dividende scheffeln. Wir müssen Geld verdienen, und je mehr wir verdienen, desto mehr geben wir aus und desto kleiner wird in uns der Mensch, desto verkrüppelter der Charakter, desto größer aber der Hund und das Hündische in uns. Wir verkaufen unser Menschsein für Wohlstand und Sicherheit in diesem Wohlstand. Unsere Väter und Großväter waren Staatsfeinde, weil sie für die Menschwerdung des Arbeiters kämpften! Was sind wir heute? Wir verkaufen unser Menschsein heute für Geld, und wir glauben sogar daran, wenn gesagt wird: der Arbeiter ist der Demokratie liebstes Kind. Aber, Kameraden, doch nur vor den Wahlen! Was sind wir eigentlich in den vier Jahren, die zwischen den Wahlen liegen? Wählt nur keine Experimente, ihr werdet sehen, wohin wir noch steuern und wo wir landen werden. Wir versaufen unsere Demokratie...

Nun war der Hexenkessel da, jeder, der Stimme hatte, schrie, keiner verstand mehr den anderen; durch den Rauch sah ich, wie der Betriebsführer mit einigen Betriebsräten den Saal verließ. Der Referent der Abbauhammerfirma folgte ihnen. Widerspruch und Zustimmung prallten vielhundertstimmig aufeinander. Einer schrie mir «Schwein!» ins Gesicht, ein anderer sprang auf und klopfte auf meine Schulter und sagte: brav, brav.

Wieder wollte ich reden, kam aber nicht dazu, denn ich hatte meine Kameraden beleidigt, hatte ihnen meine Wahrheit gesagt, die nicht ihre Wahrheit war. Und Wahrheit ist strafbar, wenn sie in die verrunzelte Blase der Trägheit und Bequemlichkeit stößt. Das begriff ich plötzlich, obwohl ich stinkbesoffen war.

Mein Kopf schmerzte, ein rhythmisches Hämmern klopfte vom Hinterkopf über beide Schläfen zur Stirn, ein Brocken saß mir im Halse, und jeden Augenblick drohte dieser Brocken aus dem Halse herauszuspringen.

Harte Hände packten mich plötzlich und zerrten mich vom Tisch weg, rauhe Kehlen spuckten mir unflätige Sätze ins Gesicht. Sie zerrten und bugsten mich fort, durch den Thekenraum in den Vorraum, und schließlich warfen sie mich die vier Stufen hinunter auf den Bürgersteig. Erst hielt ich noch mein Gleichgewicht, dann aber schlug ich in voller Länge in den Schneematsch.

Wie lange ich so gelegen habe, weiß ich nicht, nur, daß es anfangs eine Wohltat war, zu liegen und nicht mehr reden zu müssen. Mit vernebelten Augen sah ich Männer über mich hinwegsteigen und hörte sie laut lachen. Eine Frau von der anderen Straßenseite schrie auf und rief, man solle mich doch aufheben, ich werde mir in dem Schneematsch den Tod holen, vielleicht hätte ich mir weh getan. Aber die Männer um mich riefen, ich sei ein besoffenes Schwein und müsse zur Ausnüchterung liegen bleiben. Mühsam erhob ich mich endlich. Keiner, der an mir vorbeiging, sprach mit mir. Sie sahen mich lachend an, und einige warfen mir Matschbälle nach, als ich taumelnd die Häuserfront entlangschlich.

Vier Männer standen an der Apotheke, ich kannte sie vom Sehen, man kennt sich ja nur vom Sehen in einem großen Betrieb, zu mehr reicht es nicht, vielleicht noch zum Vornamen, mehr nicht. Die vier sprachen mich an und schleppten mich freundlich plaudernd in eine Gastwirtschaft. Sie bestellten Bier und sagten mir, daß ich nichts zu bezahlen brauche, ich wäre ihr Gast, weil ich der kommende Betriebsrat sei.

Sie ließen mich wieder und wieder hochleben und erklärten mir hastig und umständlich, daß sie alles unternehmen würden bis zur nächsten Betriebsratswahl, damit ich mit großer Mehrheit gewählt würde. Ich würde bestimmt keinen Buckel machen und nicht mit den Oberen saufen, ich wüßte, wie man sich wehrt.

Einer der vier wohnte in meiner Siedlung, ich kannte auch ihn nur vom Sehen, denn auch in einer großen Siedlung kennt man sich nur vom Sehen, wie in einem großen Betrieb – man hat keine Zeit mehr, sich regelrecht kennenzulernen. Ich kannte auch seinen Namen nicht, ich sagte zu ihm Jupp, vielleicht hieß er Egon oder Fritz – was tut das schon; auf der Zeche ist er eine Nummer, in der Siedlung hat er einen Straßennamen und auch eine Nummer am Haus, er ist für mich namenlos, und wir fühlen uns anscheinend in Namenlosigkeit wohl, sonst würden wir etwas dagegen tun. Der aus der Siedlung nahm mich in seinem Auto mit, er fuhr wie ein Autogott, obwohl er doch genausoviel getrunken hatte wie ich. Zu Hause bugsierte er sein Auto in die Garage, dann saßen wir wieder in einer Wirtschaft, tranken, aßen Schaschlik und später gegrillte polnische Hähnchen auf deutsch-polnische Verständigung, und tranken. Flüchtig dachte ich an die anstehenden Raten, aber nur flüchtig, was sind schon Raten, die können warten, die können sogar eingeklagt werden. Wir diskutierten und schrien uns an in Suff und Überzeugung, wir wurden müde und tranken dann Schnaps, der uns für Minuten vergessen ließ, daß wir unser Menschsein ratenweise verkaufen, so wie wir ratenweise kaufen...

Wie lange liege ich nun schon und wälze mich in verrückten Gedanken? Langsam dämmert's mir, daß wir nach der gestrigen Belegschaftsversammlung noch eine Bierreise unternahmen. Sie ließen mich als Betriebsrat hochleben – sie fragten nicht nach meiner Idee, nach meinem neuen Glauben, sie ließen mich leben. In dieser Nacht hätte nicht viel gefehlt, und ich wäre in der Straße gelandet, in der ich schon einmal war. Wie lange ist das jetzt her?

Aber dann, verdammt, was war dann? Weit über die Polizeistunde war es schon, da sah ich Rosi im Türrahmen stehen. Sie trat auf mich zu, packte mich resolut am Arm und zog mich fort. Sie sprach zu mir, nein, sie fluchte. Ich hätte Rosi das nie zugetraut.

Und wie sie fluchen konnte.

Es kann auch eine bierneblige Täuschung gewesen sein, vielleicht, aber ich fühle mich beobachtet. Rosi, ja, sie ist im Hause.

Die Schlafzimmertür steht weit offen, ich sehe hindurch und sehe Rosi am Ofen stehen. Sie filtert Kaffee in die Kanne. Warum ist sie nicht in der Schule? Heute ist doch Montag? Oder ist Sonntag?

Sie steht vor mir und sagt: Du mußt aufstehen. Der Kaffee ist fertig, und du willst ihn doch heiß.

Sie öffnet das Oberlicht des Schlafzimmerfensters und schaut durch die Stores auf die Straße.

Wie kommst du hierher?

Steh auf, sagte sie, der Kaffee schmeckt heiß besser.

Wir tranken schweigend Kaffee. Die Zeitung lag auf dem Tisch. Es war also doch Montag.

Warum bist du nicht in der Schule?

Ich schwänze. Wir haben heute Klassenarbeit. Ich will keine Fünf haben.

Du schreibst keine Fünf.

Wenn man sich um solch einen versoffenen Onkel kümmern muß?

Geh nach Hause, ich will allein sein.

Erst spüle ich noch das Geschirr. Es riecht in der Küche nach abgestandenem Fett. Scheußlich. Und achtzehn Mark bekomme ich von dir, ich war einkaufen. Die Rabattmarken liegen im Schrank, der Kassenzettel liegt dabei. Du mußt doch bestimmt Buch führen für die Zeit, wo deine Frau im Schmollwinkel sitzt.

Geh nach Hause.

In deiner Jacke sind zwanzig Mark. Ich nehme sie. Mit den restlichen zwei Mark gehe ich heute abend ins Kino.

Ist gut. Aber geh nun.

Sie spülte das Geschirr, versorgte die Öfen, dann ging sie, ohne Gruß.

Noch einmal kam sie zurück und fragte: Fahren wir nächsten Sonntag zur Westfalenhalle?

Was ist da los?

Blumenparadies.

Na ja, dann fahren wir eben.
Wir fuhren am Sonntag nach Dortmund ins Blumenparadies.

Beim Eintritt in die Halle zuckte die Vielfalt der Blumen wie ein glühendes Schwert gegen meine Augen. Die Duftfülle nahm mir fast den Atem.

Ich stand und staunte, spazierte dann wieder und nahm Duft und Farben in mich auf – meisterlich gepflanzte Harmonie. Ein Kind schrie, es hatte Durst, es stampfte die Erde, es verlangte nach Coca-Cola; der Vater schimpfte das Kind aus und tröstete es mit den Worten, daß er hier auch nicht rauchen dürfe, was eine große Mißachtung der Besucher sei, sagte er mit Nachdruck, und er sah mich dabei an, mit meiner Zustimmung rechnend. Eine mondäne Dame kreuzte meinen Weg. Ihre Lippen waren von dem Rot, das ich wenige Augenblicke vorher bei einer Tulpenart bewundert hatte. Sie machte ihren Begleiter auf die sich tummelnden Forellen im Springbrunnenwasser aufmerksam und rief: Very nice! Very nice!

Rosi drängte mich zur Hauptattraktion: ein Python lag gelangweilt in einem infrarot erwärmten Glaskasten. Ob Schlangen sich auch langweilen können? Ich fragte Rosi, sie wußte es nicht. Dahinter aber stand Flieder, füllig, türkis und aquamarin. Paß auf dein Eis auf, es läuft dir durch die Hand, rief eine Frau einem kleinen Mädchen zu. Mit dir kann man nirgendwo hingehen! Schau dir die Störche an, die sind rosa! Ein Mann neben mir mampfte aus seiner gehöhlten Hand Erdnüsse, ich sah genau hin, denn ich wollte sehen, ob es gesalzene oder ungesalzene Nüsse waren; ein anderer Mann fluchte laut, weil man zu wenig Bänke aufgestellt hatte. Überall sitzen Matronen, murrte er. Da rief eine heisere Stimme aus dem Lautsprecher, in wenigen Minuten würde etwas geboten werden. Was wird geboten? fragte ich Rosi. Sie hatte nicht hingehört, sie bewunderte die eleganten Pumps einer Ausländerin. Auch ich hatte nicht hingehört, ein Hortensienstrauch nahm meine ungeteilte Aufmerksamkeit in Anspruch, Blüten von der Größe einer Buttermelone, blaurosa. Da muß man rosa Tinte ranschütten, hörte ich neben mir sagen. War das ein Biologielehrer?

Die Menschen strömten plötzlich den Ausgängen zu, hastig, als würden sie sonst etwas versäumen, und auf den Rängen traten sie als bewegte Farbpunkte wieder hervor. Dann stießen, begleitet von einer vertrauten Melodie, Wasserfontänen zur Decke, erst steil, dann in den skurrilsten Verrenkungen. Was haben die Wasserfontänen mit den azurblauen Zinerarien zu tun? Ein Blau... brrr... ich werde es noch im Traum sehen, und auch, daß die Störche – Rosi sagte mir, es seien Flamingos – sich abseits stellten, als die Musik begonnen hatte und die Wasserflut nach oben strebte. Das Wasser war in die Ventile zurückgesunken, die Musik verhaucht, aber die große fleischfarbene Begonie vor meinen Füßen schmollte mich noch immer an. Und der Papagei schräg gegenüber? Philosophisch-stupide glotzte er in die lockrufende Menge.

Da ist ja ein Café! Die Schlagsahnesüchtige, die es rief, watschelte zum Ausgang. Um den Ausgang büschelten sich Azaleen, gelb, wie der Sand der Libyschen Wüste. Egon! Da ist noch eine Halle! rief eine alte Frau. Aus der zweiten Halle leuchtete ein gallig-grüner Rasenteppich. Willi! Hier im Wandelgang darfst du rauchen! rief es wieder. Im Wandelgang waren übergroße Gummibäume und breitblättrige Sanseverien. Das Gesicht des Rauchers glich dem Kugelkaktus, der neben der wasserspeienden Tierfigur zwischen Feigenkakteen eingesandet lag.

Wie der so schön rund wachsen kann? Die Stimme krächzte, der Mann stierte schlechtgelaunt aus seinem ersten Frühjahrsschnupfen. Weiter oben wieder Rufen und Geschiebe und ungehaltene Schreie derer, die nicht so schnell an die Glaskästen vordringen konnten, in denen bunte Fische flitzten, die ein südländischer Prinz gestiftet hatte. Das ist doch nett von dem Rainer, girrte ein apfelgesichtiger Twen. Die Blumen verschenkten auch hier selbstlos Duft und Farben, und das Blühen ringsum, wenn auch aus saurer Erde gezogen, nahm kein Ende. Zwei Störche schnäbelten, eine große Menge vor einem Drahtgitterkasten forderte den «Lachenden Hans» auf, endlich einmal zu lachen. Der lachte nicht, ich wunderte mich über die Klugheit der Vögel.

Ich schritt langsam, Rosi am Arm, aus der Westfalenhalle Richtung Ruhrschnellweg, und hinter dem Schwanenteich drehte ich mich noch einmal um. Da stand doch wirklich über dem Haupteingang in großen Farbbuchstaben «Blumenparadies»... wahrhaftig... da stand «Blumenparadies».

An der Autobushaltestelle kaufte ich mir eine Bild am Sonntag.

Erst las ich stehend auf dem Bürgersteig die letzten Sportmeldungen, zufällig sah ich über den Rand der Zeitung hinweg und bemerkte, wie hundert Meter weiter meine Frau, ihre Mutter am Arm, die Straße überquerte. Wie leichtsinnig sie doch ist, über die Straße zu gehen, wenn an den Ampeln grün für die Autofahrer leuchtet. Rosi hatte nichts bemerkt, sie sah einer Horde junger Männer nach, die sie zuvor angepflaumt hatten. Sie amüsierte sich.

Dann blätterte ich in der Zeitung herum. Ich erschrak. Da stand in Großbuchstaben: Am 1. Juni wird die Zeche Abendschein stillgelegt.

Was? Das ist doch ein Scherz. Unsere Zeche? Wir teufen doch einen neuen Schacht ab, der hat bis heute vier Millionen Mark verschlungen.

Aber da stand es: Am 1. Juni wird die Zeche Abendschein stillgelegt. Ich zeigte Rosi den Artikel. Sie las kurz, sagte ach. Der Autobus hielt vor uns. Während des Einsteigens sagte Rosi: Du liest die Bildzeitung?

Na und? fragte ich.

Na und! sagte sie.

Fritz Lehnertz klopfte an mein Schlafzimmerfenster mit einer im Garten vergessenen Bohnenstange. Steh auf! Wir fahren zur Zeche!

Zur Zeche? Was ist los? Jetzt, mitten in der Nacht?

Quatsch, es ist fünf Uhr. Los, Beeilung. Wir wollen demonstrieren.

Was? Demonstrieren? Warum? Für was?

Frag nicht! Komm!

Es war wirklich schon fünf. Im Osten zog milchbreiartig die Sonne hoch, die Kämme des nahen Sauerlandes lagen im Nebel. Ich zog mich schnell an und holte, ohne Kaffee getrunken zu haben, mein Fahrrad aus dem Keller und fuhr mit. Bald wuchsen wir zu einer radelnden Kompanie an, wir befuhren den Weg an den Bahngeleisen und sprachen wenig; weil der Weg schmal war, fuhr einer hinter dem anderen, eine dunkle Kette im frühen Licht.

Unterwegs erfuhr ich nach und nach, warum wir so früh zur Zeche unterwegs waren und warum demonstriert werden sollte. Keiner soll anfahren, hieß die Parole, wir sollen vor dem Zechentor stehenbleiben und erst das Betriebsgelände betreten, wenn wir klare Auskunft erhalten haben, ob die Meldung in der Sonntagszeitung stimmt.

In irgendeiner Gastwirtschaft hatte gestern nachmittag Karl Lehnertz, mit dem man sonst nur über Fußball allgemein und Schalke speziell sprechen konnte, mit zehn anderen den Entschluß gefaßt, im Laufe des Sonntags alle erreichbaren Kumpels dafür zu gewinnen, daß am Montag die Arbeit nicht eher aufgenommen werde, bis sich Betriebsrat und Betriebsführung zu dieser Meldung geäußert hatten.

Als wir vor das Zechentor kamen, waren schon ein paar hundert Männer versammelt, sie standen neben ihren Mopeds oder Fahrrädern, und der Zustrom auf beiden Straßen, die sich vor dem Tor vereinigten, ließ nicht nach. Auch Frauen sah ich und Männer, die mit der Zeche nichts zu tun hatten. Erst war es noch verhältnismäßig ruhig, nur Gebrumm und verhaltene Rufe, bald aber wuchs das monotone Gebrumm zu scheckigem Geschrei, jeder versuchte jeden zu übertönen. Viele wußten überhaupt nicht, wozu diese Versammlung vor dem Tor gut sein sollte, sie erfuhren es bruchstückweise vom Nebenmann, jeder gab seinen eigenen Kommentar und untermauerte aus seiner Sicht die Gründe, die zu dieser plötzlichen Versammlung führten.

Da stand mein Arbeitskamerad Karl neben mir und schrie mich an: Die Schweine! Hast du es gelesen? Machen den Pütt einfach zu! Einfach zu. So leicht geht das heute in Deutschland. Einfach zu. Plumps, wir liegen auf der Straße.

Halb sechs war es geworden, und der Zulauf nahm kein Ende.

Die Straße nach Unna war total blockiert von einer mehr als zweitausendköpfigen Menschenmenge, von Autos, Mopeds und Fahrrädern. Der Linienbus bahnte sich im Schneckentempo seinen Weg. Trotz schriller Huperei des Fahrers wichen die Männer nur zögernd. Sie drohten dem Fahrer, der streckte ihnen die Zunge heraus. Die Fahrgäste im

Bus lachten, für sie war das ein Spaß auf dem sonst eintönigen Weg zur Arbeit. Plötzlich stand einer auf dem rechten Pfeiler des Einfahrtstores, die Sonne strahlte ihn an wie ein Scheinwerfer.

Kameraden! rief er. Ihr habt alle die Sonntags-Bild gelesen. Ihr habt gelesen, daß unser Pütt zugemacht werden soll!

Pfui! grölte es vieltausendstimmig.

Kameraden! Wir wollen jetzt wissen, ob das stimmt oder nicht. Wir wollen hören, was der Betriebsführer zu sagen hat, früher nehmen wir die Arbeit nicht auf.

Her mit dem Kerl! Her mit ihm! grölte es vieltausendstimmig.

Ich muß Ingeborg zurückholen, dachte ich, was soll die jetzt in Dortmund. Wenn die Zeche geschlossen wird, werde ich einige Zeit ohne Arbeit sein und ohne Verdienst. Und die Raten laufen weiter, diese verdammten Raten. Ist doch alles Kinderei in unserer Ehe, das kommt nur, weil wir keine Kinder haben. Aber manchmal hat Ingeborg doch recht, wir haben noch so viel anzuschaffen, da können Kinder lästig werden. Aber die verdammten Raten, die hängen einem an wie Kletten, zieht man die vom Rock, bleiben sie an der Hand hängen.

Kameraden! Was sagt die Gewerkschaft zu der Schließung, was sagt die Gewerkschaft, die muß es doch wissen! Was sagt uns der Betriebsführer? Was sagt der Arbeitsdirektor? Verdammt noch mal, haben wir nun Mitbestimmung oder nicht? Haben unsere Vertreter mitbestimmt oder haben sie nicht? Zu was soll Mitbestimmung gut sein? Wir pfeifen auf eine solche Mitbestimmung!

Allgemeines Gelächter. Einer rief: Die stecken doch alle unter einer Decke!

Minutenlang konnte sich der Sprecher auf dem Pfeiler nicht verständlich machen, so stark schwoll der Tumult an. Endlich rief einer: Kameraden! Wir haben doch eine Mitbestimmung. Unser Kollege Heinz Braun sitzt doch im Aufsichtsrat. Er soll uns sagen, warum die Zeche zugemacht wird, ob aus wirtschaftlichen Gründen oder weil die Aktionäre fürchten, daß sie nicht mehr soviel Dividende einstreichen können. Warum hat er uns nichts gesagt, warum weiß die Bildzeitung Bescheid und dreitausend Arbeiter nicht? Und wer sagt uns, wer die Millionen für den neuen Schacht bezahlt hat, der doch zugekippt wird, wenn unsere Zeche zumacht?

Der Braun, dieser Kerl fährt jetzt mit einem Mercedes und schert sich einen Dreck um unsere Sorgen! rief einer laut neben mir.

Ein zweiter Mann erkletterte den zweiten Pfeiler, und er schrie noch lauter als der erste: Der steckt sein Gehalt ein und säuft mit den Bonzen.

Und was sagt unser Arbeitsdirektor?

Da war die Hölle los, der Arbeitsdirektor war nicht beliebt, er hatte damals bei der Kohlenkrise ohne Zögern die Kündigungen unterschrieben, die ihm von der Betriebsleitung vorgelegt wurden, ohne zu prüfen, wieweit sie berechtigt waren. Alle schrien durcheinander, und in dieses gewitterartige Gebrüll fuhr plötzlich ein weißer Volkswagen, auf dem Dach des Wagens war ein Lautsprecher angebracht. Eine Stimme befahl uns, die Fahrbahn freizumachen. Räumt die Fahrbahn! Räumt die Fahrbahn! Ihr gefährdet die öffentliche Sicherheit!

Drei weiße Mäuse stiegen aus, sie stellten sich neben das Auto und redeten auf die nächststehenden Kumpels ein.

Habt ihr unseren Arbeitsdirektor, seit er den Posten hat, schon mal unter Tage gesehen?!

Die Menge reagierte nicht mehr auf das, was der zweite Mann vom Pfeiler rief. Aber da schrie der erste Mann vom ersten Pfeiler: Habt ihr das gehört? Wir gefährden die öffentliche Sicherheit! Die da drinnen haben telefonisch die Polizei hergeholt. Wir gefährden die öffentliche Sicherheit! Aber wo ist unsere Sicherheit, Kameraden? Unsere Sicherheit garantiert niemand. Nicht einmal die Mitbestimmung garantiert uns Sicherheit! Laßt euch das nicht bieten, Kameraden, die Polizei hat kein Recht, unsere Demonstration aufzulösen oder zu verbieten.

Kein Recht! Kein Recht! tobte es aus der Menge.

Kameraden! Was soll die Polizei hier? Wir meutern doch nicht gegen den Staat, wir wollen nur eine Auskunft. Also, was will die Polizei?

Wieder brach es los, keiner verstand den anderen, wie ein elektrischer Schlag brach es in die Stimmen der Männer ein, vom Fahrradschuppen girrten einige Frauen.

Da rief es wieder aus dem Lautsprecher: Männer! Seid vernünftig! Wir wollen nicht eure Demonstration auflösen! Ihr sollt nur die Fahrbahn freigeben. Ihr behindert den Verkehr. Macht die Fahrbahn frei!

Warum muß auch diese verdammte Straße an der Zeche vorbeiführen, eine Hauptstraße, so ein Unfug, dachte ich.

Die Menge war nicht mehr zu übersehen, neben mir stand plötzlich der halslose Polier Polenz, er lachte breit, für ihn schien das alles ein Heidenspaß zu sein. Er grinste mich an und stieß mir seinen Ellbogen in die Seite. Dann setzte er sich auf den Gepäckträger meines Fahrrads. Gebt den Kerlen Saures! rief er. Hat eure Gewerkschaft euch verraten? Alle stinken vor Verlogenheit. Die müßte es doch wissen. Aber die sagt nichts. Warum sollen wir den Platz räumen, die Polizei soll den Verkehr umleiten, tut sie doch sonst auch. Bei Prozessionen, und wenn der Schützenverein seinen Umzug macht.

Einige hatten seine Worte aufgeschnappt, sie schrien jetzt: Den Verkehr umleiten! Den Verkehr umleiten! Die vieltausendköpfige Menge schrie wie auf ein verabredetes Zeichen: Den Verkehr umleiten!

Keiner war bis jetzt durch die Markenkontrolle an die Arbeit gegangen. Wer zuerst nur aus Neugierde hierhergekommen war, der war nun bei der Sache und schrie mit. Über den weiten Platz hinter den Toren kamen der Betriebsführer, der Obersteiger und einige Betriebsräte. Der Betriebsführer zwängte sich durch die Menge zum Auto der weißen

Mäuse und sprach ein paar Worte. Er kehrte ungeschoren wieder um, obwohl hinter seinem Rücken Fäuste geballt wurden.

Da wollte das weiße Auto durch die dichtgekeilte Menge fahren, der Motor jaulte auf, die Sirene kreischte, aber es war nicht möglich, die Männer umschlossen das Auto wie ein Panzer. Sie drohten nun auch den Polizisten.

Wieder die Stimme aus dem Lautsprecher: Euer Betriebsführer hat gesagt, ihr sollt die Arbeit aufnehmen. Wer jetzt nicht sofort zur Arbeit kommt, wird fristlos entlassen.

Warum sagt das der Alte zur Polizei und nicht uns selbst? fragte mich Karl.

Na, weil die Polente einen Lautsprecher hat, antwortete ich.

Der kann doch sonst gut schreien, wenn es darum geht, uns anzutreiben, sagt Karl wieder.

Wenn nicht sofort der Weg freigegeben wird, rufen wir durch Funk Verstärkung! brüllt es aus dem Lautsprecher.

Die letzten Worte konnte man kaum noch verstehen, denn die Menge tobte wieder los, sie schrie, stieß Fäuste in die Höhe, und eine Welle, wie oft auf den Rängen in Fußballstadien, wälzte sich auf das Polizeiauto zu. Die dem Auto am nächsten standen, wurden an die Karosserie gepreßt. Aus dem Lautsprecher rief es beschwörend, keiner nahm Notiz davon.

Die Menge tobte. Immer mehr Fäuste schossen hoch, immer größer wurde die Erregung, von den beiden Pfeilern riefen die beiden Männer in die Menge. Niemand hörte, niemand wollte etwas hören.

Polenz auf meinem Gepäckträger sagte: Die sollen doch das blöde Auto umwerfen.

Er hatte es kaum gesagt, da wurde das Auto umgekippt, viele purzelten durcheinander von der Wucht der Welle, und einige fielen ausgestreckt auf das schlagseitige weiße Auto. In das Zorngeschrei der Menge mischten sich Schmerzensrufe derer, die sich beim Umfallen des Wagens verletzt hatten.

Dann war für einen Augenblick eisige Ruhe, der Schreck sprang vom Auto auf die Menschen. Bald aber lachten etliche, wie Kinder, sie hatten endlich in dieser Nutzlosigkeit einen Spaß gefunden und konnten zu Hause erzählen.

Wir hörten eine Polizeisirene. Vom Dorf und aus Richtung Unna fuhren weiße und grüne Wagen ein, zwei Wasserwerfer von zwei verschiedenen Seiten rollten an, und nach einer erneuten Aufforderung aus dem Lautsprecher eines anderen Wagens, die Demonstration aufzulösen, spritzte ein Strahl vorsichtig in die Menge.

Zunächst war das alles ein Heidenspaß, eine logische Fortsetzung nach dem Autoumschmiß, aber bald wurde die Sache ernst. Die Polizei nahm Verhaftungen vor, sie zerrte wild schimpfende Männer in einen grünen Volkswagenbus, das Geschrei selbst aber nahm kein Ende, die Masse Mensch war in Wut geraten, und diese Wut richtete sich jetzt gegen die Polizei, die hier völlig überflüssig war, denn das hier war unser Problem, nicht das des Staates.

Die ersten Steine flogen, anfangs aus Spaß – wenn die Wasser werfen, warum sollen wir nicht Steine werfen – und planlos, dann mehr und mehr gezielt auf die Wasserspritzer und auf das lädierte Auto. Die Menge schoß sich ein, es war, als entlade sich die aufgestaute Wut auf das Auto der weißen Mäuse, obwohl doch keine weiße Maus mehr in dem weißen Auto saß.

Die Menge schrie nun aus Lust am Geschrei.

Eine kleine, erbärmliche Angst hinderte mich am Mitschreien. Angst nicht vor den weißen Mäusen, nicht vor der grünen Minna, nicht vor der Masse oder gar der Ausschließung; ich hatte plötzlich Angst vor der Courage der Menge, zu der ich doch selbst gehörte, Angst vor dieser sinnlosen Courage, denn niemand hier konnte sagen, was planvoll zu geschehen hatte. Wir waren alle einem Leithammel gefolgt, blind, ohne Überlegung, und niemand wußte, wer dieser Leithammel war. Nun standen wir da wie blökende Schafe auf einer öffentlichen Straße. Die Zechentore wurden geschlossen, das Rollgitter im Durchgang der Markenkontrolle war heruntergelassen worden. Wir waren endgültig ausgeschlossen, auch wer jetzt zur Arbeit gewollt hätte, hätte dies nicht mehr gekonnt, der Betrieb hatte sich eingeigelt.

Plötzlich rollte die Polizei ab.

Fritz Lehnertz schrie mir ins Ohr: Denen haben wir es gegeben, was? Sogar die Polizei geht türmen.

Die haben noch viel zu wenig bekommen! rief Polenz, der immer noch auf meinem Gepäckträger saß.

Fritz! Was jetzt? fragte ich.

Mensch, fragst du blödsinnig. Wir haben doch erreicht, was wir wollten. Er sah mich triumphierend an.

Erreicht? Was haben wir erreicht? Was wollten wir eigentlich erreichen? fragte ich ärgerlich.

Na, ob der Pütt zugemacht wird! schrie er.

Wird er denn zugemacht?

Natürlich wird er zugemacht! schrie er mich wieder an.

Woher weißt du das?

Na hör mal, hat von den Herren nur einer etwas gesagt?

Tiiitaatiii ... tiiitaatiii ... tiiitaatiii ...

Polizeisirenen.

Die Menge erstarrte. Schweigen. Nur vereinzelt wurde geflüstert. Da waren die Wagen auch schon da. Die Straße nach Unna versperrten zwei quergestellte Lastwagen, von denen militärisch schnell Bereitschaftspolizisten sprangen. Die Straße zum Dorf versperrten Feuerwehrautos.

Dreitausend Männer und Frauen standen stumm. Keiner bewegte

sich auffällig. Das umgekippte weiße Auto leuchtete aus der Menge wie ein erlegtes Tier. Die Werkspolizei stand ein paar Meter hinter den Toren auf dem Zechenplatz, und sie hatten ihre Hände an den Pistolentaschen. Ob die Pistolen wohl geladen sind? Die würden doch unmöglich schießen. Wenn die Zeche geschlossen wird, werden sie doch auch arbeitslos, sie trifft doch das gleiche Schicksal wie uns, warum dann die Hände an den Pistolentaschen. Ein Betriebsführer kann doch keinen Schießbefehl erteilen. Das gibt es doch nicht, wo kämen wir hin, wenn jeder Betriebsführer befehlen könnte, auf Auskunft verlangende Belegschaftsmitglieder zu schießen.

Was sollen wir jetzt tun? fragte mich Fritz Lehnertz leise. Wir können doch nicht so stehenbleiben.

Natürlich können wir! rief Polenz laut.

Flüsternd lief es durch die Reihen: Stehenbleiben! Stehenbleiben. Als die Flüsterparole die Reihe erreicht hatte, die dem demolierten Auto am nächsten stand, sprang ein Mann auf das Auto und schrie laut: Alle Mann stehenbleiben!

Die Stille wurde qualvoll, sie peinigte mich fast körperlich, die anderen vielleicht auch, denn niemand wußte genau, was jetzt zu geschehen hatte, was getan werden mußte. Auch das schweigende Ausharren mußte einmal enden, einmal mußten wir weichen, einmal mußte es zum Knall kommen. An der Seite zum Dorf waren bereits einige Männer in grüne Volkswagenbusse geschoben und abtransportiert worden, aber das war noch Randerscheinung.

Die Polizei wich keinen Zentimeter von ihren Plätzen, die Feuerwehr schloß schnell und lautlos die Schläuche an die Hydranten.

Gebt die Straße sofort frei! rief es aus dem Lautsprecher eines grünen Volkswagens.

Die Menge stand starr und stumm.

Wenn nicht innerhalb von drei Minuten die Straße geräumt ist, tritt die Feuerwehr in Aktion!

Die Menge stand starr und stumm. Harmlose Bächlein flossen aus den Spritzen in die Gosse, aber sie taten keinem weh – noch nicht.

Noch zwei Minuten!

Dreitausend Männer und Frauen standen starr und stumm, nur der Polier auf meinem Gepäckträger wurde unruhig.

Komm, wir hauen ab, flüsterte er.

Halt deine verdammte Schnauze, zischte Fritz Lehnertz zurück.

Noch nie war ich so erregt wie in diesen wenigen Minuten. Was wird jetzt kommen? Wird die Polizei schießen? Die Gewerkschaft wird uns schon wieder rauspauken. Gegen die öffentliche Ordnung verstoßen, das wird nicht mit Schüssen beantwortet. Aber... aber wenn nun Verstoß gegen die Ordnung ein Verstoß gegen die Sicherheit des Staates wäre? Was dann? Würde dann die Polizei schießen?

Noch eine Minute!

Die Menge stand starr und stumm. Harmlose Bächlein flossen aus den Spritzen, aber sie taten keinem weh – noch nicht.

Ich sah, wie die Frauen unruhig wurden, wie sie ängstlich die Männer ihrer nächsten Umgebung anstarrten und reden wollten und doch nicht den Mut fanden, den Mund aufzumachen.

Noch eine halbe Minute!

Da sprang der Polier Polenz von meinem Gepäckträger und rannte die nahe Bahnböschung hinauf, und weil er schrie und saumäßig fluchte, sahen ihm einige nach. Plötzlich richtete sich das Augenmerk eines großen Teiles der Menge auf den flüchtenden Polier. Manche liefen ihm nach, dann etwa hundert, immer mehr, immer mehr. Auf einmal war die ganze Masse Mensch in Bewegung.

Ich stand und starrte, ich verstand nichts mehr. Oben auf dem Bahndamm formierte sich die flüchtende Menge zu einer langen Reihe, und sie hob sich vom blauen Vormittagshimmel ab wie ein Zaun mit vielen Lücken und Staketen unterschiedlicher Länge und Breite. Alle waren nun in Bewegung, die Masse wälzte sich auf mich zu, riß mir mein Fahrrad aus der Hand, mich im Strom mit auf den Bahndamm hinauf, über die Geleise, die Böschung hinunter, über den schmalen Bach Seseke, über noch nicht bestellte Bergmannsgärten und eingesäte Felder.

Komisch. Im Laufen dachte ich an Napoleon und seine flüchtende Armee. Komisch. Aber wir flohen nicht vor einem brennenden Moskau, nicht über die Beresina. Wir flohen aus Angst vor unserer eigenen Courage, und weil wir die Spannung nicht mehr ertragen konnten. Wir flohen über das kleine Bächlein Seseke, das bei Lünen in die Lippe mündet. Wir waren nicht geschlagen worden, wir hatten auch gar nicht gekämpft, und die Bächlein aus den Feuerwehrspritzen hatten keinem weh getan. Wir wollten unsere Kraft erproben und sind davongelaufen, noch ehe es zur Probe kam. Wir hatten keine Vorstellung über unser Tun. Wir waren erbärmlich, und die großen Worte unterstrichen nur unsere Erbärmlichkeit. Ach, wir hätten doch auch durch eine Anfrage beim Betriebsrat oder beim Betriebsführer erfahren können, ob und wann unser Pütt zugemacht wird. Vielleicht hing schon ein Anschlag am Schwarzen Brett, aber den konnte niemand lesen, weil niemand das Betriebsgebäude betrat.

Neben, vor und hinter mir keuchte es. Frauen schrien, girrten, gellten und keuchten und verfluchten die Männer, die sie in solch einen Schlamassel gebracht hatten. Ich lief ohne Ziel, nach einigen hundert Metern fand ich mich bei Fritz Lehnertz und dem Polier Polenz ein, fast an derselben Stelle, wo ich nach dem Krieg Veronika fand. Da war nicht mehr der kleine Wald, da türmten sich jetzt die Kohlenhalden.

Los, kommt mit zu mir, sagte der Polier.

Zu dir? Du Mistvieh! Wenn du nicht gelaufen wärst, dann hätten wir jetzt gewonnen und nicht die Polizei! rief Lehnertz außer sich vor Wut.

Du trauriger Held, warum bist du dann mitgelaufen? keuchte Polenz.

Mitgelaufen! Mitgelaufen! Die haben einen ja förmlich mitgezogen. Wärst du nicht getürmt, keiner von uns hätte sich von der Stelle gerührt. Fritz stand mit erhobenen Fäusten vor Polenz.

Mensch, ich kann doch schließlich machen, was ich will, ich gehöre ja gar nicht zu eurem Haufen.

So, gehörst du nicht! Aber mitgeschrien hast du feste!

Leck mich am Arsch! Polenz drehte sich um und ging. Nach ein paar Schritten rief er mich an: Komm mit! Du kannst bei mir Frühstück machen.

Ich ging mit, obwohl mir Fritz leid tat, ich hätte eigentlich mit Fritz gehen sollen. Aber ich ging mit Polenz, der mir fremd und unsympathisch war.

Wir gingen langsam durch das Dorf. Auch die Frauen und Männer, denen wir begegneten, hatten keine Eile.

Wie heißt du eigentlich mit Vornamen? fragte er mich.

Jürgen.

Ich heiße Viktor.

Heute bei Sonnenschein sah die Straße viel freundlicher aus als damals, als ich im Regen stand, der jaulende Hund um mich, und als später die Frau mich in die Gosse stieß.

Die Frau wurde blaß und wieder rot, als sie mich mit ihrem halslosen Liebhaber oder Aushälter in die Küche treten sah. Zwar war sie freundlicher, sie gab mir lächelnd die Hand, aber ich spürte ihre Zurückhaltung. Dann sagte sie, wie nett, daß Viktor mich mitgebracht habe. Sie fragte noch, wie wir so schnell nach hier gekommen wären, die Polizei patrouilliere und fahre doch ständig durch den Ort.

Wieso? Warst du etwa auch an der Zeche? fragte Viktor forsch.

Ich? Nein, das heißt...

Also du warst doch an der Zeche, und er schwang den Arm, als ob er sie schlagen wolle.

Die Nachbarin hat mir vor einer halben Stunde alles erzählt.

Quatsch jetzt nicht. Bring Kaffee auf den Tisch, er hat auch noch kein Frühstück gemacht.

Dann las er in der Zeitung, und ich beobachtete die Frau. Die Kinder waren wieder nicht da, wahrscheinlich in der Schule. Sie spürte meinen Blick, sie blinzelte öfter zu mir herüber, schließlich lächelte sie mich an. Einige Zeit sprachen wir mit den Augen, dann redete sie laut von alltäglichen Dingen, vom Wetter, vom langen Winter und auch, daß man im Garten noch nichts arbeiten könne, die Erde sei viel zu naß.

Der Kaffee war gut, die Brötchen frisch und duftig. Die Frau war trotz aller Fältchen, die ihr ein strenges Aussehen gaben, schön. Ohne Fältchen wäre sie jung gewesen. Und die Stimme, der tiefe, rauhe Ton, war das Anziehendste an ihr, die Stimme gab ihr etwas Fremdes, vielleicht Exotisches. Ja, wenn sie sprach, wirkte sie wirklich exotisch.

Was glaubst du wohl, was jetzt nachkommt? fragte mich Viktor zwischen Schlürfen und Schmatzen.

Was soll schon kommen? Wir waren schließlich im Recht.

Im Recht? Das wird euch die Polizei und die Gewerkschaft noch beibringen, vor allem die Gewerkschaft.

Die paukt uns schon raus, sagte ich so obenhin.

Da glaub mal dran. Die wollen jetzt mit euch nichts zu tun haben, die setzen sich doch nicht freiwillig in ein Wespennest.

Zum Teufel! begehrte ich auf. Warum haben wir dann eine Gewerkschaft, wenn sie uns nicht hilft, wenn wir in die Klemme geraten sind.

Warum? Zum Herrschen. Männeken, die wollen doch nur über eure Köpfe mit der Regierung und den Unternehmern ihre Machtkämpfe austragen. Spieglein, Spieglein an der Wand, wer ist der Stärkste im ganzen Land...

Spieglein, ich sage dir, wenn es darauf ankommt, sind wir viel stärker als ihr, ergänzte die Frau.

Du bist still! brüllte Viktor sie an.

Ich trank noch eine Tasse Kaffee und aß noch ein Brötchen, die Frau servierte sehr gewandt, und wir sprachen wieder in Blicken. Die brutalen Worte Viktors hatten ihr anscheinend nichts ausgemacht, sie mußte noch lautere Töne gewohnt sein.

Du siehst doch, was jetzt im Baugewerbe los ist. Nur weil ein paar Gewerkschaftsbonzen sich in den Kopf gesetzt haben, daß die mehr Urlaub bekommen sollen, die organisiert sind, müssen alle Bauarbeiter darunter leiden. Streiken sollen wir. Vom Verdienstausfall spricht keiner.

Alle Neuerungen stoßen erst auf Widerstand, sagte ich.

Er sprang auf und haute auf den Tisch. Verdammt! Fängt der Arbeiter erst beim Organisierten an? Zwang, Zwang. Dabei sind diese Bonzen vornedran und schreien Zetermordio, wenn die Regierung nur das Wort Zwang in den Mund nimmt. Die Demokratie ist in Gefahr, schreien sie. Kommt sie durch die Gewerkschaft nicht in Gefahr?

Reg dich nicht so auf, Viktor, es hat doch alles keinen Zweck, die machen da oben, was sie wollen, sagte die Frau.

Halt den Mund, das verstehst du nicht, erwiderte er mit einer wegwerfenden Handbewegung.

Es war für mich Zeit geworden, zu gehen, ich hatte zu Hause genug zu tun, Veronikas Tochter mit dem engen Twistrock und den Gazellenbeinen war in der Schule, sie konnte meine Wohnung nicht aufräumen, ich mußte es selbst tun.

Bleib doch hier, sagt Polenz, die Polente kurvt draußen noch rum.

Ich schaffe es schon.

Ist ja auch gut. Dir können sie nichts anhaben und nichts nachweisen, du hast ja Nachtschicht. Am schlechtesten sind die dran, die Frühschicht haben, die hätten heute morgen anfahren müssen. Die haben sie jetzt beim Wickel. Dir kann nichts passieren.

Der Mann hatte recht. Mir kann wirklich nichts passieren, ich habe im Bett gelegen und erst von den Nachbarn erfahren, was sich heute vor dem Zechentor abgespielt hat. Der Mann hat gute Einfälle, wirklich, der ist gar nicht so dumm.

Du hast recht, Viktor, deshalb kann ich jetzt auch gehen. Ich laufe über die Feldwege, als ob ich spazierenginge.

Ich dachte an mein Fahrrad, das wahrscheinlich von der Menge zertrampelt worden war.

Wenn du gescheit bist und deine Klappe hältst, sagte er noch.

Die Frau begleitete mich bis zur Haustür, mir fiel zum erstenmal auf, daß sie einen Ehering trug. Was soll der Ring? Sie gab mir die Hand und sagte leise: Die Kohlen haben wir bekommen, zur rechten Zeit.

Wie heißen Sie eigentlich?

Mir kam die Szene in den Sinn, als sie mich auf die Straße stieß. Sie schien meine Gedanken zu erraten, sie schlug die Augen nieder, als sie sagte: Es tut mir leid, das von damals. Aber Sie kennen ihn nicht, wie er sein kann.

Ich wollte nur wissen, wie Sie heißen.

Irene.

Und wie noch?

Das ist unwichtig, manchmal wäre es gut, nur einen Vornamen zu haben, sehr gut sogar.

Warum gehen Sie nicht weg? Brauchen Sie ihn so dringend?

Ja, manchmal ... am Freitag komme ich an den Bahndamm, die Kohlen bezahlen.

Während ich die Straßen durchlief und auf das freie Feld strebte, dachte ich, daß ich dann, wenn sie am Freitag kommt, wieder meine Schicht versäumen werde. Hoffentlich ist dann das Gras nicht zu naß und der Boden nicht mehr so kalt.

Ohne angehalten zu werden, kam ich zwei Stunden später nach Hause. Aber da erwartete mich eine neue Überraschung: Meine Frau war zurückgekommen und mit ihr die Schwiegermutter. Beide Frauen waren dabei, das Haus zu lüften und zu putzen.

Ingeborg fiel mir um den Hals. Gott sei Dank, daß du da bist. Ich machte mir schon Sorgen, die anderen sind alle da, den Müller haben sie verhaftet.

Ich mußte noch einmal frühstücken. Es schmeckte mir nicht. Meine Schwiegermutter ging einkaufen, und während sie fort war, erzählte mir Ingeborg ganz aufgeregt, daß sie eine Arbeit angenommen habe in einer Maschinenfabrik in Unna.

Nur halbe Tage, weißt du, von morgens sieben bis mittags zwei. Du hast ja sowieso Nachtschicht, dann bin ich zu Hause, wenn du aufstehst, und das Haus ist in Ordnung.

So, du hast also Arbeit angenommen?

Die Aussicht auf kommenden Wohlstand hätte mich glücklich stimmen müssen. Ja, nun fängt auch bei uns der Wohlstand an, bald werden auch wir ein Wunder erleben. Wenn die Frauen mitarbeiten, dann stellt sich in den deutschen Familien der Wohlstand ein. Das ist nun mal das deutsche Wunder: Mann und Frau in Arbeit und Verdienst. Ist das nicht ein anstrengendes Glück?

Abends fuhr ich mit Ingeborgs Rad zur Zeche, etwas früher, ich wollte unbemerkt nach meinem verlorenen Fahrrad sehen, vielleicht ließ es sich wiederfinden. Unterwegs suchte ich mir einen Platz aus, wo Irene am Freitag ihre Schulden bezahlen konnte. Auch an Rosi dachte ich, sie hat einen Haustürschlüssel. Hoffentlich kommt sie morgen früh nicht in meine Wohnung, das gibt Streit mit Ingeborg. Frauen haben es nicht gern, wenn andere Frauen während ihrer Abwesenheit in einem Männerhaushalt nach dem Rechten sehen. Aber ihre Mutter hat bestimmt erfahren, daß Ingeborg zurück ist. Veronika ist eine kluge Frau, sie hielt sich immerhin in der Zeit, als ihr Mann im Kazett saß, mit einem französischen Kriegsgefangenen über Wasser. Das war damals nicht einfach.

Im Fahrradschuppen konnte ich mein Rad nicht entdecken. Auf dem weiten Platz vor den Zechentoren verriet nichts, daß heute morgen dreitausend Menschen geschrien und getrampelt hatten. Das demolierte Polizeiauto war auch nicht mehr da.

Vor der Markenkontrolle standen zwei Polizisten. Sie sprachen mich an, als ich in den Kontrollgang einbiegen wollte.

Ausweis bitte!

Ausweis? Habe ich nicht. Nehme ich doch nie mit, wenn ich zur Arbeit fahre.

Name? Vorname?

Fohrmann ... Jürgen.

Wohnung?

Kamen, Leopoldstraße 20.

Ist das die neue Siedlung an der Autobahn?

Ja, das ist die neue Siedlung an der Autobahn.

Waren Sie heute morgen hier bei der Demonstration?

Ich? Nein, ich war übers Wochenende verreist, das heißt, ich war bei meiner Schwiegermutter in Dortmund, kam erst heute vormittag zurück.

Wir werden das nachprüfen. Sie können gehen.

Ich nahm meine Kontrollmarke und ging in die Kaue und zog mich nachdenklich um. Hoffentlich fahren die Polizisten nicht noch heute nacht in meine Wohnung. Ingeborg läßt sich leicht aus der Fassung bringen.

In der Kaue sprachen alle von den Ereignissen des Vormittags, ich hörte nur zu, beteiligte mich nicht an dem Palaver.

Einer, den ich vom Sehen kannte, kam an meinen Kleiderhaken und fragte: Na, Jürgen, wie war es heute morgen?

Heute morgen? Ich war nicht da, mir hat keiner Bescheid gesagt.

Dann holte ich meine Lampe und schlurfte langsam zum Schacht.

Dort fragte mich der Steiger: Na, Fohrmann, dagewesen? Heute morgen hätten Sie Ihre Schnauze aufreißen können. Sie waren doch dabei?

Nein, man hatte mir nicht Bescheid gesagt.

In dem Moment schnarrte das Notsignal am Schacht. Es hörte sich an wie ein heiserer Hahnenschrei.

Neben mir sagte einer zum Steiger: Wenn es um etwas geht, dann sind die Scheißkerle nicht da.

In der Tiefe und bei der Arbeit vergaß ich wieder alles. Die Gedanken verfliegen, man hat ja schließlich Akkord.

Nein, so kann das nicht weitergehen, so nicht. Wenn ich aufwache, bist du nicht da, wenn ich nach Hause komme, bist du nicht da. Das mache ich nicht mehr mit. Ich schrie es Ingeborg ins Gesicht, denn die letzten Wochen hatten mich verbittert. Kam ich von der Arbeit nach Hause, ausgelaugt, durstig, zum Umfallen müde, war sie nicht da, wachte ich nachmittags auf, zerschlagen und mit Schrecken an die kommende Nacht denkend, war sie immer noch nicht im Hause. Was soll ich in dem leeren Haus? Da hilft auch kein Mädchen mit Twistrock und Gazellenbeinen und auch keine Frau, die freitags ihre Schulden bezahlt. Sie hat sie letzten Freitag nicht bezahlt, sie hatte kein Geld, das Gras war zu feucht, die Erde zu kalt, und ich wollte auch nicht wieder meine Schicht versäumen, obwohl das jetzt gleichgültig war.

Schrei nicht so, die Nachbarn müssen nicht jedes Wort mitbekommen.

Das ist mir egal, was die Nachbarn mitbekommen. Ich pfeife auf das Geld, das du nach Hause bringst, wenn ich dabei keine freie Stunde mehr haben soll.

Ach nein. Wer hat denn die fälligen Raten bezahlt, wer hat den Anstreicher zu Ostern bezahlt, wer hat das Essen für die Feiertage bezahlt? Ich. Ich von meinem verdienten Geld.

Sei still, du spinnst.

So, jetzt spinne ich. Die paar Kröten, die du bringst, die reichen nicht hinten und vorn, die ...

Auf einmal. All die Jahre haben die paar Kröten ausgereicht. Auf einmal reichen sie nicht mehr aus?

Nein, und wenn du dich auf den Kopf stellst, sie reichen nicht mehr. Wann hast du die letzte Lohnerhöhung bekommen? Wann? Vor zwei oder drei Jahren. Geh mal in den Laden, über Nacht wird alles teurer, davon steht nicht mal was in der Zeitung. Alles ist teurer geworden.

Was kann ich dafür ...

Und was haben wir uns all die Jahre anschaffen können? Sie war nun wütend. Nichts, oder ganz wenig. Guck dir andere an, was haben die alles. Fahren sogar ein Auto. Und was ist mit uns? Wir verträumen die Zeit, weil du nicht begreifen willst, daß man diese Zeit ausnützen muß. Andere haben das längst begriffen.

Ja und? Die essen doch auch nichts. Sieh dir die Männer an, denen kannst du durch die Backen blasen, und wenn du ihnen die Haut von den Fußsohlen aufschneidest und sie an den Haaren hochziehst, dann fällt das ganze Gerippe heraus. So was nennst du leben.

Ja, du kannst auf nichts verzichten, du nicht.

Ich kann auf Angeberei und ein Auto verzichten, schrie ich.

Schrei nicht so. Du würdest selbst gern ein Auto fahren.

Was ich will und was ich kann, ist zweierlei, sagte ich leise. Vielleicht war Ingeborg mit weniger Stimmaufwand besser zu überzeugen. Ingeborg, wir können uns doch nicht in ein Abenteuer stürzen, das uns für Jahre unglücklich macht.

Es geht aber, ich habe es mir ausgerechnet. Wenn ich mitverdiene, geht es. Die Raten für die Polstermöbel sind in zwei Monaten weg, ist das kein Fortschritt? Würdest du allein verdienen, müßten wir noch ein Jahr dran rumkauen.

Ja, ja, ich weiß schon, wie das weitergeht. Dann kommen neue Raten, und nach den abgetragenen neuen Raten kommen wieder neue Raten und so weiter und so weiter. Das wird ein Faß ohne Boden. Und mit Raten quälen wir uns durch unsere jungen Jahre. Was haben wir dann von unserem Leben? Du fällst abgerackert ins Bett, wenn ich zur Arbeit gehe, ich falle müde ins Bett, wenn du zur Arbeit gehst. Das ist also das Leben, das dir vorschwebt und für das du verdienen willst.

Dann such dir doch eine andere Frau, die es besser kann...

Das habe ich nicht gesagt. Wenn es danach ginge, könnte ich jeden Tag eine andere haben, ohne verheiratet zu sein.

Ach! sagte sie und beugte sich über den Tisch.

Ja, daß du es nur weißt. Aber so, wie es die letzten Wochen war, kann es nicht mehr weitergehen, das Gehetze macht uns beide kaputt, man kommt ja kaum mehr zu sich selbst. Jetzt muß ich schon Geschirr spülen und Wäsche waschen. Und ich muß das Mittagessen kochen, damit du etwas Warmes hast, wenn du nach Hause kommst.

Was kann ich dafür, wenn wir die letzten Wochen Überstunden machen mußten. Mache ich nicht mit, stellen sie mir den Stuhl vor die Tür. Du weißt doch, wie das ist, die sagen nichts, aber bei irgendeiner Gelegenheit bekommt man es zu spüren. Die Überstunden sind ja nicht für dauernd.

Ob Überstunden oder nicht, es geht einfach nicht so weiter.

Ach, sagte sie wieder und setzte sich.

Nein, es geht nicht mehr.

Zum Donnerwetter! Nun lief sie wütend durch die Küche. Bei anderen geht es doch auch, ohne daß dauernd Krach im Hause ist. Aber da sind eben die Männer vernünftiger, die wissen, was es heißt, mit dem Geld auskommen, das sie nach Hause bringen. Du aber mußt immer deinen Hals aufreißen.

Ich habe in acht Jahren Ehe meinen Hals nie aufgerissen.

Ja, weil ich dich acht Jahre bedient habe, immer für dich da war,

Dienstmädchen gespielt habe. Und jetzt, wo du für mich einspringen sollst, jetzt reißt du die Klappe bis hinten hin auf. Du hast all die Jahre keinen Pfennig mehr verdient, nebenher, wie andere, du bist nur auf der Zeche zur Arbeit. Andere gehen nach ihrer Schicht noch wohin für ein paar Stunden zum Arbeiten. Aber du? Du liegst im Winter auf der Couch und liest, und im Sommer gehst du spazieren oder muselst im Garten rum.

Und das sagst du mir? rief ich aufgebracht.

Ja, das sage ich dir, und wenn du es nicht hören willst, schreie ich es dir in die Ohren.

Soweit ist es also gekommen. Danke für die Ehe und für das Leben, das du mir in Aussicht stellst. Das ist ja wohl nun das Ergebnis von acht Ehejahren.

Ja, du gefällst dir wahrscheinlich in deiner Rolle. Hast du dir schon mal überlegt, was nach dem 1. Juni ist? Ihr habt alle die Kündigungen in der Tasche.

Im Ruhrgebiet wird man nicht arbeitslos. Es gibt überall Arbeit.

Aber hast du dich schon um neue Arbeit gekümmert? Nein. Die anderen haben schon wieder einen Arbeitsplatz, die warten nicht. Du denkst natürlich, es kommt jemand ins Haus und sagt: Herr Fohrmann, wir haben für Sie die beste Arbeit aufgespart. Du wartest wieder, bis alle guten Stellen besetzt sind, du findest dich mit allem ab. Na ja, was kann nach deiner Dreckarbeit auf der Zeche noch mehr an Dreck kommen? Wahrscheinlich wirst du wieder auf einer Zeche anfangen, und wenn du dreißig Kilometer zur Arbeit fahren müßtest.

Das laß nur meine Sorge sein.

Nein! Das Geld, das du verdienst, ist auch mein Geld, und deshalb sind das auch meine Sorgen!

Ich werde schon was Vernünftiges finden, schließlich habe ich noch fünf Wochen Zeit. In fünf Wochen kann viel passieren.

Was sind schon fünf Wochen? Einmal Miete bezahlen und zweimal Raten bezahlen, dann sind sie rum. Du mußt zu allem geschoben werden.

Kümmere du dich um deinen Haushalt. Ich habe nur noch ein gewaschenes Hemd, und das ist nicht einmal gebügelt.

Ich kann mich schließlich nicht zerteilen. Wir müßten eben eine automatische Waschmaschine haben...

Ja, und eine Bügelmaschine und einen Geschirrspüler und ein Dienstmädchen und ein Kindermädchen und ein Auto, damit du nicht so früh mit dem Bus zur Arbeit fahren brauchst und früher wieder zu Hause bist.

Ach nein, Kindermädchen brauchen wir nicht. Wozu? Gott sei Dank nicht! Du bist der blödeste Kerl, der mir je begegnet ist. Hast du gar keinen Ehrgeiz?

Ehrgeiz? Wozu?

Warum bist du nach dem Krieg nicht wieder in deine Firma eingetreten? Heute könntest du Chefbuchhalter oder Prokurist sein. Aber nein, du mußtest auf die Zeche, für die blöden Carepakete und die dämlichen Kohlen.

So blöd war das damals gar nicht, damit haben sich viele über Wasser gehalten. Aber du weißt wahrscheinlich nicht mehr, was eine Tonne Kohlen damals war. Nicht weniger...

Hör doch mit den ollen Kamellen auf.

Natürlich. Und so blöd, wie ich bin, da sollte ich in der alten Firma plötzlich Prokurist sein.

Mit dir kann man nicht reden.

Nein, so nicht, sagte ich und wollte gehen.

Ich gebe jedenfalls meine Arbeit nicht auf, ich will endlich mal was vom Leben haben, nicht immer rechnen, rechnen, ob es zu dem oder dem reicht, jeden Pfennig in der Hand umdrehen, bevor man ihn ausgibt. Immer knickerig sein mit dem Geld, da ist es kein Wunder, wenn man alt wird.

Was willst du eigentlich vom Leben haben? Verdammt noch mal, schrie ich.

Stell dich bloß nicht an. Du willst nur nicht zugeben, daß dein Geld nicht hin und her reicht. Du verstehst mich ganz gut. Sehr gut sogar.

Also gut, ich gebe mich geschlagen. Versuchen wir es, du sollst Recht haben.

Was? Ich höre wohl nicht richtig? Sie kam auf mich zu. Du hast bestimmt einen Hintergedanken.

Erst stimmt es bei mir nicht, weil ich was gegen deine Arbeit habe, jetzt stimmt es bei mir nicht, weil ich dafür bin, daß du arbeitest. Die Fabrik hat schon deinen Kopf zugemauert.

Du hast was im Hinterhalt.

Beruhige dich, ich will es nur noch eine Weile mit ansehen, wie du dieses Leben weiterführst, wie du älter wirst, verbrauchter. Ich guck jetzt gelassen zu, wie wir uns ein Teil nach dem anderen anschaffen, bis wir nach deiner Meinung alles haben. Wissen möchte ich nur, wann wir alles haben und wem dann das alles gehören wird.

Glaubst du, wir bekommen keine Kinder?

Ach, sprach hier jemand von Kindern? rief ich.

Ja, ich! begehrte sie auf, und sie nahm einen Teller in die Hand, so als ob sie ihn jeden Moment zertrümmern wollte.

Du sollst mir nur vorrechnen, wie alt du dann sein wirst, wenn wir uns alles angeschafft haben werden und wir uns dann Kinder wünschen wollen.

Du bist gemein! schrie sie.

Ich? Nein, die Wahrheit ist gemein, sagte ich ruhig.

In dem Moment stürmte Rosi ins Zimmer und rief mit überschnappender Stimme: Onkel Jürgen! Du sollst sofort kommen. Mutter weiß keinen Ausweg mehr. Vater geht es sehr schlecht!

Ja, ich komme mit.

Geh nur! Geh nur! schrie da meine Frau hysterisch und warf den Teller auf den Fliesenboden, daß er in tausend Scherben zersprang. Für andere Leute hast du immer Zeit!

Aber Tante Ingeborg, flehte Rosi.

Geht! Geht! Ich will euch nicht mehr sehen.

Rosi fragte mich auf der Straße: Was hat sie?

Ich erkläre es dir später.

Hat sie erfahren, daß ich die Wohnung versorgte in der Zeit, als sie bei ihrer Mutter in Dortmund war?

Kann schon sein, daß die Nachbarn etwas erzählt haben. Aber das ist es nicht.

Karl Borowski lag im Wohnzimmer bäuchlings auf dem Teppich, Arme und Beine weit und steif von sich gestreckt, so als sei er an einen Gegenstand geschnallt. Er schrie, jammerte, weinte in einem fort. Laute quollen aus seinem Mund, die nichts Menschliches mehr hatten. Veronika stand am Tisch und rang hilflos die Hände.

Jürgen! Mein Gott! Das hält ja kein Mensch mehr aus. Was sollen wir tun? Einen Arzt holen? Aber dann muß er ins Krankenhaus, da stirbt er. Man kann das Gejammer nicht mehr mit anhören.

Die beiden Frauen blickten auf mich, als sei ich der Wunderarzt, der alle Leiden heilen könnte. Da kam mir ein Einfall, ich versuchte es.

Rosi, sagte ich leise, hole aus dem Schuppen die alte Hundepeitsche.

Das Mädchen sah mich entsetzt an.

Los, lauf doch und tu, was Onkel Jürgen sagt, rief weinend Veronika. Sie lief hinter ihrer Tochter her.

Karls Schreien, Wimmern und wortloses Gurgeln war kaum noch zu ertragen, es ging mir durch Mark und Bein, ich wandte mich ab, ich konnte es einfach nicht mit ansehen. Im Krieg hatten wir einen, der bekam einen Bauchschuß, der schrie ebenso. Wir waren damals so jung, mein Gott, wir sind weggelaufen, wir hatten Angst bekommen, größere als beim ersten Trommelfeuer. Wo nur Rosi bleibt, hoffentlich ist die Hundepeitsche noch da, hoffentlich, sie ist jetzt mein Allheilmittel, hoffentlich glückt es. Mein Gott, wo bleibt nur Rosi.

Endlich.

Ich zog den Rock aus und faßte die Peitsche fest. Die beiden Frauen zitterten und schrien auf, als ich erstmals zuschlug. Ich ließ die Peitsche mit aller Kraft und so schnell es ging durch die Luft sausen und auf das Tischbein klatschen. Die Luft sang, das Tischbein klatschte, aber ich berührte Karl nicht. Die Hauptsache, die Luft sang und es klatschte.

Dabei zählte ich: eins... zwei... drei... vier... einen Gruß vom Führer... sechs... sieben... acht... neun... einen Gruß vom Führer... elf... zwölf... dreizehn... vierzehn... einen Gruß vom Führer ... sechzehn ... siebzehn ... achtzehn ... neunzehn ... einen Gruß vom Führer ... einundzwanzig ... zweiundzwanzig ... dreiundzwanzig ... vierundzwanzig ... Heil Hitler!

O Wunder!

Vom fünfzehnten Schlag ab wurde Karl ruhiger, sein Schreien sank zum Lallen, sein Lallen zum Gewimmer, sein Gewimmer zum Röcheln. Der Schaum vor dem Mund verschwand langsam.

Beim fünfundzwanzigsten Schlag sang nur noch die Luft, klatschte nur noch das Tischbein. Der Körper lag reglos – wie tot.

Los, kommt! Wir legen ihn auf die Couch. Er schläft jetzt bestimmt einige Stunden.

Wir betteten ihn mit vereinten Kräften auf die Liege. Er stöhnte, als habe er große Schmerzen. Waaa-ss-er, lallte er dann. Veronika ließ Wasser zwischen seine zusammengepreßten Lippen träufeln. Dann schlief Karl ein. Er schnarchte nach wenigen Sekunden wie ein Mann, der nach schwerer Arbeit endlich die ersehnte Ruhe bekam.

Ich schwitzte, mein Hemd klebte auf dem Körper.

Danke, Jürgen, sagte Veronika, sie ergriff mit beiden Händen meine Rechte, mit der ich die Peitsche geschwungen hatte.

Ist schon gut, Veronika. Wenn er wieder einmal so einen Anfall bekommt und ich bin nicht da, dann mußt du das machen, genauso wie ich es gemacht habe. Vom zehnten Schlag ab ist das Wichtigste das Zählen, er hört die Peitsche, dann nicht mehr, nur noch deine Stimme und die Zahlen, die du sprichst. Versteck die Peitsche gut, er darf sie nicht in die Finger bekommen.

Ob wir ihn vielleicht doch in ein Krankenhaus geben? fragte sie.

Nein, er ist nicht krank.

Oder vielleicht nach Aplerbeck in die Anstalt? fragte Rosi.

Nein, er ist nicht verrückt.

Was hat er denn, Jürgen, wenn er nicht krank und nicht verrückt ist. Gesund ist er doch auch nicht, sagte Veronika.

Nein, gesund ist er nicht. Aber seine Krankheit muß er selbst heilen, da können wir nichts machen.

Was ist es für eine Krankheit, fragte Veronika.

Ach, weißt du, die hat er mitgebracht aus dem Lager, aus jener Zeit damals.

Vielleicht müßte er mehr Rente bekommen, sagte Veronika. Sie sah mich an und schob die Hände vor in einer unbenennbaren Geste.

Mit Geld kannst du seine Krankheit nicht heilen, nein, nicht mit Geld ...

Überall fremde Gesichter, die Räumlichkeiten kannte ich kaum wieder. Die Büros hatten große Fenster, die Flure waren mit Teppichen belegt. Wohin der Blick auch fiel, überall war gebaut und modernisiert worden. Einen großen Schreibmaschinensaal durchschritt ich an der Seite eines Lehrlings, er trug Krawatte und einen gestreiften Anzug. Er führte mich zwei Treppen hoch und sagte dann in einem mit rotgepolsterten Stahlrohrmöbeln eingerichteten Raum, ich möchte so freundlich sein und den Anmeldeblock ausfüllen.

Ich schrieb schnell, es wurde auf dem blauen Zettel nicht nach dem Zweck der Unterredung gefragt. Der Lehrling brachte den ausgefüllten Schein dem Fräulein an der Schreibmaschine, die las ihn, legte ihn in eine grüne Mappe und bat mich freundlich lächelnd, Platz zu nehmen. Es könne ein paar Minuten dauern, bis ich vorgelassen werde.

Durch das große Fenster, in dem sich grüne Pflanzen rankten, sah ich auf die Anlage vor dem Bürogebäude. Herrlicher Rasen, rote Bänke in Sträucher eingenischt, Ziersträucher und blühende japanische Kirschbäume, dazwischen rote Kieswege, die ein steifbeiniger alter Mann harkte. Peinlich sauber alles, kein Fetzchen Papier auf Rasen und Wegen. Eine von der Außenwelt abgeschirmte aus sich selbst heraus lebende Stille. Auch hier im Raum. Die Schreibmaschine des Fräuleins an der Tür machte nicht mehr Geräusch, als mein Reisewecker auf dem Nachtkästchen.

Ja, hier kann man Mensch sein, hier kann man arbeiten, sogar mit Freude und Ehrgeiz Mensch sein; nicht wie bisher, als staubumnebelter, wütender Tiermensch eine unterirdische Welt anbohrend und dann zerschießend. Hier war man Mensch, hier roch es nicht nach den schweißdurchtränkten Kleidern der Kollegen. Herr Kaiser läßt bitten, sagte das Fräulein. Sie sagte nicht einmal Direktor, wie modern man hier war. Es hat sich nicht nur baulich verändert, auch der Ton ist schmuckloser geworden, seit ich hier drei Jahre gelernt und den Traum vom einstigen Prokuristen geträumt habe.

Herr Kaiser war also Direktor geworden. Er erkannte mich nicht, das sah ich sofort, obwohl ich damals viel mit ihm zu tun hatte. Er erkannte mich auch nicht, als ich sagte, ich sei hier in diesem Haus – wieviel Jahre sind vergangen? – Lehrling gewesen.

Zur Sache, Herr Fohrmann. Er sah auf seine Armbanduhr.

Mein Gott, mit Herr wurde man hier angeredet. Wie gut das tat, hier war man bestimmt keine anonyme Arbeitskraft oder gar eine Nummer. Ich sagte dem beleibten Herrn Kaiser nun, was ich auf dem Herzen hatte, daß unsere Zeche geschlossen wird, daß ich bis jetzt noch keine andere Arbeit habe, daß ich hier einmal nachfragen wollte, weil ich doch hier gelernt habe. Ich würde mich bestimmt wieder einarbeiten.

Ich durfte mich sogar setzen, nicht wie bei uns auf der Zeche, wo man im Büro des Betriebsführers zu stehen hatte. Der breite Herr Kaiser hinter dem breiten Schreibtisch wurde immer breiter – und größer.

Mein Gott, habe ich was Unrechtes gesagt?

Wie stellen Sie sich das vor, Herr Fohrmann? fragte er leise.

Nein, ich habe nichts Unrechtes gesagt, er war ja ausgesprochen freundlich.

Ich dachte, vielleicht...

Wann sind Sie aus der Firma ausgetreten, sagten Sie?

Dreiundvierzig, Herr Direktor.

Zum Militär, so ist es doch.

Ja, freiwillig, leider.

Warum leider? Heute braucht man sich doch nicht mehr zu schämen, weil man freiwillig sein Vaterland verteidigt hat, polterte er.

Ich schäme mich ja auch nicht, stotterte ich. In seinem Gesicht sah ich meine Chancen schwinden.

Dann ist es ja gut. Dreiundvierzig also. Ja, jetzt schreiben wir zweiundsechzig.

Jaja, antwortete ich blöde.

Warum haben Sie, als Sie aus der Gefangenschaft kamen – Sie waren doch in Gefangenschaft? ja? Dachte ich doch. Beim Russen?

Nein, Ami.

Na, dann haben Sie ja ein gutes Leben gehabt. Ich war beim Russen. Lassen wir das, ist vorbei. Jetzt ist der Russe unser Kunde. Komische Welt. Was wollte ich sagen? Ach ja. Warum haben Sie bei uns nicht wieder angefangen? Wir haben doch gleich wieder alle eingestellt, die vorher in unserer Firma waren. Hat man Sie abgewiesen?

Nein, nein, Herr Direktor, die Zeit, wissen Sie. Ich war allein, meine Eltern sind vierundvierzig beim Bombenangriff umgekommen. Na ja, die Zeche hatte so viele Vorteile, wegen der Schwerstarbeitermarken und so.

Verstehe.

Ich wollte schon immer mal anfragen all die Jahre, ob ich wieder eingestellt werden könnte. Wie das eben so ist. Dann bekommt man eine Wohnung von der Zeche, und es bleibt beim Vorsatz.

Verstehe.

Nun kommt diese Schließung, und da dachte ich ...

Verstehe.

Er stand auf. Ich sehe nicht recht, was ich für Sie tun könnte. Sie hätten sich an das Personalbüro wenden müssen. Tut mir leid.

Ich stand auch auf.

Warten Sie mal, ich gebe Ihnen einen Zettel mit, damit gehen Sie ins Betriebsbüro, die haben bestimmt was für Sie. Haben Sie Führerschein? Nein? Schade, wir suchen drei Kraftfahrer. Aber Sie haben doch Erfahrung im Laden von Eisen? Wir suchen noch Leute für den Eisenverladeplatz. Ich weiß nicht aus dem Kopf, wieviel Stundenlohn, zweisechzig glaube ich, aber das erfahren Sie alles im Büro, unterste Etage.

Herr Direktor, stotterte ich und fühlte, wie ich immer kleiner wurde. Trotzdem sagte ich: Ich dachte, daß hier im Büro ...

Er lachte breit und kam hinter seinem Tisch hervor, legte seine beiden Hände auf meine beiden Schultern und sagte: Mein Lieber, das müssen Sie doch einsehen, daß das nicht geht. Von dreiundvierzig bis zweiundsechzig – wir haben eine andere Zeit.

Ja, natürlich, ich verstehe.

Sie werden in unserem Betrieb bestimmt Arbeit finden, wir haben genug freie Stellen, wo Sie genauso gut verdienen werden, wie auf der Zeche. Das ist doch Ehrensache, wo Sie bei uns gelernt haben.

Ich dachte nur, stotterte ich.

Verstehe, verstehe.

Das Mädchen an der geräuschlosen Schreibmaschine kam herein. Herr Bauer von der Ligu ist da. Er wartet draußen.

Soll reinkommen! polterte Herr Kaiser.

Ich danke Ihnen, sagte ich. Nichts für ungut.

Aber, aber mein Lieber, ich bin für jeden da. Gehen Sie ein Stockwerk tiefer, da wird man Ihnen Arbeit geben.

Ich hatte das Gefühl, daß er hinter mir herlachte, als ich das Zimmer verließ. Einen Herrn Bauer von der Ligu sah ich im Vorzimmer nicht. Aber ich konnte mich auch getäuscht haben.

Es war wie alle Tage, als ich nach Hause kam. Ingeborg war nicht da, die Betten lagen ungemacht, das Geschirr stand ungespült in der Küche, überall lag Staub.

Ich sah eine Zeitlang aus dem Küchenfenster in den Garten. Das Gras wucherte zwischen den jungen Pflanzen. Ich muß heute nachmittag jäten. Nächstes Jahr werde ich die Hälfte des Gartens mit Gras einsäen, wer soll die viele Gartenarbeit tun, wenn Ingeborg arbeiten geht und ich in meiner freien Zeit Geschirr spülen muß, Essen kochen und Wäsche waschen. Jetzt können wir uns auch Dosen aus dem Selbstbedienungsladen kaufen, jetzt, mit zwei Einkommen. Konserven warm machen ist keine Arbeit. Ich werde mir doch die Hausarbeit nicht so schwer machen.

Mein Nachbar stand in seinem Garten und sah zum Dach hinauf. Seine Tauben bereiten ihm seit Wochen Sorgen, eine Krankheit grassiert unter ihnen, viele verloren Federn, er konnte dieses Jahr noch keine einzige auf Reisen schicken.

Der Tag heute war wunderbar, bestimmt fünfundzwanzig Grad im Schatten.

Der Maschine habe ich immer mißtraut. Kalt und glitschig wie ein Fisch gleitet der Hobel die Kohlenwand auf und ab, und die Nabe, an der sich der Dreizack dreht, leuchtet auf, wenn der Lichtkegel unserer Lampen darüberhuscht. Der Hobel liegt immer auf der Lauer; er läßt sich zwar bändigen, in seine Ketten pressen, wehe aber, wenn er ausbricht, dann sind Schmerz- und Entsetzensschreie die Lautbahn, in der er sich bewegt.

Wir hassen diese Maschine, wir spucken sie bei Schichtbeginn an, wir decken sie mit wüsten Worten ein und mit kalten Flüchen, die aus der Angst geboren werden. Welch herrliches Schauspiel, den Hobel in seiner Kraft zu beobachten, aber welch eine Geißel, wenn man mit ihm zu tun hat: Er treibt unsere Gedanken fort und höhnt mit knirschenden Ketten: ... weiter ... wei-ter ... wei-ter ...

Nein, das ist keine Maschine mehr, das ist ein Monstrum. Und wir fragen uns alle: Warum das alles noch? Warum? Auf 250 Meter Streblänge sind fünfundzwanzig Sprühdüsen in die Leitung geschraubt, die während der ganzen Schicht Wasser in die Staubwolken spritzen. Dennoch wälzt sich der Staub unaufhörlich auf uns zu, wenn die abgeschälte Kohle in den Förderer fällt.

Warum noch diese Maschine? Warum?

Sie wurde eingebaut, als längst bekannt war, daß unsere Schachtanlage stillgelegt wird. Kosten: fünfzigtausend Mark – nur für das Einbauen. Die Maschine selbst soll 1,5 Millionen kosten. Unsere Zeche bezahlte das Einbauen nicht, das übernahm voll die Firma, die diesen Hobel herstellte und hier auf seine Tauglichkeit prüfen will: Wenn der Hobel auch dort Verwendung finden kann, wo noch anderes Mineral als Kohle abgebaut wird, kann er in mehreren Ausführungen nach Südafrika exportiert werden. Nach Südafrika? Ja, verurteilt die Rassenpolitik, aber um Gottes willen, haltet den Handel hoch, der Handel ist unser Wunder, und ohne Wunder können wir in unserer Zeit nicht mehr existieren.

Aber wir Arbeiter zahlen dafür, wir zahlen den Preis in Blut. Was soll es, die Zeit der Blutzölle hat nie aufgehört, sie ging 1945 nicht zu Ende. Wir sind die Kaninchen in den von Angst umbauten Labors der Exportwirtschaft.

Seit der Hobel läuft, vier Wochen sind es jetzt, registrieren wir dreiundzwanzig Verletzte, davon sieben so schwer, daß sie für ihr ganzes Leben verstümmelt bleiben. Vor vier Wochen war die Schließung bekanntgegeben worden, und sämtliche Ortsleute, soweit sie nicht vor Ablauf der Kündigung Arbeit in anderen Betrieben angenommen hatten, wurden in Strebs verlegt, in denen in einem letzten Anlauf der wahnsinnige Versuch unternommen wurde, die Agonie der Kohle zu überwinden.

Ich hastete den Streb hoch, die Ketten, die den Hobel lenkten, in meinen Händen. Immer wieder mußte ich die Ketten herumreißen, damit ein «ordnungsgemäßer Ablauf» gewährleistet war. Durch den Staub sah ich die Kameraden, die Ausbaue setzten, Kappen vorhängten und mit Preßlufthämmern allzu große Stücke zerteilten.

O dieser Staub, dieser Staub!

Die Kehle sitzt zu. Staubklumpen hängen am Gaumen, und der Magen setzt immer wieder an, sich zu übergeben. Aber keine Zeit, der Hobel rast ... ich hinterher.

Ordnungsgemäßer Ablauf, das ist wichtig. Daran hängen Produktion und Sicherheit, Leben und Gesundheit. Ich muß trinken. Fritz Lehnertz muß mich am Strebende ablösen. Kaffee habe ich noch in der Flasche. Au! Verdammt! Aufpassen! Die Führketten. Daran hängt nicht nur der Hobel, daran hänge ich und die anderen.

Noch zwanzig Meter, dann Strebende, dann Trinken, dann Kaffeeflasche, dann Ablösung, dann Trinken, dann Ruhe.

Warum diese Schinderei, mein Gott, warum? Der Pütt wird zugemacht. Warum dann diese Schinderei noch? Gott sei Dank. Strebende. Ich wende den Hobel.

Komm! Ich mache weiter! ruft Fritz. Ich stürze zu meiner Kaffeeflasche, sie ist noch halb voll. Verdammt! Hat so ein Schwein aus meiner Flasche gesoffen? Es sind noch drei Stunden zu arbeiten.

Ich stürze mir den Rest hinunter, lutsche noch am Hals der leeren Flasche. Fritz packt die Ketten: Der Dreizack wird umgeschraubt, von der Rechtslinksführung in die Linksrechtsführung. Kurze Probe. Läuft.

Ich sitze und warte.

Wenn sich der Hobel die 250 Meter planmäßig entlangfrißt, hinunter und wieder herauf, dann habe ich eine halbe Stunde Pause. Der Schweiß läuft über mein Gesicht, das Hemd klebt am Rücken und am Bauch. Die Haut juckt. Der Staub frißt sich in die Poren, wird wieder ausgeschwitzt, frißt sich wieder ein, wird wieder ausgeschwitzt. Wie oft in einer Schicht?

Gibt es keinen Pilatus mehr, der schreit: Seht! Welch ein Mensch! Wir leben im Jahrhundert der Menschlichkeit. Jedes Jahrhundert lebte im Jahrhundert der Menschlichkeit. Wir schuften und schießen. Geschossen wurde immer, noch nie aber so geschuftet. Unser Jahrhundert hat sein Gesicht verloren, wir leben in Anonymität, weil wir nur noch Fratzen haben oder weiße Flecken im Gesicht, wo eigentlich das Herz und die Seele wohnen sollten. Wir schuften herz- und seelenlos, denn unser Jahrhundert hat alles, nur keinen Pilatus mehr. Endlich ist Pilatus tot.

Ein heftiger Stoß im Panzerförderer. Ein Knall. Knirschen. Eisen auf Eisen. Der Hobel steht. Ich stiere in die Nacht. Was ist los? Egal, ich habe eine halbe Stunde Zeit. Schreien im Streb. Der Staub sinkt ab. Was ist los? Egal, was passiert, ich habe eine halbe Stunde Zeit.

Einer rennt an mir vorbei. Brüllt und keucht.

Jürgen! Tragbahre! Schnell!

Was ist? frage ich.

Fritz! schreit er.

Was ist mit Fritz? frage ich wieder.

Tragbahre! Du Rindvieh! Tragbahre! Capito?!

Ich laufe mit. Hundert Meter, zweihundert. Hat die verfluchte Strekke kein Ende?

Wir finden sie, wir fassen sie.

Fritz sein Bein ist kaputt. Knie Matsche, keucht der Anonyme.

Wie kam's? fragte ich.

Wir hasten zurück. Keuchen. Schweiß. Und die Angst um Fritz.

Fritz! Er stöhnt. Zwei Männer schienen das Bein. Fritz jammert wie ein Kind, weint wie ein Kind.

Ist doch alles sinnlos! schreit einer. Warum schienen? Ist doch alles Matsche!

Halt deine Fresse! Anpacken! Vorsicht! Ihr Hunde, wollt ihr wohl vorsichtig sein! schreie ich die anderen an. Da, ein irrer Laut. Gott sei Dank, Fritz ist bewußtlos geworden.

Während vier Mann die Bahre mit Fritz aus dem Streb schleifen und nach über Tage transportieren, repariert der Steiger mit zwei Schlossern den Panzerförderer und schraubt die Kettenführung neu ein. Halbe Stunde. Fertig.

Jetzt ist Fritz oben, sage ich.

Aufpassen! Luft aufdrehen! brüllt der Steiger.

Die Luft zischt, Wassernebel sprühen, die Ketten knirschen, der Förderer rattert, der Hobel schrämt.

Los! Weiter! Keine Müdigkeit vorschützen! Weiter!

Diese verdammte Antreiberei. Nur weiter. «Let's go!» haben sie in der Gefangenschaft gesagt. Aber da waren wir *Gefangene.* Es läuft alles wieder wie zuvor. Was ist schon ein Bein, ein Knie? Nur eine kurze Lücke in der präzisierten Planung. Fritz! Mein Gott, wenn ich das gewesen wäre. Ein Krüppel mit ein paar dreißig Jahren. Gott sei Dank, ich war es nicht. Ich war es nicht! Immer sind es andere. Verdammt! Was ist? Der Hobel hat keine richtige Führung, eine Kette hängt lose, die andere hat übermäßige Spannung. Wenn das nur gut geht.

Da schreit der Steiger, der mit mir hinter dem Hobel herläuft: Elendes Scheißstück!

Da! Was ist?

Über meinem Kopf zischt es peitschenschlagartig. Jaulen, Orgeln. Sekunde, Bruchteilsekunde. Dann ein Laut, als beiße ein Hund einen Knochen entzwei.

Was ist?

Jürgen! Jürgen!

Wer schreit mich so blödsinnig an?

Ist ein Wasserventil aus der Leitung gesprungen? Ich bin naß, mein Gesicht tropft. Es tropft auf meine Hände. Was ist mit dem Wasser? Es ist nicht salzig, es ist süß, klebrig, dick, warm.

Was ist mit dem Wasser? Mit dem Wasser!

Jürgen! Jürgen! brüllt mich einer an.

Haltet den Panzer an! Den Panzer anhalten. Ihr Hunde, haltet den Panzer an.

Da!... Da... Da... rollt... ein... Kopf! Ein Kopf! Ich bin irre. Ich bin wahnsinnig... aber da... rollt ein Kopf... Und ich begreife.

Die Kette am Hobel riß, sauste über meinen Kopf und schlug mit unbenennbarer Gewalt dem zwei Meter hinter mir herhastenden Steiger den Kopf ab. Der Kopf rollte in den Panzerförderer, und was ich als Wasser wähnte, war Blut. Der Blutstoß des geköpften Steigers klatschte in mein Gesicht.

So haltet doch den Panzer an! Heilige Maria und Josef! Haltet den Panzer an! Ein Kopf! Ein Kopf! Die Stimme hatte nichts Menschliches mehr.

Niemand hielt den Panzer an. Der Schreck war zu groß. Der Kopf rollte und rollte... auf den Stahlgliederbandförderer... der Panzer läuft und läuft, der Kopf wird mit den Fördermitteln fortgetragen, in die Schneckenführung, in die Förderwagen, und über Tage wird einer am Leseband oder aus den Bottichen der Wäscherei den Kopf herausfischen.

Da steht einer vor mir, leuchtet mich an und lacht. Er lacht wie ein Verrückter und weist denen, die gelaufen kommen, den Grund seiner irren Heiterkeit. «Blutsauger!» schreit er und lacht weiter. Blutsauger gellt es aus allen Ecken. Alle sehen mich an.

Ich sehe sie an: In ihren Augen steht das Entsetzen. Im Streb wird es still. Ich stehe auf einem Eisenstück und um mich zwanzig Männer. Sie starren mich nun nicht mehr an, und sie lachen auch nicht mehr. Das Lachen verging ihnen, als sie den geköpften Steiger liegen sahen. Und als der lange Egon noch einmal leise sagte, daß ich ein Blutsauger sei, kam ein gefährliches Murren von ihnen. Beidhändig faßte ich Staubkohle und rieb mir das Blut aus dem Gesicht, von der Brust, den Handrücken, und ich versuchte, mit Staub auch meine Hose zu reinigen.

Keiner sprach, jeder glotzte irgendwohin.

Ich sagte: Wir müssen den Steiger wegbringen. Einer muß über Tage anrufen.

Über Tage? fragte Egon.

Ruf den lieben Gott an, sagte einer von hinten aus der Nacht.

Nein, sagte ich, ich weiß seine Telefonnummer nicht. Und ich schrie in die Gesichter, in denen der Schrecken in weißen Augäpfeln stand: Ich weiß seine Telefonnummer nicht! Ich weiß sie nicht! Ich weiß sie nicht!

Nur Schrecken, stumm und zittrig, antwortete mir.

Endlich gingen zwei Mann und holten den Schleifkorb. Wir betteten den Mann hinein, und ich zog, weil wir keine Ersatzdecken mehr hatten, meine Jacke aus dem Holzstoß und deckte das zu, worunter jeder einen Kopf vermuten mußte. Die Bahre stand in unserer Mitte, wir umsaßen sie. Das Entsetzen wich, aber wir wurden immer ratloser. Was jetzt?

Kommt, wir fahren aus, sagte ich.

Das können wir doch nicht einfach, ausfahren, entgegnete der alte Bruno Goller.

Du Idiot! schrie ich. Was willst du noch hier. Sollen noch mehr verrecken? Nächste Stunde kannst du dran sein.

Jürgen hat ganz recht, redeten etliche durcheinander.

Die schmeißen uns raus, jammerte Bruno wieder.

Ja, verdammt! brüllte ich wieder. Hast du nicht auch deine Kündigung in der Tasche? Machen die vierzehn Tage noch was aus? Macht euch nicht zu Hanswürsten. Für wen waren die Verletzten der vergangenen Wochen? Für wen? Wozu?

Jürgen hat recht, sagte einer.

Ja, aber ... versuchte Bruno noch einmal.

Los, sagte ich, kein Wort mehr.

Vier Mann schleppten die Bahre aus dem Streb, wir trotteten hinterher, dumpf, wortlos.

An der Querschlageinmündung stand der Obersteiger, er hatte von dem Unglück gehört und sagte in seiner ruhigen Art: Heut ist aber auch der Wurm drin. Erst der Lehnertz, und nun er. Und als wir alle stumm an ihm vorbeigegangen waren, rief er hinter uns her:

Ihr braucht doch nicht alle auszufahren, vier Mann genügen. Geht wieder an eure Arbeit.

Er lief hinter uns her, zeterte, schrie, tobte, bettelte. Da riß dem langen Emil die Geduld.

Du vollgefressener Kerl, halte endlich deine Schnauze, sonst schmeißen wir dich den Schacht runter.

Ich verbitte mir ...

Du hast hier nichts mehr zu sagen, in vierzehn Tagen liegst du auch auf der Straße, rief Emil dem Ober erbost ins Gesicht.

Aber der fällt nicht so hart, sagte einer. Die Herren bekommen Überbrückungsgeld. Und wir? Wir bekommen nicht einmal Arbeitslosenunterstützung, wenn wir die Arbeit nicht annehmen, die uns das Arbeitsamt zuschustert.

Wir fuhren den Stapel hinunter und auf der fünften Sohle zum Schacht. Den Steiger in unserer Mitte, als wäre er unser gefallener König. Er war nie bei uns beliebt, weil er ein rücksichtsloser Streber war, aber wir dachten an seine Frau und an seine Kinder. Und ich dachte nur: Mein Gott, wenn ich das gewesen wäre.

Am Schacht mußten wir lange warten, endlich aber schien uns die Sonne ins Gesicht. Über Tage erwartete uns der Inspektor, er sah uns ungläubig an, als wir vom Korb hüpften, wie gefangene Ratten aus der Falle. Stumm schlurften wir vorbei, ohne Gruß.

Ihr fahrt sofort wieder an! rief er, hochrot im Gesicht.

Ich drehte mich um und sagte ruhig: Ich an Ihrer Stelle würde den Kopf suchen, es fehlt nämlich einer.

Da schrie er: Ihr seid alle fristlos entlassen!

Da lachten wir, lachten; es war eine Erlösung, denn seine Worte waren doch ein Witz, ein ausgewachsener Witz.

Wir luden den Steiger in der Leichenhalle ab, die Kommission vom Oberbergamt war schon da und machte sich fertig zur Anfahrt.

Wir holten aus unseren Straßenkleidern Zigaretten und rauchten wortlos auf den Bänken im Blumenrondell vor der Schlosserei. In den Büros war ein geschäftiges Hin und Her. Das war uns gleich, wir hatten abgeschlossen; der rollende Kopf war der Punkt hinter einer Entwicklung, die wir mit aufgebaut hatten und die nun überholt war.

Jürgen hatte recht, sagte Emil. Uns blieb nur die Ausfahrt.

Natürlich hatte Jürgen recht, sagten andere.

Wir hätten gar nicht so lange in dem Streb arbeiten dürfen, sagte ich.

Fritz wollte in vierzehn Tagen als Lastwagenfahrer bei einer Dortmunder Brauerei anfangen.

Jetzt hat er ein Matschbein, nuschelte Emil. Aber das haben wahrscheinlich die Weißkittel schon abgenommen. Diese verfluchte Maschine.

Hatte doch keinen Sinn mehr, die Maschine, sagte ich.

Für andere hatte sie schon einen Sinn, nuschelte Emil.

Ja, für die Entwicklungsländer, sagte ich.

Für die Schwarzen, murmelte Emil in seinen Bart.

Was? rief einer. Gibt es in Südafrika auch Schwarze?

Kommen wir morgen wieder zur Zeche? fragte Bruno Goller ängstlich.

Das kann jeder halten, wie er will, sagte ich. Für mich steht fest, daß ich mir morgen eine andere Arbeit suche.

Aber die Papiere sind doch nicht in Ordnung, jammerte Bruno.

Scheiß doch auf die dämlichen Papiere, Hauptsache, wir bekommen Arbeit! schrie ich.

Die geben womöglich unseren Lohn nicht raus, jammerte Bruno wieder. Das ist Kontraktbruch, und das bringt Geldstrafe.

Sollen sie die drei Schichtlöhne haben, meine Knochen sind mir lieber. Und dann, es gibt ja noch Arbeitsgerichte und die Gewerkschaft. Warum zahlen wir Beiträge?

Wir gingen in die Kaue zurück und wuschen uns. Erst hatten wir befürchtet, sie würden das Wasser sperren, aber es war heißes Wasser da.

Dann fuhren wir nach Hause. In meinem Garten waren über Nacht die Tulpen aufgeblüht.

Ingeborg war mit ihrer Mutter nach Dortmund in den Romberg-Tierpark gefahren. Sie sagte mir, daß sie drei Tage unbezahlten Urlaub genommen habe. Warum, das sagte sie mir nicht, ich fragte sie auch nicht. Seit sie arbeiten geht, wird kaum noch etwas zwischen uns besprochen, wir schweigen uns aus.

Draußen ist es trotz der frühen Abendstunde hell und angenehm. Rosi sitzt neben mir und plappert unaufhörlich. Sie sprudelt nur so, ich könnte sie auf den Mond wünschen, ich will doch die Übertragung aus Chile hören.

Für alles interessiert sich das Mädchen, nur nicht für Fußball. Wenn sie doch gehen würde und mich in Ruhe ließe, aber nein, sie geht nicht, sie plappert. Sie hat sich häuslich niedergelassen, ihre Schuhe ausgezogen, die Beine auf den Sitz des Sessels gelegt. Sie will nicht verstehen, daß ich die Fußballreportage hören möchte. So lieb mir das Mädchen auch ist, so ungelegen kommt sie oft in die Wohnung. Habe ich früher, als meine Frau in Dortmund im Schmollwinkel saß, um ihre Hilfe gebeten, so glaubt sie jetzt, die Hilfe müßte ewig währen.

Schließlich landet Rosi bei der Politik. Auch das noch, mir bleibt nichts erspart. Sie spricht von der Politik, wo ganz Deutschland um den Ausgang des Spieles in Chile zittert. Ich hätte nie gedacht, daß sie so ein Mensch ist.

Da fragt sie mich: Warst du früher in der HJ?

Ich sage ja.

Warum bist du in die HJ eingetreten, das brauchtest du doch nicht, viele waren nicht in der HJ.

Was blieb uns jungen Leuten schon anderes übrig, Rosi, sagte ich, man mußte damals oft Dinge tun, die man nicht tun wollte, und hinterher war man erstaunt, was man getan hatte.

Das verstehe ich nicht, sagte sie. Entweder man will etwas oder man will es nicht.

Wenn sie doch aufhören wollte, das Fußballspiel war viel interessanter als ihr dämliches Gequatsche über Zeiten, von denen man nicht mehr sprechen sollte.

Warst du gerne dabei? fragt sie.

Das weiß ich heut nicht mehr. Wahrscheinlich.

Hast du den Arm gehoben? fragte sie wieder.

Mein Gott, wenn sie doch endlich ruhig sein wollte, ganz Deutschland zittert um die in Chile, und sie fragt, ob ich auch den Arm gehoben habe damals. Man sollte diese Zeit aus der Geschichte ausradieren. Wo habe ich das schon gehört? Ausradieren? Ach ja. Wir werden ihre Städte ausradieren. Heil, Heil, Heil.

Zum Teufel! schreie ich sie an. Ich habe auch den Arm gehoben, den Hintern konnte ich nicht heben, das war zu anstrengend. Zufrieden? Jetzt laß mich in Ruhe!

Sie schwieg. Ich hing am Radio, ich wollte dem Reporter helfen, weil er keinen Torschrei losließ. Aber meine Aufmerksamkeit am Radio ließ nach, ich betrachtete plötzlich aufmerksam das Mädchen und fragte mich, warum sie gerade heute von diesen Dingen sprach. Das Spiel machte mir plötzlich keinen Spaß mehr.

Ja, verdammt, ich habe damals den Arm gehoben und Heil gerufen und mich freiwillig zur Wehrmacht gemeldet, weil ich mich schämte, noch als Zivilist herumzulaufen, wo andere bereits dabei waren, Orden zu sammeln. Aber das versteht sie nicht, das wird sie nie verstehen, man kann eine Zeit nur verstehen, wenn man in dieser Zeit gelebt hat. Wie soll ich dem Mädchen das erklären?

Onkel Jürgen, fängt sie wieder an, sag mal, warst du gerne dabei?

Gerne? Wahrscheinlich, sonst hätte ich doch nicht mitgemacht.

Aber zum Donnerwetter! schrie sie und sprang aus dem Sessel und stampfte mit den Füßen. Warum bist du heute gegen diese Zeit?

Ich überhörte, daß ein Tor fiel und wer dieses Tor schoß. Nur das

Geschrei aus dem Lautsprecher und die sich überschlagende Stimme des Reporters sagen mir, daß ein Tor gefallen war.

Ich habe eine Platte von einer Sportpalastrede, sagte das Mädchen, da schreien sie auch so.

Verflucht! schrie ich. Halte endlich deine Klappe, jetzt habe ich nicht einmal das Tor mitbekommen.

Aber Onkel Jürgen! Ist das Tor so wichtig? Das liest du doch morgen in der Zeitung.

Wie kann man so jung sein und ohne Verständnis für Fußball?

Onkel Jürgen, warum bist du heute gegen diese Zeit? Sag schon, das muß ich wissen, fragt sie wieder.

Ich gab es auf, am Radio zu lauschen, und sagte zu ihr: Weil ich gelernt habe, beim Militär, in der Gefangenschaft und später.

Waren alle dafür, damals? fragt sie wieder.

Dafür? Das kann man eigentlich nicht sagen. Sie haben mitgemacht. Man mußte eben mitmachen, wenn man nicht...

Viele haben aber nicht mitgemacht, sagt sie wieder. Die gingen lieber in die Emigration.

Schließlich kann nicht ein ganzes Volk in die Emigration gehen, sagte ich erbost. Und jetzt laß mich bitte in Ruhe.

Auch die Justiz hat damals mitgemacht? fragt sie und setzt sich wieder und schlenkert aufreizend ihre Beine durch die Luft.

Ich sah sie ziemlich dumm an. Na hör mal, sagte ich, ich habe mit der Justiz nichts zu tun gehabt, dein Vater, obwohl er hinter Stacheldraht saß, auch nicht. Ein kleiner Mann wie ich, damals war ich noch Schüler und Lehrling, konnte schließlich nicht hinter die Kulissen sehen. Aber ich meine, wenn alle mitgemacht haben, dann wird wohl auch die Justiz mitgemacht haben.

Onkel Jürgen, sag mal, unser Lehrer hat gesagt, vor einigen Wochen, warte mal, was hat er gesagt? Ach ja: die Unzufriedenheit brachte Adolf an die Macht, die Justiz aber hat mitgeholfen, daß er am Ruder blieb. Sie hat seinen Staat sanktioniert. Stimmt das?

Da mußt du deinen Lehrer fragen, sagte ich, der muß es besser wissen. Ich wundere mich nur, daß er das so offen sagt, daß er nicht Angst hat vor den Folgen.

Aber warum? Sie sah mich groß an. Schließlich hat er doch recht!

Ob er recht hat oder nicht, das ist mir gleich. Frage doch einmal welche von der Sorte, die damals mitgemacht haben, es laufen genug rum, und nicht allein auf der Straße, auch in Gerichtsgebäuden und anderswo.

Aber Onkel Jürgen, da müßte man doch sagen, daß jeder Deutsche Dreck am Stecken hat.

Mag sein, Rosi, es gab ja damals sogar Pastoren, die haben mit Heil Hitler unterschrieben.

Sie wollte das Radio ausschalten, aber in dem Moment fiel das zweite Tor. Ich sprang auf und schrie: Tooor!

Wie ein dummer Junge benimmst du dich! schreit sie. So ein blödes Tor regt dich auf und begeistert dich. Aber damals, da hast du mitgemacht. Wahrscheinlich hast du auch begeistert Heil geschrien. Kein Wunder, wenn der Schnurrbart mit euch gemacht hat, was er wollte. Ihr wart ja nur eine Herde.

Das verstehst du nicht, Rosi, ich werde es dir später einmal genau erklären.

Wann? Sie stand vor mir und sah mich an. Vor einem Jahr hast du gesagt, du würdest mir alles erklären, und jetzt ist ein Jahr vergangen, und du sagst, du wirst es mir später erklären. So vergeht ein Jahr nach dem anderen, und wenn ich alt genug geworden bin, es zu begreifen, bist du zu alt, es mir zu sagen.

Sie zog ihren Mantel an und fragte: Gehst du mit?

Ja, warte, ich wollte noch ein Bierchen trinken. Da fiel mir ein, daß ich irgendwo ausgerufen hatte, wir würden unsere Demokratie versaufen.

Vor der Schaschlikbar verabschiedete ich mich. Sie sagte: Denk bitte daran, daß ich alt genug bin, ich will es von dir wissen, du warst damals dabei, du hast mitgemacht. Ich will es nicht aus den Zeitungen erfahren, die waren damals emigriert oder noch nicht geboren oder beim Widerstand.

Ja, sagte ich, ich werde es dir bald sagen.

Wie ist es bei der neuen Arbeit? fragte sie plötzlich.

So lala, nicht schlecht und auch nicht gut, wie eben Arbeit ist. Ich habe Sonne und Regen, aber sonst ist alles so, wie es war.

Was dir fehlt, ist Ehrgeiz.

Sie ging die Straße hinab, ich in die Wirtschaft.

Der lange Emil stand an der Theke, er winkte mir.

Warst du schon bei Fritz Lehnertz im Krankenhaus? fragte er mich.

Ja, schon dreimal.

Hat sich mit seinem Schicksal immer noch nicht abgefunden, sagte er. Der arme Kerl. Die Scheißmaschine mußte ausgerechnet ihn erwischen.

Wen sollte sie sonst erwischen? fragte ich.

Na, den natürlich, der den Aufbau veranlaßt hat, knurrte er.

Sag mal, hast du das Spiel gehört? fragte ich voll Ungeduld. Wie kann Emil jetzt von Fritz reden, wenn vor Minuten noch ganz Deutschland kopfstand.

Was für ein Spiel? fragte er dumm.

Was für ein Spiel? Ja, lebst du denn auf dem Mond? Deutschland gegen Chile meine ich.

War das heute? Haben unsere gewonnen?

Mensch, du machst mir Spaß. Ganz Deutschland zittert, und du sitzt hier seelenruhig und säufst dein Bier.

Du, Jürgen, habe schon wieder andere Arbeit. In der Fabrik in Unna war es nichts. Stell dir vor, die haben doch tatsächlich kontrolliert, wie lange man auf dem Scheißhaus sitzt. Warst du mehr als zehn Minuten auf dem Örtchen, zogen dir die Bonzen das vom Stundenlohn ab. Na, mit mir nicht, habe nach ein paar Tagen gleich in'n Sack gehauen.

So, sagte ich. Ob die vier Männer hinten in der Ecke vom Fußball reden? Sieht so aus.

Bin jetzt beim Straßenbau am Ruhrschnellweg.

Die vier Männer unterhalten sich tatsächlich über Fußball, ich höre Wortfetzen.

Drei Mark Stundenlohn, geht so für den Anfang, sagte er. Was kriegst du eigentlich in der Fabrik?

Ich? Warte mal, ich glaube, zweisiebzig.

Die vier in der Ecke lassen kein gutes Haar an Chile.

Na, bei dir ist es jetzt nicht mehr so schlimm, hast keine Kinder, und deine Frau arbeitet mit, verdient ganz gut. Was machst du nur mit dem vielen Geld?

Raten bezahlen! Ich trank mein Glas auf einen Zug leer.

Die vier in der Ecke stritten sich. Sie stritten über das Spiel.

Du hast Raten? Mensch, das glaube ich dir nicht, bei zwei Verdiensten.

Nein, ich tapeziere jetzt die Wände mit Fünfzigmarkscheinen.

Oller Dussel! Wie ist deine Arbeit, sag mal?

Geht so, Emil. Könnte besser sein.

Zeche war nicht das schlechteste, was, Jürgen?

Sicher nicht. Jeden Tag heiß brausen, die Haare fallen aus. Aber so schlecht war die Arbeit auch wieder nicht.

Ich fahre jeden Morgen mit einem firmeneigenen Bus zur Arbeit, sagte er. Der holt uns vor der Haustür ab und bringt uns abends wieder zurück. Drei Mark muß ich für die Woche bezahlen. Das geht doch.

Ein übler Lärm war nun am Tisch in der Ecke, sein eigenes Wort konnte man kaum mehr verstehen. Vielleicht gehe ich noch zu Borowskis, dachte ich, sehen, was Karl macht und Veronika. Ob Rosi schon zu Hause ist? Ich hätte sie nicht allein lassen sollen. Aber man kann schließlich keine staatspolitischen Reden führen, wenn Fußball gespielt wird.

Emil, mach's gut, ich geh.

Willst du schon? Bleib, ich gebe einen aus. Am Ecktisch wird es auch noch interessant, die kriegen sich gleich an die Köpfe.

Sollen doch froh sein, daß wir gewonnen haben, sagte ich.

Veronika hatte noch Licht, sie saß im Sessel und strickte. Nanu? sagte sie erstaunt. Hast du dich verlaufen?

Mußte meine Nerven etwas beruhigen.

Ich habe bei der Übertragung an dich gedacht, wie du vor Aufregung durch das Zimmer läufst.

Mein Gott, wenn die wüßte, welche Fragen ihre Tochter bei einem Fußballspiel stellt. Warum ich den Arm gehoben habe?

Ist Karl schon zu Bett?

Eben gegangen. Stell dir vor, er hat sich auch die Übertragung angehört, und wenn die Zuschauer schrien, dann sprang er auf und hob den rechten Arm und sagte: Veronika, steh auf, der Führer spricht.

Wie geht es ihm sonst?

Er ist ganz friedlich. Zur Zeit malt er wenig, die Peitsche habe ich seit damals auch nicht wieder gebraucht. Ich muß jetzt immer in die Stadtbücherei gehen und Bildbände holen. Er sitzt ruhig und sieht sich die Bilder an.

Welche Bilder sieht er sich an?

Alle Bilder. Hauptsache Bilder.

Wo ist Rosi? Schon zu Bett?

Nein, sie ist ins Kino gegangen. Spätvorstellung.

Siehst du auch ihre Schularbeiten nach? Ich habe den Eindruck, sie vernachlässigt die Schularbeiten etwas, sagte ich.

Im Gegenteil, Jürgen, sie lernt wie noch nie. Den ganzen Tag sitzt sie über ihren Büchern. – Wann kommt Ingeborg wieder?

Dienstag, hat sie gesagt.

Wir plauderten noch eine halbe Stunde. Dann ging ich, aber nicht nach Hause, ich streifte durch die Straßen mit einem blödsinnig dumpfen Gefühl. In allen Wirtschaften wurde heute gesoffen, verständlich, schließlich hatte Deutschland gewonnen. Zwar keinen Krieg, aber immerhin Ansehen. Gewonnen, sang es in mir, ich hätte jubilieren und auf der Straße tanzen mögen. Plötzlich stand Rosi vor mir, keuchend, die Haare wirr.

Du? schrie sie und wollte an mir vorbei.

Wo kommst du jetzt her? fragte ich. Du wolltest doch in die Spätvorstellung.

Wo ich war, das geht dich nichts an, verstanden.

Na, na, Mädchen, nicht so stürmisch, schließlich kann man ja mal fragen.

Wir gingen schweigend bis zu Borowskis Haus. Sie sagte gute Nacht und fragte auf der Treppe: Warum hast du den Arm gehoben, Onkel Jürgen?

Ich weiß es nicht, sagte ich und ging weiter.

Ingeborg ist selbständiger geworden, seit sie in der Fabrik ist, sie fragt mich nicht mehr, sie schafft an, wie es ihr gut dünkt, sie stellt mich vor vollendete Tatsachen.

Aber genaugenommen enthält ihr Geld doch meine Arbeit, nämlich die zusätzliche, die ich jetzt zu Hause zu verrichten habe: Geschirrspülen, Putzen, Essenkochen. Meine Hausarbeit ist ein Teil ihres Geldes. Als wir vor acht Jahren heirateten, besaßen wir wenig, wir konnten auf Jahre hinaus errechnen, wieviel Geld ins Haus kommt, was verbraucht wird und was übrigbleibt – und verdammt noch mal, wir waren zufrieden.

Jetzt ist alles anders geworden, auch die Arbeit. Zwar habe ich jetzt Sonne, frische Luft und keine Nachtschicht mehr, doch als langjähriger Kumpel gewöhnt man sich nicht so schnell an eine leichtere Arbeit. Man wartet auf die Sirene, dann geht man aufatmend nach Hause.

Auf dem Eisenverladeplatz habe ich mich eingelebt, es bestanden von Anfang an keine Schwierigkeiten, weder mit der Arbeit noch mit den Kollegen. Der Umgangston ist hier genauso wie in der Grube. Nur die Vorgesetzten sind für mich ein Problem.

Unter Tage hingen wir mit den Vorgesetzten am gleichen Seil, zogen am gleichen Strick, sie waren genauso dreckig, staubig, durchgeschwitzt und erschöpft und fluchten wie wir. Hier ist das anders, hier unterscheiden sich der Vorgesetzte vom Arbeiter durch einen sauberen Anzug und die Krawatte; daß er selten am Mittelpunkt der Arbeit anzutreffen ist, und wenn doch, dann flüchtig hinsieht, vorbeigeht und ewig ein Papier mit sich herumträgt. Er überwacht, daß der Zeitplan eingehalten wird.

In unserer dreißigköpfigen Gruppe wuchs Unruhe, als durchsickerte, ein Magnetkran wird für den Verladeplatz angeschafft. Er soll die Arbeit von zwanzig Mann übernehmen, zehn Mann werden also auf dem Platz bleiben. Jeder möchte natürlich bleiben, einmal, weil es keine schwere Arbeit ist, zum anderen, weil sie nie so scharf kontrolliert werden kann. Wir werden, wenn dieser Wunderkran stationiert wird, keine körperlich schwere Arbeit mehr leisten müssen. Ich habe den Vorarbeiter, ein mürrischer Kahlkopf, aber ein gerechter Mann, gefragt, wer von uns auf dem Platz bleibt. Wenn der Kerl nicht schon am frühen Morgen nach Bier stinken würde, wäre er mir viel sympathischer.

Mach dir um ungelegte Eier keine Sorgen. Wirst schon sehen, wenn es soweit ist, gab er zur Antwort.

Was werden wir dann tun?

Mensch, wie das im einzelnen wird, das weiß heute nicht einmal die Betriebsleitung.

Vor uns lagen Stahlschienen verschiedenster Länge, wir saßen in der warmen Sonne des Junivormittages und aßen unsere Brote. Hier trinkt selten einer aus mitgebrachten Kaffeeflaschen, sie lassen sich vom Lehrjungen Bier oder Sprudel aus der Kantine holen. Jeden Tag kann man sich das auch nicht leisten, das reißt Lücken ins Geld.

Mein rechter Nebenmann stieß mich an und sagte mit vollem Mund: Morgen ist im Bergbau Urabstimmung. Aber du hast ja nichts mehr damit zu tun. Bist froh?

Es kommt nicht zum Streik, sagte ich.

Glaube doch. Die Gesellschaften verbrauchen erst mal ihre Kohlen, die auf Halden liegen, sagte der Vorarbeiter.

Ach was, sagte ich, wie oft war es schon ernst, und was kam dann? Nichts. Ein Kompromiß wurde geschlossen. Es muß doch vorher Wind gemacht werden, damit die Öffentlichkeit erfährt, daß der Kumpel ein paar Pfennig mehr bekommt und die Kaufleute sich darauf einstellen können. Alles Berechnung.

Jaja, sagte mein Nebenmann, wenn es um dem Arbeiter seine Pfennige geht, dann wird Geschrei gemacht. Andere kassieren in einem Jahr eine Million, da spricht keiner von.

Was sind schon zehn Prozent, sagte ich, wenn die überhaupt genehmigt werden, was sind die schon. Der Schichtlöhner kommt dann immer noch nicht auf drei Mark Stundenlohn.

Nicht mal drei Mark? fragte der Vorarbeiter. Mein Gott, das muß man sich mal überlegen, nicht mal drei Mark.

Ist doch alles Quatsch, sagte ein junger Mann, der Ingenieur werden will und hier eine seiner vielen praktischen Stationen durchläuft. Das ist doch nicht so schlimm, gemessen an der Tatsache, daß wir noch streiken dürfen und sagen können, was wir wollen. Seht euch die hinter der Elbe an. Wir haben doch noch unsere Freiheit.

Da sahen ihn alle an, und einige hörten auf zu kauen. Sie stierten auf den jungen Mann, als habe er chinesisch gesprochen. Einige ältere Männer lachten.

Freiheit, du Küken, als ob man sich dafür etwas kaufen kann. Was verstehst du schon von Freiheit, mit der hat es nämlich so seine Haken, murrte der Vorarbeiter, wenn der Staat mit seinem Etat nicht auskommt, dann erhöht er die Steuer oder die Posttarife oder die Eisenbahn oder die Telefongebühren oder was weiß ich. Wenn meine Frau mit dem Haushaltsgeld nicht auskommt, dann müssen wir sparen, dann kann ich nicht jeden Tag zwei Flaschen Bier trinken und zwei Schachteln Zigaretten rauchen. Und wenn wir in Urlaub fahren wollen, dann müssen wir auf etwas anderes verzichten. Capito? Das ist auch Freiheit, einmal für den, der hat, und einmal für den, der nicht hat.

Das ist doch Unsinn, Herr Meinke, rief der junge Mann, und er lief rot an, der Staat, das sind doch auch wir und nicht nur die zwanzig Minister.

Ach, tatsächlich? Vor den Wahlen sind wir der Staat, wenn wir uns totschießen lassen sollen, dann sind wir Staat, wenn wir die Karre aus dem Dreck ziehen müssen, dann sind wir Staat. Und der Konsum gehört der Gewerkschaft, und wir gehören zur Gewerkschaft, und deshalb gehört der Konsum uns. Meinst du Jüngchen das? Und der Kumpel unter Tage hat nicht mal drei Mark Stundenlohn, und der ist auch der Staat, und alle in diesem Staat haben eine fortschrittliche Freiheit, und deshalb sind wir glücklich, weil wir die Fresse aufreißen dürfen und weil wir streiken dürfen ... du dämlicher Kerl.

So viel hatte der Vorarbeiter noch nie gesprochen. Ich war sprachlos, der mürrische, wortkarge Alte imponierte mir, wenn ich es auch für verschroben hielt, wie er den jungen Mann belehrte, denn der junge Mann wurde davon nicht schlauer.

Mit Ihnen kann man vernünftige Dinge nicht bereden, Sie denken nur an Ihren Geldbeutel und sonst an nichts, meinte der angehende Ingenieur.

Warte nur, bis du einmal verheiratet bist und Kinder hast, wollen uns dann wiedersprechen, an was du dann denkst.

Die Sirene heulte, die Frühstückspause war vorbei.

Mensch, die zwei Flaschen Bier sind mir gehörig in die Beine gefahren, sagte mein Nebenmann.

Dann sauf nicht so viel am frühen Morgen, sagte ich.

Warum? Ist doch mein Geld, und mit meinem Geld kann ich machen, was ich will.

Meinetwegen, du Doofmann...

Als ich am späten Nachmittag heimwärts radelte, überfiel mich ein sonderbares Gefühl, eine eigenartige Beklemmung. Vielleicht war es der Hunger, ich hatte zur Mittagspause nur zwei Schnitten Brot gegessen, das Essen in der Kantine vertrug ich schlecht. Und als ich die vielen Menschen auf den Straßen in der Siedlung stehen und tuscheln sah, überkam mich ein Angstgefühl. Viele sahen mir nach, ich spürte ihre Blicke auf meinem Rücken.

Ingeborg stand in der Haustür mit der Nachbarsfrau. Sie weinte.

Ich setzte mein Fahrrad an die Hauswand und fragte: Um Gottes willen, Ingeborg, was ist passiert?

Karl, sagte sie, Karl Borowski.

Karl? Hat er wieder einen Anfall?

Da flüsterte sie: Er hat sich aufgehängt. Dann heulte sie los.

Es war, als haue mir jemand einen Knüppel über den Kopf. Kein Wort brachte ich hervor, ich bestieg geistesabwesend mein Fahrrad und fuhr den Weg zurück. Zu Veronika.

In wenigen Metern Entfernung umstanden etwa hundert Menschen das alte Backsteinhaus der Borowskis, die Haustür war weit geöffnet.

Herr Fohrmann, ist das nicht schrecklich? sagte eine der vielen Frauen.

Ja, sagte ich, ja.

Veronika saß in einem Sessel, sie drehte nur müde den Kopf, als ich eintrat. Rosi wanderte im Zimmer auf und ab, dann sah sie mich, lief auf mich zu und weinte. Karl lag auf dem ausgezogenen Tisch im Wohnzimmer, der Arzt, der gerade den Raum verlassen wollte, hatte ihm schon die Augen geschlossen. Auf Karls Mund klebte ein Heftpflaster.

Der Arzt sagte: Ja, Herr Fohrmann, wer hätte das gedacht? Nun war doch alle Aufopferung umsonst.

Vielleicht wäre er in einer Anstalt besser aufgehoben gewesen, preßte ich zwischen den Zähnen hervor, und das hier wäre nicht passiert.

Einmal passiert so etwas immer, sagte er. Und dann: Besser? Eine Anstalt ist nie besser, wenigstens nach meinen Erfahrungen. Er war ja schließlich nicht gemeingefährlich, nicht nach unseren Gesetzen, und die damaligen Gesetze können wir doch nicht mehr anwenden.

Besteht da ein so großer Unterschied? fragte ich. Er sah mich resigniert an, setzte sich dann an den Küchentisch und schrieb den Totenschein aus. Schweratmend stand er auf. Die Polizei war schon hier, daß war nicht zu vermeiden, das ist nun mal Gesetz. Er hob wie entschuldigend zu mir gewandt seine Hände. Dann ging er.

Ich starrte dumpf auf den Fußboden, ich wollte reden. Der Arzt kam noch einmal zurück, er lächelte bitter, als er sagte: Menschen wie er sind in jeder Gesellschaft Aussätzige, in jeder.

Nein, sagte ich, er wollte nur arbeiten und Geld verdienen und leben und seinen Garten bestellen, sonst nichts.

Aber der Arzt war nicht mehr im Raum. Ich sah ihn im Wohnzimmer; anscheinend holte er dort einen vergessenen Gegenstand. Er sagte wieder, und dabei sah er Veronika an:

In einer Anstalt hätte er bestimmt nicht für zwei Mark täglich Papier vermalen dürfen, und für seine Fluchgebete hätten sie dort auch wenig Verständnis gehabt. Man hält sich da sehr an die Ordnung. Ohne Ordnung geht es nun einmal nicht. Er hätte nicht täglich die Welt aufteilen dürfen und Minister ernennen und Flugzeuge landen lassen dürfen auf der Wiese hinter dem Zechenwald. Wir wissen nicht, was in seinem Kopf vorging. Vielleicht ist das hier, er drehte den Strick in seinen Händen hin und her, nur der Abschluß einer Kette seines dunklen Bewußtseins. Wer weiß? Wir wissen nichts, das muß ich leider als Arzt sagen.

Karls letzte bemalte Blätter lagen im Wohnzimmer verstreut herum, bunte Farbkleckse auf Din-A4-Bögen. Chott o Chott. Dabei konnte er das G einwandfrei sprechen, nur bei Gott machte er eine Ausnahme.

Der Arzt ging ohne Gruß. Mach die Tür zu, Jürgen, sagte Veronika, ich kann die Leute draußen nicht mehr sehen.

Sie fragte mich plötzlich: Was wird jetzt aus Karls Rente? Werde ich sie behalten dürfen?

Aber wieso, Veronika? Sein Tod ändert doch nichts an der Rente. Du wirst etwas weniger bekommen, aber sonst? Mach dir keine Gedanken.

Es ist wegen Rosi, sagte sie.

Sei doch still, Mutti, fuhr das Mädchen dazwischen. Wie lächerlich. Ich bekomme von einem Vater Unterstützung, der gar nicht mein Vater ist.

Rosi! schrie Veronika.

Reg dich nicht auf, Mutti, es ist nicht meine Schuld.

Zu mir gewandt, fragte sie dann: Onkel Jürgen, bekommt er nun ein kirchliches Begräbnis?

Aber warum nicht?

Ich dachte, Selbstmörder werden ohne Pfarrersegen an der Friedhofsmauer eingescharrt.

Das war einmal. Die Kirche ist mitleidiger geworden, sagte ich.

Veronika setzte einen Topf Wasser auf den Elektroherd. Wir müssen ihn waschen, sagte sie tonlos.

Ist er nicht sauber genug? fragte Rosi scharf.

Sei still, du freches Blag.

Rosi ging hinaus in den Garten und setzte sich dort auf die rote Bank vor den Bohnenstangen, ich sah sie durch das Fenster.

Wie konnte das passieren? fragte ich die Frau, die mir nun doch gealtert vorkam.

Jürgen, ich weiß es nicht. Er saß am Tisch und malte, wie all die Tage, und ich sagte zu ihm: Karl, ich muß einkaufen gehen. Er sah mich starr an und sagte laut: Bring mir einen Fleischerhaken mit. Ich erschrak. Was soll ich mitbringen? Einen Fleischerhaken? Aber die gibt es doch nicht zu kaufen. Was willst du damit? – Die gibt es nicht zu kaufen? fragte er ungläubig. Aber ich habe doch gestern so viele gesehen, auf einer langen Stange in einer großen Halle mit Gittern an den Fenstern. Karl, sagte ich, das hast du geträumt. Ja, sagte er, das habe ich wahrscheinlich geträumt. Aber es ist Zeit für den Fleischerhaken, hohe Zeit.

Veronika setzte sich an den Küchentisch und wischte sich über die Augen, aber sie weinte nicht. Jürgen, dann ging ich einkaufen. Aber im Laden überkam mich plötzlich eine Unruhe, ich kann dir das nicht beschreiben, so ein eigenartiges Gefühl war das, weißt du, so, wie wenn man nachts allein durch den Wald läuft. Ich ließ alles im Laden liegen und rannte nach Hause. Karl saß am Tisch und malte. Hast du den Fleischerhaken mitgebracht? fragte er. Ich sagte nein, es gebe nirgendwo welche zu kaufen. Und er wieder: Aber ich muß den Haken unbedingt haben, in Halle drei ist noch ein Platz frei. In welcher Halle? fragte ich. Na, in Halle drei, sagte er wieder, du weißt doch, in Block acht. Ja, ich weiß, sagte ich, nur um ihn zu beruhigen, denn ich merkte, wie er immer unruhiger auf seinem Stuhl hin und her rutschte. Ich wußte nicht, wovon er redete. Jürgen, ich hatte von da ab wirklich Angst, ich hätte nicht mehr weggehen dürfen, aber ich ging einkaufen. Über eine Stunde war ich weg. Ich mußte noch zum Schuster, und für Rosi Hefte kaufen und für Karl neues Zeichenpapier. Dann wurde ich auf der Straße aufgehalten. Ich vergaß die Angst. Aber als ich zu Hause war und Karl nicht mehr am Tisch saß, war die Angst wieder da. Ich rief. Nichts. Ich lief in das Schlafzimmer. Nichts. In den Keller, auf den Boden. Nichts. Ich dachte, vielleicht ist er im Garten, nichts, aber als ich in das Haus zurückwollte, sah ich hinauf zum Klofenster ... es war furchtbar ... da war Karl ... er streckte mir die Zunge heraus ...

Sei still, Mutti, sei still! rief Rosi, die zurückgekommen war. Er ist tot. Erzähle nicht die Einzelheiten. Sei still, Mutti! Rosi schüttelte sich, dann weinte sie.

Ich komme heute abend wieder, ich habe noch keinen Bissen gegessen. Wartet auf mich, sagte ich.

Du kümmerst dich doch um die Formalitäten, Jürgen, bat Veronika.

Mach dir keine Sorgen, ich werde alles erledigen.

Es waren nicht mehr soviel Menschen auf der Straße. Ich radelte langsam nach Hause und dachte immerfort an Karls Ausspruch: Jedem das Seine. Der arme Kerl, ein paar Jahre hatte er die Welt aufgeteilt, manchmal bekam er einen Anfall, und manchmal betete er wirres Zeug, kniend auf spitzen Holzscheiten in der Ecke seines Zimmers. In jungen Jahren war er übermütig gewesen und hatte an die Förderwagen unter Tage mit Kreide geschrieben: Hitler ist eine Drecksau. Dann bekam er vom Staat das Seine, und er trug es durch die Jahre, ohne zu klagen. Er fand eine Tochter vor, als er von Stacheldraht und Peitschbock erlöst war, als die Amerikaner ihn nach Hause brachten. Ein verrücktes Durcheinander. Vielleicht wird Veronika jetzt ruhiger, wenn sie die Last los ist. Zu gönnen wäre es ihr.

Das Leben läuft weiter, und jeder bekommt das Seine, und der Direktor in der Eisenfabrik hatte zu mir gesagt, daß man sich heute der Vergangenheit nicht mehr zu schämen brauche, wir lebten schließlich in einer neuen Ordnung, und diese Ordnung verlange, daß die Vergangenheit in Ordnung gebracht wird. Wir werden wieder in der Welt geachtet, hatte er gesagt. Wir treiben Handel mit Rußland und Südafrika und lassen die Bestien, die Karl und seinesgleichen zu Krüppeln schlugen, in der Sonne Spaniens bräunen oder in Südamerika oder im Vorderen Orient Handel treiben. Hat der Direktor recht, daß wir in der Welt geachtet werden? Vielleicht ist es so, daß die Welt uns nur braucht, und das ist doch etwas anderes.

Auf den Gehsteigen in meiner Straße liefen Frauen von Haus zu Haus und lachten, auch Ingeborg lachte und lief mir entgegen. Jürgen, stell dir vor, Frau Pommer bekam einen Jungen. Kaum zu glauben, acht Pfund wiegt er, und alles ist glattgegangen.

Ja, das war allerdings toll, daß diese kleine und zierliche Frau, die in den letzten Wochen kaum noch laufen konnte, solch einen schweren Jungen zur Welt brachte. Acht Pfund. Mein Gott, wenn das jetzt mein Junge wäre, ich würde mich besinnungslos besaufen.

Gib mir was zu essen, Ingeborg, ich habe mächtig Hunger.

Sofort. Wie ist es bei Borowskis?

Wie soll es sein. Veronika hat Angst um die Rente.

Na, das ist verständlich. Darf sie die Rente behalten?

Natürlich.

Sie kann ja auch jetzt nicht mehr arbeiten gehen. Rosi sollte ihre Schule an den Nagel hängen und endlich daran denken, Geld zu verdienen.

Vielleicht, sagte ich.

Die Suppe war gut, obwohl es fertige Päckchensuppe war, die Ingeborg immer aus dem Selbstbedienungsladen mitbrachte.

Ich werde mich um die Formalitäten kümmern, sagte ich, die beiden kommen da doch nicht zurecht.

Willst du dir einen Tag frei nehmen?

Nein, nein, das schaffe ich schon morgen vormittag.

Und wie ist das mit der Beerdigung? fragte sie. Dann sprang sie auf und rief: Ach herrje, ich habe keine schwarzen Strümpfe. Gleich morgen früh muß ich mir in Unna welche besorgen.

Von der Predigt am Grabe habe ich wenig mitbekommen, obwohl der junge Pastor, den wir seit einem halben Jahr in der Gemeinde haben, gut predigen kann. Seine Worte, er stand unter einem Regenschirm, denn unaufhörlich prasselte der Regen, prallten an meine Ohren und unverstanden wieder ab.

Am rechten Arm führte ich Veronika, am linken Rosi. Sie weinten nicht. Ich starrte über das Grab auf das Paar, das unverwandt den Pastor ansah. Es war der Polier Polenz und die Frau, die bei ihm lebte.

Was um des Himmels willen suchten die beiden Menschen hier? Den Pfarrer hörte ich sagen: Überall ist Schuld, und überall ist Sünde. Auch jener Mann wird um seine Schuld wissen, der den Verstorbenen durch seine Anzeige einem gewalttätigen Jahrzehnt ausgeliefert hat. Aber bei Gott ist Gnade und Vergebung. Wo wahre Reue, da ist auch Vergebung und Gnade.

Ich entsann mich, daß vor einem Jahr ein anderer Pastor fast ähnliche Worte gesprochen hatte. Warum auch nicht, die Wahrheit hat stets die gleichen Worte. Der Regen trommelte auf die Schirme, eine große Menschenmenge war dem Leichenwagen gefolgt, erstaunlich, wo Karl doch die letzten Jahre kaum unter Menschen kam. Die Menschen hatten Mitleid mit seinem Schicksal, auch wenn sie ihm nie begegnet waren. In ihrer Vorstellung lebte er als ein Eremit, der auf Weisheit wartet, der gelitten hatte und weiter litt, und der für dieses Leid noch bezahlen mußte, wenngleich er eine hübsche Rente bekam. Karl war über das Stadtviertel hinaus zu einem Sinnbild geworden aus einer Zeit, die uns Erwachsenen einen widerspruchsvollen Spiegel vorhielt, den jüngeren Menschen aber nichts sagte. Plötzlich dachte ich an die erschreckenden Worte Veronikas: Karl sah aus dem Fenster durch das Klofenster, und streckte ihr die Zunge heraus.

Ich erschrak und fing an zu zittern.

Streckte nicht der Polier Polenz am Grab gegenüber die Zunge heraus? Ich träumte vielleicht, ja, ich träume.

Es war meine Aufgabe, die beiden Frauen zu führen und zu stützen, nun stützte ich mich auf die beiden, denn das Bild des zungenbleckenden Poliers war furchtbar.

Der Polier streckt die Zunge heraus, sie wird länger und länger, ich sehe durch den Regen eine spitze gelbliche Zunge. Er röchelt in die Predigtworte hinein. Ich höre es, alle hören es.

Der Polier steht nicht unter dem Schirm der Frau neben ihm, er steht barhäuptig im strömenden Regen, in einen Kleppermantel gehüllt, die nassen Haare kleben auf der Stirn, das Wasser läuft ihm über das Gesicht in den Kragen.

Die Zunge! Er streckt wirklich die Zunge heraus. Andere haben es nun auch bemerkt, denn einige kichern. So eine lange Zunge, wie bei einem Erhängten ...

Rosi nimmt ihr Taschentuch aus der Manteltasche, sie schneuzt sich, aber sie weint nicht. Sie lacht, ich merke es ganz deutlich, in ihr Taschentuch hinein.

Mein Gott, was geht hier vor? Was ist los? Ich blicke zu meiner Frau, auch sie lacht in das vor den Mund gepreßte Taschentuch, daß ihr die Tränen in die Augen schießen. Wer sie nicht kennt, würde glauben, sie weint. Mein Gott, ist das hier ein Irrenhaus? Karl wird doch begraben. War sein Tod nicht beweinenswert? Aber die Trauergemeinde kicherte, lachte versteckt, denn die Zunge des Poliers, den hier kaum einer kannte, konnte nicht mehr länger werden. Der Polier Polenz stöhnte.

Da tritt Veronika an die aufgeworfene, nun quatschige Erde, faßt die Schaufel und wirft rotbraunes, quatschiges Zeug auf den Sarg, dreimal; sie stößt dann die Schaufel in den Haufen, will zurücktreten und sieht auf. Sie erblickt den zungenfletschenden Polier, schwankt und schreit. Schreit!

Da fällt der Polier kopfüber in das Grab auf den Sarg, ein dumpfes Poltern schreckt die Trauergemeinde hoch. Veronika bricht zusammen. Und dann schreit die Menge auf. Das versteckte Lachen und Kichern verwandelt sich in einen vielstimmigen Entsetzensschrei.

Die Hölle ist aus dem Grab gestiegen.

Der Regen peitscht.

Der Polier liegt auf dem Sarg und strampelt und schreit. Keiner will in die Grube, jeder scheut den Schmutz an seinem Festanzug.

Der Pfarrer fragt mich plötzlich: Was war eigentlich los?

Ich weiß es nicht, Herr Pfarrer, vielleicht ist der Mann ohnmächtig geworden.

Aber wieso? Er schreit doch. So ein starker Mann.

Wir, der Pfarrer, der Totengräber und ich, springen in das Grab, wir wollen den Polier herausheben. Vorsicht, sagt der Totengräber, die Wände sind rutschig, die fallen ein. Alles aufgeweicht durch den Regen. Verdammter Regen. Jetzt im Juni.

Polenz mußte ohnmächtig sein. Ich sah über den Rand des Grabes: Veronika wurde von vier Männern in einen Wagen getragen, der nahe herangefahren war. In einem Grab flucht man nicht, sagte der Pfarrer.

Vorsicht! Die Erde rutscht, sagte der Totengräber.

Wir heben Polenz hoch. Plötzlich steht meine Mitternachtsbegegnung auf der grünwattierten Bohle am Rande des Grabes, starr, den Mund geöffnet; mit beiden Händen umklammert sie ihren Schirm. Der Pastor kriecht über den Rand, der Totengräber und ich heben und schieben Polenz hoch, der Pfarrer zieht. Mit vereinten Kräften gelingt es uns endlich, den Polier aus dem Loch zu heben. Der Regen peitscht unaufhörlich weiter.

Gehen Sie von der Kante weg! schreit der Totengräber Irene an. Die Erde ist locker, sie kann jeden Moment einbrechen. Und zu mir: Meine Frau muß immer noch Feuer im Ofen haben. Jetzt im Juni. Ohne warmen Ofen kann man es im Zimmer kaum aushalten. Jetzt im Juni. Vorsicht! Zum Teufel, gehen Sie doch zurück! schreit er Irene an.

Mein Gott, Ihr Talar, Herr Pfarrer, sagt eine alte Frau neben mir.

Ich habe noch einen im Schrank, sagte er leichthin.

Wie du aussiehst, sagt meine Frau, sie schüttelt den Kopf und beäugt mich von oben bis unten.

Geh nach Hause, Ingeborg. In deinen Schuhen steht das Wasser.

Der Krankenwagen war da, die Sanitäter bemühten sich um Polenz.

Wer hätte an so etwas gedacht, sagte der Pfarrer zu mir. Was nur mit dem Mann los war? Kannten Sie ihn? Er sah mich aus schrägen Augen an.

Ja, flüchtig. Er ist Polier bei einer Firma in Dortmund.

Die Menschen verließen den Friedhof, laut redend und gestikulierend. Einige lachten.

Was ich sagen wollte, fuhr der Pfarrer fort, kannte der Polier den Toten?

Nein.

Aber warum ist er dann zur Beerdigung gekommen? Er blieb stehen und sah mich forschend an.

Ich weiß es nicht, war selbst überrascht, erwiderte ich.

Vielleicht kannte der Polier den Verstorbenen doch, sagte er.

Wir gingen weiter.

Möglich. Aber ich halte das für unwahrscheinlich. Dann müßte ich das wissen.

Mir ist, sagte er wieder und blieb erneut stehen, als hätte ich den Mann – wie heißt er doch? Polenz? –, als hätte ich den Mann schon irgendwo einmal gesehen?

Wir kamen an meiner Wohnung an. Nun trinken Sie erst mal ein paar Schnäpse, das wirkt Wunder.

Ich glaube, ich weiß jetzt, wo ich den Polier schon einmal gesehen habe, ja, ich irre mich nicht.

Wiedersehen, sagte er. Dann ging er schnell weiter.

Das war doch keine Beerdigung, das war ein ausgewachsenes Theater, rief meine Frau immer wieder. Sie lief geschäftig zwischen Küche und Wohnzimmer hin und her. Was soll ich jetzt mit dem Anzug machen, der ist total hin, den kann ich wegwerfen. Das war dein Hochzeitsanzug.

Man wird ihn doch noch reinigen können.

Denkste. Der ist ein für allemal futsch.

Der Pfarrer sah noch schlimmer aus, warf ich ein.

Der braucht seinen Talar auch nicht zu bezahlen, das geht bei ihm auf Geschäftskosten. Hier, guck dir das an, zwei Löcher, an jedem Knie eines.

Wir sollten uns um Rosi und um Veronika kümmern.

Du bist wohl nicht bei Trost. Wärm dich erst einmal richtig auf, sonst mußt du noch einen Krankenschein nehmen.

Hier, erst mal einen starken Kaffee, der muntert dich wieder auf. Trink. Du kannst dir jetzt keinen Krankenschein leisten, wir bekommen Samstag die Constructa, vierhundert Mark müssen wir anzahlen.

Und dann wäre das dumme Weib bald auch noch hineingefallen. So eine dämliche Ziege, wo ihr doch der Totengräber ein paarmal gesagt hat, daß sie von der Kante weggehen soll. Sag mal, wer war eigentlich die Frau, gehörte sie zu dem Zungenrausstrecker? War das seine Frau?

Nein.

Warum steht sie dann da und glotzt?

Alle standen da und glotzten, sagte ich.

Der Kaffee tat mir gut, er war stark, schwarz, süß und sehr heiß.

Guck dir bloß den Anzug an. So eine Schweinerei. Du mußt aber auch gleich da hineinspringen, das war doch Aufgabe vom Pfarrer und vom Totengräber. Veronika müßte eigentlich den Anzug bezahlen.

Das ist aber doch nicht Veronikas Schuld...

Aber Ingeborg...

Ist aber auch wahr. Ich koche vor Wut.

Warum verteidigst du sie immer. Mich verteidigst du nie.

Immer wenn du wütend bist, bist du ungerecht.

Das ist die bittere Wahrheit. Du merkst es schon nicht mehr. Die ganzen Jahre waren Borowskis die ersten, dann kam ich...

Das bildest du dir ein.

Als ob du von den beiden Weibern abhängig wärst.

Ich mußte mich heute doch um sie kümmern.

So geh doch, schrie sie.

Sie brachte einen Teller aus der Küche und warf ihn mir vor die Füße, die Scherben klirrten durch das Zimmer. Dann warf sie knallend die Tür ins Schloß.

Ich zog mich um und ging, es war kurz vor acht. Von Dortmund her zog eine neue schwarze Wolkenwand auf. Das wird wieder einen Prasselregen geben. Jetzt im Juni, hatte der Totengräber gesagt.

Rosi saß am Tisch und machte Schularbeiten.

Wo ist Mama? fragte ich.

Sie sah nicht von ihrer Arbeit auf.

Sie ist im Krankenhaus.

Um Himmels willen, was ist denn los? Ist was passiert?

Eine Art Nervenschock, sagt der Arzt. Sie wird vierzehn Tage bis drei Wochen dableiben müssen.

Mein Gott, sagte ich, war das ein Tag.

Daß du überhaupt noch gekommen bist.

Sie räumte Bücher und Hefte in ihre Aktentasche.

Sei nicht kindisch, du hast gesehen, wie ich zugerichtet war.

Natürlich. Der schöne Anzug.

Laß das! fuhr ich sie an.

Dann fragte ich leise: Kanntest du den Mann...

Der die Zunge herausstreckte? Mein Gott, was habe ich gelacht. Nur gut, daß es geregnet hat und ich ein großes Taschentuch bei mir hatte. Es hat mich nur so geschüttelt. – Nein, den Mann kannte ich nicht.

War er noch nie bei euch?

Nein, warum fragst du?

Es war furchtbar.

Aber du kanntest ihn doch.

Ja, er heißt Polenz...

Polenz? Mit seiner Frau bist du nachts ja an den Bahngeleisen entlanggelaufen.

Derselbe.

Das heißt, ich meine, die Frau, die...

Das war sie.

Komisch. Warum kam der Mann zu Papas Beerdigung?

Das möchte ich auch gern wissen.

Er ging bestimmt nicht dir zuliebe auf den Friedhof. Und dann noch ohne Hut. Sie lachte wieder und schüttelte den Kopf.

Bestimmt nicht.

Du sollst Mama besuchen.

Ich gehe morgen nach der Arbeit am Krankenhaus vorbei.

Und dann möchte ich dich bitten, nicht mehr zu kommen, solange Mama nicht da ist. Die Leute reden schnell.

Wie du willst.

In einer Siedlung haben sie nichts anderes zu tun.

Du mußt allein die Wohnung versorgen, das wird schwerhalten. Du kommst am besten abends zum Essen zu uns?

Danke, ich bleibe lieber hier. Deine Frau verrechnet sich zu leicht beim Kostgeld. Im Wirtshaus ist es billiger.

Na, dann eben nicht.

Eben, sagte sie und öffnete mir die Tür.

Kaum war ich zu Hause angekommen und hatte das Radio eingeschaltet, um die letzten Tour-de-France-Berichte zu hören, da läutete es zaghaft an der Haustür. Wer kann das sein? fragte meine Frau. Rosi? Laß, ich mache auf.

Ich geh schon, sagte ich.

Sag dem Blag, sie soll sich ins Bett legen, rief Ingeborg hinter mir her. Die soll überhaupt jetzt arbeiten und nicht ihrer Mutter auf der Tasche liegen, alt genug ist sie.

Ich schloß auf und erschrak. Vor der Tür stand die Mitternachtsbegegnung.

Sie möchten morgen zu ihm ins Krankenhaus kommen, sagte sie leise.

Ja.

Er liegt auf Zimmer zweihundertvier, das ist im zweiten Stock.

Ja.

Er verlangt dringend nach Ihnen.

Ja.

Vergessen Sie nicht, er verlangt dringend nach Ihnen.

Ja.

Gute Nacht.

Sie ging. Es war finstere Nacht geworden. Wieder regnete es in Strömen.

Wer war das, fragte meine Frau.

Es war die Frau, die heute nachmittag beinahe in die Grube fiel.

Was?

Ja. Ich soll morgen ins Krankenhaus kommen zu ihrem Mann. Er ist der Zungenrausstrecker. Er verlangt nach mir.

Was hast du mit den Leuten zu tun?

Frag mich jetzt nicht. Ich weiß auch nichts. Ich bin genauso überrascht wie du.

Sie fragte nicht mehr, aber ich spürte ihr Blicke. Sie schlief lange nicht ein. Auch ich konnte nicht schlafen.

Ich erkannte ihn zuerst nicht, als ich in den Raum trat. Über Nacht war sein Gesicht eingefallen und zerknittert, die Backenknochen stießen unter der Haut hervor wie bei Indianern. Er winkte mir, ich möchte noch näher an sein Bett treten und mir einen Stuhl nehmen, er habe mir viel zu erzählen.

Wir sind nicht allein, ich muß leise sprechen. Es machte ihm Mühe, die wenigen Worte herauszuquetschen. Im Krankenzimmer lagen außer ihm noch sieben Männer, junge und alte, einer hüpfte mit einem Gipsverband am Fuß von Bett zu Bett. Aus einer Ecke quäkte leise Musik aus einem Transistor.

Ich bin der Peitschenschläger, sagte er plötzlich nach einigen belanglosen Sätzen.

Ich verstehe nicht. Was sind Sie?

Ich sagte doch, ich habe geschlagen, auf die Leute im Bock.

Welchen Bock.

Peitschbock. Ich war der Auspeitscher vom Dienst.

Allmählich fing ich an zu begreifen. Noch wußte ich nichts, aber ich fing an zu begreifen.

Im Block zwölf war es. Politische Gefangene.

Und wo? fragte ich. Jetzt endlich wußte ich.

Wo? Ach, das ist jetzt lange her. Alte Geschichten, verstehen Sie? Ganz alte Geschichten. Über dem Tor stand...

Was darüber stand, weiß ich.

Hat er von mir erzählt?

Er sprach nie von diesen Jahren.

Aber er wußte doch, daß ich in seiner Nachbarschaft wohnte. Es sind nun ungefähr drei Jahre, da begegneten wir uns auf der Straße. Er schlurfte auf dem Bürgersteig geistesabwesend dahin, er sah geradeaus, ich fuhr mit dem Fahrrad an ihm vorbei. Ich erkannte ihn sofort. Er sah immer noch geradeaus, als er sagte: Polli, du mußt lauter zählen. Viel lauter. Polli haben sie mich im Lager genannt. Da wußte ich, daß er mich erkannt hatte.

Das Krankenzimmer stürzte nicht ein, das Fensterkreuz schwankte nicht, alle Dinge standen an ihren Plätzen. Der Mann mit dem Gips am Fuß schlug den Takt zu einer Tanzmusik, von der Straße kroch Straßenbahngeklingel zu uns durch die Fenster. Deshalb also wollte Karl, daß hinter dem Zechenwald auf der Wiese die Flugzeuge landen sollten, deshalb also.

Sie sind nicht von hier? fragte ich. Ich sagte plötzlich wieder Sie zu ihm.

Nein, aus Oppeln.

Und die Frau, die bei Ihnen wohnt?

Ist auch aus Oppeln. Sie kam vor zwei Jahren aus der Zone.

Sie kannten die Frau schon früher? fragte ich weiter.

Nein. Wir leben zusammen, weil wir uns nötig haben. Übrigens weiß sie alles, fast alles.

Fast? Ich sah ihn an, seine Antworten kamen mir zu langsam.

Ihr Mann bekam zwanzig Jahre. Er sitzt in Bautzen.

Und was soll es jetzt geben? Warum sollte ich kommen, und warum haben Sie mir das alles erzählt?

Der Mann mit der Krücke hatte sich einen Stuhl geangelt und zwischen zwei Betten geschoben. Drei Männer spielten nun Skat.

Ich weiß nicht mehr, sagte er. Gestern bei meiner Einlieferung wußte ich es noch.

Wenn Sie meinen, daß ich das alles der Frau Borowski sagen soll, dann haben Sie sich geirrt, das müssen Sie schon selbst tun.

Die braucht nichts zu wissen, ich werde mich doch nicht in die Nesseln setzen. Es tut mir schon leid, daß ich es erzählt habe. So eine Anwandlung. Warum die Vergangenheit auskramen, die Gegenwart wird davon nicht besser, die Gegenwart ist hart genug. Und die Menschen? Die werden durch solche Geständnisse auch nicht besser... und die Gesetze auch nicht... und der Staat auch nicht... und... ach... Schiet.

Frau Borowski liegt auch hier im Krankenhaus. Sie hat einen Nervenschock.

Der mit Krücken spielte einen Nullouvert. Die beiden Männer in den Betten überlegten, wie sie ihn fangen könnten. Natürlich war der Mann mit den Krücken im Vorteil, er saß höher, konnte den beiden anderen in die Karten gucken ...

Haben Sie das gern gemacht, ich meine ...

Gerne? Er unterbrach mich, und seine Augen hüpften auf und ab. Das weiß ich heute nicht mehr, das ist lange her. Man hat damals viel getan, was damals verständlich war und heute nicht. Wenn ich es nicht getan hätte, dann hätten es andere getan, und ich wäre vielleicht auf den Bock gespannt worden. Es hatte doch jeder Angst, jeder – auch unser Lagerleiter. Der am meisten, er hatte nicht einmal den Mut, sich von diesem Posten wegzumelden. So war das. Man sollte nicht mit den heutigen Augen sehen, mit den gestrigen Augen sollte man das von damals verstehen.

Ich dachte an Karl und überlegte, ob Karl das gerne getan hatte, zuerst das Hinschmieren der Worte an die Kohlenwagen und dann das mit dem Strick. Niemand wird es je erfahren.

Ich kann Ihnen nicht helfen, sagte ich.

Helfen? Ich habe Ihre Hilfe nicht nötig. Er sah mich einen Moment groß an. Komisch, der Gedanke, gerade Sie um Hilfe zu bitten, gerade Sie.

Also dann, sagte ich und stand auf.

War das nicht ein schöner Wolkenbruch gestern? fragte er mich.

Ich nickte. Ein wunderschöner Wolkenbruch.

Aus dem Transistor kam die Stunde des deutschen Schlagers, der junge Mann daneben drehte die Musik etwas lauter. Ich werde jetzt zu der Frau gehen, sagte ich.

Er sah zum Fenster hinaus, draußen gab es nichts zu sehen, nicht einmal Vögel, es regnete in Strömen.

Jetzt im Juni.

Ich ging langsam, der mit den Krücken spielte einen Grand Hand mit dreien, wie ich sah, und drei Assen, er hatte einen Bombengrand. Natürlich mußte er gewinnen, er saß höher und konnte den beiden anderen in die Karten gucken.

Ingeborg fragte mich nicht nach den Besuchen im Krankenhaus, und ich erzählte ihr nichts. Sie fragte mich auch nicht, was ich mit dem Pfarrer sprach, den ich zufällig in unserer Straße traf. Er begrüßte mich freundlich und fragte mich, ob mein Anzug noch zu tragen sei. Sein Talar habe sich, als er ihn waschen lassen wollte, in einzelne Streifen aufgelöst.

Ich erzählte ihm, was ich im Krankenhaus erfahren hatte.

Der Polier will nicht zur Polizei gehen und sich stellen.

Herr Fohrmann, meinte er nachdenklich, was soll er bei der Polizei? Wollen Sie, daß er ins Zuchthaus kommt? Würden Sie sich der Polizei stellen? Man müßte doch erst die finden, die Borowski dorthin gebracht haben. Ich meine den Staatsanwalt und den Richter.

Er hat nie einen Staatsanwalt und Richter gehabt, sagte ich.

Ach so, er hat nie gehabt, ach so. Ja, was es nicht alles gab damals, kaum zu glauben. Trotzdem, vielleicht findet man noch den Denunzianten.

Jetzt? fragte ich. Nach zwanzig Jahren?

Vielleicht, sagte er und ging die Straße hinauf. Er war in Gedanken, das sah ich. Nach etlichen Schritten drehte er sich um und winkte.

Ingeborg war damit beschäftigt, in der Küche neben dem Spülstein Platz zu schaffen, dort wollte sie die Constructa montiert haben. Sie trällerte bei der Arbeit und spannte mich sofort in das Wegräumen und Möbelrücken ein.

Bin ich froh, wenn die Maschine endlich da ist. Sie lachte mich an.

Ja, sagte ich, ebenfalls gut gelaunt, dann hast du es besser.

Siehst du nun ein, daß es besser war, in die Fabrik zu gehen?

Natürlich sehe ich das ein, sagte ich. So halb und halb war es die Wahrheit.

Dich muß man immer zu deinem Glück zwingen. Wenn jetzt die Wäsche von selbst gewaschen wird, habe ich Zeit für andere Arbeiten im Haushalt, und du brauchst nicht mehr so viel zu tun wie bisher.

Natürlich. Aber ich habe mich schon an die Arbeit gewöhnt, sagte ich lachend.

Siehst du, alles geht, wenn man nur will, du stellst dich immer so störrisch an. Sie faßte mich an den Hüften, drehte mich einige Male herum.

Jaja, sagte ich und dachte an das Buch, das schon drei Wochen ungelesen im Schrank lag, weil ich einfach keine Zeit fand, es in die Hand zu nehmen.

Ach, sagte sie außer Atem, hätte es beinahe vergessen. Rosi war heute nachmittag hier, sie kennt sich nicht aus, muß da eine Eingabe machen an das Amt.

Sie wird schon wiederkommen.

Geh doch mal hin, sie sagte, du sollst kommen.

Hab keine Lust, die kommt schon wieder.

Sie sah mich erstaunt an, trällerte und sang genau den Schlager, der meine Abschiedsmusik im Krankenhaus war.

Daß du mir nicht an die Maschine gehst, wenn sie da ist. Das mache ich ganz allein, rief sie mit gespieltem Ernst.

Aber wo denkst du hin, sagte ich und tanzte mit ihr durch die Küche.

So, das hätten wir. Und wenn die Maschine bezahlt ist, dann kaufe ich mir einen automatischen Bügler, dann gibt es keine Wasch- und keine Bügeltage mehr. Mein Gott, wird das herrlich. Endlich fängt man an zu leben. Sie setzte sich vor das Fenster, faltete die Hände in ihrem Schoß und sah auf die Straße. Ich war überzeugt, daß sie glücklich war.

Aber. Kaufe *ich* mir, hatte sie gesagt. Früher, als sie noch nicht mitverdiente, da hieß es immer: kaufen wir uns. Mir fiel plötzlich das Lied ein, das wir bei der HJ gesungen haben ... mit uns zieht die neue Zeit!

Ja, die neue Zeit war angebrochen, sie sah zwar anders aus, aber immerhin, der Ton war echt.

Das ist wahrscheinlich nicht mehr so wichtig. Hauptsache, die neue Zeit war endlich gekommen.

Nachts konnte ich kaum schlafen, der Regen trommelte von Osten her an das Schlafzimmerfenster. Auch morgens regnete es noch, als ich zur Arbeit fuhr. Jetzt, im Juni.

Während der Frühstückspause von neun Uhr kamen mir sonderbare Gedanken. In letzter Zeit grüble ich mehr als sonst. Früher lebte ich in den Tag, tat schlecht und recht meine Arbeit, ging zur Wahl, wenn ich dazu geladen wurde, wählte den Bundestag, den Landtag, die Gemeindevertretung, den Betriebsrat, den Knappschaftsältesten und sah doch selten die Partei oder die Kandidaten das Podium betreten, denen ich meine Stimme gab.

Das stumpft ab. Man möchte oft die Flinte ins Korn werfen, weil die Mehrheit doch eine andere Partei wählt.

Was sind wir doch für Menschen. Da schrieb vor Jahren ein Mann, an Kopf und Körper gesund, kein Kommunist, an Kohlenwagen unter Tage mit Kreide, daß Hitler eine Drecksau sei. Und es gibt heute Lehrer in Volks- und Oberschulen, die sagen, daß das Geschichtsbild verfälscht worden wäre, denn Adolf habe seinen Schäferhund geliebt, wie man nur einen Menschen lieben kann, auch die Eva Braun habe er verwöhnt, er habe nicht getrunken und nicht geraucht und vegetarisch und spartanisch gelebt. Welch ein Charakter! Was sind wir doch für Menschen.

Dann war da einer, der meldete sich freiwillig an den Peitschbock, denn hätte er nicht gepeitscht, wäre für ihn ein anderer eingesprungen. Es sind immer andere da. Dann war da eine Frau, die bekam ein Kind von einem Franzosen zu der Zeit, da ihr Mann auf dem Bock lag und wartete, daß der Peitscher fünfundzwanzig sagte. Und der Frau, die in Abwesenheit ihres Mannes ein Kind zur Welt brachte, stand ich bei, als drei Männer, die auch einmal Gefangene waren, sie überfielen. Es war Zufall oder Schicksal, daß ich bei Nacht im Wald und bei gefrorenem Boden einen Stein finden konnte. Er stand nicht mehr auf, und jetzt errege ich mich über den Polier, weil er nichts von der Polizei wissen will. Handelte Polenz auch in Notwehr? Wenn er nun nicht geschlagen hätte, dann wäre er vielleicht geschlagen worden. Und da war noch ein Mädchen, neugierig und etwas toll und fasziniert von dem Wort Orgie, und das fragt mich bei jeder Gelegenheit, warum ich den Arm gehoben habe.

Und dann ist da noch eine Frau, die bei dem Auspeitscher wohnt. Ihr Mann sitzt in Bautzen für zwanzig Jahre, drei hat er schon abgesessen. Von ihr ließ ich mir die Kohlen bezahlen. Dann ist da noch meine eigene Frau, die sich von Woche zu Woche verändert und mir klarzumachen versucht, Leben heißt, daß man nicht hinter den anderen zurückbleibt. Wie haben wir gesungen? Mit uns zieht die neue Zeit...

Nun haben wir sie, und wir wissen nicht, ob sie bleibt oder wieder geht.

Der Vorarbeiter haute mir auf die Schulter, die Sprudelflasche fiel zu Boden und in Scherben, und ich fiel aus meinen Grübeleien.

Jürgen! Ist das nun ein Kran oder nicht! schrie er.

Ein schöner Kran, sagte ich. Fünf Tonnen hebt er, ohne einen Handgriff von uns. Ein schöner Kran.

Und der praktizierende Student sagte: Da schimpft ihr immer auf die Akademiker. Guckt euch an, was die Akademiker gebaut haben. Nur für euch, damit ihr es leichter habt.

Der Kran ist toll, sagte der Vorarbeiter und sah verliebt auf das hohe Eisengestänge.

Da war mir plötzlich klar, daß ich mir eine andere Arbeit suchen mußte. Eine Stimme sagte mir, daß hier kein Bleiben mehr war. Vielleicht gehe ich auf den Bau oder in eine Kettenfabrik nach Menden. Nur weg von hier. Die Sirene heulte.

Ich sprang auf und hastete über den weiten Platz.

He, Fohrmann! Wo willst du hin? Hier ist deine Arbeit! rief der Vorarbeiter hinter mir her.

Ich kündige! rief ich zurück.

Was? Bist du übergeschnappt?

Ja, ich bin übergeschnappt!

Im Betriebsbüro fiel mir die Waschmaschine wieder ein und die Anzahlung auf die Raten. Entschuldigen Sie, sagte ich zu dem Fräulein, das mich nach meinen Wünschen fragte. Ich habe mich in der Tür geirrt.

Sie lachte. Das kommt öfter vor. Die Toiletten sind einen Flur weiter hinten.

Der Vorarbeiter kam mir über den Platz entgegengelaufen.

Hast du wirklich...?

Quatsch, sagte ich. War doch alles nur Spaß.

Na, ich dachte schon. Deinem Gesicht nach zu rechnen, konnte man annehmen... Laß den Blödsinn, bin froh, daß ich so einen zuverlässigen Arbeiter in meiner Kolonne habe. Verdienst du zu wenig?

Mein Lieber, man verdient nie genug.

Ich spreche am Freitag mit dem Betriebsleiter, er soll dir zwanzig Pfennig die Stunde mehr geben. Du verdienst es, sagte er.

Zwanzig Pfennig? Ich rechnete. Das gibt eine Mark und sechzig mehr am Tag, ich könnte mir dann jeden Tag zur Mittagspause eine Flasche Bier leisten oder auch jeden Tag in die Kantine gehen und mir außer dem Gemeinschaftsfraß extra was bestellen. Aber trotzdem, wenn ich ehrlich bin, muß ich sagen, daß ich mich noch nie in diesem Betrieb wohl gefühlt habe. Alles anders hier. Ja, unter Tage, da war Staub und Gefahr, Schweiß und Flüche zu jeder Stunde. Da war Kameradschaft über den Geldbeutel hinaus. Wir wuschen uns unter den Duschen unseren ganzen Betriebsadam ab, mit heißem Wasser. Hier in diesem Betrieb waschen wir uns nur Gesicht und Hände nach Feierabend, und wir gehen aus dem Werkstor, wie wir morgens kamen. Hier geht die Arbeit nach einem Minutenplan, unter Tage lag es in unserer Entscheidung, wann wir mit der Arbeit begannen, wann wir fertig waren. Es war idiotisch, aber es kamen Tage, da sehnte ich mich nach unter Tage zurück, obwohl ich doch wissen mußte, daß wir nur Nummern waren und Figuren wie die eines Schachspiels. Bestimmte Leute konnten sie verschieben oder vom Brett entfernen, wann und wie es ihnen beliebte.

Veronika und der Polier lagen noch im Krankenhaus, beide im gleichen Flügel, obwohl sie zwei verschiedenen Welten angehörten. Es war Anfang August, ein regnerischer Juli war einem verregneten Juni gefolgt. Veronika lag ein Stockwerk höher als der Polier, aber die Fenster öffneten sich bei beiden nach Süden. Zwei Welten. Zwei Stockwerke. Alles hat seine Ordnung. Ich besuchte beide nicht mehr, der Polier rief mich nicht, von selbst hinzugehen hatte ich nicht den geringsten Grund. Veronika hatte ich einmal frische holländische Tomaten gebracht und einen Stoß Fünfzigpfennigromane. Ich haßte diese Hefte, aber sie las das gern.

Nur Fritz Lehnertz besuchte ich jeden Freitag nach der Arbeit, und ich nahm ihm jedesmal eine Flasche Bier mit und zwei Schachteln Zigaretten. Er sagte zwar immer, das sei nicht nötig, aber ich sah, daß er sich freute. Er bekam nicht viel in das Krankenhaus gebracht, seine Frau war ein Geizkragen. Saß ich bei Fritz für eine oder zwei Stunden am Bett, dann plante er in die Zukunft, jede Woche neue Pläne, die mich überraschten und auch erheiterten. Fritz war sicher, daß er Arbeit finden würde, auch Menschen mit nur einem Bein, auf Krücken oder Prothesen bekommen Arbeit. Ich sagte dann: ja Fritz, natürlich, jeder Mann wird gebraucht. Er träumte in letzter Zeit von einem Portierposten oder einer Stelle als Nachtwächter in einem stillen Betrieb, wo es nichts zu stehlen gab. Wenn sie mir nur eine vernünftige Prothese anpassen, sagte er ständig. Weißt du, sagte er, ich kaufe mir dann ein Moped, da gibt es jetzt so Vorrichtungen, wo man sein steifes Bein drauflegt, das ist sogar von der Polizei genehmigt.

Was sollte ich zu all seinen Plänen schon sagen, ich sagte nur: ja, Fritz, ja, natürlich. Aber ich verschwieg ihm, daß ein Betrieb lieber einen Italiener, Spanier, Griechen oder Türken anstellt, als einen verkrüppelten Deutschen, der die ganze Skala betrieblicher Planung durcheinanderbringen kann. Auch ein Krüppel muß vollwertig bezahlt werden. Das sagte ich Fritz nicht, warum auch, er tat mir schon immer leid, weil er ein so anständiger Kerl war. Ich brachte ihm jedesmal Zeitungen mit, die er, bis ich neue anschleppte, von vorne bis hinten las. Ich werde schon was finden, sagte er, so oder so. Natürlich, sagte ich dann, du kannst auch ohne Beine arbeiten, ganz gewiß.

Einmal traf ich Rosi, sie kam von Dortmund. Ein junger Mann begleitete sie, und die beiden sprachen angeregt miteinander. Ich lief unbemerkt fünf Minuten hinter ihnen her, dann ging ich schneller und rief Rosi an. Die beiden sahen sich erschreckt um. Der junge Mann verabschiedete sich rasch und war gleich darauf in einer schmalen Seitenstraße verschwunden.

Sie sagte: Ich bin froh, Onkel Jürgen, daß jetzt die Schule vorbei ist. Weißt du, man kommt sich manchmal wie ein zweitklassiger Mensch vor, wenn man von anderen unseres Alters hört, was die schon verdienen. Nächste Woche ist Schluß, wir stehen in der Prüfung, wird schon alles glatt gehen.

Was wirst du tun? fragte ich im Weitergehen.

Eine Stelle habe ich schon, gestern kam die Zusage. Bei einer Versicherung in Dortmund.

Wieviel? fragte ich.

Zweihundertachtzig für den Anfang.

Das ist zwar nicht viel, aber immerhin.

Für mich reicht es, Onkel Jürgen. Mutti braucht mich dann nicht mehr einzukleiden, das kann ich von meinem Geld. Wenn sie noch ein oder zwei Jahre wartet mit Kostgeld abgeben, dann kann ich mir Kleidervorrat anschaffen. Und dann, ich will nächstes Jahr Urlaub machen, da brauche ich viel Geld.

Sie sagte das so eigenartig, daß ich sofort fragte:

Du fährst nach Südfrankreich?

Wie gut du mich kennst. Ja, das habe ich vor.

Aber Rosi, was soll das. Warum jagst du einer Vergangenheit nach, die man besser ruhen lassen sollte. Es bringt nichts ein. Ich dachte, du bist ein nüchterner Mensch.

Eben weil ich nüchtern bin, will ich die Vergangenheit kennen. Sag doch selbst: können wir ohne Vergangenheit weiterleben?

Ich wünschte, daß es sie nicht gegeben hätte, sagte ich.

Die Geschichte im Wald meinst du?

Die auch, sagte ich. Wir sahen uns sekundenschnell an. Sie wußte, daß ich die gesamte Vergangenheit meinte.

Mutti kennt seine Adresse, sagte sie wieder. Wir waren am Rande der Siedlung angelangt. Angoulême kann ja nicht so groß sein. Es ist zwar ein bißchen weit, aber das Geld werde ich bis dahin zusammenhaben. Dort wird es ja wohl ein Einwohnermeldeamt geben, wo man fragen kann, und mein Französisch wird ausreichen.

Das nehme ich an.

Das Mädchen war ernster geworden in den letzten Wochen, keine zu engen Pullover mehr, keine Wimperntusche. Sie war eine junge Dame geworden.

Hoffentlich enttäuscht dich Frankreich nicht, sagte ich leise. Sie wußte, was ich meinte, und schwieg lange. Ob sie mich nicht gehört hatte? Ein schwerer Lastwagen war vorbeigefahren. Aber sie sagte: Laß das, Onkel

Jürgen. Er wird wahrscheinlich nicht mehr der schöne junge Mann sein, den Mutti gekannt hat, und er wird wahrscheinlich auch einen Stall voll Kinder haben und eine Schlampe als Frau und morgens schon Aperitif trinken. Das hat doch nichts mit meinen Hoffnungen zu tun.

Du hast mich mißverstanden, Rosi, ich wollte damit sagen, du sollst weiter in deinen Vorstellungen leben. Laß das Bild, wie es ist, warum willst du auf einmal die Farben abkratzen?

Sie hakte sich bei mir ein. Langsam gingen wir durch die Siedlung.

Auch die Landtagswahlen waren vorbei. Ingeborg und ich hatten deswegen einen heftigen Streit. Wir wollten am Sonntagmorgen zur Wahl, und es war wie immer bei solchen Anlässen: wir suchten zwei Stunden unsere amtlichen Einladungszettel, einer gab dem anderen die Schuld, daß die Zettel nicht gefunden wurden.

Endlich, sie lagen in einer Kaffeekanne.

Dann wollen wir mal unseren Konrad unterstützen, sagte sie und machte die Tür auf.

Wieso Konrad? Ich verstehe dich nicht. Was hat der Alte mit den Landtagswahlen zu tun? Es geht doch nicht um den Alten.

Aber um seine Partei, sagte sie scharf.

Aber Ingeborg, wer hat dir nur diesen Unsinn erzählt? sagte ich.

Ach, ist das Unsinn, weil ich etwas anderes wähle als du?

Du bist beschränkt! rief ich.

Und du bist ein Idiot! gab sie zurück.

Ich war vor Schreck zusammengefahren. Solch ein Wort hatte sie noch nie zu mir gesprochen. Aber das war nicht sie, die da sprach, die Fabrik sprach aus ihr. Je länger sie zur Fabrik geht, desto gewöhnlicher wurde ihre Ausdrucksweise. Wie es zugeht, habe ich nach und nach von ihr erfahren: wie die Mädchen und Frauen am Montag ihre Wochenendabenteuer erzählen; in dem großen Arbeitssaal gilt nur die etwas, die viel zu erzählen hat.

Es war bei ihnen in der Halle so wie bei uns, als wir das Vaterland verteidigten: Aufschneiderei und Wirklichkeit verschmolzen zu einem zweifelhaften Heldentum.

Manchmal habe ich den Eindruck, daß viele Frauen nur Arbeit annehmen, damit sie aus ihren vier Wänden kommen, wie wäre es sonst zu erklären, daß Frauen arbeiten, deren Männer achthundert bis neunhundert Mark monatlich verdienen. Ingeborg erzählte mir Witze, wie wir sie schlüpfriger nicht unter Tage erzählen konnten. Sie erzählt mir diese Witze nachts im Bett, und ich schäme mich für sie, obwohl ich nichts sage und sie mir schweigend anhöre. Lachen kann ich darüber nicht. Doch sie lacht laut und lang über ihre eigenen Witze. Aber nach den Witzen kann ich auch nicht mit ihr in einem Bett liegen und sie in die Arme nehmen.

Du wählst, was ich wähle! sagte ich heftig.

Sie lachte. Du kommst dir wohl wichtig vor. Die Zeiten sind vorbei, wo du mir etwas vorschreiben konntest. Ein für allemal.

Kannst du nicht mehr vernünftig denken? fragte ich leise.

Ich? Aber ich bin doch vernünftig. Ich bin es erst geworden, seit ich arbeiten gehe, da gingen mir nämlich die Augen auf, was für ein erbärmliches Leben ich vorher geführt habe.

Oh, ich haßte sie manchmal, ich hätte sie schlagen mögen, um meine Wut zu entladen, und das waren dann die Augenblicke, wo ich mich fragte, ob ich sie immer noch liebte. Nein, nicht mehr so wie in unseren Jubeltagen, nur noch so, in Alltagsliebe.

Dieses schwarze Volk wählst du nicht! befahl ich wieder.

Hör doch endlich mit deiner Brüllerei auf. Du hast keine Augen im Kopf, du hast Parteiaugen. Du und deinesgleichen. Ihr seid alle verbohrt. Ich will, daß es uns weiterhin gut geht, verstehst du? Daß ich mir kaufen kann, was ich will, und daß mir nicht vorgeschrieben wird, was ich kaufen darf und soll. Ich will, daß alles so bleibt, wie es ist, weil es uns gut geht. Aber das hast du noch nicht kapiert.

Wer erzählt dir bloß diese Märchen?

Diese Märchen erzählen alle in der Fabrik, vernünftige Leute, die ein bißchen mehr Hirn im Kopf haben und weiter denken als an morgen. Alle sagen das in der Fabrik.

Dann gingen wir zur Wahl. Ich schüttelte abends in der Wirtschaft den Kopf über so viel Starrköpfigkeit. Ich erzählte es meinem Nebenmann am Tresen. Er schüttelte nicht den Kopf, er sagte nur: Hau ihr anständig die Jacke voll, die Weiber wollen es nicht anders haben. Mensch, wenn du das einreißen läßt, dann hast du in einem Jahr in deinem Haus nichts mehr zu sagen.

Die nächsten Tage arbeitete ich viel im Garten, die Abende und die Vormittage, wenn ich, was selten genug war, Mittagsschicht hatte. Plötzlich entdeckte ich in mir eine ausgesprochene Liebe zum Garten. Der regnerische Sommer hatte zwar nicht viel zum Freuen im Garten stehenlassen, das Unkraut wuchs schneller und üppiger, aber die Arbeit machte dennoch Spaß. Ich konnte lange vor den Blumen stehen, vor dem Rittersporn, den weinroten Malven, den vielfarbigen Löwenmäulchen und der Teppichpracht der Mittagsblumen. Ich berauschte mich an den Farben und Düften und kam ins Grübeln. Über unsere Ehe, über die Arbeit, über das, was früher war und was kommen wird, über meinen Lohn und über die Vergangenheit des Poliers und viel über Veronika und ihren Franzosen. Dann waren meine Gedanken wieder bei Rosi, und ich war erleichtert, daß alles so gekommen war. Aber immer kam ich auf den einen Punkt zurück: auf meine Ehe. Ja, wir arbeiteten jetzt beide, und für uns beide war die Hausarbeit lästig geworden, weil wir müde und abgespannt an sie herangingen. Wir hatten keine Zeit mehr, man durfte sich nicht mehr hinsetzen und eine Stunde dösen. Wir arbeiteten, ohne es besprochen zu haben, gemeinsam nach einem Plan, und obwohl er irgendwie funktionierte, waren wir, ohne es zu besprechen, beide nicht glücklich. Seit einem halben Jahr verdienten wir beide, aber sind wir reicher geworden? Wir haben mehr Dinge für den täglichen Bedarf, wir essen besser und trinken jeden Tag zwei bis drei Flaschen Bier. Das können wir uns leisten. Wir haben mehr Komfort in der Wohnung, aber mit diesem Mehr sind auch die Raten gewachsen in Anzahl und Höhe. Zögen wir Bilanz, würden wir erschrecken, denn es würde uns klarwerden, wie verschuldet wir sind. Aber wir ziehen keine Bilanz, wir fürchten uns davor. Wir machen einfach so weiter, irgendwie wird es schon gehen, auch wenn eines Tages der Gerichtsvollzieher kommen sollte – und er kommt bestimmt. Na ja, das ist heute keine Schande mehr, es gibt unter meinen neuen Arbeitskameraden welche, die prahlen damit, daß bei ihnen der Gerichtsvollzieher aus und ein geht. Vielleicht werden die Raten dann kleiner. Wir essen keine Margarine mehr, nur noch gute Butter kommt auf den Tisch, selten genug essen wir jetzt Eintopf, fast jeden Tag gibt es Fleisch. Ich habe kräftig zugenommen, bekomme langsam einen Bauch. Ingeborg amüsiert sich darüber. Daß ich anfange, dick zu werden, liegt weniger daran, daß ich der zehrenden Arbeit unter Tage entronnen bin, als daran, daß wir nun besser essen und regelmäßig unser Bier trinken. Wir haben viel gewonnen, gewiß, von den Raten abgesehen geht es uns gut. Verloren haben wir nun die Zeit. Wir haben keine Zeit mehr für uns, für den Partner, für den Nachbarn, wir haben auch keine Zeit mehr für die Zeit. Ein Schlagzeugrhythmus treibt uns vom Aufstehen bis zum Zubettgehen.

Nein, ich lüge, wenn ich sage, daß ich über die Entwicklung des letzten halben Jahres glücklich wäre oder auch nur zufrieden. Aber fragt mich einer, was ich will, und ich müßte es genau sagen, dann müßte ich schweigen, denn klare Vorstellungen von der Zukunft habe ich nicht. Ich will das Erreichte nicht missen und weiß doch, daß es für die Zukunft verhängnisvoll wird. Wie es früher war, der Engpaß mit dem Geld, überlegen, ob man noch ein Bier trinken darf oder nicht, eine Zigarette mehr rauchen kann oder nicht, diesen Zustand will ich auch nicht wieder haben, aber so wie jetzt? Ich weiß es nicht.

Vielleicht sollte man einmal gehörig auf den Tisch hauen oder Ingeborg eine schallende Ohrfeige geben, damit sie zur Vernunft kommt. Aber was ist dann? Sie läßt alles im Stich und läuft zu ihrer Mutter nach Dortmund und bringt es fertig, mich als Rohling hinzustellen. Arbeit bekommt sie auch in Dortmund. Aber soll ich von vorn anfangen, jetzt, nach acht Ehejahren? Das wäre doch Wahnsinn. Dann lieber so weitermachen, irgendwie und irgendwann haben alle Dinge mal ein Ende. Neulich erst, als meine Schwiegermutter über das Wochenende hier war, habe ich gehört, wie sie zu Ingeborg sagte: Du brauchst dein Geld nicht in den Haushalt zu stecken, für den Haushalt ist er da. Was du verdienst, das gehört dir ganz allein, ich kenne das Gesetz, und was du dir von deinem Geld anschaffst, das gehört auch dir, und ihn geht es nichts an. Und wenn du etwas kaufst von deinem Geld, dann ist es deine Sache und nicht seine.

Dabei habe ich all die Jahre meine Schwiegermutter für eine vernünftige Frau gehalten. Ob sie am Verdienst meiner Frau auch verdient? Möglich wäre es schon.

Auf dem Gelände unserer früheren Zeche entsteht ein großes Industriewerk. Am letzten Julisamstag fuhr ich hinaus, um mir die Veränderungen einmal anzusehen. Es sollten dort noch nie gesehene Maschinen aufgefahren worden sein in gigantischen Ausmaßen und mit Tausenden von PS. Auch sollten an diesem Samstag die beiden über 100 Meter hohen Kamine gesprengt werden. Eine Spezialeinheit der Polizei aus Düsseldorf war gekommen, diese heikle Arbeit auszuführen.

Als ich an das Gelände kam, ragten die hohen Schlote nicht mehr in den Himmel wie zwei Schwurfinger, ich war zu spät gekommen. Auch die Waschkaue stand nicht mehr, nur noch das eiserne Schachtgerüst, aber auch da waren die vier großen Räder schon abmontiert. Auf dem früheren Holzplatz wuchsen große Hallen aus dem Boden. Hier arbeitete man sogar an den Samstagen. Na, die mußten gut verdienen. Mein Gott, wie sich das Bild in einigen Wochen verändern kann.

Da sah ich sie, zehn Meter vor mir. Sie hatte die beiden Kinder an der Hand, zwei nett gekleidete Mädchen. Sie sah mit den Kindern den Baggerarbeiten zu. Ich trat leise hinter sie und sagte: Hier hat sich viel verändert, kaum zu glauben.

Und es wird sich noch viel ändern, sagte sie, ohne sich umzudrehen. Sie mußte mich also längst bemerkt haben.

Baustellen haben auf mich eine eigenartige Anziehungskraft, ich kann stundenlang stehen und gucken, auf einer Baustelle verändert sich das Bild von Minute zu Minute. Die beiden Mädchen sahen scheu zu mir auf und drückten dann ihre Köpfe an den Rock der Frau. Ich wollte die Frau, die Irene hieß und ihre Kohlen mit Geld bezahlt hatte, gern etwas fragen, weil ich ihre Satchmostimme wieder hören wollte.

Ist er schon wieder zu Hause? fragte ich. Ich wußte, daß er noch im Krankenhaus lag.

Nein, er liegt noch.

Wie lange wird er noch liegen müssen?

Fragen Sie ihn selbst, er gibt gerne Auskunft, seit der Beerdigung.

Beiden Mädchen wollte ich einen Groschen geben, damit sie sich ein Eis kaufen konnten, aber die Frau wehrte ab, die Kinder hätten heute schon ein Eis gehabt.

Er hat mir gesagt, sagte ich, daß Sie gewußt haben ... ich meine ... Sie wissen doch ... was ich meine.

Ja und? Was wollen Sie eigentlich? Sie drehte sich um und sah mich sekundenlang starr an, dann an mir vorbei. Die Kinder sahen zu ihr auf.

Kommt, Kinder, wir gehen nach Hause, rief sie und lief ein paar Meter den Kindern voraus. Ich schloß mich an. Ich sah, daß sie mich nicht mithaben wollte.

Unterwegs fragte ich, warum ihr Mann sitzt.

Wieder hatte ich Mühe, Schritt zu halten, sie lief bis auf den freien Platz, wo wir vor Monaten das Polizeiauto umgeworfen hatten. Wohlgeformte Beine, sauber und einfach gekleidet. Sie sprach mit den Kindern, die sie immer wieder fangen mußte. Wir gingen nebeneinander über den Platz. Im Gebäude der Markenkontrolle, wo wir früher vom Menschen zur Nummer degradiert wurden, war nun das Büro der Baufirma untergebracht. Der Verkehr nach Unna floß ungehindert. Mein Gott, wie schnell wir doch leben, ich konnte mir kaum noch vorstellen, daß ich fünfzehn Jahre lang durch dieses Tor gegangen war. Es war schon so lange her.

Die Grube wird unter Wasser gesetzt, so stand es in den Zeitungen. Weder bewegliches noch zu demontierendes Material wird herausgeholt. Aber Millionen Werte bleiben unten, die Kosten der Ausraubung wären höher als der Ertrag beim Verkauf des gewonnenen Materials. Und so bleibt eben alles unten, Lokomotiven, elektrische Anlagen, Schienen, Eisen, Stahl, Wagen und anderes Material.

Mein Gott, diese Werte auf eigene Rechnung nach oben bringen dürfen, was das Geld geben würde. Aber warum soll die Gesellschaft alles nach oben fördern, auf ihre Kosten womöglich, wenn schon die Regierung die Stillegung bezahlt. Sie hat auch das Teufen des neuen Schachtes bezahlt. Unsere Steuergelder werden jetzt unter Wasser gesetzt. Zuerst bezahlte die Regierung den neuen Schacht, jetzt bezahlt die Regierung auch noch dafür, daß der neue Schacht unter Wasser gesetzt wird. Welch eine Logik! Die Grube säuft ab, unsere Grube.

Beim Fotogeschäft an der Ecke blieben wir stehen und sahen in die Auslagen. Ich stand hinter ihr. In der Scheibe spiegelten sich unsere Gesichter.

Kommen Sie mit? Auf eine Tasse Kaffee? fragte sie.

Ja, ich komme mit.

Es sah in der Küche nicht gerade ordentlich aus, aber schließlich war Samstagvormittag. Die Kinder waren auf der Straße geblieben, sie spielten vor den Fenstern. Sie setzte Wasser auf und mahlte Kaffee. Beim Filtern sagte sie: Er hat auch geschlagen.

Allmählich verstand ich, daß sie von ihrem Mann sprach.

Es wußte keiner, er wurde nach 45 hoher Funktionär. Verstehen Sie? In Dessau. Wir lebten gut. Wir fuhren im Sommer an die Schwarzmeerküste, im Winter in die Hohe Tatra. Wir fuhren einen EMW. Verstehen Sie?

Ich verstehe, sagte ich. Der Kaffee war gut.

Nein, kein Wort verstehen Sie. In der Hohen Tatra hat ihn einer erkannt. Als wir nach Hause kamen, stand schon die Vopo an unserer Wohnungstür. Wenn wir in Bulgarien gewesen wären, hätte er auskneifen können, nach Westdeutschland, aber nicht von der Tschechei aus. Der andere, der ihn erkannte, war ein kleinerer Funktionär. Er hat jetzt die Stelle meines Mannes.

Na ja, es gibt überall Neider, sagte ich.

Neider? Das ist schon in Ordnung.

Aber Ihr Mann war doch ein hohes Tier, rief ich.

Spielt das eine Rolle? Drüben kann man auch als hohes Tier ins Schlachthaus kommen, da kennt man weder Zartgefühl noch Vertuschung. Nicht wie hier im Westen, wo sie noch eine Pension bekommen.

Wenn man sie wirklich überführt, erhalten sie auch keine Pension, sagte ich ärgerlich.

Ach, wirklich? Lesen Sie denn keine Zeitung? Hören Sie nicht den Deutschlandsender?

Aber ich bitte Sie, rief ich, diese Lügenpropaganda.

Nein, der übertreibt nur manchmal, sagte sie und schenkte mir neu ein.

Und Sie waren auch bedroht? fragte ich weiter.

Ich? Nein. Mir ging es ganz gut, ich hatte mein Auskommen, ich habe sofort die Scheidung eingereicht, als ich hörte, warum er verhaftet wurde.

Weshalb kamen Sie dann rüber? wollte ich wissen.

Ich weiß es nicht. Fragen Sie doch mal die drei Millionen, die rübergekommen sind und nicht drüben blieben.

Aber Sie hatten doch ...

Die drei Millionen hatten auch Arbeit, Auskommen, Familie. An Arbeit ist drüben kein Mangel, das ist das einzige, um das wir uns nicht zu kümmern brauchten. Drüben wird schwer gearbeitet. Sie setzte sich zu mir an den Tisch, legte die Hände auf die Tischplatte und sah an mir vorbei aus dem Fenster.

Ich hatte noch Glück. Als ich durch war, bauten sie die Mauer. Im Anfang hatte ich etwas Schwierigkeiten, weil der Name meines Mannes auch in westdeutschen Zeitungen zu lesen war und er hier im Westen auf der Suchliste stand. Und dann auch, weil ich Kommunistin bin ...

Waren, sagte ich.

Sie sah mich erstaunt an und sagte: Nein, ich bin.

Aber das ist doch Unsinn, rief ich.

Warum? Ist das ein Verbrechen? fragte sie und sah mich voll an. Kann ich nicht denken, was ich für richtig halte? Ihr im Westen, natürlich, ihr habt Scheuklappen vor den Augen ...

Ja, sagte ich, natürlich der goldene Westen, der wirkt auf euch.

Sie strich sich die Haare aus der Stirn und sah wieder abwesend aus dem Fenster. Sie sah plötzlich alt aus, von der Nase zu den Mundwinkeln hatten sich scharfe Falten gegraben.

Wenn sie nicht so viel reden wollten, dann würden sie hören, wie das Gold im Westen abbröckelt.

Sie lachte kurz auf.

Was wißt ihr hier schon von den Menschen drüben. Nichts. Ihr habt Angst, die Wahrheit zu erfahren. In den Zeitungen steht nicht die ganze Wahrheit. Ihr verkauft Anstecker und schreit: macht das Tor auf, dann schüttet ihr waggonweise die Gurken auf den Abfallhaufen. Ach, ihr schreit: das ist eine Schandmauer! Dann pflügt ihr die Salatfelder um. Ihr sagt, die Zone sei ein großes KZ, und ihr tut alles, sie als KZ bestehen zu lassen. Ihr redet gegen die Mauer, dann fahrt ihr nach Leipzig zur Messe und verkauft Stacheldraht, ihr wütet gegen die Mauer, führt sentimentale Reden und druckt Bücher von den Leuten, die diese Mauer verteidigen, ihr redet und redet und redet noch, wenn euch schon das Messer an der Kehle sitzt.

Ein Arbeiter, sagte ich, hat nichts zu fürchten, der hält sich aus der Politik heraus und macht seine Arbeit. Hauptsache, er verdient und hat für sich und seine Familie sein Auskommen. Gearbeitet wird überall. Bonzen sind auch überall, die den Arbeiter ausnutzen. Drüben sind es die Funktionäre, hier sind es bestimmte Unternehmer, die nicht genug verdienen können.

Ich war etwas ärgerlich über die Frau. Sie sollte mir keinen politischen Vortrag halten, ich wollte doch nur etwas von ihrem Leben wissen.

Manchmal lache ich über eure Dummheit, fuhr sie fort. Wissen Sie, früher, als ich noch im Lager Massen war, da hatte ich nur einen Wunsch: raus aus dem Lager. Ich kam schneller raus, als ich dachte, Polenz hat mich rausgeholt, weil er wußte, daß mein Mann in Bautzen sitzt wegen einer Sache, die er selbst mit sich herumträgt. Wie und wo er es erfuhr, weiß ich nicht, er hat nie darüber gesprochen. Eines Morgens stand er vor der Baracke und fragte ein Kind: Wo wohnt Frau Politzik? Dann stand er in meinem Zimmer. Los, sagte er, packen Sie Ihre Siebensachen und kommen Sie mit. Ich bin Witwer, Sie können meinen Haushalt führen. Seine Art hatte es mir gleich angetan. Na ja, daß er mich schon nach vier Wochen schlug, dafür kann er nicht, das ist so in ihm drin, die Zeit hat ihn damals so erzogen. Mein Mann hatte sich das Schlagen abgewöhnt. Er trug Handschuhe, auch im Sommer.

Wahrscheinlich wird er jetzt in Bautzen vermöbelt, sagte ich. Ich bereute sofort meine Worte, als ich sah, wie die Frau zusammenzuckte.

Sie sagte: Als ich aus dem Lager war, wünschte ich mich bald wieder dahin zurück. Nicht weil Polenz roh zu mir war, ach, er war auch gut und sorgte rührend für die Kinder. Nein, ich fand mich nicht in dieses Leben hier hinein. Die Leute reden von drüben, als wohnten sie selbst auf einer Südseeinsel und nicht in Deutschland. Das tut weh. Wissen Sie, in den Läden beim Einkaufen treffe ich immer wieder Leute, die mich bedauern, nicht wegen Polenz, nein, weil ich von drüben komme. – Wollen Sie noch eine Tasse Kaffee? Ich trank die vierte Tasse auf einen Zug leer, ich wollte weg, die Frau ging mir auf die Nerven. Als ob wir nicht auch unsere Sorgen hätten. Verlangt sie vielleicht, daß wir alle an der Zonengrenze knien und den Stacheldraht wegbeten?

Mein Gott, wenn ich hier die Frauen in der Siedlung betrachte. Sie stehen stundenlang auf der Straße und reden. Kommt einmal ein Polizist, schrecken sie nicht zusammen, viel kann nicht passiert sein, höchstens hat der Junge eine Fensterscheibe eingeschlagen, oder der Mann hat in seinem Suff auf der Straße randaliert. Ich spüre ihre Blicke, wenn ich an ihnen vorbeigehe, wie sie dann die Köpfe zusammenstecken und tuscheln, nicht weil ich bei Polenz wohne und man da allerlei vermuten könnte, nein, weil ich gut angezogen bin und lache. Das darf ich nämlich nicht, ich müßte immer schwarz gekleidet sein und eine Leichenbittermiene aufsetzen.

Das ist doch Unsinn, das ist in allen Siedlungen so, wo einer dem anderen in den Kochtopf gucken kann.

Drüben hat man dafür keine Zeit...

Ich sprang auf und schrie sie an: Dann wären Sie doch besser drüben geblieben, verdammt noch mal. Warum kommen Sie, wenn Ihnen hier vorn und hinten nichts paßt.

Ich ging und schlug heftig die Tür hinter mir zu. Als ich zu Hause in der Gartenfurche auf und ab ging, rief mich Ingeborg durch das Fenster in die Wohnung.

Jürgen, komm mal rein. Guck dir das an!

Sie hatte sich am Vormittag ein Dampfbügeleisen gekauft.

Sechzehn Mark billiger habe ich es bekommen. Ist das nicht toll! Das Eisen und der Preis?

Sie führte mir langatmig die Vorzüge des Eisens vor. Ich stand dabei und staunte, denn solch ein Eisen kannte ich nur aus dem Fernsehen. Ja, sagte ich, das ist wirklich toll.

Dann ging ich wieder in den Garten zu meinem Nachbarn. Er guckte in den Himmel und wartete auf seine Tauben, die am frühen Vormittag in Bad Kissingen aufgelassen worden waren.

Wenn sie heute wieder keinen Preis machen, sagte mein Nachbar, dann kommen sie morgen alle in den Topf.

Das ist das vernünftigste, sagte ich.

Aber mein Nachbar meinte es nicht so, das sagt er jede Woche, wenn Preise geflogen werden.

Der Betriebsleiter starrte mich durch ungewöhnlich dicke Brillengläser an. Menschen, die so dicke Gläser tragen müssen, sind mir unheimlich. Sein Kopf ruckte vor und zurück wie bei einer fressenden Schildkröte; sein Kopf ruckte zwischen zwei Aktenstapeln auf seinem Schreibtisch. Die Akten wurden beschwert von Materialproben und seltsam geformten Gußstücken. Die Mädchen an den Schreibmaschinen sahen bei meinem Eintritt kurz auf und tippten dann wieder weiter oder führten die für eine Sekunde unterbrochenen Gespräche fort. Ich trat zögernd vor den Schreibtisch, ich sah mich um. Verdammt, kann man in diesem Betrieb niemals mit einem Menschen allein sprechen? Immer sind Zuhörer da, die das nichts angeht.

Urlaub wollen Sie, fragte mich der Betriebsleiter erstaunt, als hätte ich um tausend Mark Vorschuß gebeten. Sind Sie in der Urlaubsliste eingetragen?

Nein, wie kann ich. Bin doch erst ein knappes Vierteljahr hier. Was, rief er. Dann steht Ihnen ja noch gar kein Urlaub zu. Aber mein Anspruch auf Urlaub ist doch von der Zeche auf den Betrieb hier übertragen worden. Auf der Zeche hatte ich dieses Jahr noch keinen Urlaub. Ich war etwas ärgerlich, weil einige Mädchen zu mir hersahen und kicherten.

Von der Zeche kommen Sie? Schön, schön, aber Sie hätten Ihren Urlaub anmelden müssen, sagte er und tat geschäftig.

Auf der Zeche hatte ich Urlaub für den 15. August angemeldet.

Mein Lieber, die Zeche interessiert uns hier nicht. Er stand auf. Aber mich interessiert mein Urlaub, sagte ich etwas lauter als gewollt. Nun drehten sich alle nach mir um. Ich hätte in den Boden sinken mögen, da stand ich nun auf dem Präsentierteller, und das ärgerte mich so, daß ich in Wut geriet. Die dicken Brillengläser funkelten mich an. Er senkte den Kopf, blätterte in Lichtpausen und fragte: Sonst noch was?

Meine Hände zitterten vor Wut. Wie man hier behandelt wird, das ist eine Schweinerei. Und bei meinem Eintritt in diesen Betrieb hatte ich gedacht, daß man auch Mensch sein darf, weil man nicht für acht Stunden von der Erdoberfläche verschwindet. Anscheinend hatte ich mich getäuscht, auf der Zeche war man eine Markennummer, hier stand man in Listen in alphabetischer Reihenfolge.

Ich ging wortlos und haute die Tür hinter mir zu. Auf dem Flur hörte ich, wie drinnen laut gelacht wurde. Ich stürmte, drei Stufen auf einmal nehmend, ein Stockwerk höher in das Sekretariat und sagte hastig zu dem schwarzen Farah-Diba-Kopf hinter der geräuschlosen Schreibmaschine:

Melden Sie mich bitte dem Herrn Direktor.

In welcher Angelegenheit bitte?

Urlaub.

Sind Sie in die Urlaubsliste eingetragen?

Nein, nicht hier.

Bedaure, dann ist der Herr Direktor nicht zu sprechen.

Was heißt das? sagte ich gereizt.

Aber ich bitte Sie, Urlaub wird nur gewährt, wenn Sie in der Liste eingetragen sind. Wer sich nicht hat eintragen lassen, muß warten. Der Herr Direktor macht keine Ausnahme, absolut keine ...

Aber ich ...

Haben Sie einen Todesfall in der Familie?

Nein.

Hochzeit? Taufe?

Nein.

Dann müssen Sie warten.

Bis wann?

Bis die Haupturlaubszeit vorbei ist, nicht vor Mitte Oktober. Soviel ich weiß, läuft die Liste bis Ende Oktober.

Was soll ich im November mit meinem Urlaub? fragte ich laut.

Sie schrieb weiter, als ob niemand im Zimmer wäre.

Ja, zum Donnerwetter, schrie ich und haute auf den runden Tisch, der für Besucher bereitstand. Hat man hier überhaupt kein Recht mehr? Muß man erst einen Schlips tragen, um vernünftig behandelt zu werden? Ich will nur, was mir zusteht, sonst nichts, absolut nichts.

Schreien Sie nicht so, schrie der Farah-Diba-Kopf.

Die gepolsterte Tür öffnete sich, und der Direktor stand im Sekretariat, zog die Augenbrauen hoch und blickte von dem Mädchen zu mir. Das Mädchen wollte sprechen, er winkte ab und fragte mich: Was gibt es?

Ich sagte es ihm, stockend und noch bebend vor Wut. Tut mir leid, sagte er, da kann ich Ihnen nicht helfen. Die Urlaubsplanung ist Ende Februar immer abgeschlossen. Wer sich bis dahin nicht eintragen ließ, muß warten. Nach dieser Liste richtet sich der Betrieb in den Sommermonaten. Schließlich kann nicht jeder im Sommer seinen Urlaub nehmen, dann könnten wir die Bude dichtmachen.

Aber ich hatte doch auf der Zeche meinen Urlaub zum 15. August angemeldet, und der Anspruch, hieß es bei der Schließung, gilt auch für den neuen Betrieb.

Der Anspruch ja, nicht der Termin.

Aber, rief ich.

Er sah mich mit einem undurchsichtigen Lächeln an, dann verschwand er in seinem Zimmer.

Langsam stieg ich die Treppe hinunter und überlegte, was ich jetzt noch unternehmen könnte, um meinen Urlaub zu bekommen. Da kam mir der Vorarbeiter auf dem unteren Flur entgegen. Der staunte: Mensch, was machst du in der Arbeitszeit hier in dem Gebäude?

Ich bin spazierengegangen, sagte ich laut.

Verdammter Scheißkerl, scher dich an deine Arbeit, schrie er.

Ich hätte ihm am liebsten in das rote Gesicht geschlagen. Wie kam er dazu, er, ein Arbeiter, einen anderen Arbeiter so anzuschreien.

Ich schrie zurück: Leck mich am Arsch! Dann ging ich an ihm vorbei in das Betriebsratsbüro. Dort erzählte ich zum viertenmal meinen Fall.

Da hast du Pech gehabt. Das ist der Nachteil, wenn man mitten im Jahr den Arbeitsplatz wechselt, da muß man dann zusehen, wie man zu seinem Urlaub kommt. Tja, wir können da nichts machen, du mußt warten. Gerade in Urlaubssachen haben wir Sondervereinbarungen mit der Betriebsleitung geschlossen. Solange die bestehen, müssen auch wir uns daran halten.

Warten! Warten! Verflucht! platzte ich heraus. Was kümmern mich eure Sondervereinbarungen. Ich will meinen Urlaub, sonst nichts. Sauft nicht soviel mit der Betriebsleitung, dann kommen auch keine Sondervereinbarungen wie diese zustande. Ihr sollt schließlich unsere Interessen vertreten. Ihr seid für uns da, nicht umgekehrt.

Aber nicht für deinen Scheißurlaub! Der Betriebsrat sprang auf. Nun aber raus und komm erst wieder, wenn du dir ein anderes Benehmen zugelegt hast. Wir sind hier nicht auf der Zeche, bei uns herrscht Ordnung!

Einen Moment stand ich sprachlos, dann sagte ich leise: Du Hampelmann. Leute wie dich hätten wir auf der Zeche am ausgestreckten Arm verhungern lassen.

Der Vorarbeiter kam nach einer Stunde auf den Verladeplatz, stellte sich neben mich und sah der Arbeit am Kran zu. Ich ölte die Widerlager. Er klopfte mir auf die Schulter, ich sah auf, er war sehr blaß.

Hör mal, sagte er, das hat noch niemand zu mir gesagt, laß dir das gesagt sein. Wenn du noch einmal so aus der Rolle fällst, dann beschwere ich mich, und du fliegst aus dem Betrieb raus.

Geh weg, sagte ich ruhig, du stehst mir im Wege.

Ein älterer Arbeitskollege, dem ich während der Mittagspause zum fünftenmal mein Sprüchlein vorsagte, meinte, da sei nichts zu machen, ich liefe da vor Betonmauern. Der Betriebsrat könne da auch nichts machen, es bestünden eben Absprachen. Ich sollte es doch einmal bei der Gewerkschaft versuchen, sagte er, vielleicht könnten die etwas machen. Bei der Gewerkschaft? fragte ich. Mensch, das ist eine Idee.

Nach Betriebsschluß suchte ich die Geschäftsstelle auf. Sie waren gerade im Aufbruch, einige hatten schon ihre Hüte auf, andere verschlossen ihre Schreibtische. Der Geschäftsstellenleiter ließ mich trotzdem vor, aber nicht gern, das sah ich, er blickte mehrmals auf die Armbanduhr, während ich mein Sprüchlein zum sechstenmal herunterleierte. Mein Sermon war von der ersten bis zur letzten Instanz immer länger geworden, zuerst waren es nur Sekunden, nun brauchte ich schon vier Minuten.

Ist die Frau krank? fragte er mich.

Die Frau? Aber nein. Seine Frage setzte mich in Erstaunen.

Sind die Kinder krank?

Nein, habe keine.

Was?

Nein. Ich war ärgerlich geworden. Er fragte mich aus.

Bist du selbst nicht auf der Höhe?

Ich bin gesund, sagte ich.

Tja, mein Lieber, ich wollte dir helfen, aber was soll ich da machen, wir können uns unmöglich in eine innerbetriebliche Angelegenheit einmischen, es sei denn, du erhebst Klage beim Arbeitsgericht. Du mußt doch einsehen, daß du nicht einfach Urlaub ins Blaue hinein verlangen kannst. Nein, so geht das nicht, schließlich muß ja Ordnung herrschen, wo kämen wir sonst hin. Aber laß mal dein Mitgliedsbuch hier. Ich will sehen, was ich machen kann, ich kenne euren Betriebsratsvorsitzenden gut, mit dem werde ich mal sprechen. Zusagen kann ich dir allerdings nichts. Ich reichte ihm mein Mitgliedsbuch. Er nahm es, wollte es in die Schublade legen, staunte plötzlich, nahm es wieder zur Hand, blätterte darin und rief plötzlich: Aber du bist ja gar nicht bei uns Mitglied, sondern bei der IG Bergbau.

Na und, sagte ich ebenfalls erstaunt. Ist das ein Verbrechen? Ich habe vor einem Vierteljahr den Arbeitsplatz gewechselt. Unsere Zeche hat dichtgemacht, das weißt du doch.

Schon, schon, aber du hättest dich gleich ummelden müssen.

Dann ändere die Eintragung doch gleich.

Leicht gesagt. Wie soll ich dich jetzt vertreten?

Wieso? Was sind da für Schwierigkeiten? sagte ich. Ich dachte, Gewerkschaft ist Gewerkschaft.

Na, bist du naiv, oder stellst du dich nur so an. Es sind doch zwei verschiedene Gewerkschaften.

Wieso? Ich dachte, Gewerkschaft ist Gewerkschaft, sagte ich wieder.

Du hättest dich schon lange melden müssen. Du hast die ganze Zeit für die IG Bergbau Beiträge bezahlt, obwohl du in der Eisenindustrie gearbeitet hast und die Beiträge an die IG Metall hättest bezahlen müssen...

Na und? Das geht doch alles in einen Pott. Ich wurde allmählich wütend, von was quasselt der eigentlich.

Eben nicht, sagte er laut.

Aber wieso? Gewerkschaft ist Gewerkschaft.

Mein Gott, bist du naiv, oder tust du bloß so? Also hau jetzt ab, ich habe noch eine Sitzung. Will mal sehen, was ich erreichen kann. Versprechen kann ich nichts.

Ich machte noch einen Umweg und suchte Fritz Lehnertz im Krankenhaus auf. Alles heilt gut, Jürgen, bin zufrieden. Der Arzt mit mir auch. Sag mal, brauchen die bei dir im Betrieb keinen Portier, mit Prothese natürlich?

Hör bloß auf, in dem Saubetrieb bekommst du nicht einmal Urlaub.

Ich erzählte nun zum siebtenmal meine Urlaubsgeschichte.

Du, Fritz, wußtest du schon, daß Gewerkschaft nicht gleich Gewerkschaft ist?

Na klar, wenn es um die Pfennige geht.

Aber das ist doch nicht in Ordnung! rief ich.

Frag mich, was Ordnung ist.

Aber Fritz, ich dachte immer, wir gehören zum Deutschen Gewerkschaftsbund.

Wir? Nein, die Industriegewerkschaften gehören zum Deutschen Gewerkschaftsbund, wir nicht. Er lachte.

Das ist doch dasselbe.

Nein, Jürgen, das ist nicht dasselbe.

Das verstehe ich nicht, jetzt war ich auch ärgerlich auf Fritz.

Ich verstehe das zwar auch nicht, Jürgen, aber du solltest dir darüber nicht den Kopf zerbrechen.

Ich möchte das gern verstehen. Man kann doch nicht für etwas Beiträge zahlen, was gar nicht existiert.

Auf dem Flur fragte ich die Stationsschwester, wie es Herrn Polenz gehe.

Polenz? Der ist gestern entlassen worden, sagte sie.

Schon? fragte ich. Die Schwester sah mich erstaunt an. War nicht gestern auch Veronika entlassen worden?

Noch was? fragte die Schwester. Sie lächelte. Verdammt noch mal, warum fragt mich heute jeder, ob noch etwas sei. Auf dem Heimweg suchte ich die neueröffnete Stehbierhalle an der Ausfallstraße nach Hamm. Eine halbe Stunde irrte ich umher, suchte ein neues Gebäude, schließlich stellte sich heraus, daß die Kneipe im Keller eines alten Fachwerkhauses eingebaut war. Toller Betrieb. Die Musikbox spielte ohne Pause. Dort vertrank ich die letzten fünf Mark.

Ich kam mit Schlagseite nach Hause. Ingeborg lief von einem Zimmer zum anderen, knallte die Türen.

Du läßt dein Geld durch die Gurgel laufen, wo wir jetzt jeden Pfennig brauchen. Bist du eigentlich verrückt geworden?

Verrückt? lallte ich. Ach, das müßte schön sein.

Ja, dann bist du wirklich verrückt, keinen Sinn hast du für den Haushalt. Sie setzte den Teller heftig auf den Tisch, die Suppe schwappte über, auf die frische Tischdecke. Dann gab sie mir die Schuld, daß sie die neue Decke gleich wieder waschen müsse.

Sei doch froh, sagte ich, dann hat deine Waschmaschine wenigstens Arbeit.

Trocknen muß die Wäsche auch und gestärkt und gebügelt werden auch. Sie funkelte mich böse an und zischte: Geh zu Bett!

Aber ich ging noch zu Veronika und sah mir auf dem Bildschirm die Affäre Dreyfus an.

Nach der Sendung fragte sie, warum man diesen alten Quatsch wieder auskrame. Das war doch vor sechzig Jahren, was interessiert uns das heute noch.

Vielleicht hast du recht, sagte ich. Warum heißt sie eigentlich Veronika, das ist doch ein bayrischer Name. Ich erzählte ihr von meiner Urlaubsgeschichte.

Warum willst du plötzlich Urlaub? Ingeborg und du, ihr fahrt doch nicht fort, dann kannst du ihn nehmen, wann du willst.

Ich weiß auch nicht warum, sagte ich. Es war so ein Einfall.

Ich mußte an die aneinandergereihten Raten denken, die wir termingerecht zu zahlen hatten. Manchmal träume ich nachts von den Raten. Ich reihe sie an einer Perlenschnur auf, große und kleine, das sieht dann aus wie ein Rosenkranz. Ich knüpfe die Schnur zusammen, und wenn ich sie mir um den Hals legen will, bekomme ich Atembeschwerden und wache auf. Ich stöhne, aber Ingeborg liegt neben mir und schläft friedlich. Manchmal werde ich wach, sitze eine Stunde im Bett und frage mich: warum kann sie so friedlich schlafen? Warum kann ich das nicht?

In mir steckt eine Unlust, wie ich sie bisher nicht kannte, nicht einmal auf der Zeche. Ich muß ausspannen, ich bin fertig, mir wird schon übel, wenn ich durch das Fabriktor gehe. Alles in mir sträubt sich. Wenn ich durch das Tor gehe, ist mir, als rieche ich ranzige Butter. Ranzige Butter kann ich nicht ausstehen. Als ich Ingeborg vor einigen Tagen sagte, daß ich nicht gerade krank bin, aber mich trotzdem nicht wohl fühle, meinte sie, ich soll mir einen Krankenschein nehmen. Ach nein, korrigierte sie sich schnell, du bist ja nicht mehr bei der Knappschaft versichert, die Ortskrankenkasse zahlt nicht so gut. Momentan kannst du dir keinen Krankenschein leisten. Aber nächstes Jahr sind wir aus dem Dreck heraus.

Irgendwo ist in unserer Ehe der Wurm drin, dachte ich. Wir können uns dieses Jahr nicht einmal eine Fahrt ins Sauerland leisten. Früher verdiente ich allein, da fuhren wir in den Schwarzwald, ins Allgäu oder nach Cuxhaven. Jetzt geht das auf einmal nicht mehr. Die Gewerkschaften müßten etwas gegen die hohen Preise tun, sagte Veronika.

Wie sollen sie das? Streiken? Blödsinn.

Ich bitte dich, Jürgen, die haben doch genug eigene Betriebe. In vielen Betrieben steckt ihr Geld: Baugesellschaften, Konsum und so weiter.

Ja und?

Wenn da die Preise drastisch gesenkt würden, dann müßten die anderen nachziehen. Aber im Konsum sind viele Artikel teurer als in Privatgeschäften. Die müßten radikal sein.

Aber Veronika, die Gewerkschaft ist nicht für das Radikale.

Nicht? Sie sah mich erstaunt an.

Gegen Mitternacht ging ich nach Hause.

Jürgen Fohrmann war sich in den letzten Septemberwochen klargeworden, daß sein Leben nicht so weiterlaufen konnte, so plan- und ziellos; er träumte nachts nicht allein von unbezahlten Rechnungen, er sah weite Flächen ohne Vegetation, ohne Menschen, ohne Stimmen. Er sah sich in eine trostlose Einöde versetzt.

Er lief morgens zur Arbeit und abends nach Hause, er sprach in der Fabrik mit seinen Arbeitskameraden und abends mit seiner Frau, mit seinen Bekannten und Nachbarn, wie all die Wochen und Jahre vorher, aber alles war auf einmal anders; ihm schien sogar, die Sonne hätte nicht mehr die gleiche Farbe. Manchmal versuchte er, mit seiner Frau darüber zu sprechen. Sie verstand ihn nicht, sie schüttelte den Kopf, sagte höchstens: Arbeite, dann vergehen dir deine Flausen. Sie nannte es also Flausen. Auch gut. Manchmal versuchte er ihr begreiflich zu machen, daß es nicht die Dinge waren, die sie hatten, noch nicht hatten oder haben wollten ... daß es nicht Dinge im landläufigen Sinne waren, um die es ihm ging. Aber dafür hatte sie kein Verständnis, wenn sie abends aus der Fabrik kam.

Fohrmann sprach einmal zu einem alten Vorarbeiter. Der Alte hörte zu, nickte, verstand aber ebensowenig, wie Fohrmann sich selbst verstand.

Du fühlst dich wahrscheinlich unbehaglich, sagte der Alte. Sie saßen vor der Bretterbude hinter der Gießerei und tranken ausnahmsweise Sprudel.

Laß deine blöden Gedanken sausen, sagte der Alte, das führt zu nichts. Jeder hat mal so eine Tour, das vergeht wieder; ich kenne das. Aber sag mal: so lange bist du doch nicht verheiratet?

Nein, so lange noch nicht.

Er sprach an einem Abend mit Veronika darüber, die sich im Krankenhaus gut erholt hatte. Aber auch sie, seit Jahren seine Vertraute, verstand ihn nicht, sie suchte die Ursachen seiner Unzufriedenheit darin, daß Ingeborg ihm immer fremder wurde. Kinder müßt ihr haben, nur Kinder, das ist deine Krankheit.

Fohrmann resigniert. Früher war das leicht, Kinder zu kriegen, aber jetzt? Sie denkt nur an Haben und Nichthaben, an das, was andere haben und wir nicht. Veronika, um Himmels willen, wie soll ich mit einer Frau schlafen, die an nichts anderes denkt?

Du sollst nicht nur mit ihr schlafen, rief sie heftig, du sollst mit ihr Kinder großziehen. Vielleicht ist es besser, wenn deine Frau von der Arbeit wegkommt. Aber das ist jetzt natürlich schwer, sie hat das Geldverdienen gerochen, sie ist auf den Geschmack gekommen. Laß sie, laß sie sich austoben.

Veronika, sprich du doch bitte einmal mit ihr.

Nein, Jürgen, das kann ich dir nicht abnehmen, du bist der Mann. Ich würde alles viel schlimmer machen, mich lacht sie aus, auf mich ist sie eifersüchtig, obwohl ich ihre Mutter sein könnte.

Wenn alles nur nicht so schwer wäre, das Sprechen vor allem, sagte er, dann ging er bedrückt fort.

Am letzten Septembersonntag lief er verloren durch Unna, er hoffte einen Arbeitskollegen zu finden, mit dem er zechen konnte, doch die, denen er begegnete, waren in Begleitung ihrer Frauen und Kinder. Verzweifelt suchte er eine Kneipe nach der anderen auf, trank Bier und Schnaps durcheinander und Schnäpse verschiedener Sorten. Bald lief er schlagseitig durch die Stadt und landete, weil er auf den Autobus nach Kamen warten mußte, in der Bahnhofswirtschaft.

Er ließ sich in einer Ecke nieder, kraftlos, ohne Willen. Da stand Rosi vor ihm. Onkel Jürgen, rief sie. Mein Gott! Wie siehst du aus? Was ist mit dir? Bist du krank?

Ach, du bist es? Fährst du weg?

Ich wollte nach Dortmund, habe eine Verabredung. Und dann, als sie ihn etwas genauer angeschaut hatte: Onkel Jürgen, ist dir nicht gut?

Sie setzte sich zu ihm.

Komische Frage! Alles Schiet, Rosi. Alles, das ganze Leben.

Hast du einen Moralischen?

Moralischen? Wenn es nur das wäre. Ich weiß nicht, was ich habe, das ist viel schlimmer.

Nun reiß dich doch zusammen, und laß dich nicht so gehen. Sie sah auf ihre Armbanduhr und wurde unruhig.

Warum bleibst du hier sitzen? Geh doch. Ich brauche dich nicht. Geh zu deiner Verabredung. Verdammt noch mal! Geh doch! Dein Zug läuft ein!

Sie bestellte eine Tasse Kaffee und sagte: Nein, ich fahre nicht. Jetzt bleibe ich. Schließlich kann ich dich in diesem Zustand nicht allein lassen.

Ach, laß es, ich war schon in ganz anderen Zuständen. Ich brauche deine Hilfe nicht. Ich brauche von niemandem Hilfe. Er lachte laut, die Leute in der Bahnhofswirtschaft drehten sich um.

Rede keinen solchen Quatsch. Du bist angetrunken und mißmutig, du solltest einmal richtig ausschlafen.

Der Vorarbeiter in der Fabrik sagt, ich fühle mich unbehaglich. Ja, das sagt er. Dabei weiß er nicht einmal, was das ist.

Unbehaglich? Onkel Jürgen, warum?

Warum, warum, alle fragen mich warum. Zum Teufel, ich kann dieses Warum schon nicht mehr hören, ich bekomme Schreikrämpfe, wenn ich das höre.

Trink doch noch ein Glas Bier, sagte sie, dann gehen wir.

Sie bestellte, er trank sein Glas mit einem Zug leer, dann saßen sie stumm einander gegenüber. Das Mädchen schaute aus dem Fenster, er in seine Hände, und ab und zu rülpste er laut.

An deiner Stelle würde ich nicht soviel trinken. Du trinkst in letzter Zeit unmäßig. Das muß sich doch einmal auswirken.

Hast du nicht das Bier bestellt? fragte er laut.

Ja, Onkel Jürgen, aber zum Abgewöhnen.

Dann bestelle noch eines zum Abgewöhnen. Sie bestellte und sagte dann: Nun ist der Zug weg.

Ach was, es fahren noch mehr Züge.

Nein, sagte sie, es fährt für den wichtigen Augenblick nur ein Zug, und wenn der weg ist... aber egal, vielleicht war es gut, daß ich dich hier getroffen habe, wer weiß. Vielleicht war das ein Wink. Sie sah ihn an, lachte leise und sagte: Vielleicht bist du meine Vorsehung.

Nun fang nicht wieder davon an, ich kann dir keine Antwort geben, auch nicht im Suff. Fohrmann konnte nicht mehr richtig sprechen, er lallte sie nur an.

Aber Onkel Jürgen, du wirst es mir schon einmal sagen. Nicht wahr? Ja, ich sage dir später alles. Ich sage dir, was wir für Schweine waren, weil wir keinen Widerstand leisteten, ich erzähle dir von Bestien, die heute angesehene Ärzte sind und Erste Hilfe leisten, ich erzähle dir, wie ich Heil geschrien habe, daß ich drei Tage nicht richtig sprechen konnte, als damals der Führer die Autobahn einweihte und fünf Meter an mir vorbeigefahren ist. Kein Mensch hat auf ihn geschossen, keiner, aber jetzt haben sie alle eine große Fresse, daß sie dagegen waren. Warum hat keiner geschossen, sie bewunderten ihn, seinen Schäferhund und seine einfache Uniform... hahahaha! Er lachte wie ein Verrückter und klatschte sich auf die Schenkel und warf das leere Glas um und lachte und lachte... Alle sahen sie herüber. Einige lachten mit, amüsierten sich über den verrückten Kerl, andere machten mit ihren Händen Drehbewegungen an der Stirn.

Wir fallen hier auf, sagte das Mädchen.

So? Na, dann gehen wir. Komm. Oder willst du nicht mit?

Rosi bezahlte die Zeche Jürgen Fohrmanns mit. Mein erstes Geld, versteh bitte, das tut gut, für einen zu bezahlen, der all die Jahre für mich bezahlt hat.

Ist schon gut, sagte er, ich habe nichts dagegen, habe sowieso nur noch drei Mark in der Tasche.

Sie gingen eingehakt durch die Stadt. Fohrmann übergab sich an einer ruhigen, unbelebten Straßenecke. Rosi sah weg, aber sie hielt ihn fest und gab ihm auch eines ihrer Taschentücher zum Reinigen seines Anzuges. Fohrmann war sterbenselend zumute, er redete in einem fort, Dinge, die weder sie noch er verstanden. Mein Gott, dachte sie, ich mag ihn, auch wenn ich jetzt vor Scham umfallen möchte.

Vielleicht sollte es so sein, daß ich noch einmal in die Bahnhofswirtschaft ging. Wäre ich mit dem Zug gefahren und an der Westfalenhalle ausgestiegen... Er wird jetzt warten, mich verfluchen, und morgen sieht er mich nicht mehr an. Auch gut, vielleicht war das die beste Lösung. Die Menschen, die an ihnen vorbeigingen, regten sich auf. Verkommene Menschen gibt es, sagte eine Frau, aber ihre Neugier war größer als ihre Entrüstung.

Rosi brachte Jürgen mit viel Mühe nach Hause. Er übergab sich zwar noch zweimal aus dem Fenster des Autobusses, aber sie bezahlte die dafür gesetzlich vorgeschriebene Reinigungsgebühr von 20 Mark und brachte ihn nach Hause. Sie erduldete ohne Widerrede den Ekel und auch den Hohn der Mitfahrenden. Auch steckte sie ohne Murren das Gezeter und den Argwohn Ingeborgs ein, die furchtbar keifte, als sie mit Jürgen die Wohnung betrat. Ihrer Mutter erzählte sie, wie es war, daß Onkel Jürgen sternhagelvoll war und sich im Autobus übergab. Er muß eine andere Arbeit haben, er muß aus dem Betrieb raus, je eher je besser, sagte sie zu ihrer Mutter.

Was? Jetzt? Wo sie den Hals voll Schulden haben?

Meinetwegen sollen sie daran ersticken, vor allem Ingeborg. Um die ist es nicht schade. Nur um ihn.

Wie du redest, sagte Veronika.

Ich rede eben so. Und damit du es weißt: Ab morgen trage ich keine schwarzen Kleider mehr, ich trage rot und blau.

Veronika wollte protestieren, aber die Tür schlug ins Schloß.

Die Abende wurden länger. Fohrmann bekam seinen Urlaub doch noch genehmigt. Er lehnte aber ab, ging zum Personalchef und kündigte zum 15. Oktober. Warum, fragte der erstaunt, gefällt es Ihnen nicht bei uns? Wollen Sie mehr Lohn?

Ich weiß nicht, warum ich kündige, sagte Fohrmann, schreiben Sie die Kündigung für den 15. auf. Jürgen sah die Mädchen im Büro an, eine nach der anderen, so wie sie ihn ansahen. Er sah keine Gesichter, nur Masken, und deshalb konnte er ihr Lachen nicht sehen.

Komischer Mensch, sagte der Personalchef, als Jürgen draußen war. Die Mädchen kicherten.

Du bist ein Idiot, brüllte der Vorarbeiter, als er von Jürgens Kündigung erfuhr. Jetzt, ein Vierteljahr vor Weihnachten. Oder glaubst du, im neuen Betrieb wirst du Weihnachtsgeld bekommen? Die pfeifen dir was.

Der Alte schnaufte und fragte: Was willst du jetzt tun?

Das weiß ich noch nicht, sagte Jürgen.

Waas? Das weißt du noch nicht? Du gibst eine Arbeit auf, ohne eine andere in der Tasche zu haben? Mensch, bist du noch normal? Eine sichere Arbeit aufzugeben, heutzutage, ich glaube, bei dir ist eine Schraube locker.

Laß den Quatsch, gab Jürgen zurück, es sind meine Schrauben. Besser, sie sind locker als festgerostet.

Der Polier Viktor Polenz kam angesäuselt nach Hause. Er war nicht betrunken, aber er stank nach Bier. Er ließ sich schwer auf einem Stuhl nieder und meckerte über das Essen. Schließlich schimpfte er die Kinder aus, die etwas laut in der Küche spielten, dann stritt er mit Irene um eine Faser, die er am Tellerrand fand. Die Frau starrte ihn erst an, schließlich schimpfte sie zurück. Sie wußte auf alle seine fadenscheinigen Anschuldigungen eine Antwort. Polenz wunderte sich, warum sie plötzlich nicht mehr alles schluckte, seine Sticheleien, seine Ausfälle, seine schlechte Laune. Den Redefluß der Frau unterbrach er mit der leise vorgebrachten Bemerkung: Du kannst in das Lager zurückgehen, ich brauche dich nicht mehr. Ab sofort werde ich wieder allein wohnen.

Sie drehte sich um, sah ihn an und stand steif, mit offenem Mund, Kinderwäsche in der Hand. Die beiden Mädchen sprangen vom Boden auf und versteckten sich hinter der Frau wie Schafe, die Gefahr wittern. Irene ließ die Wäsche fallen.

Wann? fragte sie. Wann soll ich gehen?

Wann? sagte der Mann, setzte sich und vertiefte sich in die Zeitung. Meinetwegen jetzt auf der Stelle. Sofort. Oder morgen. Ja, morgen ist besser, dachte er, sie kann mir dann noch meinen Kaffee brauen.

Ja, sagte sie. Ja.

Schließlich bin ich kein Unmensch, ich setze dich nicht bei Nacht und Nebel auf die Straße. Die Nachbarn hätten dann wieder etwas zu klatschen.

Also morgen, sagte sie.

Ja, schrie er. Morgen!

Und warum auf einmal? fragte sie und umhalste die Mädchen, die weinten.

Warum? Muß immer ein Grund sein? Du bist mir zuwider geworden, ich habe dich satt, man hat schließlich alle Menschen einmal satt. Er machte mit der Hand die Gebärde des Halsabschneidens.

Und warum hast du mich plötzlich satt? So von heut auf morgen? Habe ich nicht alles erduldet, was du dir ausgeheckt hast? Du hast mich beschimpft und geschlagen, du hast mich mißbraucht und verspottet, du hast...

Er lachte wild. Die Mädchen verkrochen sich hinter den Küchenschrank und wimmerten Mama, Mama, Mama.

Erduldet?! schrie er. Mein Brot, mein Geld, meine warme Wohnung hast du erduldet, mein Bett und meine Gutmütigkeit, sonst nichts...

Und deine Schläge! rief sie.

Halt deine Klappe, sonst kriegst du noch welche zum Abschied, schaden kann es auf keinen Fall, du verdammtes Hurenweib! schrie er überschnappend. Der Nachbar klopfte an die Wand. Leck mich am Arsch da drüben! schrie er zurück und haute ebenfalls mit der Faust an die Wand. Er knüllte die Zeitung zusammen und trampelte darauf herum. Die Mädchen weinten jetzt laut und riefen Mama, Mama.

Irene stand wie entgeistert, sie brachte kein Wort über ihre Lippen, obwohl sie mehrmals zum Sprechen ansetzte. Dann drehte sie sich um und lief in das Schlafzimmer, zog zwei Koffer vom Kleiderschrank und rannte in die Küche zurück. Hastig begann sie zu packen. Kleider, Unterwäsche, Kinderwäsche, auch feuchte, die zum Trocknen bereitlag, all das Durcheinander warf sie in die Koffer, die vor dem Ofen auf dem Fußboden lagen. Die Mädchen kamen aus ihrem Versteck, drängten sich an sie und jammerten Mama, Mama.

Polenz marschierte durch die Küche, die Hände auf dem Rücken, mit harten Schritten und bösem Gesicht. Er achtete nicht auf sie, nur ab und zu blickte er verstohlen auf die Koffer, als wollte er prüfen, daß kein Stück von seinem Eigentum mit verpackt wurde. Er blieb stehen und horchte zum Fenster hinaus, trat dann nahe an die Scheiben, blinzelte hindurch und sagte dumpf: Es regnet.

Auf der Straße schrie ein Kind. Polenz murrte und fluchte, weil das Kind noch auf der Straße war. Wieder sagte er: Es regnet jetzt stärker.

Da drehte er sich schnell um und sah auf die Koffer, riß vom Trockenstern über dem Ofen einen Riemen und wollte auf die Frau einstürzen. Irene blieb schreckgelähmt auf ihrem Platz, die Kinder jammerten laut und drängten sich enger an ihre Mutter.

In dem Moment, als Polenz auf die Frau einschlagen wollte, streckte sie ihm die Zunge heraus, immer weiter, so weit, daß sie endlich husten mußte.

Die Augen des Mannes weiteten sich, er trat ein paar Schritte zurück, riß den Mund weit auf, ließ den Riemen fallen und schrie: Nein, nicht! Nein! Um Gottes willen, nicht!

Polenz riß die Tür auf. Die Frau stand immer noch steif vor den Koffern und bleckte die Zunge. Polenz stürmte auf die Straße, rannte durch die roten Häuserzeilen und schrie aus Leibeskräften: Neinein, nicht, neieieiein!

Dann verlor sich das Gebrüll.

In der Wohnung Heugraben siebzehn war es still geworden.

Als Polenz kurz nach 22 Uhr in seine Wohnung zurückkehrte, die Haare wirr im Gesicht und ohne Jacke, fand er die Haustür offenstehen, die Zimmer leer.

Er sah sich um, lallte vor sich hin, dann warf er sich auf die Liege und weinte.

Jürgen Fohrmann hatte geglaubt, im Baugewerbe nicht nur Arbeit und Verdienst zu finden, sondern auch Befriedigung. Arbeit und Lohn fand er auf der Großbaustelle zwischen Unna und Dortmund, wo der Ruhrschnellweg umgelegt und verbreitert wurde, aber der Alltag floß ebenso träge und breiig dahin wie zuvor. Es gab wohl Abwechslung bei der Arbeit, wenn es regnete zum Beispiel, dann flüchteten alle in die Mannschaftsbaracken und klönten ein paar Stunden oder sie politisierten. Besserte sich das Wetter nicht, wurde man mit den firmeneigenen Volkswagenbussen nach Hause gefahren. Er begegnete neuen Gesichtern, neuen Stimmen, neuen Ansichten über Arbeit und Geld, im Grunde aber waren die Gesichter dieselben, die Ansichten über Geld und Arbeit dieselben. Trotzdem fühlte er sich auf der Baustelle wohler als in der Eisenfabrik, seine Arbeit hatte Ähnlichkeit mit der auf der Zeche. Aber er blieb genauso rastlos wie früher. Morgens fuhr er lustlos mit dem Kleinbus der Firma zur Baustelle, abends kehrte er weniger müde als mißgelaunt in seine vier Wände zurück. Am liebsten hätte er einige Wochen überhaupt nichts getan, wäre durch die Gegend gelaufen wie ein Mann, der nichts zu verlieren hat.

Die Raunzerei seiner Frau am Abend weckte ihn aus Träumen und Sehnsüchten. Ingeborg redete ununterbrochen und rechnete ihm jeden Tag vor, was in nächster und weiter Zukunft zu zahlen war.

Sie aß seit drei Wochen in der Werkskantine, er nahm belegte Brote und eine Thermosflasche mit auf die Baustelle. Sie schimpfte jeden Tag auf den Kantinenfraß, obwohl andere Frauen sehr zufrieden waren mit dem Essen; er schimpfte, weil er mittags kein warmes Essen bekam. Sie schimpfte auf die Kälte im Haus, wenn sie nach Hause kam, weil Jürgen nicht mehr heizen konnte, da er später kam als sie. Er schrie sie an, sie habe es doch so gewollt.

Jürgen war ehrlich genug, sich in seinen wenigen stillen Stunden einzugestehen, daß die Lohnlücken, die durch seine Nachlässigkeit und Unruhe verschuldet wurden, vom Verdienst seiner Frau wieder geschlossen werden konnten. Aber was soll's, sagte er sich, früher, da hatte man noch Verantwortung, jeder Pfennig, den ich nach Hause brachte, war wichtig; wenn aber zwei in der Familie verdienen, ist sicher, daß die Löcher gestopft werden, egal von wem.

Ingeborg hatte das schnell begriffen, sie läßt keinen Tag verstreichen, ohne ihre Wichtigkeit mit Zahlen zu untermauern. Ob beim selten gewordenen gemeinsamen Frühstück oder, noch seltener, beim Abendbrot. Sie strich Jürgen ihre Wichtigkeit jeden Morgen aufs Brot und bewies ihm, daß der aufkeimende Wohlstand nur durch ihre Arbeit wachsen kann. Sie sprach nicht von Raten, Schulden, nicht von der Perlenkette, die Jürgen in seinen Träumen flocht, sie sprach nur vom verdienten Geld, von neuen Anschaffungen, und sie malte rosige Bilder von der Zukunft.

Fohrmann arbeitete auf der Baustelle nicht besonders eifrig, auch nicht lässig, er war wie alle anderen, ließ das Werkzeug zur Pause fallen und kehrte in die Baracke wie die anderen zehn Minuten vor Feierabend zurück. Er trank wie alle anderen seine Flasche Bier täglich, und er schimpfte auf Zustände, die ihn mehr oder minder bedrückten, wie die anderen.

Den alten Bruno Goller, den ängstlichen Kumpan aus seiner Kumpelzeit, traf er auf der Baustelle wieder. Der 56jährige war damit betraut, die Wartung der Kleingeräte zu überwachen, die Mannschaftsbuden zu heizen und in Ordnung zu halten, Bier zu holen, Zigaretten, Brötchen und Wurst; sonst saß der alte Goller in der Bauführerbaracke, kaute an der Pfeife, las Zeitung und kratzte an den Nerven der anderen.

Jetzt geht es mir gut, sagte er zu Fohrmann, so gut ist es mir auf der Zeche nie gegangen. Und dabei wollte ich damals nicht von der Zeche weg, weißt du noch? Na ja, wenn man über dreißig Jahre in ein und demselben Betrieb arbeitet, dann hat man eben ein bißchen Angst vor der Veränderung. Aber alles ist gut gegangen. Und mein Alter, wer nimmt mich schon noch, die Betriebe wollen doch nur junge Leute haben. Ich hab doch auch Staub in der Lunge, da ist es ein wahres Wunder, daß ich hier noch einen Posten fand.

Wieviel Rente bekommst du jetzt? fragte Jürgen.

350 Mark, bis ich fünfundsechzig bin. Ist ja nicht viel. Leben kann man nicht davon.

Nein, Bruno, viel ist es nicht, aber du hast auch keine Anschaffungen mehr wie ein junger Haushalt, du lebst jetzt so in den Tag.

Hast du eine Ahnung, meine Alte quält mich seit Wochen, sie will eine automatische Waschmaschine, sie hat lange genug im Waschhaus gestanden, sagt sie, sie hat ein lahmes Kreuz bekommen.

Kann ich verstehen, sagte Jürgen.

Aber Mensch, 2000 Mark, ich bin doch kein Krösus.

Mußt halt auf Raten kaufen, anders geht es nicht, sagte Jürgen.

Raten, hör mir bloß auf, habe da meine Erfahrungen gemacht, kannst nachts nicht ruhig schlafen. Nein, nein, das mache ich nicht mehr.

Fohrmann bediente eine elektrische 250-Liter-Betonmischmaschine, sie lief leise, nur der Motor summte wie der Wind im Kamin. Jürgen konnte also auch bei der Arbeit nachdenken. Allen, die es hören wollten, sagte Fohrmann, das sei eine annehmbare Arbeit, nur der Zement kitzelte manchmal seine Nase und seine Lungen. Er verdiente mehr als in der Fabrik, in der Fabrik verdiente er zuletzt mehr als auf der Zeche, und er hatte den Eindruck, je leichter die Arbeit wird, desto höher steigt der Verdienst.

Sicher, schmutzig wurde er auch hier, und es gab keine komfortablen Duschräume wie auf der Zeche, aber der Dreck hier war auch nicht so fettig. Wohl lag der Zementstaub fester in den Haaren und auch in den Poren als der Kohlenstaub, aber man konnte sich zu Hause gemütlich waschen, wenn auch die Frau jedesmal schimpfte. Von der Zeche kamst du wenigstens gewaschen nach Hause, sagt sie neuerdings immer.

Veronika und Rosi freuten sich, daß er so schnell wieder eine Arbeit gefunden hatte, und Rosi meinte, daß er nun wohl auf der Baustelle Wurzeln schlagen würde.

Ich pfeife auf die Wurzeln, sagte er, ich suche Arbeit, wo man von morgens bis abends im weißen Kittel herumlaufen kann.

Weißer Kittel? Bei uns laufen alle in farbigen Kitteln herum, antwortete Rosi, das soll angeblich die Freude an der Arbeit heben. Was meinst du wohl, wie es da ist. Und dann, Onkel Jürgen, weiße Kittel muß man auch waschen, viel öfter als einen Arbeitsanzug.

Schon, schon, sagte Jürgen.

Außerdem, meinte das Mädchen, stell dir vor, deine Frau muß den weißen Kittel alle acht Tage waschen, bügeln und stärken. Das willst du ihr doch nicht antun.

Jürgen sah sie an. Rosi lachte nicht.

Aber meinst du nicht auch, sagte er nach einer Weile zu ihr, sie saßen bei Borowskis zum Fernsehen, daß ein weißer Kittel einem Menschen mehr Befriedigung bringt als so ein verwaschener Drillichanzug?

Wir werden in unserem Betrieb auch ganz schön gescheucht, die stoppen sogar, wie lange man braucht, um seine Lippen nachzuziehen oder die Nägel zu polieren.

Aber das muß auch nicht bei der Arbeit sein, sagte er und lachte.

Doch, sagte sie, das ist manchmal wichtig für eine Frau.

Viktor Polenz war am vorletzten Samstag im Oktober in das Lager Massen gekommen und schnurstracks auf das Haus zugesteuert, in dem Irene einmal wohnte. Er fand darin fremde Familien, die er nach Irene Politzik fragte, aber niemand konnte ihm Auskunft geben. Er fragte auf der Straße einen jungen Mann, der zuckte die Schultern und sagte, er sei im Lager neu und kenne noch keinen Menschen.

Polenz schlurfte durch das Lager, er drückte sein Gesicht an Fensterscheiben, sah in die Zimmer, in der Hoffnung, Irene aufzuspüren. Manchmal fragte er irgendwelche Passanten, aber alle seine Fragen blieben ohne Antwort.

Ein grüner Volkswagen fuhr in den Hof, fuhr einen Kreis und hielt vor der Schule. Ein junger Mann half einem Einbeinigen beim Aussteigen und reichte ihm zwei Krücken, auf denen er sich unsicher fortbewegte. Polenz erinnerte sich gleich, der war doch bei der Demonstration vor der Zeche mit ihm und Fohrmann über den Bahndamm zu den Kohlenhalden geflüchtet. Er rief ihn an. Fritz Lehnertz drehte den Kopf und erkannte augenblicks den Mann, der damals die Fluchtlawine ausgelöst hatte. Lehnertz verzog sein Gesicht, als habe er Zahnschmerzen, dann sagte er zu seinem jungen Begleiter: Das ist ein guter Anfang. Der erste Mensch, dem ich hier begegne, ist dieser Scheißkerl.

Polenz lief auf die beiden Männer zu, rief: Menschenskind, das ging aber schnell mit deinem Bein. Schon wieder aus dem Krankenhaus? Donnerwetter, hast schon wieder Arbeit?

Lehnertz sagte barsch: Was willst du? Hau ab!

Ich suche eine Frau, finde sie aber nicht.

Dann geh doch in das Büro, fauchte Lehnertz.

Weiber findet man hier erst nachts, sagte der junge Mann lachend.

Lehnertz unterbrach ihn wütend.

Aber Onkel Fritz, sagte der junge Mann.

Schon gut. Den hier kenne ich, dem darfst du solche Sachen nicht sagen, der nimmt es für bare Münze, sagte Lehnertz.

Ich will sie doch nur zurückholen, sagte Polenz fast weinerlich.

Was willst du? Laß uns gefälligst in Ruhe, rief Fritz Lehnertz.

Meine Haushälterin ist mir weggelaufen, sagte Polenz wieder, und sein Tonfall war wirklich so, als werde er gleich weinen.

Was geht mich deine Haushälterin an, sagte Lehnertz, mußt sie eben besser bezahlen. Umsonst ist heute nichts.

Lehnertz, geführt von seinem Neffen, stakste auf die Schule zu und sagte: Ob die mich wohl nehmen? Na weißt du, ein Hausmeister mit nur einem Bein.

Wird schon klappen, Onkel Fritz, die haben dir doch einen ganz netten Brief geschrieben.

Polenz wollte erst hinter den beiden Männern herlaufen, aber in diesem Moment überquerte Irene mit den beiden Mädchen den Platz.

Polenz rief: Da sind sie ja!

Freudig lief er auf die drei zu. Irene erkannte ihn erst, als er kurz vor ihr stand, außer Atem und über das ganze Gesicht grinsend. Er streckte die Hand vor und rief: Irene!

Seine Freude machte sie stumm und starr. Die Kinder schrien auf und rannten fort.

Aber da schrie Irene schon: Hilfe! Hilfe!

Fenster öffneten sich, Neugierige traten aus den Häusern. Spielende Kinder und Passanten liefen auf die beiden zu. Auch Lehnertz vernahm die Hilferufe, er drehte sich um und sah, daß Polenz die Ursache war.

Los, keuchte er seinem Neffen zu, los. Das Schwein führt etwas im Schilde.

Aber Onkel.

Lauf, Junge, der Kerl ist ein Schwein, der hat im Frühjahr unsere ganze Demonstration geschmissen, umgeschmissen, meine ich.

Auch Lehnertz' Neffe lief nun auf Polenz und Irene zu, Fritz Lehnertz, soweit es mit Krücken und ungeübt möglich war, hopste hinterher. Unterwegs schrie er schon: Haut den Kerl zusammen! Das ist ein Schwein! Los! Haut ihn!

Es gab einen Auflauf. Hier hatte jemand ihren Alltag gestört, dieser Jemand mußte beäugt werden. Sie schlossen schnell einen Kreis um Mann und Frau.

Platz! rief Lehnertz. Platz! Laßt mich durch. Sie hatten Respekt vor seinen Krücken und öffneten den Ring. Vier Menschen standen nun im Kreis: Irene, Polenz, Lehnertz und sein Neffe.

Ich will sie doch nur zurückholen! schrie Polenz die Leute an und zeigte auf Irene.

Er hat mich geschlagen und bei Nacht und Nebel auf die Straße gesetzt! sagte die Frau verzweifelt. Mit meinen Kindern hat er mich bei Regen auf die Straße gesetzt!

Das ist nicht wahr! Sie ist von allein fortgelaufen!

Ist doch wahr! rief die Frau. Der ist aus dem Kazett, er war Kapo, er ist ein Schwein!

Da hob Lehnertz seine rechte Krücke und schlug auf den Polier ein, er traf nicht den Schädel, nur die Schulter, aber beide stürzten zu Boden. Im Stürzen rief der Polier:

Ich will sie doch nur zurückholen!

Um Lehnertz bemühten sich sofort andere Männer, sie hoben ihn auf und gaben ihm seine Krücken zurück. Polenz winselte in einer Pfütze. Er unternahm einen letzten Versuch:

Sie ist gar kein Flüchtling, sie wurde von der Ostzone hergeschickt, ich weiß es!

Der Menschenring schloß sich enger, stand stumm und sah auf die Frau.

Das ist nicht wahr! schrie Irene. Auch Lehnertz rief, das sei gelogen.

Das Schwein hier, rief er, hat uns bei der Demonstration im Stich gelassen! Er hetzte alle Leute aufeinander los!

Der Ring wurde noch enger, die Menschen knurrten. Einige verwünschten Polenz.

Sie ist eine Ostagentin, sie hat Geld wie Heu, schrie Polenz, wie Heu, sage ich euch. Ich habe es gesehen. Und die nimmt euch eure Unterstützung weg, indem sie euch den Flüchtling vorspielt. Geld hat sie wie Heu.

Laßt euch nicht aufhetzen, Leute, schrie Lehnertz, der Kerl ist ein Schwein, der hat unsere Demonstration auseinandergebracht und uns gegen die Polizei gehetzt.

Polenz war aufgestanden. Einen Moment sah er sich um mit wildem Gesicht, dann stürzte er sich auf Irene, noch ehe einer eingreifen konnte. Er schlug ihr mit der flachen Hand ins Gesicht. Lehnertz schlug abermals mit seiner Krücke auf Polenz ein, aber er traf seinen dazwischenspringenden Neffen, der der Frau zu Hilfe eilen wollte. Die Menge, ahnungslos, was der eigentliche Grund dieses Streites war, stürzte sich auf die drei. Die Frau und der Einbeinige wurden aufgehoben und aus dem Ring gezerrt, die ganze Wut entlud sich nun auf den jammernden Polenz, der mit Püffen und Stößen versuchte, dem Menschenring zu entkommen.

Von den nahen Bundeswehrunterkünften kamen einige Soldaten gelaufen. Sie bahnten sich rücksichtslos einen Weg in den Kreis, stießen die Wütenden weg und zogen Polenz aus der Menge. Ein Unteroffizier schrie: Was seid ihr für Menschen! Ihr schlagt den Mann ja tot!

Er war Kapo im Kazett! schrien einige.

In Hitlers Kazett! rief eine sächselnde Stimme.

Was? fragte der Unteroffizier. Stimmt das? Polenz konnte kaum sprechen, er spuckte Blut und keuchte so sehr, daß die Luft in seinen Lungen pfiff. Von der Schule kam ein älterer Mann gelaufen und rief: Ich habe die Polizei angerufen, sie kommt gleich!

Aha, sagte der Bundeswehrsoldat, scheint also doch zu stimmen, was die Leute sagen. Was sich nicht alles in so einem Lager herumtreibt. Na, zugerichtet haben sie den Kerl ja ganz schön, der muß erst einmal in ein Krankenhaus, bevor sie ihn einsperren.

Jedenfalls halten wir ihn nun fest, sagte ein anderer.

Ich habe nichts getan, winselte Polenz, die haben mich einfach zusammengeschlagen, ich wollte doch nur die Frau zurückholen!

Der Polizeiwagen stoppte aus voller Geschwindigkeit vor der Menschenansammlung. Die Polizisten ließen sich berichten, forschten, schrieben auf, dann nahmen sie Polenz mit. Irenes Mädchen kamen nun wieder auf ihre Mutter zugelaufen, sie hatten die ganze Zeit heulend hinter einer Hausecke gestanden, und die Älteste fragte: Mama, warum hast du ihm nicht die Zunge herausgestreckt?

Die Frau sah das Mädchen erwachend an. Ach, das hatte ich ganz vergessen.

Von den Vorgängen im Lager Massen erfuhr Jürgen Fohrmann montags auf der Baustelle. Alle sprachen nur von der Polizeiaktion in Hamburg, erregte Debatten wurden geführt, und in Zusammenhang mit der Aktion in Hamburg kam man auf die Verhaftung im Lager Massen.

Das war auch ein Polier, sagte Fohrmann zu seinem Polier.

Müssen ja nicht alle Poliere Nazis gewesen sein, knurrte der andere.

Der im Lager Massen war gar kein Nazi, der war nur Kapo im Kazett.

Ja, aber bei den Nazis, sagte Fohrmann.

Und was waren die in Hamburg? fragte Bruno Goller. Auch Nazis? Oder was sonst?

Nein, sagte der Bauführer, die waren unbequem.

Was? fragte Goller erstaunt. Unbequem? Ist das auch eine Partei?

Nein, sagte der Bauführer, dann wäre die schon längst verboten.

Ach was, sagte Fohrmann, was kümmern mich die in Hamburg.

Und mich der von Massen auch nicht, sagte der Polier.

Es war in den Morgenstunden bereits empfindlich kalt geworden, man sprach schon von Stillegung der Baustelle bis zur wärmeren Jahreszeit, Fohrmann mischte vorsorglich Frostschutzmittel in den Beton, anfällige Baukörper schützten sie mit Tag und Nacht brennenden Koksöfen. Das mußte sein, die Firmen hatten Termine für die Fertigstellung der einzelnen Bauabschnitte.

Der Bauführer und die Ingenieure sagten den Arbeitern jeden Tag, daß die Firma den Kuckuck ankleben müsse, wenn die Termine nicht eingehalten würden. Aber was scherten sich die Arbeiter darum, sie hatten die Termine nicht unterschrieben. Sie arbeiteten einigermaßen schnell und gut und palaverten über Fußball.

Aber seit Montag ging es nur über die Vorgänge in Hamburg. Ihre Gemüter erhitzten sich so sehr, daß sie die Arbeitsgeräte hinwarfen und aufeinander losgingen, als gelte es, die Familie zu verteidigen. Jürgen erzählte ihnen, daß er auch einen gekannt hätte, der von der Arbeit weg verhaftet wurde. Jetzt sei er tot. Aufgehängt.

Was hatte er ausgefressen? fragte der Bauführer.

Nicht viel, er hat nur laut gesagt, daß Hitler eine Drecksau sei.

Ach so, sagte der Bauführer, das war damals. Na ja, damals war alles erlaubt.

Und heute? schrie einer. Was ist heute nicht alles erlaubt!

Der Schrei war unter die Männer gefahren, sie verleugneten Freundschaften und beschimpften sich im rüdesten Ton, sie schrien die als Nazis an, die die Verhaftung in Hamburg guthießen, und die Nazis Genannten schrien die anderen an, sie wären Kommunisten. Der Bauführer hatte schließlich Mühe, seine Leute an die Arbeit zu bringen.

Jürgen Fohrmann war mit einigen Arbeitskameraden am Freitag spätnachmittags nach der Löhnung von der Baustelle nach Unna gefahren. Sie hatten den Busfahrer gebeten, nicht vor ihren Haustüren zu halten, sondern vor einem Lokal am Neuen Markt. Die Männer tranken, an der Theke stehend, einige Schnäpse und debattierten über Tagespolitik, Lohn und über den kommenden Winter, der sich schon mit empfindlicher Kälte nachts und in den Vormittagsstunden meldete. Sie rechneten auf Bierdeckeln aus, wieviel sie künftig wöchentlich an Arbeitslosenunterstützung bekommen würden, und auch, ob sie damit auskommen könnten und ob es zu einem Abendschoppen an den Samstagen reicht. Sie erhitzten sich über Tagessorgen und schwiegen, wenn einer von seinen Familienverhältnissen zu sprechen begann. Familie war verpönt, vor ihre Familie bauten sie die Mauer des Schweigens. Je mehr wir arbeiten, desto blöder werden wir, war eine ihrer stehenden Redensarten.

Der alte Bruno Goller freute sich auf den Winter, er freute sich wie ein Kind. Endlich, sagte er, kann man einmal längere Zeit ausspannen und die Füße auf den Hocker legen und sich am Ofen den Hintern wärmen. Jahrzehnte konnte er das nicht, auf der Zeche war es gleich, ob oben Sommer oder Winter war.

Wie gut haben es doch die Bauarbeiter, die bekommen jedes Jahr zusätzlichen Urlaub, weil der nächste Winter bestimmt kommt, sagte er. Hoffentlich wird es sehr kalt, und hoffentlich gibt es eine Menge Schnee, meinte er, dann können wir lange zu Hause bleiben, und ich kann jeden Tag mit meinem Enkel Schlitten fahren gehen. Was habe ich schon zu verlieren, ich bekomme meine Rente und dazu ein bißchen Arbeitslosenunterstützung. Für mich und meine Frau reicht es.

Ja, wenn ich wieder auf die Welt komme, sagte der Emil, dann komme ich gleich als Rentner auf die Welt.

Mein Gott! rief Fohrmann. Wenn das ginge, ich würde zehn Jahre meines Lebens dafür geben!

Was? rief Emil. So viel? Das ist die Rente nicht wert.

Und dann die Ruhe morgens, sagte der alte Goller, er war richtig in den Winter verliebt. Nicht an den Wecker denken, aus dem Bett springen, wenn er anschlägt, und nicht mehr schlaftaumelig die Kleiderschrankecke mitnehmen, wenn man zu spät aufwacht. Ach herrje, ich werde mich wie Gott in Frankreich fühlen. Ich kann dann morgens die Zeitung mit Verstand lesen und den Kaffee in Ruhe trinken. Wie ein Generaldirektor, bei dem es nicht so auf die Minute ankommt. Kinder! rief er. Es wird ein kalter Winter! Wir gehen herrlichen Zeiten entgegen.

Und die Kohlen? fragte Fohrmann.

Das ist natürlich ein Kapitel für sich. Mein ganzes Leben habe ich mir keine Sorgen um die Kohlen und das Holz gemacht. Wenn man Kohlen brauchte, dann sagte man dem Fuhrmann Bescheid, und der fuhr sie vor die Haustür. Aber jetzt? Verdammt! Jetzt muß man schon blechen, die Tonne kostet hundertvierzig Mark. Früher haben wir nur sechs Mark Fuhrlohn bezahlt. Meine Frau stöhnt, sie merkt es am Geldbeutel.

Jedes Ding hat seine zwei Seiten, murrte Fohrmann.

Der Alte kippte seinen sechsten Wacholder hinunter und knurrte, daß andere auch ihre Kohlen zum Wucherpreis kaufen müssen und noch nicht verhungert sind. Wucherpreis! Hörst du? Und dabei liegen ganze Berge Kohlen im Land.

Alter, sagte Fohrmann, wir kommen mit unserem Spatzenhirn nicht dahinter. Das ist nichts für Arbeiter.

Warum nicht? fragte Emil, der gerade ein neues Bier ansetzen wollte.

Weil die Arbeiter zu ehrlich und zu dumm für dieses Geschäft sind, rief einer von der Theke dazwischen.

Es war sieben Uhr geworden.

Einer nach dem anderen verabschiedete sich, sie wollten nicht zu spät an den Fernsehapparat kommen, es würde lustig werden am Schirm, sagten sie. Auf keinen Fall will ich die Sendung versäumen, sagte Emil, bezahlte und ging.

Fohrmann stand noch eine Weile allein an der Theke, trank zwei Glas Bier hastig hintereinander, aber es schmeckte ihm plötzlich nicht mehr, so allein. In einer Wirtschaft muß man Gesellschaft haben, sonst macht die ganze Wirtschaft keinen Spaß.

Eine halbe Stunde später verließ er das Lokal. Es war finster vor der Wirtschaft, die Straßenbeleuchtung war ausgefallen. Langsam ging er schaufensterbummelnd stadteinwärts und wünschte sich aus den Auslagen Dinge, mit denen er nichts anzufangen wußte. Am Alten Markt sah er auf die Uhr. Es war noch Zeit, den Bus zwanzig Uhr dreißig zu erreichen. Wenn ich ihn versäume, ist es auch kein Beinbruch, fährt ja halbstündlich einer. An der Ecke Morgenstraße zog er sich eine Schachtel Zigaretten, stierte abwesend auf die Kreuzung, nahm eine Zigarette und wollte sie hinter dem Mantelaufschlag anstecken. Er blinzelte unter seinen Brauen hervor und sprang schnell zur Seite, als ein verkehrswidrig einbiegendes Auto die Bordsteinkante streifte, an die nächste Seite schleuderte und dann weiterfuhr, als sei das selbstverständlich. Fohrmann fluchte laut und drohte dem Fahrer. Er wollte schreien, da erkannte er auf dem Nebensitz seine Frau. Die Zigarette fiel ihm aus dem Mundwinkel. Er drehte langsam den Kopf, um das Auto zu mustern, das fünfzig Meter weiter anhielt. Fohrmann sprang an eine Ladentür und spähte an einem Pfeiler vorbei, was fünfzig Meter weiter vor sich ging. Erst stieg der Mann aus. Groß, schlank, das Gesicht konnte er nicht erkennen, weil der Hut zu weit in der Stirn saß, auch war die Straßenbeleuchtung viel zu schwach. Dann stieg an der Bürgersteigkante seine Frau aus. Sie lachte den Mann an, rief etwas. Der Mann lachte. Sie hantierten noch einige Minuten im Kofferraum, plötzlich waren sie beide verschwunden.

Sie konnten nur in das Haus gegangen sein, vor dem sie parkten.

Verdammt, sagte Fohrmann laut, was sucht meine Frau zu der Zeit hier in Unna, sie hat doch Frühschicht, sie müßte längst zu Hause sein. Wer ist der Mann?

Fohrmann schlich zu dem Auto. Es war ein Volkswagen von undefinierbarer Farbe und Unnaer Kennzeichen. Er erinnerte sich nicht, die Nummer jemals gelesen zu haben, auch an den Mann erinnerte er sich nicht, er war ihm völlig fremd. Wer ist nur der Mann? sagte er laut vor sich hin. Ein Pärchen ging vorbei und sah ihn groß an, es lachte, als es einige Meter weiter weg war.

Jetzt erst steckte sich Fohrmann die Zigarette an, rauchte sie in langen Zügen bis zur Hälfte, dann warf er sie weg. Das kann doch nicht wahr sein, sagte er vor sich hin, meine Frau hier? Sie kennt doch keinen Menschen in Unna. Dann schlurfte er an die Tür des Hauses, in dem er Mann und Frau vermutete. Sechs Klingelknöpfe zählte er, konnte aber keinen Namen lesen. Fohrmann strich abermals ein Streichholz an, aber fünf der sechs Schilder waren unleserlich, nur das oben rechts konnte er lesen: Friedrich Baumeister, Steuerberater.

Das könnte stimmen, dachte er, hat Ingeborg nicht vor ein paar Tagen davon gesprochen, daß sie einen Steuerberater aufsuchen wolle? Vielleicht könnten sie sich in Einkommensteuer veranlagen lassen, da käme man wohl günstiger weg als jetzt, wo sie beide eine Menge Lohnsteuer bezahlen mußten. Das soll sie ruhig tun. Warum aber bei Nacht?

Fohrmann war versucht, auf den Knopf neben dem lesbaren Schild zu drücken und den Mann zu fragen, ob er seine Frau mitnehmen dürfe. Aber jedesmal zuckte er zurück. Er wußte, daß er in diesem Moment feige war. Eine halbe Stunde stand er an der Tür, niemand verließ oder betrat das Haus, nur Autos flitzten die Straße auf und ab. Das ist komisch, sagte er laut.

Endlich verließ er seinen dunklen Platz und stellte sich vor die erleuchteten Fenster eines Eisenwarengeschäftes gegenüber. Er rauchte eine Zigarette nach der anderen.

Beharrlich sah er an der Hausfront hoch. Wenn es der oberste Klingelknopf war, dann mußte es auch die oberste Etage sein. Nirgendwo sah er Licht, alle Fenster des Hauses waren mit Rolladen verdunkelt.

Jetzt gehe ich rüber und drücke auf den Knopf, sagte er laut vor sich hin. Er überquerte die Straße, wollte läuten, zog die Hand wieder zurück und lief über die Straße vor das Eisenwarengeschäft.

Was hätte ich auch sagen sollen, wenn der Mann hinter dem Klingelknopf gar nicht der Mann war, der mit meiner Frau in das Haus ging?

Womöglich mache ich mich lächerlich. Verdammt und zugenäht. Fohrmann rauchte wieder eine Zigarette an. Er fror erbärmlich und fluchte laut. Seinen Platz aber wollte er auch nicht verlassen. Noch einmal versuchte er zu läuten, aber wieder zog er die Hand zurück. Er notierte nur die Nummer des Wagens und lief zur Post, um den Zweiundzwanzig-Uhr-Bus zu erreichen.

Erst hatte er vor, spornstreichs nach Hause zu stürmen, dann lief er aber doch die Straße rauf, in der Borowskis wohnten.

Er läutete anhaltend.

Rosi öffnete. Er wollte seine Verzweiflung hinausschreien, aber das Mädchen sagte, ehe er den Mund auftat: Eben ist deine Frau gegangen.

Was? Er stand mit offenem Mund und glotzte das Mädchen an. Du spinnst, sagte er noch, schob Rosi schließlich beiseite und trat in das Wohnzimmer.

Veronika lachte: Heute sucht wohl bei euch einer den anderen?

Fohrmann ließ sich in einen Sessel fallen und fragte atemlos: Ingeborg war hier? Aber das ist doch unmöglich! Ich habe sie eben in Unna gesehen.

Vor ein paar Minuten ist sie gegangen, sagte Veronika. Sie hat dich gesucht.

Was?! Fohrmann sprang auf.

Aber, Onkel Jürgen! warf Rosi ein. Hast du getrunken?

Halte deinen Mund! fuhr Fohrmann sie an und packte das Mädchen am Arm, daß es vor Schmerz aufschrie.

Jürgen! sagte Veronika. Rosi hat dir nichts getan. Was ist überhaupt los? Du bist noch aufgeregter als deine Frau. Die hättest du sehen sollen, wie sie in das Zimmer kam.

So, sagte Fohrmann und setzte sich wieder.

Wir waren selbst erstaunt, erzählte Veronika, als Ingeborg plötzlich in der Tür stand, schließlich war sie Monate nicht mehr bei uns. Dabei haben wir ihr nichts getan. Sie war genauso atemlos wie du, fragte nach dir und führte sich hier wie eine Wilde auf. Rosi hatte noch Krach mit ihr. Sie packte deine Frau am Arm und ließ sie in alle Zimmer gucken. Auch nach oben ist sie mit ihr gegangen. Und dann? fragte Fohrmann.

Dann ließ sich deine Frau in einen Sessel fallen, geradeso wie du, weinte ein paar Minuten vor sich hin und lamentierte, welch ein Kreuz sie mit dir habe und wie undankbar du seist, du dächtest nur an dich und nicht an sie und an ihre viele Arbeit im Haushalt und in der Fabrik.

Und dann? fragte Fohrmann wieder.

Dann trank sie eine Tasse Kaffee, das heißt, sie hat danach verlangt, und sie sagte noch, sie habe sich schon gedacht, daß du nicht hier sein könntest.

Und dann? fragte Fohrmann.

Dann? sagte Rosi. Dann blieb sie sitzen und sah sich das Programm im Fernsehen an und lachte sich halbtot über die Sendung.

Und dann? fragte Fohrmann.

Und dann und dann und dann, mein Gott, du kannst Leute verrückt machen mit deinem und dann. Dann ging sie nach Hause. Du hättest ihr eigentlich begegnen müssen.

Ich bin ihr nicht begegnet, sagte Fohrmann.

Sie wird durch die Geiergasse gegangen sein, sagte Veronika.

Wahrscheinlich, sagte Fohrmann, stand auf und wollte gehen.

Bleib noch, Onkel Jürgen, setz dich, ich will dich etwas fragen, etwas sehr Wichtiges, du sollst deine Meinung sagen. Aber ganz gerecht, wenn ich bitten darf.

Er gibt dir ja doch recht, rief Veronika, warum willst du ihn erst fragen?

Ist etwas passiert? Fohrmann sah die beiden Frauen abwechselnd an.

Rosi lachte und schnalzte mit den Fingern.

Laß das Schnalzen sein, du weißt, daß ich das nicht leiden kann, rief Veronika böse.

Veronika setzte Fohrmann eine Flasche Bier und ein Glas dazu auf den Tisch. Trink! Oder hast du schon was gehabt heute?

Habe ich, aber gib mal her, man kann nicht zuviel haben von dem Zeug. Also wo brennt's, Rosi?

Paß auf, eine Arbeitskollegin hat in Dortmund ein großes Zimmer mit einer Kochnische, sie zahlt dafür hundert Mark monatlich. Sie will, daß ich zu ihr ziehe. Das hat Vorteile. Erstens zahlt dann jede von uns nur die Hälfte, und dann, sie ist das Alleinsein leid, sie will abends ein wenig Gesellschaft haben und nicht immer ausgehen müssen, weil sie in ihren vier Wänden erstickt. Und allein ausgehen, sagt sie, hat auch so seine Gefahren.

Ja, und? fragte Fohrmann.

Mama ist dagegen. Guck mal, Onkel Jürgen, ich habe ihr den Vorschlag gemacht, daß ich Freitag abend komme und Montag früh wieder fahre, dann bin ich doch jedes Wochenende hier – fast jedes. Davon will sie nichts wissen. Aber rechne es dir einmal aus. Fünfzig Mark Miete, soviel brauche ich jetzt auch bald für die Wochenkarten, und zu essen muß ich mir auch was kaufen, so oder so. Vor allem spare ich Zeit. Morgens immer das frühe Aufstehen und abends das Hetzen zum Bahnhof und so, oder man steht auf dem Bahnhof und friert sich die Füße ab. Das reibt einen auf, immer dieses Hin- und Herfahren, immer den Fahrplan im Kopf, immer die Angst, daß man zu spät kommt, und die vorwurfsvollen Augen im Büro und die Redensarten: ach, das Fräulein Rosi hat die Gnade zu uns geführt, wie rührend. Das mußt du dir einmal anhören, besonders wenn es zweimal die Woche passiert. Und die Züge haben jetzt schon Verspätung, wie soll das erst im Januar und Februar werden. Nicht auszudenken. Die schönsten Stunden des Tages vertrödelt man auf Bahnhöfen und im Zug und in der Hetze ...

Ja, sagte Fohrmann, ich bin dafür, daß du nach Dortmund ziehst. Das

Fahren vor und nach der Arbeit macht den Menschen kaputt. Das ist doch eine wunderbare Lösung. Allein in einem Zimmer, da hätte ich allerdings auch Bedenken, aber so? Wie alt ist deine Kollegin?

Zweiundzwanzig!

Aber Jürgen! mischte sich Veronika ein. Willst du mir das Mädchen aus dem Haus reden? Ihr immer mit euren Vernunftgründen! Familie hat doch nichts mit Vernunft zu tun. Und was soll ich sonst tun, wo Karl nicht mehr da ist? Bin ich überflüssig? Oder soll ich nur Rosis Wäsche waschen?

Du könntest die beiden oberen Zimmer vermieten, sagte Fohrmann.

Vermieten? Du spinnst wohl. Mir Läuse in den Pelz setzen.

Ja, Mama, das ist ein großartiger Gedanke. Vermieten, das ist es, dann kommt wieder Leben in die Bude. Onkel Jürgen hat recht. Das wäre eine wunderbare Lösung. Wenn ich über das Wochenende komme, schlafe ich bei dir im Schlafzimmer.

Nein, sagte Veronika. Daraus wird nichts. Mit dem Vermieten wird es auch nichts. Wer weiß, wen man sich da ins Haus holt.

Aber du kannst dir doch die Leute aussuchen, sagte Fohrmann.

Natürlich, Mama. Wer dir nicht paßt, der kommt nicht rein. Nimm dir einen Kostgänger, der ist tagsüber nicht zu Hause, und abends bist du nicht allein, und am Monatsletzten blättert er dir die Scheine auf den Tisch.

Ich wüßte schon jemanden, sagte Fohrmann.

Wen? fragten beide Frauen gleichzeitig.

Rosi sprang auf, schlug sich mit der flachen Hand an die Stirn und rief: Onkel Jürgen! Die Frau! Deine Mitternachtsbegegnung, meine ich!

Ja, sagte Fohrmann, sie und die beiden Kinder.

Nein! Nie! schrie Veronika und lief aufgeregt im Zimmer hin und her. Ihr beide wollt mich zu Dingen überreden, die ich nicht haben will. Und dann diese Frau und gleich zwei Kinder! Ich bin froh, daß ich meine Ruhe habe. Kinder bringen Unruhe.

Warum nicht, Veronika, sagte Fohrmann. Warum sträubst du dich so? Du kannst Rosi auf die Dauer ja doch nicht halten. Sei vernünftig. Komm. Der Mann legte seinen Arm um ihre Schulter, schüttelte sie zärtlich und bettelte: Na komm schon, stell dich nicht so an.

Nein, ich will nicht, ich will nicht. Und sie kann auch nicht, wenn ich nicht will! Es gibt schließlich noch Gesetze, die mir recht geben, es gibt noch Gesetze!

Aber, aber, Veronika, willst du deine Tochter mit Gewalt im Hause halten? Sei doch vernünftig.

Mama, Onkel Jürgen hat recht. Rosi ging auf ihre Mutter zu und sagte leise und zärtlich: Ich fahre dann auch nicht nach Angoulême. Ich verspreche es dir.

Ja, Kind? Ehrenwort? Veronika war wie umgewandelt.

Ja, ganz bestimmt, sagte Rosi. Wenn es dich beruhigen sollte, ich gebe den Plan auf, bestimmt. Was soll es?

Na eben, Kind, das war eine Schnapsidee, ich habe es ja gleich gesagt. Veronika lachte.

Fohrmann sagte beim Weggehen an der Tür: Ich werde in den nächsten Tagen einmal mit Frau Politzik sprechen. Sie will bestimmt wieder aus dem Lager raus. Ich glaube, daß sie die beiden Zimmer nehmen wird.

Aber erst nach Neujahr, rief Veronika. Das ist zuviel Arbeit, das Umräumen und so.

Rosi nickte.

Die beiden Wohnzimmerfenster seines Hauses waren noch erleuchtet. Er schloß leise auf, zog Mantel und Schuhe aus und öffnete vorsichtig die Wohnzimmertür. Ingeborg saß im Schlafanzug im Sessel und hörte Radio. Sie sah ihn kurz an, stand auf und kam wie eine Katze auf ihn zu:

Wo warst du? Hast du wieder Geld verplempert?

Ich komme direkt von Borowskis.

Du lügst! sagte sie scharf, aber leise.

Sie stampfte mit dem Fuß auf und sagte laut: Du lügst! Ich war auch dort!

Ja, ich weiß. Aber du warst gerade weggegangen, als ich kam. Und nun laß mich in Ruhe, es ist spät genug, ich bin hundemüde.

Anfang Dezember hatten sie auf der Baustelle den letzten Arbeitstag. Die Firma meldete die Gesamtbelegschaft arbeitslos, der Frost hielt an, ein normales Arbeiten war unmöglich geworden. Auch Schnee war schon gefallen. Der Bauführer redete nur von seinen Terminen, aber die Arbeiter überhörten sein Klagen, sie freuten sich auf den Winter. Und wenn er nur drei Wochen dauern sollte, bis über Weihnachten, sagte Goller. Wie das meinen alten Knochen guttut. Jürgen, es wird ein schöner und langer Winter.

Ja, du, du hast es gut, du hast zusätzlich deine Rente. Ich werde nicht viel Unterstützung bekommen, meine Frau arbeitet, und da fällt für mich nicht viel ab. Aber vielleicht suche ich mir für den Winter eine andere Arbeit in einer Fabrik.

Mittags machten sie Schluß. Ein zweistündiger Umtrunk in der Mannschaftsbaracke war der Abschluß einer Saison, in der sie trotz des verregneten Sommers gut verdient hatten. Sie ließen den Winter hochleben.

Weißt du, sagte Emil zu Fohrmann, ich büße kein Geld den Winter über ein, ich arbeite drei Tage in der Woche, und zusammen mit der Unterstützung habe ich mehr, als wenn ich fünf oder sechs Tage in der Woche arbeite.

Schwarzarbeit? fragte Fohrmann.

Na klar, Mensch. Heutzutage ist jeder Handwerker froh, wenn er einen Arbeiter bekommen kann. Das muß man ausnützen, kann auch mal wieder anders werden. Wie er das mit der Steuer macht, das soll nicht meine Sorge sein, Hauptsache, ich habe meine drei Mark Stundenlohn.

Sie tranken noch eine Flasche auf das kommende Jahr und daß sie dann alle wieder zusammenkämen. Der Ruhrschnellweg muß ja schließlich mal fertig werden, sagte Emil.

Der große Schlaf beginnt! rief Goller. Ach, Kinder, ist das ein Gefühl – wie Weihnachten.

Dann gingen sie auseinander.

An der Notbrücke verabschiedete sich Fohrmann von Goller. Ich muß runter nach Massen, ins Lager, sagte er. Muß da jemand aufsuchen.

Was? Zu Fuß willst du gehen? fragte Emil.

Ja, der Weg wird mir guttun.

Er tat ihm gut. Auf der Anhöhe blieb er stehen und sah lange auf das flache Land hinunter, das nun in einem weißen Schleier vor ihm lag. Zur Rechten lag Unna, links vorn Kamen und weiter hinten Bergkamen. Auch die hohen Schlote von Pelkum und Hamm waren zu sehen. Und weit, weit links roter Dunst, Schlot an Schlot, die Fabrikvororte Dortmunds. Das wird in Jahren alles eine einzige Stadt sein, keine Felder mehr. Schrecklich. Na, vielleicht lebe ich dann nicht mehr, dachte Fohrmann. Er fragte einen zehnjährigen Jungen nach Frau Politzik. Der Junge führte ihn zu dem Haus. Er gab ihm eine Mark. Der Junge sah staunend auf das Geld. Als Fohrmann nickte, lief er schnell weg.

Sie wohnte im zweiten Stock. Auf sein lautes und mehrmaliges Klopfen bekam er keine Antwort. Er öffnete leise die Tür. Die Frau stand an einer Plastikwanne, die sie auf einen Stuhl gestellt hatte, in der Mitte des Zimmers. Sie wusch Wäsche. Trotz des halbgeöffneten Fensters lagerte dicker Dunst im Zimmer. Die beiden Mädchen saßen auf dem Fußboden vor dem Ofen und blätterten in einem Buch.

Guten Tag, sagte Fohrmann.

Alle drei schauten erschrocken auf.

Ach, sagte die Frau und ließ die Wäsche aus ihren Händen in das dampfende Wasser gleiten.

Ich muß Ihnen etwas ausrichten, sagte Fohrmann.

Sie wischte mit ihrer Schürze einen freien Stuhl sauber und sagte ängstlich: Von Polenz?

Dabei schielte sie auf ihre Mädchen.

Polenz? Das Kapitel ist abgeschlossen.

Nein, sagte sie, das fängt erst an. War schon zweimal bei der Polizei. Werde wohl noch oft hingehen müssen, das sagten mir die Beamten. Und dabei kann ich nur immer dasselbe sagen.

Er winkte ab und berichtete ihr von den beiden Zimmern. Sie kennen die Frau und ihre Tochter – von der Beerdigung.

Ach, sagte sie, die sind das? Ja, damals hat alles angefangen. Sie trocknete sich die Hände.

Angefangen? fragte Fohrmann. Ich dachte, da hätte alles aufgehört?

Aufgehört? fragte sie. Ach nein, da ging alles erst richtig los.

Und was ist mit der Wohnung? fragte er.

Ja, ich nehme die Wohnung, wenn es darum gehen sollte. Ich muß hier heraus. Ich dachte erst, ich würde mich nach alldem, was vorgefallen ist, hier trotzdem wieder wohl fühlen, aber ich fühle mich nicht wohl. Ach, ich hatte die Häuser und Menschen der Umgebung von Polenz satt, ich wäre gegangen, auch wenn er mich nicht hinausgeworfen hätte. Und jetzt habe ich die Häuser und die Menschen hier satt – satt bis oben hin. Außerdem haben wir nur dieses Zimmer, für Wohnen, Waschen, Schlafen und die Schularbeiten. Sie werden jetzt denken, ich bin unzufrieden.

Und Ihre Schwester? fragte ich.

Meine Schwester ist eine Hure. Sie sagte es so leise, daß es die Kinder nicht hören konnten.

War sie schon vor Ihnen im Westen? fragte er wieder.

Sie ist immer ein paar Jahre früher dort, wo es sich leben läßt. Sie weiß immer fünf Minuten früher, wann sie wandern muß. Sie ist schon viel gewandert, aber sie lebt dafür nicht schlecht, sie bekommt immer die Wurst an beiden Enden. Ja, meine Schwester versteht es, und sie lacht mich aus, weil ich es nicht verstehe.

So ist das also. Na dann. Also, Sie nehmen die Zimmer. Über die Miete müssen Sie sich mit Frau Borowski einigen.

Ja, aber sprechen Sie mit ihr, vielleicht nimmt sie halbtags die Kinder, dann kann ich arbeiten gehen. Die Unterstützung wird mir allmählich lästig, man wird von den anderen schief angesehen.

Quatsch, sagte er.

Kein Quatsch. Ich hörte vorhin im Laden zwei Frauen sagen, daß wir aus dem Osten doch nur von den Steuergroschen ihrer Männer lebten. Man kommt sich schon wie ein halber Verbrecher vor, der auf Staatskosten lebt.

Mein Gott, ich dachte, daß Sie sich diese Empfindlichkeit abgewöhnt hätten. Sie haben schließlich das Ihre hinter sich.

Je mehr man wandert, je öfter man über Grenzen geht, desto empfindlicher wird man, sagte sie. Am schlimmsten ist es, wenn dann noch welche mit ihrem Mitleid ankommen. Ach, ich könnte manchmal an den Mitmenschen verzweifeln.

Veronika wird bestimmt auf Ihre Kinder aufpassen. Sie hat Zeit. Ihre Tochter bleibt im nächsten Jahr die Woche über in Dortmund, hat da ein Zimmer.

Unten auf der Straße sagte sie: Danke, daß Sie an mich gedacht haben. Ich wußte, daß Sie wiederkommen würden.

Es war nur wegen der Kohlen, sagte er. Ich habe sie mir damals bezahlen lassen. Jetzt sind wir quitt.

Sie lachte und war jung in ihrem Lachen. Ach, Herr Fohrmann, wir waren immer quitt.

Später erzählte er Veronika von seinem Besuch im Lager Massen. Sei nett zu ihr, sagte er, und überlege es dir mit den Kindern. Das ist alles nicht so leicht für die Frau, erst recht nicht für die Kinder. Sie müssen sich allmählich daran gewöhnen, wo sie hingehören. Die Kinder wissen doch schon nicht mehr, was hinten und vorne ist.

Liebst du die Frau? fragte Veronika.

Ach du meine Güte, rief Fohrmann, über diese Zeit bin ich hinaus. Habe jetzt andere Sorgen.

Du, Rosi hat gestern abend was von einem Arbeitsplatz für dich erzählt. Ein sauberer Betrieb soll das sein, in der Nähe der Westfalenhalle. Sie kommt heute vorbei und sagt es dir selbst. Der Verlobte ihrer Kollegin arbeitet in dem Betrieb, verdient ganz gut. Es werden auch ungelernte Arbeiter aufgenommen, kurze Umschulung. Und dann sagte sie noch, bei der Arbeit könnte man einen weißen Kittel tragen. Was sie wohl damit meint?

Was soll sie schon meinen. Die Arbeit wird eben im weißen Mantel verrichtet. Aber das mit der Arbeit ist gut, da komme ich gut über den Winter.

Ich dachte, du wolltest ausspannen und stempeln gehen, sagte sie.

Ach, Veronika, ich habe es mir überlegt, das macht auch keinen Spaß. Weißt du, man sagt das so, wenn einem die Arbeit zum Hals heraushängt. Aber so ganz ohne Arbeit? Das ist auch nichts. Da kommt man sich so überflüssig vor. Es ist nicht allein das Geld, das zur Arbeit treibt. Weißt du, die Unzufriedenheit kommt doch nur daher, weil die Arbeit einen nicht ausfüllt, weil man aus Notwendigkeit arbeiten muß, nicht weil man Spaß dran hat. Vielleicht kann man sogar ohne Arbeit auskommen, wenn man etwas hätte, das einen ausfüllt. Aber ich habe nichts, ich wüßte auch nicht, was mich ausfüllen sollte.

Was willst du haben, das dich ausfüllt, fragte sie.

Ich weiß es nicht, sagte er, wirklich, ich kann es dir nicht sagen. Ich bin unruhig, ich grüble nicht mehr soviel wie früher. Bevor ich einschlafe, bin ich schon tot – keine Gedanken, kein Herumwälzen im Bett, ich liege wie ein Brett. Es ist alles so leer. Deshalb muß ich arbeiten, deshalb. Ich könnte es über den Winter ohne Arbeit nicht aushalten. Die Wände würden mich erdrücken. Weißt du, Veronika, wenn ich nur das Wort wüßte, das Wort.

Welches Wort? fragte sie erstaunt.

Na, wie das Wort heißt, der Name für das, was einen ausfüllen soll. Wenn ich nur das Wort wüßte, dann wäre mir wohler. Aber ich weiß das Wort nicht, das verflixte Wort.

Du, Jürgen, vielleicht hat deine Frau auch nichts, das sie ausfüllt, und deshalb geht sie arbeiten. Ihr geht es wahrscheinlich wie dir, sie ist auch unruhig, den Eindruck habe ich schon länger. Eure Ehe ist nicht in Ordnung. Ihr wißt es nicht, aber sie spürt, daß es so nicht weitergehen kann. Sie weiß nur nicht, wie sie es anfangen soll. Du mußt ihr helfen, du darfst sie nicht allein handeln lassen. Vielleicht solltet ihr ein Kind haben, dann werdet ihr ausgefüllt sein. Wahrscheinlich ist das dein verflixtes Wort. Ihr habt zuviel Zeit für euch selbst. Glaub es mir, ich bin heute froh, daß ich Rosi habe. Sie hat doch ein Recht, hierzusein. Oder?

Ja, du hast recht, Veronika. Wir müßten ein Kind haben. Aber wie sage ich es Ingeborg?

Sie lachte. Du sollst es ihr nicht sagen.

Fohrmann tanzte plötzlich durch das Zimmer und lachte, er umfaßte die Frau und tanzte mit ihr um Tisch und Stühle.

Außer Atem sagte er: Du wirst sehen, bald habe ich ein Kind. Paß auf, ich habe bald ein Kind.

Er lief fort. Er tanzte noch auf der Straße.

Eine neue Arbeit hat für mich begonnen. Es ist körperlich die leichteste, die ich je hatte. Wird auch mein Leben leichter werden? Ich weiß es nicht.

Raaaa-itsch raaaa-itsch raaaa-itsch ...

Zuerst fiel mir mein Gegenüber auf, ein Italiener mit schwarzem Wuschelkopf. Er lachte oft, eigentlich immer. Er lachte andere an oder vor sich hin. Aber das Lachen war es nicht, das mir auffiel. Seine Zunge war es. Wenn er verlegen wurde, schnellte seine Zunge heraus. Mein Gott, welch eine Zunge!

Er konnte sich mit der Zungenspitze in der Nase bohren! Den ganzen Vormittag habe ich ihn beobachtet, mehr oder weniger aufmerksam, wie es gerade meine Arbeit zuließ, und ich fand heraus: Bohren im linken Nasenloch hieß Verlegenheit, Bohren im rechten Nasenloch Freude.

Gegen Schichtschluß lachte ich ihn erstmals an, breit, wie auch er lachte. Er grinste zurück und sagte si, si! Er bohrte mit seiner Zunge in seinem rechten Nasenloch. Dabei lachte er breit und ansteckend.

Und ich lachte über ihn. Über seine artistische Zunge. Sie ist ungewöhnlich rot, sehr spitz, und in der Mitte hat sie einen gelblichen Belag, wahrscheinlich vom Rauchen. Er verqualmt, wie ich erfuhr, dreißig bis vierzig Zigaretten am Tag, nicht bei der Arbeit im Saal, obwohl da das Rauchen nicht verboten ist. Er scheint ein fabelhafter Kerl zu sein. Wäre er nicht fabelhaft, könnte er unmöglich so kindhaft und anstekkend lachen. Wie alt mag er sein? Fünfundzwanzig? Vielleicht, bei dieser schwarzhaarigen und bronzetönigen Rasse läßt sich das Alter sowieso schwer schätzen.

Raaaa-itsch raaaa-itsch raaaa-itsch ...

Au! Verdammt! Aufpassen!

Der Plastikrahmen wird von links auf meinen Platz geschoben, und ich bediene einen kleinen Bohrer – ein Spielzeugbohrer ist das – und bohre fünfzehn Löcher in vorher angeritzte Stellen des Rahmens, fünfzehn Löcher mit drei Millimeter Durchmesser. Wenn es bei mir läuft, geht es schon wie geschmiert, wie geschmiert, wie geschmiert.

Raaaa-itsch, dann ist der Bohrer durch.

Nächstes Loch: raaaa-itsch, der Bohrer ist durch.

Fünfzehnmal raaaa-itsch an einem Rahmen, und dazu das sympathisch grinsende Gesicht des Italieners mir gegenüber, und dann ab und zu sein Si-Si und das Herausschnellen seiner Zunge und das Verschwinden seiner Zungenspitze in eines seiner Nasenlöcher. Linkes Verlegenheit, rechtes Freude. Oder umgekehrt?

Verdammt, ich muß aufpassen! Aber der Italiener lenkt mich ab, ich müßte neben ihm sitzen und nicht gegenüber. Die anderen scheint es nicht mehr zu stören, sie haben sich schon an ihn gewöhnt, an seine auf Besuch gehende Zunge und an seine Besuch empfangenden Nasenlöcher. Ich fand bald auch nichts mehr dabei.

Erst hatte ich Angst, meine schweren Hände würden diese Filigranarbeit nie schaffen, aber es lief nach einigen Stunden tadellos. Ich wollte – und es gelang. Warum auch nicht? Ein Arbeiter muß alles können, wenn er den Willen dazu hat. Für Arbeiter werden auf dem Markt von Angebot und Nachfrage keine Extrawürste gebraten, er hat sich den Spielregeln unterzuordnen und zu sehen, wie er damit zurechtkommt. Raaaa-itsch raaaa-itsch raaaa-itsch...

Wie froh war ich, daß ich diesen Willen hatte, den unbedingten Willen. Ich berauschte mich an meinem Willen. Ich mußte diese Arbeit bewältigen – und es gelang. Mein ganzes Leben lang habe ich – von der kurzen Lehrzeit im Büro abgesehen – nur schwere Dinge gehoben, geschoben, gestemmt, zurechtgezimmert... und nun dieser kleine Spielzeugbohrer in meiner Pranke. Der Bohrer verschwindet fast, wenn ich ihn umfasse.

Manchmal fürchte ich, den gesamten Rahmen zwischen meinen Händen zu zerdrücken, früher hatten wir Angst, daß der Berg uns zerdrücken könnte.

Aber diese Arbeit muß ich unter allen Umständen behalten, bei gutem Verdienst sitze ich hier in einem weißen Mantel, der weiße Mantel beherrscht meinen Willen, der Wille dirigiert meine Hände, die Hände garantieren mir gutes Auskommen. Welch ein unbändiges Glück! Ich hätte drei Stunden lang schreien mögen, so zufrieden war ich mit mir selbst. Der von vielen gefürchtete Sprung von einer geläufigen, harten und schweren Arbeit zu einer leichten im weißen Mantel war mir gelungen, ehe ich es richtig begriffen hatte. Mit Herzklopfen war ich vor acht Tagen in diesen Saal gekommen zur Probe, die Leute hatten mich angestarrt, einige Sekunden, sie murmelten, ich sei der Neue. Dann arbeiteten sie weiter. Der Test fiel «zufriedenstellend» aus, ich konnte anfangen. Ach, welch ein Glück. Guter Verdienst und weißer Mantel.

Raaaa-istch raaaa-itsch raaaa-itsch... wie das von der Hand ging! Jetzt bin ich endlich kein dreckiger Kohlen-, Eisen-, Straßenarbeiter mehr, nun kann ich nach Arbeitsschluß den weißen Mantel an den Nagel hängen und im sauberen Anzug nach Hause fahren. Auch eine Krawatte konnte ich tragen. Mein Gott, welch ein Glück. Ich habe den

Sprung gewagt, ich bin am anderen Ufer heil angekommen, habe es leichter erreicht, als ich je zu träumen gewagt hätte.

Das hier ist das große Glück, das all die Wochen unbewußt in meinen Gedanken spukte.

Endlich bin ich gelandet... gelandet... gelandet... Ich trage einen weißen Mantel, ich sitze in einem sauberen Arbeitssaal auf einem schaumstoffbezogenen Stuhl und sehe aus großen Fenstern hinaus auf eine vollbeschäftigte Industrielandschaft. Nur die Hände werden vom Bohrstaub leicht besprüht. Ich klatsche sie zusammen, der feine Staub fällt ab. Und dann dieser Glücksfall mit dem Italiener mir gegenüber, die Zunge, die Nase und sein freudiges Si-Si.

Am oberen Ende, drei Stationen weiter, sitzt ein finster dreinblikkender älterer Mann, schnauzbärtig, etwa fünfzig. Oder älter? Er spricht tagsüber kein Wort, er winkt nur mit Händen und Blicken, wenn er etwas sagen will, und alle verstehen die Sprache seiner Hände und Augen. Nur heute mittag hörte ich ihn sagen, als er den Raum nach der Pause als letzter betrat: dobre den.

Ich fragte meinen Nebenmann, was das heißt. Er sagte: Guten Tag auf tschechisch, der Olle ist Tscheche, emigriert. Also haben wir neben einem Italiener auch einen Tschechen, wir sind international im weißen Mantel.

Ist der schon lange hier? frage ich.

Ja, von Anfang an.

Was für ein Anfang? frage ich.

Vor zehn Jahren, sagte mein Nebenmann.

Kann er nicht Deutsch? frage ich.

Doch, perfekt, ohne Akzent, er grüßt nur tschechisch.

Warum? frage ich... da... rums... ich habe danebengebohrt.

Kostet dich zwei Mark, sagt mein Nebenmann.

Warum er tschechisch grüßt, will ich wissen.

Weiß nicht, antwortet er, frag ihn.

Und warum kostet mich das nun zwei Mark?

Ist doch klar, sagt er, lies dir die Arbeitsordnung durch. Alles Material, das du vermurkst, mußt du selbst bezahlen.

Aha, sage ich, dann muß ich ja ganz schön aufpassen.

Ja, sagt mein Nebenmann, hier braucht man, wenn man einmal eingearbeitet ist, fast nichts zu tun, nur aufpassen. Das geht etwas in die Augen, aber man gewöhnt sich daran. Schnell sogar.

Raaaa-itsch raaaa-itsch raaaa-itsch...

Ja, und ob, wie schnell habe ich mich an meinen weißen Mantel gewöhnt, und wie hatte Ingeborg gelacht, als ich ihr erzählte, stokkend vor Freude, daß ich diese Arbeit bekommen werde, Rosi habe sie mir besorgt.

Ach, hatte sie gesagt, was kann von dem Balg schon Gutes kommen.

Ich habe Ingeborg in Verdacht, daß sie mir meine Arbeit neidet, da ich nun im weißen Mantel arbeiten kann und sie nicht. Wahrscheinlich hätte sie lieber meine Stelle, und sie hätte mir ihre Stelle in der Fabrik abgetreten. Ja, sie war neidisch und eifersüchtig auf meine schöne Arbeit. Aber ich werde ihr schon zeigen, was eine Harke ist. Daß ich jetzt morgens im guten Anzug aus dem Haus gehe und abends mit sauber gebundener Krawatte zurückkehre, glaubt sie immer noch nicht, sie kann sich noch nicht von der Vorstellung befreien, daß ich ein schmutziger Kumpel bin.

Raaaa-itsch raaaa-itsch raaaa-itsch...

Mein rechter Nebenmann stanzt Ösen in die von mir vorgebohrten Löcher. Die Rahmen wandern weiter, der zweite nach mir zackt die Ösen. Der Tscheche am Fronttisch begutachtet die fünf Arbeitsgänge von unserer Seite, schreibt mit Kreide Zahlen auf die Rahmen und Platten, wenn er sie begutachtet hat, und schiebt sie auf die andere Tischseite, wo der Amigo sitzt. Und oben, nach weiteren fünf Stationen der anderen Seite, sitzt wieder einer, der begutachtet die Begutachtung des Tschechen und die fünf Arbeitsgänge mir gegenüber. Dann wandert alles in einen anderen Saal.

Ich merkte, daß Ingeborg sich über meine Stelle nicht freute, und als sie erkannte, daß ich nicht spaßte, zuckte sie nur die Schultern und schob die Lippen vor, als ob sie alles verächtlich fände. Sie sagte: Abwarten! Abwarten, wie lange du es da aushältst.

Raaaa-itsch raaaa-itsch raaaa-itsch...

Was stellen wir eigentlich her? frage ich meinen Nebenmann.

Weiß nicht, sagt der. So lange bin ich auch noch nicht hier.

Wie lange denn? frage ich.

Ein halbes Jahr, sagt er. Aber was geht es mich an, was wir hier produzieren, Hauptsache, die zahlen gut. Ich stanze Ösen in deine Löcher, ich stanze gute Ösen, wenn du gut bohrst, und ich stanze gleichmäßig, wenn du gleichmäßig bohrst. Es sind schöne Ösen. Und wenn ich schöne Ösen stanze, dann zackt Emil neben mir schöne Zacken. Das ist alles, das ganze Geheimnis unserer Arbeit. Über mehr brauchst du dir nicht den Kopf zu zerbrechen. Am besten, du merkst dir nur die Station vor deinem Arbeitsplatz und eine oder zwei Stationen nach deinem Arbeitsplatz. Alles andere ist Unsinn.

Raaaa-itsch raaaa-itsch raaaa-itsch...

Aha, sage ich, das vereinfacht natürlich alles wesentlich. Aber versteh bitte, wenn man neu ist, möchte man die Zusammenhänge wissen.

Klar, verstehe ich, sagt er, aber besser nicht, man müßte sich dann vielleicht über die Zusammenhänge aufregen und würde noch dafür verantwortlich gemacht. Bohre du, und ich stanze.

Wie heißt du? frage ich.

Ich?... Egon... Egon Wittlich. Wohne im Norden. Brambauer.

Wo es nach Lünen geht? frage ich.

Ja, ich fahre mit der Straßenbahn, die hält fast vor meiner Haustür.

Da hast du es aber gut, ich bin manchmal über eine Stunde unterwegs, das ist nicht gerade angenehm.

Gewöhnst dich auch noch dran, an alles gewöhnt man sich. Er lachte.

Raaaa-itsch raaaa-itsch raaaa-itsch...

Du, Egon, man muß aber doch wissen, was man herstellt. Guck mal, auf der Zeche wußten wir, daß wir Kohle brechen und daß Kohle zu allen möglichen Dingen verwendet wird; in der Fabrik wußte ich, daß die Eisenteile, die ich verlud, später eine Brücke geben oder das Gerüst für ein Betonhochhaus; auf der Baustelle wußte ich, daß in ein oder zwei Jahren Autos über die neue Straße fahren...

...aber hier bohre ich Löcher und weiß nicht, warum ich die Löcher bohre. Ich sehe keinen Zusammenhang.

Quatsch. Du brauchst nur zu wissen, daß du Löcher bohrst, damit ich Ösen einstanzen kann. Warum willst du den ganzen Zusammenhang wissen?

Mein Gott, man muß doch wissen, was man herstellt! sage ich.

Käse! sagt er. Du bohrst, ich stanze, Emil neben mir zackt, der Itak lötet, die Erika schmirgelt, und die Bebe poliert.

Wer? frage ich. Bebe?

Na, die drüben am unteren Ende. Guck dir ihre Haare an. Die heißt bei uns eben so, Bebe. Haare, Augen, Hüften, na und der Busen, ist der nicht toll? Wenn sich die richtige Bebe einmal eine Glatze scheren läßt, dann ist sie die erste, die es ihr nachmacht. Aber sonst ist sie ganz normal, sogar fleißig.

Hätte ich nicht gedacht, sage ich.

Raaaa-itsch raaaa-itsch raaaa-itsch...

Und das alles, was wir hier machen, nennt sich Elektroindustrie? frage ich. Na ja, sagt er, was es wirklich gibt, weiß keiner so genau, wir sind, wie heißt das gleich, ach ja, Zulieferbetrieb. Radios stellen wir nicht her, Fernsehapparate auch nicht, Tonbänder auch nicht... man müßte den Chef mal fragen.

Aber etwas muß es doch sein! sage ich.

Wird wohl noch mehr Sachen für Elektroindustrie geben. Er lacht.

Und den Chef? frage ich. Den sieht man wohl überhaupt nicht?

Das halbe Jahr, das ich jetzt hier bin, bekam ich ihn noch nicht vor die Linsen, der fährt nur mit dem Auto durch die Gegend.

Du, sage ich scherzend, vielleicht stellen wir Atomsprengköpfe her. Das ist doch möglich.

Ich kann mir nicht vorstellen, daß die aus Plastik sind, aber möglich wäre es ohne weiteres. Laß die blöde Fragerei, wir verdienen gut und leicht, und sonst ist es in diesem Betrieb auch ganz angenehm. Es schreit keiner, einer läßt den anderen zufrieden, man hat ja keine Zeit für Unzufriedenheiten, der Rhythmus treibt alle weiter.

Raaaa-itsch raaaa-itsch... ich bohre. Bohrer am Geritz ansetzen.

Je leichter die Arbeit . . .

... desto höher der Verdienst, stellt Fohrmann fest. Doch diese Regel hat viele Ausnahmen: Bettler zum Beispiel haben nicht immer die höchsten und Schwergewichtsboxer nicht die niedrigsten Einkommen.

Dieses aber stimmt sicherlich: Je kleiner die Arbeit, desto leichter der Verdienst. Das leichtestverdiente Geld kommt schließlich ganz ohne Arbeit ins Haus: Pfandbriefzinsen.

Raaaa-itsch, Bohrer durch. Von vorne das Ganze. Verdammt! Ich muß siebzig solcher Rahmen bohren und in jeden Rahmen fünfzehn Löcher. Das sind? Siebzig mal fünfzehn... also siebzig mal zehn ist siebenhundert, und siebzig mal fünf ist dreihundertfünfzig, insgesamt also tausendfünfzig Löcher. Donnerwetter, das ist enorm, tausendfünfzig Löcher bohre ich also in acht Stunden.

Das ist enorm.

Und wenn ich auch nur einmal falsch bohre, ziehen sie mir zwei Mark ab von meinem Verdienst, nur für ein einziges falsch gebohrtes Loch. Das ist enorm. Wenn ich an einem Tag fünf Platten falsch bohre, dann gehe ich mit zwanzig Mark nach Hause, die ziehen mir einfach, ohne mit der Wimper zu zucken, zehn Mark von meinem Tagesverdienst ab. Dreißig Mark verdiene ich normal. Auf der Zeche verdiente ich dreißig Mark für neun gebohrte Löcher in zwei Meter tiefes Gestein, in der Fabrik verdiente ich für zehn bis zwanzig Tonnen geladenes Eisen fünfundzwanzig Mark, und auf der Baustelle bekam ich für vierzig Mischungen Beton achtundzwanzig Mark am Tag. Hier bekomme ich dreißig. Komisch, je leichter die Arbeit wird, desto höher der Verdienst. Also scheint es doch zu stimmen, daß der schwer schuftende Arbeiter der Arsch der Welt ist. Es stimmt tatsächlich: je leichter die Arbeit, desto mehr Geld, je schwerer die Arbeit, desto weniger Geld. Jetzt habe ich den Beweis. Hängt das vielleicht von den Schwerschuftenden ab, die keine leichte Arbeit tun können? Das hätte ich früher wissen müssen. Verdammt! Und da quält man sich Jahre hindurch und badet täglich in Schweißbächen und hat am Ende des Monats nicht mehr Geld als hier, wo man nur sitzt und bohrt und sich abends nicht brausen muß, eine Krawatte umbinden kann und fast ausgeruht nach Hause geht. Das hätte ich früher wissen müssen!

Raaaa-itsch raaaa-itsch raaaa-itsch...

Egon Wittlich neben mir verdient dreißig Mark für das Stanzen von 1050 Ösen, Emil, nebenan, verdient dreißig Mark für das Zacken der gestanzten Ösen, die Erika wahrscheinlich dreißig Mark für das Schmirgeln, die Bebe wahrscheinlich dreißig Mark für das Polieren, der Amigo dreißig Mark für das Löten, der Tscheche wahrscheinlich fünfunddreißig Mark für das Begutachten und der andere oben am Tisch wahrscheinlich vierzig für das Begutachten der Begutachtung. So ist das also.

Rosi hat mir nicht zuviel versprochen, als sie sagte: Onkel Jürgen, ich habe Arbeit für dich, Arbeit, die du dir schon lange gewünscht hast. Leicht ist sie, weißer Mantel, fast kein Schmutz. Ein Arbeitsplatz mit Klimaanlage. In Dortmund, sagte sie auf meine Frage, in der Nähe des Polizeipräsidiums. Du mußt dann eben etwas länger und umständlicher fahren.

Ach was, hatte ich gesagt, für einen weißen Mantel fahre ich noch viel umständlicher.

Raaaa-itsch raaaa-itsch raaaa-itsch...

Höllisch muß ich aufpassen, daß ich nicht neben das Geritze bohre, sonst ist der Rahmen unbrauchbar, und mir wird Geld abgezogen, zwei Mark für einen vermurksten Rahmen. Wenn mir das am Tag zwei- bis dreimal passiert, dann lohnt sich diese Arbeit nicht, dann kann ich ebenso in Kamen oder Unna Straße fegen. Was leichter ist, denn danebenfegen kann man nicht. Der Amigo lenkt mich ab, weniger sein Lachen, als sein Zungen-Nasenbohren.

Manchmal ruft er, wenn ich ihn gerade ansehe und sich unsere Blicke kreuzen: si, si. Dann bohrt er sich im rechten Nasenloch. Wie war das doch? Linkes Nasenloch ... ach ja ... Verlegenheit ... rechtes Freude. Er freut sich also, wenn ich ihn ansehe. Mein lieber Amigo, ich würde dich ja gern den ganzen Tag ansehen, wenn ich dafür nicht bezahlen müßte.

Träum nicht, ruft Egon und stößt mich an. Du bist im Hintertreffen. Du mußt immer fünf bis sechs Rahmen vorrätig neben dir liegen haben, denn wenn es bei dir stockt, kommt der gesamte Fluß ins Stocken. Du bist der Schlüssel für den Tisch. Wenn du einen Bohrer auswechseln mußt, vergeht eine Menge Zeit.

Der Tscheche schaut zu mir herüber, sein Gesicht wird finster, er klatscht in die Hände. Alle sehen mich an. Mein Gott, das ist doch kein Beinbruch, und der Betrieb wird deswegen nicht pleite gehen. Schnell! ruft Emil, und der Tscheche klatscht ein zweites Mal in seine Hände. Verflucht, jetzt bricht auch noch der Bohrer ab, und der Rahmen reißt ein, weil ich am Bohrer gerissen habe. So ein Mist!

Jetzt nur nicht aus der Ruhe bringen lassen, jetzt allen zeigen, daß man auch in der Panne seiner Aufgabe gewachsen ist. Sollen alle sehen, daß ich nicht nervös werde. Egon hilft mir einen neuen Bohrer einsetzen.

Den gesprungenen Rahmen lassen wir heimlich verschwinden, sagt er. Nicht nötig, erwidere ich, habe noch zwei Tage Narrenfreiheit, meine Probezeit läuft erst übermorgen ab.

Verlaß dich darauf nicht so fest, das sagen sie immer, wenn man anfängt, und am Monatsletzten haben sie doch die zwei Mark abgezogen. Hier darf man nur sich selbst trauen, sind alle Halsabschneider, jeder denkt nur an seinen Geldbeutel ...

Und warum hast du mir eben geholfen? frage ich.

... weil ich auch nur an meinen Geldbeutel denke. Hier hilft dir keiner, auch nicht der Betriebsrat.

Was? sage ich laut.

Reg dich nicht auf, das kommt schließlich in der besten Familie vor. Aber der Betrieb läuft, verstehst du? Solange es im Betrieb läuft, solange ist alles okay.

Raaaa-itsch raaaa-itsch raaaa-itsch ...

Es läuft wieder wie geschmiert. War das eine Aufregung. Der Amigo guckt schiefköpfig die Mädchen an, sagt: si, si, lacht breit und bohrt sich sofort mit der Zunge in der Nase. Der verdammte Kerl lenkt mich ab, ich könnte ihm an die Gurgel springen. Er lötet sogar ohne auf sein Handwerkszeug zu sehen. Ich darf einfach nicht hinsehen, ich muß meine Arbeit tun, ich habe einen weißen Mantel und einen feinen Arbeitsplatz mit Klimaanlage und gutem Verdienst – alles andere hat dafür zurückzustehen. Auch das, zu was das gut sein soll, was wir herstellen.

Die Bebe ruft über den Tisch: Unser Neuer haut schon ganz schön ran, alle Achtung, als ob er das schon jahrelang machen würde.

Si, si, sagte der Amigo und fletscht sein einmalig schönes Gebiß.

Erika glotzt mich über den Tisch an, gutmütig, mit großen braunen Kuhaugen.

Warte mal, sagt Egon, wenn die zum Klo geht, dann kannst du was erleben. Beguck dir dann ihr Fahrgestell genau.

Bebes Fahrgestell? frage ich.

Nein, das von Erika, flüstert er. Sie setzt zwar den linken vor den rechten Fuß, aber dabei ist sie so blöd, daß sie nicht weiß, welches das rechte und welches das linke Bein ist. Beim Laufen verwechselt sie andauernd ihre Beine.

Was? flüstere ich, so blöd ist die.

Mensch, noch viel blöder. Das muß man sehen, sonst glaubt es keiner. Beschreiben kann man das schlecht.

Wie kann sie dann diese Arbeit machen? frage ich.

Arbeit? Mensch, zum Schmirgeln braucht sie doch nicht die Beine, Finger hat sie ausgezeichnete. Ich sage dir, alles, was über dem Tisch sichtbar ist, das ist in Ordnung, sogar ihre Kuhaugen können glänzen, wenn du ihr was Nettes sagst. Aber wehe, wenn sie aufsteht. Sie braucht doch nichts im Kopf zu haben, oder hast du etwas im Kopf beim Bohren? Na also. Hier kannst du ohne Kopf arbeiten. Die Finger machen das allein.

Und wie läuft sie? frage ich.

Warte ab, das mußt du selbst sehen, sie steht jetzt bald auf, das ist ihre Zeit, man könnte fast die Uhr nach ihrer Klozeit richten.

Und die Bebe? frage ich.

Die? Egon lacht vor sich hin. Das ist eine ganz ausgekochte Eva, die wackelt nur mit ihren Hüften. Die Männer fallen leicht auf sie rein. Mit ihren Hüften hat sie sich ihren Arbeitsplatz da oben ergattert. Wird gut bezahlt, bekommt mehr Geld, das Luderchen, als wir.

Wie alt ist sie? frage ich.

Weiß man bei der nie so genau, das richtet sich bei ihr nach den Haaren, je nachdem, was sie für eine Frisur hat. Achtzehn? Fünfundzwanzig? Wer weiß, verheiratet ist sie nicht.

Über dem Eingang hängt eine große elektrische Uhr. Es ist Viertel vor drei. Na, dann ist ja bald Schicht, aber hier sagt man Feierabend. Es macht Spaß hier. Habe ich schon meine 1050 Löcher gebohrt, oder nicht? Ich kann das nicht kontrollieren. Ob einer in dieser langen Kette die Mengen registriert? Ob man auch nicht übers Ohr gehauen wird?

Wahrlich, in diesem Betrieb herrscht Ordnung, hier geht alles exakt über die Tische, auch ohne Waage und Zählmaschine. Der Tscheche hat ein Buch vor sich liegen, da schreibt er manchmal hinein. Vielleicht ist es die abgelieferte Menge unserer Arbeit.

Unser Neuer muß heute seinen Einstand geben! ruft die Bebe laut in den Saal. Alle nicken zustimmend, der Tscheche sagt ano! Der Amigo erst ja, dann si, si. Gleich darauf bohrt er sich aufgeregt mit seiner Zunge in beiden Nasenlöchern herum. Freude und Verlegenheit?

Trinkt der Italiener eigentlich Bier? frage ich Egon.

Egon kichert. Der säuft doch alles, was ihm vor die Schnute kommt. Aber sonst ist er in Ordnung. Wenn alle so wären. Jeden Sonntag ißt er bei meinen Eltern zu Mittag. Der ist ein ausgewachsener Clown und immer guter Laune, ich habe ihn noch nie in schlechter Stimmung gesehen. Du, der hat früher mit seiner Zunge Geld verdient, du schreist dich tot, wenn er das mal erzählt. In Reggio trat er auf, für jeden Auftritt bekam er 300 Lire.

Si, si, ruft der Amigo und fletscht sein einmaliges Gebiß.

Wie heißt er eigentlich? frage ich.

Wir sagen Sillo, er heißt aber Siagillo.

Wie ist es mit dem Einstand! ruft Erika, und ihre braven Kuhaugen betteln.

Ist gut, rufe ich zurück, ich gebe heute meinen Einstand. Aber führt mich nicht in das teuerste Lokal.

Wir in Münchner Löwenbräu gehen! ruft der Amigo.

Wie gut der Deutsch kann, sage ich zu Egon.

Und ob. Der spricht fließend und versteht mehr als er spricht. Nur was er nicht verstehen will, das versteht er nicht. Du kannst ihn totschlagen, er versteht es nicht. Wenn er eine andere Arbeit machen soll, sagt er einfach: nix capito! Ein ganz Schlauer.

Warum gehen wir in das Münchner Löwenbräu? frage ich.

Da gefällt es dem Amigo so gut, da ist eine Dreimannkapelle, drei junge Mädchen. Und dann bekommt er sein Essen umsonst, wenn er sich mit der Zunge in der Nase bohrt.

In diesem Moment stand Erika auf. Entsetzlich! Wie kann ein Mensch sich so verändern? Im Sitzen ein wirklich nettes Mädchen, und jetzt? Schrecklich! Ein Krebs, ja, sie läuft wie ein Krebs, nein, wie eine Schildkröte, jawohl, wie eine Schildkröte. Mein Gott, welch eine Veränderung vom Sitzen zum Laufen. Sillo lacht mich breit an, dreht einige Male seinen Kopf zum Ausgang und zu Erika und sagt zu mir über den Tisch: bravissima, si, si!

Aber tanzen kann sie, da legst du die Ohren an, sagt Egon. Da weiß sie plötzlich, wo sie ihre Beine hinsetzen muß. Nur gehen kann sie nicht. Komische Eule. Dabei ist sie so in Ordnung.

Ja, sage ich, wenn sie sitzt.

Das ist es ja, deshalb ist sie auch noch nicht verheiratet, welcher Mann kann sich schon eine ewig sitzende Frau leisten. Immer nur sitzen, nein, das geht nicht.

Der Summer über der blauen Tür schlägt an, eine grüne Lampe über der elektrischen Uhr blinkt auf. Die Maschinen stehen, wir lassen alles auf unseren Plätzen liegen, alle haben es eilig. Wir waschen uns die Hände, das ist hier alles, ich binde sorgfältig meine Krawatte um. Draußen wartet die Bebe, sie hakt sich sogar bei mir ein. Wir fahren mit der Straßenbahn bis zum Hiltropwall, dann laufen wir. Nur die beiden Begutachter sind nicht mit von der Partie. So, jetzt gibt unser Neuer seinen Einstand! ruft Erika in das Lokal. Wie heißen Sie denn mit Vornamen? fragt Erika, als wir sitzen.

Jürgen!

Ach, ich hatte mal einen Verflossenen, der hieß auch Jürgen, aber der war nur halb so hübsch wie Sie.

Danke, sage ich.

Egon flüstert mir zu: Die hat nie einen Verflossenen gehabt. Macht nur Schmus, damit sie mal den Anfang machen kann.

Und was wir essen? ruft der Amigo.

Unser Stammgericht natürlich, ruft Bebe durch das Lokal. Gebratenes Eisbein!

Was? frage ich verblüfft, gibt es denn so was?!

Aber natürlich gibt es gebratenes Eisbein!

Warum ausgerechnet ich ausersehen war, am Samstag auf der Konferenz unseren Arbeitssaal zu vertreten, blieb mir schleierhaft. Ich sagte während der Arbeit am Freitagvormittag über den Tisch:

Warum ich? Bin doch erst ein paar Tage im Betrieb!

Eben darum, erklärten mir einige, weil du erst so kurze Zeit hier bist, kannst du dir ein besseres Bild machen als wir. Du bist unbefangener und du kannst reden. In unserem Saal ist keiner, der reden kann.

Aber jetzt, vor Weihnachten? sage ich. Ich kann mir keinen Ärger erlauben.

Ach was, meinte die Bebe bestimmt, du bekommst keinen Ärger. Du bist einfach für das, was der Direktor vorschlägt, dann hat sich die Sache.

Si, si, sagte der Amigo und bohrte wieder. Ich habe es bald aufgegeben, nach der Bedeutung von linkem oder rechtem Nasenloch zu forschen, ich verwechsle es immer wieder. Hauptsache, er bohrt, denn ich fand in wenigen Tagen heraus, daß im Saal etwas nicht stimmt, wenn er nicht bohrt. Seine Zunge ist das untrügliche Barometer für das Klima, für Aufregung oder Zufriedenheit.

Morgen soll die Konferenz sein, und bekannt ist nur, daß sie vom Direktor selbst einberufen wurde. Eine neue Arbeitszeitregelung war vorgeschlagen worden. Warum so plötzlich, das wußte im Betrieb keiner, nicht einmal der Tscheche. Neben den vier Betriebsräten wurde aus den zehn Arbeitssälen je einer gewählt; man fragte mich später auch nicht, ob ich bereit war, die Wahl anzunehmen. Der Amigo hatte si, si gesagt, der Tscheche dobre, dobre. Damit war alles entschieden. Einfacher ging's nicht.

Ich fühle mich nicht recht wohl in meiner neuen Abgeordnetenhaut, denn was soll der Quatsch: Konferenz über Beginn und Schluß der Arbeitszeit. Da es an einem Arbeitstag aus technischen Gründen nicht möglich ist, die Versammlung abzuhalten, jeder ist in den Handgriff des anderen eingespannt, wurde die Konferenz auf den Samstagvormittag verlegt, wo nicht gearbeitet wird. Was soll der Quatsch! Soll die Betriebsführung doch bestimmen, wann wir anfangen und wann wir aufhören. Wenn wir viel reden, dann wird viel zerredet, sagte ich zu Egon Wittlich.

So schlecht, wie du denkst, ist das nun wieder auch nicht, antwortete er, unser Chef ist nun mal ein ausgewachsener Demokrat. Und das finde ich gut. In Bonn allein kann nicht Demokratie gemacht werden, wenn die Demokratie nicht in die Betriebe getragen wird. Verstehst du?

Aber die haben wir doch im Betrieb, wir haben einen Betriebsrat, eine Opposition sozusagen, sagte ich.

Meine Güte, rief er, die Opposition in den Betrieben wird doch vom Unternehmer bezahlt.

Draußen sind fünfzehn Grad minus.

Dank der Klimaanlage haben wir im Saal zwanzig Grad plus.

Wir müssen uns auf dich verlassen können, rief die Bebe über den Tisch. Wenn wir später anfangen sollen, dann stimme ruhig ohne Zögern zu. Ich bin das frühe Aufstehen leid.

An dem Mädchen finde ich immer mehr Gefallen. Sie hüftet nicht nur, sie ist auch hilfsbereit und nett. Ich gebe zu, etwas dumm, aber was wäre so ein Mädchen ohne einen Schuß Dummheit. Stell dir vor, die wäre auch noch intelligent!

Alle unsere Gespräche flattern über die Arbeit hinweg. In einigen Wochen werde ich meine Arbeit im Schlaf verrichten können, die Hände spielen sich ein, und man hat genügend Zeit, mit dem Nebenmann oder Gegenüber ein paar Worte zu wechseln. Ernsthafte Gespräche werden selten geführt, politische noch seltener, ganz im Gegensatz zur Zeche, zur Eisenfabrik oder dem Straßenbau. Hier sind meist Anspielungen und Zweideutigkeiten Trumpf. Kein Wunder bei der leichten Arbeit. Nach ernsthaften Gesprächen ist kein Verlangen, man hätte mich befremdet angesehen, wenn ich so was auf den Tisch gebracht hätte.

Und doch habe ich bei dieser angenehmen Arbeit ein Haar gefunden: ich kann meinen Lohn nicht steigern – und ich will plötzlich mehr verdienen. Wir sind im Verdienst beschnitten, weil wir Räder sind, die sich nach dem Gesetz «alle für einen und einer für alle» drehen. Wir sind zwar wichtige Räder im Gesamtablauf des großen Räderwerkes, aber wir drehen uns nach einem bestimmten Rhythmus – dem auskalkulierten Tempo.

Ich kann nicht schneller laufen als die x-beinige Erika, auch wenn ich wollte, und tue ich es doch, dann kann es sein, daß ich das Räderwerk durcheinanderbringe. Ja, ich bin ein Rad, das sich dreht und drehen muß, nicht zu schnell, nicht zu langsam – und nach diesem Tempo des Drehens richtet sich mein Verdienst. Und wie einer vom anderen in unserem Saal abhängig ist, so ist auch ein Saal vom anderen abhängig. In acht Stunden bohre ich siebzig Rahmen, in jeden Rahmen fünfzehn Löcher. Ich könnte mehr Rahmen bohren und dadurch auch mehr verdienen, aber es werden von mir nicht mehr Rahmen verlangt. Ich flüchte oft auf das Örtchen. Eine Zigarette rauchen, ja, abschalten vom Saalbetrieb. Ich stehe dann am Fenster und schaue dem Schneefall zu oder kalkuliere, wie tief das Thermometer in der Nacht sinkt und wieviel Kohlen ich dann für eine Woche nötig habe.

Raaaa-itsch raaaa-itsch und das 1050mal in acht Stunden. Verrückt könnt man werden, flatterten nicht die witzigen und anzüglichen Redensarten über den Tisch. Das Veralbern der Mädchen oder das Auf-den-Arm-Nehmen des Amigos schaffen Luft in dieser schläfrigen Monotonie. Redensarten und Zigaretten helfen über die Unlust hinweg. Wir bedienen hier Werkzeuge und Maschinen, aber im Grunde sind wir selbst Maschinen und Werkzeuge geworden.

Du mußt für einen späteren Arbeitstag plädieren, sagte Egon Wittlich, für viel später. Was soll der Unsinn, so früh anfangen, mitten in der Nacht aufstehen.

Auch die anderen im Saal waren dafür, nur der Tscheche sagte nichts.

Morgens immer müde, si, si, sagte der Amigo, auch die Bebe und die Schildkrötenfüßige waren für einen späteren Arbeitsbeginn. Die Frau am Anfang unseres Tisches gleichfalls. Bei der Arbeit sehe ich sie nie, weil sie an der gleichen Seite sitzt. Abends wird es immer spät, rief sie mir zu, dann ist es doch schön, wenn man morgens länger schlafen kann.

Überhaupt bin ich dafür, daß wir hier im Saal von Zeit zu Zeit die Plätze wechseln, wir sähen dann andere Gesichter, Abwechslung ist wichtig bei der monotonen Arbeit.

Zu allen ihren Argumenten nickte ich. Mir ist es gleich, wann wir anfangen, acht Stunden lang muß sowieso gearbeitet werden.

Aber die Einmütigkeit macht mir die Entscheidung bei der Abstimmung leicht. Ich habe nur das zu tun, was sie fordern – und sie fordern einen späteren Arbeitsbeginn. Daß die Versammlung auf einen freien Samstag gelegt wird, ist mir zwar nicht recht, aber wir werden dafür bezahlt. Jeder bekommt zwanzig Mark.

Für das Geld kaufe ich Ingeborg Strümpfe, ich weiß sowieso nicht, was ich ihr zu Weihnachten schenken soll. Das mit den zwanzig Mark, sagte mir der Tscheche in der Pause, das ist Bauernfang.

Soweit ich es übersehe, hat er nicht nur im Saal, sondern im ganzen

Betrieb Einfluß, und er weiß mehr von den Vorgängen hinter den Kulissen als jeder andere. Immerhin ist er gelernter Elektromechaniker – und daß er nach 45 als Nazi-Anhänger die CSR verlassen mußte, davon spricht keiner mehr.

Raaaa-itsch raaaa-itsch, dazu das Geräusch des Stanzens und Schmirgelns, des Polierens, Zackens und Lötens, alle diese Geräusche fließen zu einem Lautbrei zusammen, wie ein mittelstarker Mairegen auf ein Kopfsteinpflaster. Oft wird eine ganze Stunde nichts gesprochen, dann reden wieder alle zu gleicher Zeit und durcheinander. In das Mairegengeräusch verirren sich auch Flüche, wenn ein Arbeitsvorgang nicht nach Wunsch gelaufen ist.

Mein Gott, was soll man den ganzen Tag erzählen, nach zwei, drei Tagen kennt einer den anderen, das heißt, man kennt des anderen Fabrikgesicht und Fabrikleben. Privatgesicht und Privatleben sind sowieso tabu. Ich helfe mir über diese einschläfernde Öde hinweg, indem ich mehrmals am Tag auf Vorrat arbeite und dann den Saal verlasse, wenn nicht schon einer draußen ist, denn mehr als eine Person darf nie abwesend sein, das ist strenge Anordnung. Ich stehe dann im Flur und döse oder rauche, oder ich gehe auf den Hof, um mir die Füße zu vertreten und um frische Luft zu tanken.

Raaaa-itsch raaaa-itsch, die Bebe meinte, ich hätte die Renneritis, aber sie meint es nicht böse. Schade nur, daß nicht zwei zu gleicher Zeit den Raum verlassen dürfen. Wittlich meinte, als ich ihn nach dem Grund des Verbotes fragte: Wegen der Liebschaften, es verloben sich zu viele auf dem Flur; und das will die Geschäftsleitung unterbinden.

Er war sehr selbstsicher, als er den Reim von sich gab.

Raaaa-itsch raaaa-itsch, ich erwärme mich an dem Gedanken, in neun Monaten Vater zu sein. Meine Gedanken kreisen nur noch um das Kind, bei der Arbeit denke ich an das Kind, gebe dem Kind Namen, stündlich andere. Natürlich werde ich für die Belegschaft im Saal einen Kasten Bier ausgeben, wenn es soweit ist. Noch aber kann ich nichts erzählen, sie würden sonst neun Monate von dem Kasten Bier sprechen. Ingeborg sagte mir noch nichts, die vier Wochen sind noch nicht vorbei. Wie wird sie es aufnehmen? Mir bangt ein wenig, nicht, daß ich Angst hätte, aber ein Kind ist ein so ungewöhnlicher Umstand nach acht Jahren Ehe, daß man in seinen Hoffnungen etwas unsicher wird.

Manchmal fahre ich mit Rosi nach Hause, wir treffen uns am Bahnhof, oder sie klopft an das Abteilfenster, wenn ich in letzter Minute auf den Bahnsteig haste. Wir begrüßen uns dann, als hätten wir uns wochenlang nicht gesehen. Es ist schön, die fünfzehn Minuten gemeinsam mit der Bahn zu fahren, auch die Viertelstunde Fußweg vom Bahnhof zu unseren Wohnungen, aber ich verstehe trotzdem, daß Rosi künftig in Dortmund wohnen will. Wieviel Zeit geht durch die täglichen Fahrten verloren, wieviel Energie am Morgen und am Abend, immer ist man in Zeitdruck, in Minutenangst und Sekundenhetze. Rosi hat jetzt noch den Vorteil, daß sie sich um den Haushalt nicht zu kümmern braucht. Aber ich? Ich muß bei der Hausarbeit helfen. Kartoffeln schälen, mich beim Hausputz nützlich machen, denn auch Ingeborg ist groggy, wenn sie aus der Fabrik kommt. Sie kann neuerdings über Berge von Dreck steigen, ohne daß ihr putzfimmeliges Gemüt in Aufruhr gerät. Wenn es nur die zusätzliche Hausarbeit wäre, aber dazu kommt die Begleitmusik aus ihrem Mund: Wenn du mehr verdientest, dann brauchte ich nicht arbeiten zu gehen. Leider sagt sie nie, was sie eigentlich sagen müßte: Wenn ich bescheiden wäre und nicht so viele Ansprüche stellte, dann könnte ich zu Hause bleiben und mich voll meinem Haushalt widmen. Ein Trost für mich, daß bald das Kind kommt, dann muß sie zu Hause bleiben, ob sie will oder nicht.

Meine Schwiegermutter hat mir angeboten, in der halben Stunde Mittagspause bei ihr zu essen, es sind ja nur fünf Minuten vom Betrieb zu ihrer Wohnung. Aber ich mag nicht, die Frau ist für mich unausstehlich, seit ich hörte, wie sie zu Ingeborg sagte, daß nicht ich zu bestimmen hätte, ob sie arbeite oder nicht, das Gesetz sei auf seiten der Frau, es gebe ja Gleichberechtigung. Und seitdem sie sagte, daß Ingeborg über ihr Geld frei verfügen könne, ihr Verdienst gehe mich nichts an, ist die Schwiegermutter ein fremder Mensch für mich.

Raaaa-itsch raaaa-itsch, täglich dasselbe, stündlich dasselbe, wöchentlich dasselbe, ich schaudere vor dem Gedanken, daß ich mein ganzes Leben in diesem Saal Raaaa-itsch machen muß und diese Gesichter zu ertragen habe und mein ganzes Leben nicht mehr verdienen werde und mein ganzes Leben aufpassen muß, ob schon einer auf dem Örtchen ist, wenn ich es aufsuchen will. Oh, dieses Einerlei macht mich krank.

Wo ist die Versammlung? fragte ich den Portier.

Zimmer vierzehn, im ersten Stock. Wird langsam Zeit, mein Lieber, warten schon alle auf dich!

Treppe hoch, drei Stufen auf einmal, Mantel aus, in das Zimmer ohne Anklopfen, sagte guten Morgen außer Atem, wollte mich entschuldigen, Zug hatte Verspätung, Direktor winkte ab.

Sie saßen alle um einen runden Tisch. Es war ein großer, runder Tisch, ein Konferenztisch, auf dem tellergroße Kristallaschenbecher standen.

Wir waren siebzehn, vier Betriebsräte und zehn Abgeordnete aus zehn verschiedenen Arbeitssälen, sogenannte Vertrauensleute, wie es in der schriftlichen Einladung hieß. Wir saßen etwas gehemmt um den großen, runden Tisch. Der Direktor saß mir direkt gegenüber, das war mir nicht angenehm. Links neben dem Direktor saßen die vier Betriebsräte, rechts von ihm der Betriebsleiter und ein Mann in den Fünfzigern oder Sechzigern mit grauem, aber dichtem Haar. Er wurde später als Doktor Fechner vorgestellt. Wir unterhielten uns leise, und der Direktor, der wie ein Salonlöwe aussah, ordnete einen Stoß Papiere vor sich und hustete auffallend oft und laut.

Auf dem großen, runden Tisch lagen große Packungen Zigaretten und große Kisten Zigarren, und jeder hatte vor sich ein Glas und eine Flasche Coca-Cola stehen. Ich hörte, wie der Portier zu meinem Nebenmann sagte, er solle nicht so bescheiden sein, draußen im Flur ständen noch zwei volle Kästen Coca.

Der Direktor hustete noch einmal laut und stand auf. Er entschuldigte sich, daß er uns am freien Samstag bemüht habe, noch dazu kurz vor Weihnachten, wo jede freie Zeit der Familie gehöre, aber anders wäre es nicht möglich, der Samstagvormittag sei immerhin besser, als wenn er die Versammlung nach Arbeitsschluß einberufen hätte. Heute seien wir wenigstens ausgeruht, sagte er und lachte.

Er sieht wirklich wie ein Salonlöwe aus, ich überlegte angestrengt, wem er wohl ähnlich sieht.

Sieht er nicht gut aus, unser Chef, flüsterte mir die Frau zu, die links neben mir saß.

Ja, erwiderte ich flüsternd, wie ein Salonlöwe.

Pfui, sagte sie etwas laut, doch nicht wie ein Salonlöwe, unser Direktor ist ein wirklicher Herr, der tut auch was für den Betrieb und für die Leute im Betrieb.

Na und? sagte ich, deswegen kann er doch ein Salonlöwe sein. Das hat doch damit nichts zu tun! Natürlich muß er etwas für den Betrieb tun, es ist ja sein Betrieb.

Wie sieht eigentlich ein Salonlöwe aus? fragte sie mich plötzlich.

Wie unser Direktor, sagte ich etwas zu laut.

Der Direktor lächelte mich an und sagte schnaufend: Meine Damen und Herren – eine angenehme Stimme, etwas fett, aber gut –, ich habe sie zusammengerufen, weil die hier zu klärenden Umstände meines Erachtens nicht von mir und dem Betriebsrat allein entschieden werden können. Sie müssen, bevor ein Beschluß gefaßt wird, erst von der Belegschaft erörtert werden. Ich entscheide dann, im Einvernehmen mit dem Betriebsrat natürlich, was zu geschehen hat...

Was hat denn zu geschehen? fragte ich meine Nachbarin.

...Es handelt sich, fuhr der Direktor mit erhobener Stimme fort, einige werden es bereits wissen, es handelt sich also um die Frage, ob wir die Arbeitszeit ändern sollen oder nicht.

Die vier Betriebsräte neben dem Direktor nickten eifrig.

Die Frau neben mir flüsterte: Wenn wir später anfangen, komme ich noch später nach Hause und die Kinder sind noch länger allein...

Ich will Sie hier, sagte der Direktor wieder leise, mit einem Bericht vertraut machen, den Herr Doktor Fechner – der Doktor machte die Andeutung einer Verbeugung – ausgearbeitet hat, auf Grund sechswöchiger Untersuchung in unserem Betrieb. Er hat sechs Wochen Untersuchungen angestellt in unserem Betrieb... Die vier Betriebsräte nickten eifrig.

...und das Ergebnis? Höchst überraschend. Ich muß sagen, sogar für mich höchst überraschend, aufschlußreiche Ergebnisse nämlich über Produktion und Qualität der bearbeiteten Waren ...

Die vier Betriebsräte nickten eifrig.

... bearbeiteten Waren. Die Herren Betriebsräte haben ja schon Einblick in die Unterlagen des Herrn Doktor Fechner genommen ...

Die vier Betriebsräte nickten eifrig. Einer von ihnen sagte: Haben wir. Umwerfend.

Nun verlas der Direktor einen langen Bericht, und es wimmelte von Zahlen, die man bei einmaligem Hören einfach nicht behalten oder gar verarbeiten konnte. An Zigaretten und Coca war gedacht, nicht aber an einen Bleistift und ein Stück Papier auf dem Tisch vor uns. Der Direktor sprach immer schneller und unverständlicher, als ob er für sich allein lese. Wieder Zahlen, Fremdworte, Begriffskompositionen, die nicht nur an meinen Ohren vorbeigingen, auch an meinem Verstand. Der Direktor machte eine Atempause, und ich fragte in dieses Atemholen: Und was heißt das auf deutsch?

Die vier Betriebsräte blickten mich böse an, der Direktor sah sich wie erwachend um, sagte dann: ach ja, und erklärte uns in wenigen Worten, was in dem Papierwust stand.

Ich begriff. Es zeigte sich nach den Untersuchungen des Herrn Doktor Fechner, daß die Arbeiten, die bis neun Uhr vormittags ausgeführt werden, oft bis zu fünfzig Prozent Fehler hätten, das heißt, daß sie fehlerhaft, wenn nicht gar schlampig, abgeliefert würden. Nach neun Uhr steige die Qualität sprunghaft an, und es gebe kaum noch fehlerhafte Arbeit, nur eben so viel, wie in jeder Kalkulation von vornherein berücksichtigt ist oder auf Grund fehlerhaften Materials eingerechnet werden muß.

Ich stelle also fest, sagte der Direktor, daß in der Zeit von sechs Uhr dreißig bis neun Uhr die meiste unbrauchbare Arbeit abgeliefert wird. Das ist fast ein Drittel der gesamten täglichen Arbeitszeit.

Worauf führen Sie das zurück? fragte ich. Ich wollte nicht fragen, es rutschte mir nur so heraus, und ich erschrak hinterher genauso wie die vier Betriebsräte, die mich nach meiner Frage stirnrunzelnd ansahen. Ich versteckte meine Verlegenheit hinter dem Entzünden einer Zigarette.

Der Direktor lächelte und sagte: Nur Geduld.

Die vier Betriebsräte blickten mich böse an, und der neben dem Direktor sagte: Ausreden lassen.

Ich kann Ihre Ungeduld verstehen, sagte der Direktor. Er lächelte.

Ich sagte: Entschuldigen Sie. Es rutschte mir nur so heraus.

Schon gut, schon gut, sagte er und lächelte wieder.

Nun kommt das Entscheidende, sagte der Direktor. Er sortierte einige Blätter aus, führte sie nahe an die Augen, rückte an seiner Krawatte, las einige Sekunden angestrengt still und sagte dann leise in die allgemeine Spannung hinein: Doktor Fechner fand heraus – das ist das Entscheidende –, daß die Arbeit dann besonders fehlerhaft ausgeführt wird in den Vormittagsstunden, wenn am Vorabend eine Sendung im Fernsehen war, die erst nach dreiundzwanzig Uhr zu Ende ging. Ergo: das Fernsehen beziehungsweise die Dauer einer Sendung beeinflußt die Qualität der Arbeit des folgenden Tages. Ich sagte schon, das war für mich ein höchst überraschendes Ergebnis. Ich hätte nie geglaubt, daß die Lösung so leicht zu finden ist. An den Untersuchungen des Herrn Doktor Fechner ist nicht zu rütteln. Sie mögen, meine Damen und Herren, zweifeln an dem, was ich sage, aber Doktor Fechner hat alle Untersuchungen bis ins Detail festgehalten.

Na und, sagte die Frau neben mir leise, wenn er Doktor ist, dann muß er doch wissenschaftlich sein.

Wir haben nun die Ursachen gehört...

Die vier Betriebsräte wandten ihre Gesichter dem Direktor zu und nickten eifrig.

...Und die Folgen? Die Folgen sind: Unausgeschlafenheit, Nervosität, Müdigkeit, Phlegma. Es lassen sich noch mehr Symptome aufzählen, wie etwa Vor-sich-hin-Träumen während der Arbeit, aber das sind schon mal die wichtigsten Erscheinungen, obwohl ich zugeben muß, daß auch noch andere auf den Arbeitsablauf nicht unwesentlich sein können...

Ich träume auch manchmal bei der Arbeit, ohne Fernsehapparat, flüsterte ich der Frau zu.

Kurzum, sagte der Direktor, das Resultat ist dann letztlich: fehlerhafte Arbeit. Sie werden einsehen, daß ein Betrieb mit einer scharfen Kalkulation sich diese Entgleisungen auf die Dauer finanziell nicht leisten kann, die Konkurrenz ist zu groß, und was im Interesse des Betriebes unternommen wird, das liegt schließlich auch im Interesse des einzelnen Arbeiters. Ist es nicht so?

Jetzt nickten schon mehrere.

Herr Doktor Fechner hat, das muß dazu gesagt werden, seine Untersuchungen nach einem genauen Stundenplan betrieben – und nach dem Fernsehprogramm.

Die Frau neben mir flüsterte: Wenn ich jeden Abend waschen und bügeln muß, dann kann ich vor elf Uhr nicht ins Bett kommen.

Ich habe überhaupt keinen Fernsehapparat, sagte ich laut.

Der Direktor lächelte. Ich auch nicht, sagte er.

Die vier Betriebsräte blickten böse zu mir herüber.

Ich habe, fuhr der Direktor fort, folgenden Vorschlag zu unterbreiten:...

Er ist wirklich eine sympathische Erscheinung, gute Stimme, etwas fett die Stimme, aber gut.

...Vorschlag zu unterbreiten, der sich betriebstechnisch ohne weiteres ausführen läßt, da wir kein Schichtbetrieb sind und unabhängig von den verschiedenen Zeitfaktoren. Also: Wir beginnen ab 1. Januar nicht mehr um sechs Uhr dreißig, sondern um acht Uhr.

Der Betriebsleiter erläuterte: von 8 Uhr bis 12 Uhr, dann von 12 Uhr 30 bis 16 Uhr 30. Damit gehen wir den von Doktor Fechner aufgezeigten Mängeln weitgehend aus dem Weg, und beiden Teilen, so hoffe ich, ist geholfen.

Mein Gott, sagte nun die Frau laut, wenn ich so spät nach Hause komme! Ich habe einen Haufen Arbeit in der Wohnung, und die Kinder sind dann so lange allein, nein...

Aber, aber, sagte der Betriebsrat gleich links neben dem Direktor, dann müssen Sie eben in Ihrem Haushalt bleiben. Betrieb ist Betrieb, und wo kämen wir hin, wenn der Betrieb sich nach jedermanns Haushalt zu kümmern hätte. Das ist doch...

Die Frau brauste auf: Aber Herr Bormann! Habe ich nicht meine Arbeit immer gut gemacht? Jetzt kommen Sie und wollen mir den Stuhl vor die Tür stellen, das ist ja... nein, das ist ja...

Aber, liebe Frau Becker, sagte der Direktor begütigend und lachte dann laut, so hat es doch Herr Bormann nicht gemeint, Herr Bormann wollte doch nur sagen, daß sich die Privatinteressen des einzelnen dem Wohl des Betriebes unterzuordnen haben, was doch ganz selbstverständlich ist.

So selbstverständlich ist das ja nun wieder auch nicht, sagte ich laut.

Ringsum entsetzte Gesichter.

Der Betriebsrat Bormann stand auf, richtete seine Krawatte und sprach in feierlichem Ton: Meine Damen und Herren, Sie haben gehört, was unser Herr Direktor sagte, er sagte es auf Grund der Untersuchungen von Herrn Doktor Fechner. Wir Betriebsräte können da nur sagen: Ja, so ist es. Genau so.

Die drei anderen nickten dazu.

Und ich bitte nun, daß wir zum Abschluß kommen...

Wieso? rief ich. Wir haben doch erst angefangen.

Der Direktor lachte laut.

Wie kann er da lachen, der hält mich wohl für eine Betriebsnudel.

...zum Abschluß kommen, fuhr Bormann mit bösem Blick auf mich fort, und beschließen, daß wir ab 1. Januar die Arbeitszeit so einführen, wie der Herr Betriebsleiter vorgeschlagen hat.

Ist die neue Arbeitszeit auch nach einer Leistungskurve ermittelt worden? fragte ich, und Frau Becker flüsterte mir zu: Dabei wird am 1. Januar doch gar nicht gearbeitet, ist doch Feiertag.

Wie bitte? fragte Bormann.

Ja, bitte, sagte ich und stand auf. Du meinst also – ich richtete meine Worte an Bormann – wir sollen jetzt beschließen, daß wir ab 1. Januar um acht Uhr anfangen?

Ja natürlich, rief Bormann aufgeregt zurück. Was gibt es da groß zu reden. Er winkte abschätzig mit der Hand.

Die drei anderen nickten.

Aber, rief ich, ich dachte immer, wir sind hier zum Diskutieren zusammengerufen worden. Da hätte ich ja gleich zu Hause bleiben können.

Aber meine Herrschaften! rief der Direktor, ruhig Blut, nur ruhig Blut.

Was gibt es da schon groß zu reden, rief Bormann wieder, und ich bemerkte, daß er jetzt wirklich böse war. Was soll die unnötige Rederei!

Ja, warum dann diese Konferenz, wenn man uns nicht anhören will, sagte ich gereizt. Warum nicht gleich ein Anschlag am Schwarzen Brett, wo die neue Arbeitszeit rot unterstrichen aufgehängt wird. Mit meinem freien Samstag hätte ich was Vernünftigeres anfangen können. Der Herr Direktor hat selbst gesagt, daß er darüber nicht allein entscheiden möchte, auch nicht nur im Einvernehmen mit dem Betriebsrat, die Belegschaft müsse gehört werden. Warum also plötzlich diese Eile?

Aber, aber, rief der Direktor. Natürlich sind wir hier zusammengekommen, damit wir uns aussprechen können. Sie wissen, daß ich immer für eine Liberalisierung des Betriebes bin. Deshalb ist mir Ihre Meinung wichtig. Es ist natürlich auch richtig, daß wir uns nicht an einem einzelnen orientieren können, das ist ganz klar ...

Sehr richtig! rief Bormann und sah mich triumphierend an.

Ganz meiner Meinung, rief er noch.

... sondern daß wir nach Möglichkeit zu einem gemeinsamen Entschluß kommen wollen. Mein Bestreben ist es immer gewesen – die von Anfang an dabei waren, wissen das –, meinen Betrieb demokratisch zu orientieren, das heißt, daß jeder gehört wird.

Trotzdem möchte ich einwenden, sagte ich, daß ich Doktor Fechners Untersuchungsergebnisse anzweifle ...

Hört, hört, rief es durcheinander.

Das ist ja unglaublich! sagte ein Betriebsrat.

Das Fernsehen kann nicht für alles und jedes den Buhmann hergeben. Hat Doktor Fechner vielleicht auch untersucht, wie viele Arbeiter in unserem Betrieb einen Fernsehapparat haben? Ich zum Beispiel habe keinen, Frau Becker neben mir hat keinen, der Herr Direktor hat auch keinen, wieviel andere werden ebenfalls ohne Fernsehen sein. Das ist doch nicht unwichtig für eine Untersuchung. Erst einmal feststellen, wieviel Fernsehteilnehmer es im Betrieb gibt ...

Natürlich wurde das festgestellt! rief der Betriebsleiter.

Ach, sagte ich, ich kann mich nicht erinnern, daß ich darüber befragt wurde. Und wie ist das Ergebnis?

Moment, sagte er und blätterte aufgeregt in seinen Papieren. Hier, hier habe ich die Aufstellung. Also in Prozenten ausgedrückt haben zweiundfünfzig Prozent unserer Belegschaft einen Fernsehapparat.

Ach nein, sagte ich, die Hälfte nur? Und der anderen Hälfte schiebt man die Folgen gleich mit in die Schuhe? Da wundert mich aber sehr, wie Herr Doktor Fechner zu diesem Ergebnis kommen konnte. Er sagt, das Fernsehen sei schuld an der mangelhaften Arbeit in den Morgenstunden, und jetzt stellt sich plötzlich heraus, daß nur jedes zweite Belegschaftsmitglied einen Apparat hat. Nahm Doktor Fechner an, daß die anderen beim Nachbarn fernsehen? Das ist doch sehr seltsam.

Was ist seltsam? rief Bormann.

Sehr seltsam sogar, sagte ich. Das stellt doch, meine ich, die ganze Untersuchung des Herrn Fechner in Frage.

Das ist unerhört! rief Bormann. Wie kannst du dich unterstehen, die Untersuchungsergebnisse eines Wissenschaftlers anzuzweifeln.

Du wirst lachen, sagte ich, aber ich bin so frei und bezweifle sie. Darf ich das nicht, nur weil ich kein Wissenschaftler bin? Eine ganz simple Überlegung gehört dazu: Ich und auch Frau Becker haben keinen Apparat, und doch kommen wir jeden Morgen, das muß ich zugeben, müde oder unkonzentriert zur Arbeit, und unsere Arbeit wird dann vielleicht nicht so sorgfältig ausgeführt, wie es sein müßte, obwohl ich mir nichts vorwerfen kann...

Ich auch nicht! rief Frau Becker zustimmend.

Die Ursachen müssen dann also woanders liegen. Ich persönlich sehe sie in ganz normalen menschlichen Ursachen. Jawohl, meine Herren, sagte ich leise und langsam, weil es normal ist, daß ein Mensch müde sein kann, auch nach sieben Stunden Schlaf, und daß er auch mal unkonzentriert ist. Kein Mensch ist jeden Tag in gleicher Verfassung. Nur eine Maschine ist jeden Tag gleich, bis sie kaputt ist.

Ich setzte mich.

Reden Sie doch bitte weiter, sagte der Direktor, Sie wollen bestimmt noch etwas sagen!

Ja, antwortete ich, ich wollte noch etwas sagen, nämlich dies: Wenn wir später anfangen, dann haben wir auch keinen Grund, früher ins Bett zu gehen. Man bleibt länger wach, weil man weiß, daß man am anderen Morgen ein oder zwei Stunden später aus den Federn braucht.

Beifälliges Gemurmel um mich her.

Der Betriebsleiter und Doktor Fechner rückten unruhig auf ihren Stühlen.

Es geht in diesem ganzen Komplex doch um die gefertigte Arbeit, sagte Doktor Fechner.

Nein! sagte ich fest. Hier geht es in erster Linie um den Arbeiter und um das, was für ihn zumutbar oder nicht zumutbar ist.

Warum regen Sie sich so auf, antwortete Doktor Fechner, natürlich haben Sie in gewissem Sinne recht. Aber zumutbar oder nicht, die Arbeit darf auf keinen Fall leiden.

Die Betriebsräte nickten wieder.

Wenn der Arbeiter im Betrieb leidet, wenn ihm Unzumutbares aufgebürdet wird, dann leidet doch die Arbeit erst recht! rief ich. Wo schon ein Übel vorhanden ist, sollte man sich hüten, es noch zu verschlimmern.

Natürlich, Herr Fohrmann, ich gebe Ihnen recht, es geht natürlich um den Arbeiter, sagte der Direktor lächelnd, er muß ja schließlich in dieser Arbeitszeit leben ...

Und arbeiten, unterbrach ich ihn.

Die Betriebsräte lachten, als hätte einer einen guten Witz erzählt. Dabei fing die Sache an, für mich traurig zu werden. Ich war hingeschickt worden, die Wünsche und Interessen meines Arbeitssaales zu vertreten, dabei merkte ich, daß ich meine eigenen vertrat. Aber was soll das jetzt, ich wehre mich nur gegen die eifrig nickenden Betriebsräte, gegen einen lächelnden Direktor und gegen diesen selbstherrlich-unfehlbaren Doktor Fechner.

Also! ich klopfte zu meinen Worten wieder mit dem Zeigefinger auf die Tischplatte und trank schnell einen Schluck Coca. Also, so kommen wir nicht weiter. Wenn ich den Herrn Direktor recht verstanden habe, hat er uns hier zusammengerufen, weil er eine andere Arbeitszeit wünscht, beeindruckt von Doktor Fechners Bericht. Er hat uns hier zusammengerufen, wenn ich richtig liege, nicht um uns die neue Arbeitszeit mitzuteilen, sondern um unsere Ansicht zu hören; wir sollen also sagen, wie wir dazu stehen. Und weil ich schon mal rede ...

Du redest ja immer! rief Bormann und lachte den Direktor, Zustimmung erwartend, an.

... rede, möchte ich noch hinzufügen, daß Doktor Fechners Bericht für mich zwar auch interessant war, aber nicht so interessant, daß hoppla, hoppla eine andere Arbeitszeit eingeführt werden muß. So zwingend ist dieser Bericht nicht, er hat Fehler, und manches, was für ein richtiges Bild ungeheuer wichtig wäre, wurde nicht berücksichtigt, und aus diesem Grunde bin ich gegen einen späteren Beginn.

Hört, hört! riefen die Betriebsräte. Der Direktor ließ sich nicht aus der Ruhe bringen.

... bei allem Respekt, ich bezweifle diese Ergebnisse. Es kommt doch bei Untersuchungen dieser Art immer darauf an, welchen Ausgangspunkt man nimmt. Doktor Fechner nahm das Fernsehen und baut darauf seine Ergebnisse ...

Du willst doch nicht einem Wissenschaftler sagen, wie er es zu machen hat, rief Bormann wütend.

Nein, das will ich nicht, ich will nur einiges richtigstellen.

Der Direktor amüsierte sich, und ich hatte den Eindruck, daß er den Doktor nicht leiden konnte und daß es ihm vielleicht gar nicht so ernst war mit dem neuen Arbeitsbeginn.

Frau Becker neben mir und auch ich, wie auch die Hälfte der Belegschaft, haben keinen Fernsehapparat, sagte ich wieder.

Leg doch mal eine andere Platte auf, das wird ja langweilig! rief Bormann dazwischen. Er lachte, dann sagte er: Mach mal Pause – trink Coca-Cola.

Alles lachte, der Direktor am lautesten, und es tat Bormann wohl, daß der Direktor einen Lachanfall hatte.

Wir haben keinen Apparat, sagte ich wieder, ohne auf das Gelächter zu achten, und doch können wir bis neun Uhr fehlerhafte Arbeit liefern. Um es einmal praktisch zu sehen: Frau Becker zum Beispiel hat vier Kinder, sie kommt nach der jetzigen Arbeitszeit um vier Uhr nach Hause, sie kann also am Nachmittag noch viel für ihren Haushalt tun und auch für ihre Kinder. Muß sie dagegen bis spät in die Nacht Wäsche bügeln oder sonst was für den Haushalt richten, dann ist sie am anderen Morgen müde, das ist ganz klar, nicht so ausgeruht, als wenn sie um neun Uhr ins Bett geht. Nach der neuen Arbeitszeit kommt sie, wenn sie Glück hat, um sechs nach Hause, sie hat kaum Zeit zum Einkaufen, muß dann die Arbeit, die sie bisher am Nachmittag erledigen konnte, abends oder nachts nachholen. Wo, frage ich mich, ist hier eine Lösung gefunden?

Frau Becker ist ein Ausnahmefall! rief Bormann.

Ich gebe zu, daß Frau Becker ein Ausnahmefall ist, sagte ich, aber haben Sie eigentlich schon einmal geprüft, wieviel Ausnahmefälle es in unserem Betrieb gibt? Ich weiß nichts Genaues, ich sehe nach Feierabend nur viele Frauen aus dem Gebäude kommen, die meisten sind verheiratet. Das sind die anderen Ausnahmefälle. Ob sie einen Fernsehapparat haben oder nicht, spielt hierbei überhaupt keine Rolle. Genau besehen löst die neue Arbeitszeit nichts, ein Übel hebt das andere auf.

Nun! rief Bormann, die fehlerhafte Arbeit verschwindet!

Die drei anderen nickten beipflichtend.

Aber meine Herren! rief ich. Fehlerhafte Arbeit liegt doch nicht am frühen oder späten Arbeitsbeginn oder am Fernsehprogramm, das liegt in jedem einzelnen selbst begründet, in seiner inneren Verfassung... Um noch etwas anderes anzuschneiden, sagte ich, ich spiele gern Skat...

Allgemeines Gelächter. Sogar die Betriebsräte lachten mit.

...ich kann aber wochentags keinen Skat spielen, wegen des frühen Arbeitsbeginns am anderen Tag, weil ich um halb fünf aus dem Bett muß. Habe ich aber die Möglichkeit, später aufzustehen, nach der neuen Regelung also um halb sieben oder sieben Uhr, spiele ich auch wochentags meinen Skat. Die Folge ist, wer Skat spielt, weiß das selbst, daß es dann spät wird...

Wieder allgemeines Gelächter.

...ich bin dann also weniger ausgeschlafen als jetzt. Die Arbeit müßte nach Doktor Fechners Unterlagen fehlerhafter werden als jetzt. Das ist doch die Kehrseite des vorliegenden Berichtes. Ich bin der Ansicht, man sollte es sich nicht so bequem machen und auf irgendeine wissenschaftliche Untersuchung hin gleich alles umkrempeln.

Viele murmelten Zustimmung. Bormann sah mich schiefköpfig an und fragte heiser, ob ich endlich fertig sei. Die anderen Betriebsräte sahen aus dem Fenster. Der Direktor lächelte, Doktor Fechner war die Zigarre ausgegangen, und er mühte sich mit teilnahmsloser, fast gelangweilter Miene, sie wieder in Brand zu setzen.

Ich bin dafür, sagte der Direktor, wir stimmen erst einmal ab. Selbstverständlich enthalte ich mich der Stimme. Wer also für die neue Regelung ist, bitte Hand hoch.

Die vier Betriebsräte hielten die Hand schon hoch, ehe der Direktor ausgesprochen hatte. Dazu schnellten noch drei Arme hoch von denen, die hier ihren Saal zu vertreten hatten.

Da wir vierzehn waren, stand die Abstimmung sieben zu sieben.

Na, dann fifty-fifty, sagte der Direktor lachend. Ja, was sollen wir jetzt machen?

Erst einmal dem Neunmalklugen den Mund verbieten, rief Bormann und wies auf mich.

Darf ich trotzdem noch etwas sagen? fragte ich.

Sei bloß still! rief Bormann. Du hast schon genug dummes Zeug geredet. Jetzt ist Schluß, das kann ein normaler Mensch nicht mehr mit anhören.

Trotzdem sagte ich, nachdem mich der Direktor durch eine Handbewegung dazu aufgefordert hatte, leise:

In vielen Betrieben ist man dabei, die Arbeitszeit auf eine frühere Stunde vorzuverlegen, das heißt, Betriebe, die bisher um acht oder sieben mit der Arbeit begannen, verlegen jetzt ihren Beginn auf sechs oder sieben Uhr. Und warum? Ebenfalls auf Grund von Untersuchungen, die Doktor Fechners Kollegen vorgenommen haben. Ich sehe für uns speziell keinen Grund ...

Und das abgelieferte Material? rief Bormann außer sich.

Aber mein Gott! rief ich zurück, wer sagt denn, daß bei einem späteren Arbeitsbeginn das Material besser wird? Das sind doch nur Vermutungen!

Ganz richtig! rief einer der drei dazwischen, der vorhin für den späteren Arbeitsbeginn stimmte.

Ich will sagen, fuhr ich fort, Doktor Fechner hat bei seiner Untersuchung außer acht gelassen, daß wir keine Uhren oder Maschinen sind, die einfach eingestellt werden können und dann funktionieren müssen, er hat vergessen, daß wir Menschen sind. Menschen mit einem Innenleben, und dieses Innenleben beeinflußt eben manchmal die Arbeit. Wir Menschen sind nämlich der Hauptfaktor, nicht zurechtgelegte Programme oder Untersuchungen. Von uns, den Menschen, muß man ausgehen, nicht davon, was ein Unternehmer gern möchte oder nicht.

Der Direktor lächelte. Doktor Fechner fischte sich eine neue Zigarre aus der Kiste. Wenn wir dem Betrieb schon unsere Arbeitskraft verkaufen, dann hat der Betrieb das Risiko zu tragen, daß wir außer Händen und Beinen auch einen Kopf und eine Seele haben und ein Leben außerhalb des Betriebes führen, das unser eigentliches Leben ist und das sich jeden Tag von neuem den künstlichen Gesetzen eines Betriebes anpassen muß. Nicht jedem gelingt es auf die Sekunde, wenn er durch das Portierhäuschen tritt, es gibt keine Patentlösung, daß diese Anpassung mit dem Summer über der Tür zu geschehen hat – genausowenig, wie wir am 8. Mai 45 alle auf einmal Demokraten wurden.

Bei der Sache bleiben! rief Bormann und sagte: Diese Anpassung muß nicht täglich drei Stunden dauern.

Ich bin bei der Sache! rief ich, schließlich leben wir nicht für den Betrieb, der Betrieb lebt durch uns. Es tat mir leid, das ausgerechnet in diesem Betrieb sagen zu müssen, aber in dieser Frage bin ich grundsätzlich.

Und wir durch den Betrieb! rief Bormann und sprang auf.

Nein, Kollege Bormann, sagte ich ruhig, du täuschst dich. Wir haben durch den Verkauf unserer Arbeitskraft an den Betrieb die Möglichkeit zu existieren, nicht aber auch schon die Chance zu leben. Mein Lieber, Leben ist nämlich etwas anderes, das tut jeder auf seine Weise.

Du bist ein Quatschkopf! rief Bormann, du kommst mit Sachen heran, die gar nicht hierher gehören.

Stimmen wir doch wieder einmal ab, mischte sich da der Direktor ein. Wer ist gegen den späteren Arbeitsbeginn? Hand hoch bitte!

Wir zehn Abgeordnete hoben die Hand.

Enthalten sich die Betriebsräte der Stimme? fragte er lächelnd. Nein! rief Bormann. Wir stimmen für den späteren Arbeitsbeginn.

Ja, meine Herren, sagte der Direktor, auch wenn jeder der Betriebsräte zwei Stimmen haben sollte, so stände doch die Abstimmung 10:8. Tut mir leid. Was jetzt? Wer hat einen Vorschlag zur Lösung?

Diese Angelegenheit geht doch in erster Linie Betriebsführung und Betriebsrat an, sagte Bormann zum Direktor.

Aber nein, mein Lieber, sagte der Direktor lächelnd, mir scheint, das ist eine Sache der gesamten Belegschaft, und es war doch gut, daß wir hier zusammengekommen sind.

Ganz richtig! rief ich laut.

Aber zu was braucht es dann noch einen Betriebsrat? rief Bormann.

Zu was, zu was, zu was, riefen die drei anderen.

Das müssen Sie nicht mich fragen, meine Herren, sagte der Direktor nicht ohne Schmunzeln, ich habe ihn weder gefordert noch gewählt, das kommt so von oben runter, und was von oben kommt, muß nicht immer nützlich sein, geschweige gut.

Man sah ihm an, daß er Spaß an seinen eigenen Worten hatte.

Alle lachten, sogar die Betriebsräte.

Frau Becker sagte: daß er die Belange der Belegschaft vertritt...

Nicht nur, Frau Becker, nicht nur, sagte der Direktor.

Aber ich sehe hier zum erstenmal, daß sich der Betriebsrat gegen die Belange der Belegschaft stellt, sagte der alte Sieberg neben mir. Er hatte schon drei Flaschen Coca getrunken. Ist doch genug da, flüsterte er mir zu.

Das ist eine infame Unterstellung! rief Bormann, und die drei anderen riefen: unerhört, unerhört, unerhört! Wir haben hier nur dem

Wunsch der Belegschaft Rechnung getragen, sagte Bormann, denn alle im Betrieb wollen später anfangen, jawohl, alle, das sagten sie vor der Konferenz. Soweit ich im Betrieb herumgefragt habe, hieß es überall: später! Viel später! Niemand war für die Beibehaltung der alten Arbeitszeit! Ihr habt euch jetzt von so einem Kerl …

Sachte, mein Freund! rief ich. Keine Beleidigung!

… einseifen lassen und habt gegen euer besseres Wissen gestimmt. Pfui Teufel, ihr wißt nicht, was ihr wollt, macht doch euren Dreck allein.

Der letzte Sachsenkönig, sagte ich zu Sieberg. Aber der sah mich dumm an.

Na, na, meine Herrschaften, rief der Direktor, zum erstenmal ohne Lächeln, warum die Aufregung? Nur ruhig Blut.

Meine Damen und Herren, ich will Ihnen einen Kompromißvorschlag machen, jetzt lächelte er wieder. Wir lassen vorerst die Angelegenheit auf sich beruhen. Doktor Fechner bekommt von mir den Auftrag, noch einmal sechs bis acht Wochen Untersuchungen anzustellen, auf seiner bisherigen Basis. Außerdem beauftrage ich noch einen Herrn, der unabhängig von Doktor Fechner Untersuchungen macht, auf anderer Basis. Wir werden sehen, was am Ende dabei herauskommt. Wir treffen uns dann wieder, sagen wir Mitte oder Ende März, und beschließen dann endgültig. Einverstanden?

Alle nickten. Auch die Betriebsräte.

Mein Gott, sagte Frau Becker leise, der Mann läßt es sich was kosten. Die Wissenschaftler sind doch bestimmt nicht billig.

Ganz bestimmt nicht, sagte ich.

Sieberg meinte: Was ihm nur daran liegt, unsere Meinung zu hören, in anderen Betrieben wird doch auch nicht nach der Belegschaft gefragt, da wird angeordnet, wie im Dritten Reich, einfach angeordnet. Wem es nicht paßt, der kann ja gehen. Komischer Kerl.

Also dann, meine Damen und Herren, damit wäre unsere Aussprache beendet. Ich danke Ihnen.

Allgemeines Stühlerücken. Ich steckte mir noch ein paar Zigaretten ein, Sieberg eine Handvoll Zigarren. Der Direktor fing mich auf dem Treppenflur ab.

Den Betriebsräten haben Sie es aber gegeben, sagte er lachend. Bravo. Und er klopfte mir auf die Schulter. Er war mir bisher sympathisch gewesen, jetzt nicht mehr. Ich mag Leute nicht, die mir auf die Schulter klopfen, schließlich bin ich kein Hund, dem man den Hals tätschelt. Ich sah ihn böse an und wollte heftig werden, ließ es aber, ich hatte heute schon genug geredet. Ich fragte nur: Wieso? Das lag nicht in meiner Absicht. Ich habe nur meine ganz persönliche Meinung gesagt, und dazu waren wir ja wohl aufgefordert. Oder etwa nicht?

Natürlich. Das sollten Sie ja auch. Freut mich sogar. Wo arbeiten Sie?

Saal fünf, antwortete ich. Bohren.

Aha, bohren. Aber das ist nichts für Sie, Sie müssen eine andere

Arbeit haben. Werde mal sehen, was ich für Sie tun kann, vielleicht Expedition. Ja, das geht, da wird in vier Wochen eine Stelle frei.

Aber nein, sagte ich, ich fühle mich bei meiner Arbeit sehr wohl, ich will keine andere. Ich will bleiben, wo ich bin.

Natürlich, sagte er, verstehe, verstehe. Aber man fühlt sich eben immer nur eine bestimmte Zeit dort wohl, wo man ist. Hahahaha. Na, den Betriebsräten haben Sie es gegeben, muß schon sagen, alle Achtung. Er lachte noch einmal schallend, als er durch die Drehtür ins Freie trat und dort in seinen SL stieg.

Als ich mit Frau Becker, die mir dauernd von ihren häuslichen Sorgen erzählte, stadteinwärts ging, beschlich mich ein ungutes Gefühl. Ich wurde den Gedanken nicht los, daß der Direktor aus jedem Saal einen Vertreter angefordert hatte, um Betriebsrat und Belegschaft gegeneinander auszuspielen. Wenn das zuträfe, müßte ich das nächste Mal mit den Betriebsräten stimmen.

Frau Becker kaufte unterwegs ein, ich trug ihr das gefüllte Netz bis zum Bahnhof, auch sie mußte mit dem Zug fahren, nach Lütgendortmund.

Diese Fahrerei, Herr Fohrmann, macht mich ganz krank, klagte sie. Wenn ich jetzt nach Hause komme, dann geht der Arbeitsrummel für die Feiertage los, ich habe nicht einmal großen Hausputz gemacht dieses Jahr, kam einfach nicht dazu. Mein Mann kommt erst um acht Uhr, er arbeitet Schichten.

Wem sagen Sie das, Frau Becker, meine Frau arbeitet auch, ich kann ein Liedchen vom Alltag singen.

Wir hatten noch eine halbe Stunde Zeit, wir tranken im Bahnhof noch ein Glas Bier.

Es geht aber auch nicht mit einem Verdienst, Herr Fohrmann. Mein Mann bringt 550 Mark nach Hause, wir haben vier Kinder. Da können Sie sich ausrechnen, was man davon kaufen kann. Fünfundachtzig Mark bezahlen wir an Miete, dann kommt das Lichtgeld, Wasser, Müllabfuhr, Heizmaterial und vier hungrige Mäuler, die jeden Tag hungriger werden, die entwickeln einen Appetit, daß einem angst wird. Und ehe man sich versieht, sind sie aus den Sachen herausgewachsen. Und gehen Sie heute mal einkaufen, unter einem Hundertmarkschein traut man sich kaum noch in einen Laden.

Ja, ja, sagte ich.

Mein Mann wollte sich von seinem Weihnachtsgeld einen Anzug kaufen, aber Essig. Die Kinder brauchten alle neue Sachen.

Ja, ja, sagte ich. Sagen Sie mal, Frau Becker, was halten Sie von der heutigen Versammlung? Ich habe kein gutes Gefühl.

Was ich davon halte? Nicht viel. Sie lachte. Die Betriebsräte haben wieder einmal demonstriert, wie man sich beim Chef lieb Kind macht. Müssen das ja auch.

Wieso müssen sie das? Schließlich ...

Ach wissen Sie, unterbrach sie mich, zwei von denen haben doch neu gebaut, nach der Hohensyburg rüber. Der Chef hat ihnen ein zinsloses Darlehen gegeben. Was sollen die da dem Alten noch sagen?

Was? Das ist ja ... Aber warum habt ihr sie gewählt? fragte ich. Das wäre bei uns auf der Zeche kaum passiert.

Gewählt? Mein Gott, Sie wissen doch, wie so etwas läuft. Die hatten nun mal die große Klappe. Und das mit dem Darlehen, das weiß außer mir nur noch der alte Jenutschek.

Der Tscheche in meinem Saal?

Ganz recht. Aber der schweigt, obwohl er weiß, was im Betrieb hinter den Kulissen vorgeht.

Was ist das für ein Mann? fragte ich. Ich habe den Eindruck, er hat im Betrieb großen Einfluß.

Einfluß? Nein, der weiß nur alles. Wissen Sie, der Vater unseres Chefs war früher Prokurist in Jenutscheks Firma, in der Tschechei.

Ach nein. Unser Chef stammt also ...

Er ist Sudetendeutscher. Und der Jenutschek hatte früher in Eger eine Fabrik für Elektroartikel, eine ziemlich große Firma muß das gewesen sein, wie ich erfuhr. Da war unser Chef Lehrling und der Vater vom Chef Prokurist.

Und wie kommt der Jenutschek hierher? fragte ich.

So genau weiß ich das auch nicht. Der muß wohl früher mit den Nazis zusammen gearbeitet haben. Wenn es stimmt, was ich von einigen gehört habe, soll er Tschechen an die Deutschen ausgeliefert haben. Die tschechische Regierung suchte ihn nach dem Zusammenbruch, er hielt sich lange in Nürnberg versteckt, bis ihn unser Chef dort ausmachte. Der Jenutschek verkaufte seine Patente an unseren Chef und der machte hier in Dortmund eine Fabrik auf. Er nahm den Alten dann mit in den Betrieb.

So ist das also. Aber dann brauchte der alte Jenutschek doch nicht mehr zu arbeiten, er könnte doch von den Einnahmen seiner Tantiemen leben, sagte ich. Er muß doch genug Geld haben.

Ja, das ist so eine Sache. Andere erzählen es nämlich anders. Der Jenutschek sei vom Chef erpreßt worden. Sie sagen, Jenutschek wäre von unserem Chef an die Tschechen verraten worden, wenn er nicht seine Patente herausgerückt hätte.

Das ist doch Unsinn, den Eindruck macht unser Chef nicht, er scheint doch ein umgänglicher Mann zu sein.

Scheint! So lange es nichts mit seinem Geldbeutel zu tun hat, ist er vielleicht wirklich anständig.

Ach, wissen Sie, sollen die doch machen, was sie wollen, Hauptsache, ich habe mein Geld. Wenn der alte Jenutschek das tatsächlich gemacht hat, was man ihm nachsagt, dann geschieht es ihm ganz recht. Dann ist er ein Schwein. Wenn die Gerichte solche Kerle nicht finden, dann muß sich alles von alleine rächen.

Mein Gott, dachte ich, da ist die Welt so klein geworden, aber für solche Leute ist sie immer noch zu groß. Und Frau Becker sagte: Ob Jenutschek oder unser Chef, das sind Leute, die haben ein Katzenleben, die kommen aus jeder Katastrophe heil heraus, die Zeit mag sie noch so hoch in die Luft schleudern, sie fallen immer wieder auf die Pfoten.

Ja, sagte ich, ja.

Wir gingen durch die Sperre. Ich auf Bahnsteig drei, sie auf sechs. Ich wollte sie noch fragen, was wir in unserem Betrieb herstellen, aber sie war schon die Stufen hinauf mit ihrem schweren Einkaufsnetz.

Ich fuhr nach Hause. Ich war unglücklich, ich wollte den Willen unserer Saalbelegschaft vertreten und hatte doch nur meine Meinung durchgesetzt.

Mir war vor dem kommenden Montag etwas bange.

Der Geruch fuhr mir schon im Flur in die Nase. Es gab gebackenen Fisch, wahrscheinlich Kartoffelsalat dazu. Warum macht sie immer wieder Fisch, sie weiß doch, daß ich den Geschmack und den Geruch nicht ausstehen kann.

Ingeborg saß in der Küche vor dem Ofen, den Kopf auf die Brust geneigt.

Sie weinte.

Ich erschrak, als ich sie so sitzen sah, erbarmungswürdig, dieses trokkene Schluchzen. Ich hatte Wutgeschrei erwartet, Zorn, Beschimpfungen, nicht aber dieses Schluckweinen, das sie zu einem Kind machte.

Gleichzeitig aber war ich erleichtert, und mir war wohl, weil sie doch nun endlich wußte, daß sie ein Kind bekommt. Trotzdem war ich verlegen, ich wollte ihr erklären, wollte ihr sagen, warum wir ein Kind nötig hatten, aber ich stand stumm vor ihr und drehte meine Baskenmütze in der Hand, von einer Hand in die andere, und immer wieder fingerte ich an meiner Mütze herum.

Ingeborg, bitte, laß dir erklären, bitte... Da heulte sie erst richtig los. Wie ein gescholtener Junge stand ich vor ihr, blieb stumm, sah auf meine Schuhspitzen, wartete auf ein Wunder, das mich aus meiner erbärmlichen Lage befreite.

Da sah sie auf, starrte mich sekundenlang an, so als hätte sie mich nicht im Zimmer vermutet. Ich wollte wieder sprechen, setzte mehrmals dazu an, drehte aber nur die Mütze in der Hand, immer nur die Mütze in der Hand. Sie sprang auf, rannte auf mich zu und fiel mir um den Hals, drückte mich wild, weinte, lachte und stampfte mit den Füßen den Steinboden.

Gott sei Dank, dachte ich, und der Stein der Bedrückung fiel ab, Gott sei Dank, sie hat es verwunden, sie ist mir nicht böse, sie freut sich sogar, hat sich an den Gedanken gewöhnt. Vielleicht hat sie sich immer ein Kind gewünscht, und ich Narr hörte nur ihre ablehnenden Worte. Wie man sich täuschen kann, wie wenig man sich doch kennt.

Sie löste sich hastig und zog mich in das Wohnzimmer, öffnete dort ein Schubfach, wo die Bestecke liegen. Alles hastig, die Hände fahrig. Sie keuchte.

Da hatte sie einen gelben Zettel in der Hand, schwang ihn, hielt ihn mir unter die Nase, tanzte durch das Zimmer, schwang den gelben Schein in weiten Bögen um ihren Körper, blieb dann außer Atem vor mir stehen, keuchte, hielt mir den Schein wieder unter die Nase und fragte japsend: Begreifst du?

Nein, sagte ich dümmlich. Aber ich sah, daß es ein Lottoschein war. Da schrie sie kirr: Ich habe fünftausend Mark gewonnen! Begreifst du? Ich habe fünftausend Mark gewonnen! Gewonnen! Gewonnen!

Ich stand mitten im Zimmer. Alles drehte sich um mich.

Steh nicht so dumm herum, Jürgen, tu etwas, zerschlag meinetwegen die Vase, hau mir eine runter, brüll, lauf auf die Straße, leg mich übers Knie, aber um Himmels willen, tu etwas! Steh nicht so latschig herum.

Ich stand herum.

Begreifst du denn immer noch nicht! schrie sie.

Nein, sagte ich dumpf.

Ich wollte es dir schon gestern sagen, daß ich fünf richtige Zahlen habe, aber ich habe erst abgewartet, wieviel Gewinn ausgeschüttet wird.

Ja, sagte ich, ja.

Hast du denn gestern nicht gemerkt, wie unruhig ich war? Ich stellte dir sogar heißes Wasser statt Kaffee auf den Tisch.

Ja, sagte ich, ja.

O ich Esel, fuhr es mir durch den Kopf. Ich deutete ihre Unruhe gestern anders. Deshalb also weinte sie vorhin, lachte, fiel mir um den Hals und drückte mich wild. O ich Esel, ich Esel! Und ich dachte ... alles andere hätte ich erwartet, nur das nicht. Und das Schlimmste, sie weiß auch jetzt noch nicht, daß sie bald ein Kind haben wird. Jetzt aber kann ich es ihr auch nicht sagen, der gelbe Schein würde sie zur Furie machen. Der gelbe Schein also war es.

Ich war erst mal maßlos enttäuscht. Aber als sie mich nötigte, mich in einen Sessel zu setzen, mir die Schuhe auszog, die Hausschuhe brachte und einen dampfenden Kaffee, da glich sie dem Mädchen, das sie in unseren besten Turteltaubenmonaten war. Allmählich fing auch ich an, mich an der Zahl Fünftausend zu erwärmen, ich sah voll Respekt auf den gelben Schein, der vor mir auf dem Tisch lag.

Fünftausend Mark, das war enorm.

Ich rechnete hastig: 1050 Löcher bohre ich täglich in der Fabrik. Will ich auf die Zahl kommen, muß ich eine volle Woche bohren, das sind dann 5250 Löcher. Auf das Loch genau hat sie die Mark gewonnen, nämlich 5250 Mark, wie ich mich in der Zeitung überzeugte. Ich müßte also eine Fünftagewoche voll arbeiten, vorausgesetzt, daß ich für jedes Loch eine Mark bekäme.

Das war enorm.

Sie setzte sich auf meinen Schoß und küßte mich ab, und sie sagte mir Dinge, die ich Jahre nicht mehr gehört hatte. Jetzt, sagte ich zu ihr, sind wir unsere Sorgen los. Endlich! Was für ein Gefühl der Erleichterung, ich komme mir wie frisch gebadet vor. Mein Gott, Ingeborg, welch ein Glück.

Dabei tat ich im stillen Abbitte, denn ich hatte sie oft ausgeschimpft, wenn sie am Freitag Schein und Mark zur Lottoannahme trug.

Ich kannte meine Frau nicht mehr, sie war jung und ausgelassen wie ein übermütiges Mädchen. Sie küßte mich und schmiegte sich an mich wie vor Jahren. Sie sprang auf und lief geschäftig zwischen Küche und Wohnzimmer her, brachte mir die Zeitung und fragte: Fisch willst du nicht? Nein? Ich habe dir eine Wurstplatte zurechtgemacht. Jedesmal, wenn sie ins Wohnzimmer kam, küßte sie mich und sagte Lieber zu mir. Seit vielen Jahren hörte ich das Wort nicht mehr. Ich war wie in einem Taumel, zwar begriff ich, was um mich her vorging, aber ich konnte es nicht so schnell verarbeiten.

Nahm sie den gelben Schein vom Tisch auf, dann sah sie auf den zerknitterten und angeschmutzten Zettel wie eine Mutter auf ihr neugeborenes Kind, voll Zärtlichkeit und Unglauben, daß dies quakende Etwas ihr, ihr ganz allein gehören sollte. Mein Gott, dachte ich, wenn sie es nun erfährt, daß sie ein Kind bekommt. Mein Gott, ich zittere schon in Gedanken daran. Aber, tröstete ich mich, so wütend kann sie auch wieder nicht werden, wir haben jetzt Geld für einen Säugling und noch etwas mehr.

Ich sagte zu ihr: Jetzt sind wir unsere Sorgen los. Endlich. Ich kann es kaum glauben.

Ja, Lieber, endlich.

Jetzt werden sofort alle Schulden bezahlt, und dabei bleibt noch ein schönes Häppchen übrig. Endlich sind wir unsere Schulden los. Mein Gott, Ingeborg, nicht mehr an Raten denken, nicht mehr an Termine, nicht mehr an Gerichtsvollzieher und Zahlungsbefehle. Und dann können wir noch kaufen, was wir uns schon lange wünschten, und nicht auf Raten. Ich könnte gleich auf die Straße laufen und schreien, und wenn sie mich einsperren sollten ...

Sie kam langsam aus der Küche, sie hatte unnatürlich große Augen. Sie fragte leise: Was?

Was? schrie sie plötzlich, und ihr Gesicht war puterrot.

Was hast du? fragte ich und ging auf sie zu.

Was hast du gesagt? Schulden bezahlen? Ja, spinnst du?

Das kam für mich so überraschend, daß ich mich wieder in den Sessel setzte.

Aber Ingeborg! rief ich.

Sei still. Glaubst du im Ernst, ich verplempere mein schönes Geld mit Schuldenbezahlen? Das schöne Geld? Jetzt, wo wir endlich einen Batzen beisammen haben, jetzt soll ich den Batzen zerhacken und Raten bezahlen? Die werden schon bezahlt, auch ohne die fünftausend Mark. Ja, ist dein Hirn plötzlich zugenagelt? Mit solch einem Batzen Geld muß man auch gleich einen Batzen kaufen, sonst ist das Geld weg, und man weiß nicht, wo es geblieben ist, und man hat hinterher nichts, aber auch gar nichts.

Aber Ingeborg, sagte ich beschwörend, wenn wir die Raten vom Hals hätten, dann könnten wir wieder ruhig schlafen.

Wieso? Schläfst du schlecht? Dann geh doch gleich mal zum Arzt. Hol dir meinetwegen einen Krankenschein, ein paar Wochen Krankfeiern können wir uns jetzt schon leisten.

Ich war wie vor den Kopf geschlagen. Ihre Ausgelassenheit von vorhin war wie weggeblasen, ihr Gesicht nahm jetzt wieder die strengen Züge an, die es hat, seit sie in die Fabrik geht.

Ich stand auf und stützte die Arme auf den Tisch, vor mir lag der gelbe Schein, an dem ich mich auch für wenige Minuten erwärmt hatte. Und jetzt? Der verdammte kleine Zettel war kein Glücksbringer, er riß uns womöglich, nach Ingeborgs Plänen, noch tiefer in Schulden, und aus der erhofften Befreiung würde tiefere Bedrückung. Was hat Ingeborg nur so verblendet? Sie wird mir mit jedem Tag fremder, meine einzige Hoffnung bleibt das Kind, das noch ungeborene Kind. Ach Kind! Sie kann mich, wenn das Kind da ist, nicht ausschließen und eigene Wege gehen, es ist dann ebenso ein Stück von mir, wie es ein Stück von ihr ist. Ich freue mich unbändig auf das erste Quaken, auf die ersten nassen Windeln.

Ich hob den gelben Zettel vom Tisch auf und wollte mir die verflixten Zahlen einmal genau ansehen, ob sie etwa eine Beziehung zu unseren Lebensdaten hatten, aber in dem Moment kam Ingeborg angeschnellt, riß mir den Schein aus der Hand und steckte ihn schnell in ihren Busenausschnitt. Finger weg! schrie sie. Das ist meine Angelegenheit. Ich kaufe den Wagen, du machst den Führerschein.

Ihr Gesicht war in diesem Augenblick eine Fratze.

Aber Ingeborg, laß dir doch erklären ...

Hör bitte mit deinem Gequatsche auf, es hängt mir zum Hals raus. Du bist primitiv, rückständig, du kennst nie deine Chance, du lebst wie ein Träumer, und du fühlst dich wohl in deinen Träumen, du lebst in den Tag hinein und weißt nicht, daß es am anderen Tag einen Morgen gibt. Du wachst nicht einmal auf, wenn du hörst und siehst, daß deine Frau fünftausend Mark gewonnen hat! Du Esel! O du Esel!

Mein Gott, dachte ich, was ist aus meiner Frau geworden.

Ich soll den Führerschein machen? fragte ich sie.

Wenn du nicht willst, mach ich ihn selbst, ist vielleicht besser so, bin sonst zu sehr auf dich angewiesen. Also was ist? Machst du ihn oder nicht? Geh gleich morgen zur Fahrschule und melde dich an.

Ja, sagte ich dumpf, ja.

Na hör mal, mir scheint, du freust dich gar nicht über das Geld und die Aussicht, daß wir jetzt einen Wagen bekommen. Die Nachbarn platzen vor Wut, wenn sie sehen, daß vor unserem Haus ein Wagen steht. Stell dir bloß ihre Gesichter vor und ihre scheinheiligen Reden.

Ja, sagte ich, ich kann es mir vorstellen.

Du siehst wieder einmal, ich habe doch recht gehabt mit meiner Tipperei, gegen deine Unkenrufe. Meine Güte, wenn ich die ganze Zeit auf dich gehört hätte, dann wären wir täglich rückwärts anstatt vorwärts gegangen. Du freust dich also nicht? Du bist nur neidisch, daß du nicht gewonnen hast und daß du jetzt nicht an mein Geld kannst. Und dann schrie sie: Das ist mein Geld, meins!

Ich sah sie an. So weit ist es also gekommen, sie sagt nicht mehr *unser*, sie sagt mein und dein.

Mein Gott, dachte ich und schlürfte den mittlerweile lau gewordenen Kaffee, ist unsere Ehe ein Irrenhaus? Am besten tue ich, was sie sagt, sonst habe ich in einigen Monaten überhaupt nichts mehr zu sagen. Ich laufe einige Zeit einfach mit. Soll sie später machen, was sie will, ich unterstütze sie nicht. Wollen doch sehen, wo wir landen werden, ob sie sich nicht doch besinnt und eines Tages zu mir sagt: Es muß wieder wie früher werden, es wird schwer sein, aber ich werde mir Mühe geben.

Eines Tages, das weiß ich bestimmt, wacht nicht nur meine Frau auf, es werden viele Frauen aufwachen. Aber was werden sie dann sagen? Werden sie uns Männern fluchen, weil wir sie nicht zurückrissen? Wenn die Frauen genau wissen, wo ihr Glück abgesteckt wohnt, dann haben sie uns Männern einiges voraus, denn wir wissen nicht, wo Ziele sind, und wenn doch, dann nicht, wie diese Ziele heißen. Im Stehen verschlang ich ein paar Scheiben Wurst von der appetitlichen Platte, die sie zur Feier des Tages für mich garniert hatte. Ich sah sie an, sie sah mich an, und sie atmete schwer in ihrer Empörung.

Ich stürzte aus dem Haus, ohne Mantel.

Jürgen! rief sie hinter mir her. Bleib hier! Bleib bitte hier!

Ich lief die Straße hinunter. Stadteinwärts. Am Markt fand ich Kameraden von unserer alten Zeche.

Ich hätte ihr sagen sollen, daß sie ein Kind bekommt, aber wahrscheinlich hätte sie mich für verrückt gehalten.

Als ich auf dem Markt mit den früheren Kumpels sprach, hatte ich noch ihren schrillen Schrei im Ohr: Jüüüürgen!

Ich schlenderte durch die Weststraße, bog an der Tankstelle zum Bahnhof ein, am Gondelteich begegnete mir Rosi, sie kam aus Dortmund.

Nanu? Wolltest du mich abholen, Onkel Jürgen?

Meine Frau hat fünftausend Mark im Lotto gewonnen.

Ach, sagte sie. Sie war wirklich erstaunt. Was die ein Glück hat. Kaum zu glauben bei ihrem verkniffenen Gesicht.

Halts Maul, sie kauft sich ein Auto, sagte ich.

Rosi lachte. Das habe ich mir gedacht.

Was soll ich jetzt nur machen, Rosi? fragte ich.

Du? Mein Gott, du machst den Führerschein und setzt dich ans Steuer.

Ja, sagte ich, das hat sie auch gesagt.

Guck an, da sind Ingeborg und ich mal einer Meinung. Kaum zu glauben, und sie lachte viele Schritte weit.

Es war wieder empfindlich kalt geworden, der Schnee knirschte. Ich konnte Rosi nicht von meinen Gedanken erzählen, nicht von dem Kind, sie hätte höchstens spöttisch gelacht. Sie hätte mich wahrscheinlich auch nicht verstanden. Wir bogen in die Siedlung ein, schreiende Kinder rodelten von der Bahnböschung auf die Straße, und wir mußten ihren Schlitten ausweichen.

Ob es noch kälter wird? fragte Rosi. Ich muß mir, wenn das mit der Kälte so weitergeht, noch ein Paar pelzgefütterte Schuhe kaufen.

Ja, sagte ich, es wird noch kälter.

In der Siedlung knirschte der Schnee lauter als in der Stadt.

Raaaa-itsch raaaa-itsch raaaa-itsch, mein Gott, wie hat sich mein Bohrer verwandelt, von dem großen, ungefügen, trommelfelltötenden unter Tage zu diesem Spielzeug heute in meiner Hand. Komisch, immer muß es ein Bohrer sein. Demnächst werde ich Zahnarzt, dann habe ich einen noch kleineren Bohrer und noch höheren Verdienst. Immer muß es ein Bohrer sein.

Sie haben mir damals drei Stunden getrotzt, genauer gesagt, sie waren mir böse, sie sprachen mit mir kein Wort, sie sahen mich nicht einmal an. Komisches Volk. Sie waren auf mich böse, weil ich den späteren Arbeitsbeginn torpediert hatte, sie wußten es schon, noch ehe sie an dem Montag den Saal betraten. Einen sauberen Vertreter haben wir uns da ausgesucht, sagte der junge Mann neben der Frau am oberen Ende des Tisches. Von Frau Becker sprach niemand. Der Amigo sah mich abwesend-nachdenklich an und vergaß in seiner Nase zu bohren. Das war wirklich ein schlimmes Zeichen. Seine Zunge blieb hinter seinen Zähnen verborgen.

Raaaa-itsch raaaa-itsch raaaa-itsch, die Reserve taute erst auf, nachdem der Tscheche mich mehrmals beim Namen rief, mich freundlich schnurrbärtig ansah und dobre dobre sagte. Mit dem Tschechen will es sich keiner verderben, sie wissen zwar nicht warum, aber sie wollen gut Freund sein. Einige Male lachte der Tscheche laut, was noch nie, wie man mir später sagte, in all den Jahren vorgekommen war. Die Leute hatten immer geglaubt, er könne überhaupt nicht lachen. Wittlich sagte mir, als der übliche Ton im Saal wieder Fuß gefaßt hatte, ich hätte bei dem Alten einen Stein im Brett. Mit dem Alten meinte er den Tschechen. Dabei habe ich mit dem Janutschek noch keinen zusammenhängenden Satz gesprochen.

Raaaa-itsch raaaa-itsch raaaa-itsch, die Woche lief lau dahin, die Unlust nach den Feiertagen wird sich so ballen, daß die fehlerhafte

Arbeit bei weitem das überschreiten wird, was der Doktor nach den Fernsehermittlungen ausgerechnet hat. Keiner hatte Lust, alle zehrten sie noch am Festbraten und lebten vom Vorgeschmack auf Silvester. Das hatte Doktor Fechner nicht einkalkuliert. Es war ein träger Friede unter den Arbeitern, die Faulheit stieg manchmal bis an die Lippen. Nur einmal sagte die Bebe, daß sie einen Babydoll geschenkt bekommen habe, rosa Biedermeier. Wittlich sagte, daß er sich zur Verfügung stelle, ihr erstmals diesen Babydoll überzuziehen. Die Bebe antwortete nicht, sie sah mich an und wurde rot.

Bald wieder Feiertage, sagte ich oft vor mich hin, obwohl die letzten vier Feiertage erst öde vergangen waren. Ingeborg und ich hatten Kerzen auf den Baum gesteckt und sie bis auf den Stumpf am Heiligen Abend niederbrennen lassen. Ich hatte in einem Bildband geblättert, den sie mir geschenkt hatte, sie hatte den ganzen Abend große Zahlen in ein dickes Buch geschrieben. Ich hatte sie nicht nach den Zahlen gefragt. Wenigstens Weihnachten sollte harmonisch gefeiert werden. Um zehn Uhr war sie schrecklich müde, gähnte, ging zu Bett und nahm das dicke Buch mit den großen Zahlen mit. Es lag morgens noch unter ihrem Kopfkissen.

Es waren die ödesten Feiertage meines Lebens gewesen. Beim Kommiß hatten wir wenigstens noch unseren Galgenhumor und die Sehnsucht nach dem Ende dieser Scheiße.

Raaaa-itsch raaaa-itsch raaaa-itsch, die beiden Beamten waren höflich vorgestern abend, als sie mich in meiner Wohnung über Polenz ausfragten. Sie fragten manchmal komische Sachen, die nichts mit Polenz zu tun hatten. Ingeborg erschrak natürlich über die beiden beleibten Männer, und sie machte mir hinterher Vorwürfe, eine regelrechte Szene. Sie zischte mich an, daß ich ja nun endlich einsehen werde, wohin ich komme, wenn ich mich mit Männern wie Polenz abgebe. Niemand weiß, ob sie kriminell sind oder politisch. Politisch verfolgt sind sie natürlich alle, wenn sie erst mal im Westen sind, schon wegen des Kopfgeldes, tobte sie. Die können sich doch schon nach vier Wochen mehr leisten als unsereiner, der sich das ganze Jahr abrackert. Was werden jetzt bloß die Nachbarn sagen, die wissen doch auch, daß das Kriminaler waren. Sie weinte sogar, und ich glaube, die Tränen waren echt.

Raaaa-itsch raaaa-itsch raaaa-itsch, 1050mal am Tag in acht Stunden, und dafür dreißig Mark Verdienst. Eine leichte Arbeit, aber eben weil sie leicht ist, weil ich ein Rad unter Rädern bin und mich drehen muß, wie der große Mann das Räderwerk aufgezogen und eingestimmt hat, fürchte ich, daß sie nicht schön, sondern erbärmlich ist. Gott sei Dank, daß der Amigo jetzt wieder in der Nase bohrt, die Stimmung im Saal hat sich eingegondelt.

Raaaa-itsch raaaa-itsch raaaa-itsch, den Beamten sagte ich alles, was ich wußte, ich sagte ihnen sogar, was ich vermutete, von Polenz und von Frau Politzik, soweit ich die Gespräche in Erinnerung hatte. Ich bemühte mich, so genau wie möglich die Gespräche wiederzugeben, besonders das im Krankenhaus, das ich mit Polenz führte und auf das sie anscheinend großen Wert legten. Sie sagten dann, ich sollte nach Neujahr vorbeikommen und das Protokoll unterschreiben, es habe keine Eile, die Ermittlungen liefen erst an, auch in der Ostzone. Sie waren sehr höflich zu mir. Erstaunlich höflich.

Raaaa-itsch raaaa-itsch raaaa-itsch, die Polizei hast du uns auf den Hals gehetzt, hatte Ingeborg gezetert und in einem fort geschluchzt. Sie sieht Polizisten als Verkörperung des Bösen an, besonders die in Zivil.

Raaaa-itsch raaaa-itsch raaaa-itsch, übermorgen ist Silvester, und ich weiß noch nicht, wie ich aus dem alten Jahr schlüpfen werde. Im Radio werden wieder große Worte gesprochen, von Politikern und so, sie sagen jedes Jahr dasselbe. Wenn doch einmal einer sagen würde: Liebe Leute! Besauft euch, wer weiß, ob ihr morgen noch saufen könnt. Sodom und Gomorrha kann nicht nur vom Osten, es kann auch vom Westen kommen. Aber das sagt keiner, weil es nicht populär ist, und was nicht populär ist, gefährdet den guten Ruf, zumindest aber die Karriere.

Die zwanzig Mark von der Samstagsitzung hielt ich zurück, man will schließlich sein Taschengeld etwas aufbessern, über Silvester und Neujahr geht mehr flöten, als man vorher errechnet hat. Oder soll ich für die zwanzig Mark eine Babyausstattung kaufen? Windeln? Strumpfhosen?

Raaaa-itsch raaaa-itsch raaaa-itsch, unter einer plötzlichen Eingebung fragte ich plötzlich den Amigo: Sillo, was machst du zu Silvester und Neujahr? Fährst du nach Reggio?

Er sah mich groß an. Ohne Zunge. Reggio? No no, nix, Reggio weit, viel Geld. Ich bleiben hier im Lager. Trinken und Schlafen und Kino.

Und Bahnhof, sagte ich lachend. Er lachte mit und ließ seine Zunge spielen.

Sillo, sagte ich, willst du nicht zwei Tage zu mir kommen? Du kannst bei mir schlafen, Platz habe ich genug. Meine Frau wird sich bestimmt auch freuen. Willst du?

Raaaa-itsch raaaa-itsch raaaa-itsch, er ließ seine Arbeit aus den Händen fallen, seine Zungenspitze schnellte von einem Nasenloch zum anderen, seine Augen irrten über den Tisch in die Blicke der anderen, die ihn gespannt ansahen, er rutschte auf seinem Stuhl hin und her, dann sprang er auf, hob die Arme und rief ausgelassen: Ich sollen ... sollen ... kommen zu ... dir ...

Raaaa-itsch raaaa-itsch raaaa-itsch, ja, sagte ich, du sollst zu mir kommen über die Feiertage. Ist doch besser für dich als in dem langweiligen Wohnheim, wo einer den anderen ärgert.

Da sprang er mit einem Satz hoch, hüpfte wie ein Verrückter durch den Saal und rief fortwährend Mamamia, o mamamia! Er rannte auf mich zu, sprang vor mir noch einmal hoch wie eine Eisprinzessin, umarmte mich, küßte mich und schrie: du Amigo, du Amigo, o mamamia,

mamamia! Dann tanzte er durch den Saal und trällerte einen italienischen Schlager.

Der Tscheche sah mich an, lachte breit und sagte: dobre dobre.

Wittlich neben mir meinte, daß ich Sillo, wenn er erst einmal bei mir Fuß gefaßt hat, nicht mehr loswerde. Die Kerle sind anhänglich, sage ich dir. Sie sind ganz amüsant, mit der Zeit aber fällt dir ihre Anhänglichkeit auf den Wecker.

Oh, rief die Bebe, schade, daß ich kein eigenes Zimmer habe, dann würde ich Sillo einladen, zu mir zu kommen.

Ja, rief Wittlich, der würde dir deinen Babydoll schon anprobieren.

Sillo blieb stehen, sah die Bebe zerknirscht an und sagte: Oh, Babydoll, gut, ich kommen, nix gut für dich. Alle lachten.

Raaaa-itsch raaaa-itsch raaaa-itsch, die Beamten fragten mich auch, ob ich von den Beziehungen zwischen Polenz und dem erhängten Borowski gewußt hätte. Ich sagte ihnen, was ich wußte, das war nicht viel. Ich erfuhr ja davon durch Polenz und nicht durch Karl. Die Beamten boten mir von ihren Zigaretten an. Ich ärgerte mich, daß Ingeborg ihnen weder Kaffee noch Schnaps vorsetzte, sie hätten wahrscheinlich abgelehnt, aber Ingeborg hätte es doch wenigstens anbieten können. Sie aber saß zusammengekauert in einem Sessel und folgte dem Frage- und Antwortspiel mit bösem Gesicht. Gott sei Dank sprach sie aber kein Wort. Als die Beamten sie einmal etwas fragten, erwiderte sie barsch, sie habe mit der ganzen Sache nichts zu tun, das sei allein Angelegenheit ihres Mannes. Die Beamten grinsten sich an, ich verfolgte es genau.

Raaaa-itsch raaaa-itsch raaaa-itsch, das haben dir Veronika und Rosi eingebrockt, schrie sie, als die Beamten gegangen waren. Sie weinte wieder, und ich begann zu zweifeln, ob dieses Weinen echt war oder nur vorgespielt. Die beiden Weibsbilder wissen vor Langeweile nicht, was sie sich aushecken sollen. Oh, denen ist jede Schlechtigkeit zuzutrauen, schrie sie außer sich.

Raaaa-itsch raaaa-itsch raaaa-itsch, sie sollte lieber einmal eine Aufstellung unserer Schulden machen, damit man klarsieht und seine Möglichkeiten abschätzen kann. Aber sie hat tatsächlich Angst vor der Aufstellung und der Summe, die am Ende herauskommt. Der erste Zahlungsbefehl in Höhe von einhundertsechsundvierzig Mark ist nun endlich per Zustellungsurkunde bei uns eingetroffen, und ich hatte eine unbeschreibliche Freude, weil sie vor dem Wisch erschrak. Vielleicht kann sie jetzt durch den Gerichtsvollzieher zur Vernunft gebracht werden, immerhin schämt sie sich, falls der Gerichtsvollzieher in unser Haus kommt. Am Abend aber sagte sie, daß sie die paar Kröten von ihrem Weihnachtsgeld bezahlen werde. Sie war wieder gelöst und guter Dinge. Ich habe den Eindruck, daß sie sich bei solchen Anlässen nur schüttelt und dann im alten Geleis weiterfährt. Ich könnte ihr einen Eimer eiskaltes Wasser über den Kopf schütten, sie wird nur erstaunt aufsehen, prusten und dann fragen: Warum kein heißes Wasser?

Raaaa-itsch raaaa-itsch raaaa-itsch, dabei kommen noch andere Schwierigkeiten auf uns zu. Wir haben zwar ein Eigenheim und können nicht auf die Straße gesetzt werden, aber jetzt, wo ich nicht mehr auf der Zeche bin, hat die Gesellschaft allen die fünftausend Mark Darlehen gekündigt, die sie damals beim Bau beigesteuert hat. Keiner hat natürlich fünftausend Mark, um sie auf den Tisch zu legen, die Gesellschaft fand eine andere Methode: wir müssen ab 1. Januar einhundertzwanzig Mark Miete bezahlen. Das ist ein Batzen Geld, und der Monat ist schnell vorbei. Der Wisch, den wir zur Unterschrift vorgelegt bekamen, besagt ausdrücklich, daß wir das Eigenheim verlassen müssen, wenn wir nicht pünktlich unsere einhundertzwanzig Mark bezahlen. So kommt die Gesellschaft auf billige Weise zu ihrem Geld. Wer den Wisch nicht unterschrieben hätte, der hätte unweigerlich die Kündigung erhalten. Mein Gott, ich würde dieses Eigenheim ja aufgeben, aber wo so schnell eine Wohnung hernehmen, und dann hat man im Laufe der Jahre soviel Geld in dieses Haus gesteckt, um es praktischer zu machen, wohnlicher.

Raaaa-itsch raaaa-itsch raaaa-itsch, diese Arbeit läßt mir Zeit zum Überlegen. Ich könnte sogar ein Gestell auf den Tisch bauen lassen und auf das Gestell ein Buch legen und lesen, während der Arbeit. Meine Hände machen alles automatisch, ganz allein, ohne Kopf. Meine Arbeit läßt mir Zeit zum Überlegen.

Raaaa-itsch raaaa-itsch raaaa-itsch, die Zunge des Amigo ist immer noch nicht zur Ruhe gekommen, sie schnellt hin und her, sein Gesicht hat einen triumphierenden Ausdruck, als ob er sagen will: Seht ihr, ich bin auch ein Mensch, kein schmutziger Italiener. Auch ich rutsche mit Familie in das neue Jahr.

Raaaa-itsch raaaa-itsch raaaa-itsch, die Beamten fragten mich mehrmals, ob Borowski niemals von Polenz gesprochen habe. Ich verneinte zum xten Male und wunderte mich, daß sie dieselbe Frage so oft stellten. Und sie fragten mich, ob ich einen Verdacht hätte, wer Borowski damals denunzierte. Nein, das hatte ich nicht, aber die halbe Belegschaft auf der Zeche wußte doch, daß Karl der Schreiber war. Karl war gewarnt worden, er schrieb weiter wie ein unfolgsames Kind. Aber wieso? fragte ich. Das hat doch nichts mit Polenz zu tun, der wohnte doch damals in Oppeln.

Sicher, sicher, sagten sie, die Frage habe keine Bedeutung, es war nur eine belanglose Zwischenfrage.

Raaaa-itsch raaaa-itsch raaaa-itsch, seit ein paar Tagen lächelt die Bebe mich so wissend an, treffen sich unsere Augen, wird sie verlegen und rot. Sie arbeitet dann wie besessen weiter. Ich muß sie unbedingt einmal fragen, was sie hat. Vielleicht hat sie Sorgen und will mich etwas fragen.

Raaaa-itsch raaaa-itsch raaaa-itsch, der Amigo beruhigt sich immer noch nicht, seine Freude ist grenzenlos, seine Arbeit vergißt er, auch die mahnenden Worte des Tschechen nützen wenig. Er läuft durch den Saal und küßt ab, wer gerade in seinem Tanzschritt sitzt. Er ruft: Mamamia, mamamia, o Amigo Jürgen.

Raaaa-itsch raaaa-itsch raaaa-itsch, nach Neujahr bekommen wir unsere bunten Arbeitsmäntel. Verschiedene Farben. Pastell, das wird wahrscheinlich auf Betreiben dieses Doktor Fechner zurückzuführen sein, er sagte, zarte Farben heben die Arbeitsmoral. Solche Leute haben ja die ausgefallensten Ideen, aber schlecht finde ich die Idee nicht, wenn wir bunt wie Papageien herumlaufen, die Tristheit des Raumes wird auf jeden Fall verschwinden. Jeder bekommt einen Mantel in einer anderen Farbe, später bekommen wir einen zweiten Mantel, damit wir regelmäßig wechseln können. Den Mantel bekommen wir umsonst.

Raaaa-itsch raaaa-itsch raaaa-itsch, mir gehen dauernd die vier Betriebsräte durch den Kopf. Mit solchen Betriebsräten, wie wir sie haben, ist der Gewerkschaft nicht gedient, sie macht sich der Bestechlichkeit verdächtig. Vielleicht wird einmal die Zeit kommen, daß wir nicht mehr gegen die Unternehmer Front beziehen müssen, sondern auch gegen unsere eigene Gewerkschaft. Verdammt, mein Mitgliedsbuch muß ich auch noch umschreiben lassen. Unsere Vertreter werden zu mächtig, sie verschanzen sich noch dahinter, daß sie nur unser Bestes wollen, aber wer sagt, daß sie nicht ihr Bestes wollen. Sie wachsen sich zu Bürokraten aus, und wenn sie Bürokraten geworden sind, müssen wir uns mit dem Unternehmer verbinden, um sie von ihren Stühlen zu jagen. Der Gedanke, daß sie ihren Schreibtisch nur geliehen erhielten, kommt ihnen überhaupt nicht. Vielleicht sollten Gewerkschaftsvertreter keine Angestellten sein, sie müßten wie ein Parlament alle vier Jahre gewählt werden, nicht von den Gewählten, sondern vom Heer der Arbeiter. Aber auf Kegelabenden und in Skatrunden konspirieren sie ihre Posten aus, während der Arbeiter abseits steht, auf dem Tarifvertrag vertraut, auf die Ehrlichkeit, die Lauterkeit, den selbstlosen Einsatz. Sollten einmal unter das Volk gehen und die fragen, die bei dem Wort Gewerkschaft eine wegwerfende Handbewegung machen. Sind viele geworden, die eine wegwerfende Handbewegung machen, es werden täglich mehr. Mein Gott, was soll nur werden, wenn wir einmal gegen unsere eigenen Vertreter aufstehen müssen, weil sie Bonzen geworden sind. Beim Aufwachen aus dem Wirtschaftswunder werden wir das Frühstück bezahlen müssen.

Raaaa-itsch raaaa-itsch raaaa-itsch, Irene Politzik hatte mich am Bahnhof in Kamen erwartet, sie war verzweifelt, die Affäre Polenz bedrückt sie, und sie hat erfahren, daß Polenz sie schwer belastet mit Dingen, die aus der Luft gegriffen sind. Die Beamten fingen an, ihr zu mißtrauen, das merke sie schon lange. Dann sagte sie: Aber ich habe ihnen doch erzählt, was ich weiß, mehr kann ich doch nicht sagen! Ich habe ihnen gesagt, daß ich die DDR verlassen habe, nicht weil ich bedroht war oder mit dem System nicht übereinstimmte, ich bin einfach gegangen, weil ich es nicht mehr aushielt. Warum ich es nicht mehr aushielt, wo ich doch nicht bedroht war, fragten sie mich. Wie sollte ich ihnen das begreiflich machen? Ich habe nichts gegen kaltes Wasser, aber ich kann doch nicht täglich in kaltem Wasser sitzen. Das haben sie nicht verstanden, sie haben sich nur angesehen und die Schultern gezuckt. Mein Gott, was ist das für eine Welt. Überall Mißtrauen. Ich dachte, ich hätte Ruhe gefunden, jetzt geht alles von vorn los. Genaugenommen hat es nie aufgehört. Die Beamten zucken die Schulter, wenn ich sie frage, ob sie mir etwa nicht glauben, sie sehen sich nur an und schütteln die Köpfe, als erzählte ich ihnen Unwahrscheinlichkeiten. Was soll ich tun? Sie flehte mich an mit Worten und Blicken. Bitter kalt war es, aber in die Bahnhofswirtschaft wollte ich nicht gehen, da tauchen immer Bekannte auf, die unser Beisammensein falsch auslegen könnten. So standen wir am Markt an der Autobushaltestelle. Die Wahrheit sagen, Frau Politzik, nur die Wahrheit sagen, erwiderte ich.

Ach, klagte sie, wenn es nur nicht so viele Wahrheiten gäbe, dann würden sie mir mehr glauben als Polenz.

Regen Sie sich nicht unnötig auf, sagte ich, es wird schon alles gut, klopfte ihr auf die Schulter und ging, noch ehe der Autobus da war. Aber Irene lief mir nach, faßte mich am Arm. Mein Gott, flehte sie, Sie können doch jetzt nicht einfach so weglaufen. Ich muß mit jemandem reden, ich kann doch nicht mit meinen Kindern darüber sprechen. Ihre Satchmostimme fiel den Passanten auf, die sich auch prompt umdrehten. Sie wurde immer erregter, ich wurde verlegener. Wenn ich doch endlich von Massen weg wäre, fuhr sie fort, nicht mehr auf die Pfennige angewiesen, die man als Almosen bekommt. Mein Gott, wieder Arbeit haben, richtig leben mit dem Geld, das man sich mit seinen eigenen Händen verdient, das macht selbstsicherer den anderen gegenüber und dem Staat, in dem man lebt. Frau Borowski wird mir bestimmt helfen, sagte sie.

Ja, sage ich, sie ist eine gute und praktische Frau, sie wird tagsüber die Kinder versorgen.

Dann kam der Bus nach Unna.

Raaaa-itsch raaaa-itsch raaaa-itsch, der Gedanke ist mir unerträglich, daß ich mein ganzes Leben in diesem Saal verbringen soll. Jeden Morgen werde ich einen blauen, roten, gelben oder grünen Mantel anziehen, werde den Bohrer in die Hand nehmen, fünfzehn Löcher in einen Rahmen bohren und nicht wissen, wozu der Rahmen gut sein soll. Ich werde kein Loch weniger bohren. Ich darf nur das vorgeschriebene Pensum bohren, will ich nicht das gesamte Gefüge durcheinanderbringen. Alles muß seine Ordnung haben, Ordnung ist wichtig. Und ich werde dreißig Mark verdienen, nicht mehr, nicht weniger, weil ich nach dem Gesetz eines Räderwerkes verdienen darf und nicht nach meiner Leistungsmöglichkeit. Ich bohre und bohre und schiebe die Rahmen nach rechts zu Egon Wittlich. Jeden Tag dasselbe, dieselbe Hand- und Armbewegung, dasselbe Geräusch im Saal, eintönig, Hände und Arme trennen sich vom Körper, der Kopf führt sein eigenes Leben, das mit dem Leben im Saal nichts zu tun hat. Hier ist der Mensch kein Ganzes mehr, als das er geschaffen wurde, der Mensch beginnt, sich bei dieser Arbeit zu trennen, der Kopf vom Körper, Hände und Arme vom Körper. Acht Stunden leben die einzelnen Teile getrennt, und nach Feierabend laufen sie langsam wieder zusammen, erst auf der Straße sind dann alle Teile wieder ein Ganzes.

Nach Feierabend sammelt man seine acht Stunden lang getrennt funktionierenden Teile wieder zusammen, und nicht immer glückt das sofort. Der Kopf lebt oft für Stunden noch sein eigenes Leben. Warum sollte das anders sein als beim morgendlichen Eingewöhnen in die Schichtarbeit? Ist das unser Leben, wo die Linke nicht weiß, was die Rechte tut? Oder die Linke nicht wissen will, was die Rechte tut? Deutlich kann ich das an den beiden Mädchen beobachten, an der Bebe und der Schildkrötenbeinigen. Sie arbeiten wie die Besessenen, exakt, sauber, sie sind, mit einem Wort gesagt, fleißig, ihre Augen aber irren durch den Raum, ohne die Dinge und die Menschen wahrzunehmen, ihre Augen schauen oft durch Dinge und Menschen hindurch, sie sind weit weg, schweifen über den Ruhrschnellweg, das Sauerland und Ruhrtal hinaus und bleiben vielleicht an der großen Zinne in den Dolomiten hängen oder an den Gärten des Gardasees. Was leben wir für ein Leben? Sind wir zwei in einem Leib?

Raaaa-itsch raaaa-itsch raaaa-itsch, ich treffe jetzt oft, wenn ich vom Bahnhof zu meiner Wohnung in der Siedlung gehe, den jungen Pfarrer, der mit mir damals auf Borowskis Sarg stand und mithalf, Polenz aus der Grube zu ziehen. Anfangs grüßten wir uns lächelnd, nach dem gemeinsamen Abenteuer, jetzt plaudern wir ein paar Worte, über das Wetter, über die unerwartete Kälte und über den Kohlenmangel, obwohl Kohlen auf Halden liegen. Er sagt nie, daß ich einmal in die Kirche kommen soll, nein, er sagt es nie, und wenn ich ihn frage, wo er herkommt, dann sagt er: aus der Gemeinde, die Gemeinde ist groß und schwerhörig. Das wieder finde ich eigenartig. Vor einigen Tagen fragte er mich, wie es mir gehe, so und auch in meiner neuen Arbeit. Was sollte ich sagen, ich sagte ihm, der gestrige Tag war wie heute, und morgen wird wie heute und gestern sein. Er hat mich erstaunt angesehen, mehrmals gehustet, dann Unverständliches gemurmelt. Als wir uns am Gondelteich verabschiedeten, sagte er: Jaja, wenn man nur den Alltag hat, dann ist ein Tag wie der andere.

Raaaa-itsch raaaa-itsch raaaa-itsch, das waren seltsame Worte, aber ich träume auch seltsame Dinge, wenn ich auf der Couch liege und die abstrakten Muster der Tapete anstarre. Ich sehe aus der Tapete Bilder kommen. Ich sehe einen riesigen Berg, einen Berg aus Menschenleibern. Aus den Leibern schlagen Flammen, loht Feuer, und das Feuer wird dort gespeist, wo das Herz sitzt. Die riesige Flamme aus dem riesigen Berg von Leibern breitet sich aus über rauchende Städte und erstickt in ihrer Hitze die Irrlichter über der feuerspeienden Industrie.

Raaaa-itsch raaaa-itsch raaaa-itsch, bald ist Feierabend, in einer Viertelstunde, dann haben wir wieder drei Tage Ruhe. Fast reut es mich, daß ich Sillo eingeladen habe, ich werde um meinen Mittagsschlaf gebracht, und ich werde wieder nicht dazu kommen, ein Buch zu lesen. Verdammt, ich hätte ihn nicht einladen sollen, er wird meine Bequemlichkeit stehlen. Aber vielleicht ist es doch gut, wenn er kommt, ich erfahre dann, ob er etwas anderes hat als den Alltag und warum er immer so fröhlich sein kann. Ich lerne vielleicht seine Welt kennen, nicht die, in der er funktioniert, sondern die, in der er lebt. Und vielleicht erfahre ich, ob sich bei ihm auch der Kopf von den Händen trennt bei der Arbeit und ob er acht Stunden lang zwei Leben lebt. Auf der Zeche hatte ich auch zwei Adame, aber die lösten einander ab, ich hatte einen Adam unter Tage und einen über Tage. Nie aber zwei Adame auf einmal, das kannten wir nicht. Ob Sillo mit sich und seinem Geschick zufrieden ist, ob er über den Alltag hinaus noch etwas anderes hat? Er sagt zwar, in Reggio sei ewig Sonne, aber von der Sonne allein wird man nicht satt.

Raaaa-itsch raaaa-itsch raaaa-itsch, es war schon spät, und ich wollte zu Bett gehen, als es klingelte. Fritz Lehnertz war es, der nun doch nicht die Hausmeisterstelle in Massen bekommen hatte, sondern auf einer benachbarten Zeche in der Markenkontrolle verwendet wird. Eine ruhige Arbeit. Weißt du, sagte er zu mir, ich wollte nicht in Massen bleiben, nicht weil die Arbeit schwerer gewesen wäre. Ich wollte dieses andere Deutschland nicht sehen. Und jetzt? fragte ich. Jetzt? Er lachte. Jetzt sehe ich unser Deutschland durch die ungeputzten Scheiben aus der Stube der Markenkontrolle. Weißt du, da gehen sie alle vorbei, all die, die während des Krieges große Herren waren und die Russen schlugen mit Stahlseilen und Krückstöcken. Die Ohren haben sie den Russen umgedreht. Ja, da unten war Nacht, aber keine barmherzige. Nach dem Krieg wurden alle abgeurteilt, die ein Parteibuch hatten. Viele haben vielleicht gar nichts gemacht, sind nur in die Partei eingetreten, damit die Familie was zu fressen hatte. Aber weißt du, manche dieser Steiger und Fahrsteiger und Fahrhauer von damals, die waren nicht in der Partei, die meisten nicht, die wurden auch nicht aus ihren Stellungen geworfen. Aber sie haben die Gefangenen drangsaliert, haben sie geschlagen, haben sie behandelt wie Tiere, ach was, Tiere wurden besser behandelt.

Fritz, sagte ich, was quälst du dich mit solchen Gedanken ab, das ist doch so lange her, das ist doch schon nicht mehr wahr.

Ach, weißt du, sagte er, jetzt sehe ich sie wieder durch die Markenkontrolle gehen, nicht schleichen, sie heben ihre Köpfe und sind angesehene Bürger, aber unter der Jacke tragen sie immer noch ein Stahlseil, sie wissen es bloß nicht. Sie würden auch uns schlagen, wenn sie es könnten. Ich habe damals mit angesehen, wie ein Russe geschlagen wurde, ich wollte dazwischen, aber der Fahrsteiger hat mich nur angesehen und gesagt: Willst du in ein Lager? Du bist ja ein Saboteur! Und heute, paß mal auf, wenn es auf dem Arbeitsmarkt anders wird, dann sagen sie: Na, wenn du nicht willst! Die Methoden sind die gleichen, die Menschen sind die gleichen. Es ist zum Verrücktwerden. Die kleinen Parteigenossen hat man verurteilt, weil sie, wenn nicht aktiv, so doch passiv dem Regime geholfen haben, aber was haben die Herren auf der Zeche gemacht? Sie waren keine Parteigenossen und haben trotzdem dem Regime aktiv geholfen. Aber sie sind nicht verurteilt worden, kein Hahn kräht danach, sie haben ihre Pflicht getan, das Volk ist ihnen dankbar, daß es in der schweren Zeit Kohlen bekommen hat. Vom Schlagen spricht keiner mehr. Oh, ich könnte durch die Scheiben springen, wenn ich sie aufgeblasen in ihren Autos ankommen sehe und wenn sie mit einer Handbewegung die Wache auffordern, das Tor zu öffnen. Heute sind sie bei der CDU oder SPD, aber innerlich sind sie die Antreiber aus der braunen Zeit geblieben. Fritz Lehnertz war unglücklich, das sah ich, und ich fragte, warum er das heute erst sieht. Ja, sagte er, ich war die ganze Zeit unter Tage, da vergißt man, aber jetzt, jetzt scheint denen nicht die milde Grubenlampe ins Gesicht, jetzt brennt die Sonne auf sie, und ihre Züge werden schärfer. Deshalb sehe ich das jetzt erst. Und was willst du tun? fragte ich. Nichts. Man kann nichts mehr tun, Jürgen, das ist alles verjährt, man wird heute höchstens ausgelacht, wenn man die Dinge ans Licht bringt, ausgelacht wird man. Nach Beweisen wird geschrien. Und ich habe keine Beweise, nur das, was ich sah und von anderen hörte. Aber die Schläger von damals sind unter uns.

Es war spät, als Fritz Lehnertz ging. Er sagte an der Tür: Jürgen, wo sind wir hingeraten, wie wird das werden?

Raaaa-itsch raaaa-itsch raaa-itsch, meine Frau hat ihre Raten und neuerdings die Sehnsucht, daß mit dem Auto bald eine Wende kommt. Irene Politzik hat Sehnsucht nach einer Arbeit, weil sie glaubt, daß sie wieder Mensch sein kann, wenn sie Arbeit hat. Und andere glauben, sie werden Mensch, wenn sie keine Arbeit haben. Das soll einer begreifen. Veronika hat Sorge um ihre Tochter und schon Sehnsucht nach den Kindern der fremden Frau, die sie künftig betreuen darf, damit die fremde Frau zur Arbeit gehen kann und wieder Mensch wird. Karl Borowski hatte Sorge um die Aufteilung der Welt, und dann streckte er die Zunge heraus. Vielleicht war es seine Sehnsucht, die Zunge herausstrecken zu dürfen. Rosi hat Sorge um ihr neues Leben in der Stadt, und zugleich Sehnsucht danach. Polenz hat jetzt Sorgen, wie er sich entlasten und andere belasten kann und hat Sehnsucht nach einer Welt ohne Gitter. Der Direktor macht sich Sorgen um die fehlerhafte Arbeit in den Morgenstunden und hat Sehnsucht danach, durch eine Arbeitszeitänderung Fehler und Verluste zu vermeiden. Die Betriebsräte haben Sorgen um ihr Darlehen von achttausend Mark und vielleicht Sehnsucht nach Liquidierung des Betrages. Ich habe Sorge um das Einerlei meines Lebens und Sehnsucht nach einem Kind.

Raaaa-itsch raaaa-itsch raaa-itsch, der junge Pfarrer hat leicht reden, sein Leben kennt keine Monotonie, kein Sichlösen der Hände vom Körper, er und sein Beruf sind eine Einheit.

Der Summer schlägt an. Feierabend. Drei Tage Ruhe. Wir wünschen uns mit Handschlag ein frohes neues Jahr, dann streben wir auseinander.

Der Tscheche gibt mir die Hand, er sagt nicht dobre. Ich bin erstaunt.

Sillo gebe ich meine Adresse und erkläre ihm, wie er fahren muß. Er dankt mit vielen Worten und Gesten für die Einladung, die ich jetzt nicht mehr bereue.

Die Bebe lacht mich an, wird rot, hüftet zur Tür hinaus.

Erika versucht, einen Fuß vor den anderen zu setzen, was nicht immer perfekt gelingt. Sie läuft gemessen und doch wie eine Schildkröte. Sie sollte jetzt Winterschlaf halten, vielleicht würden sich dann ihre Beine wieder einrenken.

Langsam gehe ich durch die Stadt, wieder eine Einheit von Kopf und Körper.

Vor Witthoff bleibe ich an den Auslagen stehen und betrachte die Kinderwagen und die Preise. Billig sind die Wagen gerade nicht. Aber was macht das?

Ich fahre nach Hause, draußen schneit es in dichten Flocken. Die Räder des Zuges singen: raa-a-itsch raa-a-itsch raa-a-itsch.

Stefan Heym

Auskunft 2

Neue Prosa aus der DDR
(4816)

44 Kurzgeschichten und Skizzen, Essays und Fragmente aus der DDR. «Das Interesse an Unternehmen wie «Auskunft», den Bänden eins (rororo Nr. 4046) und zwei zusammen, ist gerade darum im Westen so groß, weil ernstzunehmende, sprachliche und künstlerisch bedeutende Literatur Aufschluß gibt über das, was hinter den Fassaden ist.»
(Neue Zürcher Zeitung)

Auskunft

Neue Prosa aus der DDR
(4046)

rororo

1064/2